编委会

学术顾问：陈思和　陈晓明

总 主 编：蒋述卓　陈剑晖　贺仲明

编　　委（按姓氏笔画排序）：

丁　帆　丁晓原　王　尧　王兆胜　王春林
叶立文　刘　勇　刘　艳　刘晓明　李　怡
李建军　李春雨　李继凯　李遇春　汪树东
宋剑华　张志忠　张清华　陈国恩　陈思和
陈剑晖　陈晓明　周　群　於可训　咸立强
贺仲明　郭小东　郭冰茹　唐永亮　黄红丽
蒋述卓　雷　实　管　宁　谭桂林

丛书总主编
蒋述卓
陈剑晖
贺仲明

文化自信与中国现当代文学丛书

文化人格与当代文学人物形象

王春林 著

广东高等教育出版社
Guangdong Higher Education Press
·广州·

图书在版编目（CIP）数据

文化人格与当代文学人物形象/王春林著.—广州：广东高等教育出版社，2018.10
（文化自信与中国现当代文学丛书）
ISBN 978-7-5361-6183-2

Ⅰ.①文… Ⅱ.①王… Ⅲ.①中国文学-当代文学-人物形象-文学研究 Ⅳ.①I206.7

中国版本图书馆CIP数据核字（2018）第114490号

出 版 人：唐永亮
策划统筹：黄红丽
责任编辑：黄冬萍
责任技编：肖宿华
责任校对：吴旭芝
装帧设计：国　梁

书　　名	文化人格与当代文学人物形象 WENHUA RENGE YU DANGDAI WENXUE RENWU XINGXIANG
出版发行	广东高等教育出版社 地址：广州市天河区林和西横路　电话：（020）87553735 http://www.gdgjs.com.cn
印　　刷	广东新华印刷有限公司
开　　本	890毫米×1 240毫米　32开
印　　张	9.5
字　　数	238千
版　　次	2018年10月第1版　2018年10月第1次印刷
定　　价	42.00元

如发现印装质量问题，请直接与印刷厂联系调换。

总　序

　　党的十八大以来，以习近平同志为核心的党中央要求全党要坚定道路自信、理论自信、制度自信与文化自信。在这几个"自信"中，文化自信是更基本、更深沉、更厚重和更持久的力量，因它深植于中华优秀传统文化的沃土之中。而中华优秀传统文化既是中华民族独特的智慧结晶，也是全人类共享的精神财富，体现了"人类共同价值"。那么，当前应如何传承传统，实现中华优秀传统文化的创造性继承和创造性发展，从而提升中华民族的文化自信？这是近年来党和国家在思想文化建设领域关注的重点，也是当前学术界关注的热点。"文化自信与中国现当代文学丛书"正是立足于这一历史和现实语境，希望通过对传统文化的挖掘和再发现，将其有价值和有现实针对性的精神资源植入中国现当代文学，以此推进"文化自信"这一重大命题的理论与实践，为中国梦提供有益有效的精神支撑和文化滋养。

　　本丛书不是面面俱到地阐释传统文化，而是以专题为统领，针对中国现当代文学，尤其是当代文学存在的弊端，将优秀传统文化的基因与其对接并灌注其中，从而催生出一种符合新时代的新文学。比如，丛书的第一本《"文"的传统与现代中国文学》，针对中国现当代文学语言技巧越来越高，艺术形式越来越精致，但文学的路子却越走越窄，文学精神越来越稀缺的事实，提出中国现当代文学有必要到传统的源头去汲取营养，以丰富和强大自身。所谓"传统的源头"，就是"文"的传统或"杂文学"的传统。在"文"的传统中，文体既是体也是用，既是道也是器，文体的变革也是文学的变革。本书还从文章的体制、风格、文气以及叙事传统等方面，论述现当代文学应如何从传统文学中汲取营养，而不应矮化自己，"以西方的标准为标准，以西方的是非为是非"。

从文学所体现的实用价值和政治功能方面的内涵看，以"修身齐家治国平天下"的"家国情怀"，是文学忧患意识、使命感和责任感的集中体现。它主要从"入世""有用"的精神维度，确立了中国文学"文以载道"的传统。但中国当代文学自20世纪90年代以来，随着人的欲望的膨胀，人文理想的失落，多元价值观的出现，作家的写作立场也发生了重大改变：从20世纪80年代的"大叙事"变为个人的"小叙事"，从过去高扬理想主义和集体主义，转变为犬儒主义、物质主义和享乐主义，不少作家失去了介入时代和社会现实的激情和勇气，而忧患意识、责任感、使命感与他们也就渐行渐远。因此，要振兴当代文学，就必须要求作家"文以载道"，追求文学的"有用"功能，要求作家创作要有"家国情怀"，要修身齐家治国平天下，将"小家"和国家民族的"大家"统一起来，这样才有可能创造出无愧于新时代、无愧于当下的优秀作品。丛书的第二本《载道传统与文学的使命意识》通过对"文以载道"概念的梳理阐释，重申文学的伦理道德与使命意识。

我国的另一个优秀文化传统，就是"道法自然"。老子说："人法地，地法天，天法道，道法自然。"庄子说："天地与我并生，万物与我为一。"这都是强调人与物即自然的融合和转化。在"万物将自化"的理念中，物化既包含人的变化，也包含物的变化，同时也是物与人的互化。在中国的传统散文中，如《世说新语》《秋声赋》等，都达到一种"神与物游"的境界。而中国现当代文学已在很大程度上丢掉了中国传统文学这一优良的传统。中国现当代文学过于夸大人的地位、作用和力量，从而导致对天地自然的忽略乃至无知，也导致了社会和谐的失衡。所以，在倡扬文化自信和文化自觉的当下，当代作家要向古典文学学习遵循天地自然的法则,克服人类至上的立场,将人与自然同一化,从而将自己及其作品培育得臻于完美。丛书第三本《天人合一与当代生态文学》对此做出了回应。

中国文学一直有一个浪漫翱翔、瑰意琦行的传统,从庄子的"鹏之徙于南冥也,水击三千里"、屈原的《离骚》,到李白的诗歌、陶渊明的"桃花源",这一浪漫传统的归潜与飞扬,一直是中国文学的骄傲。然而,新中国成立以来,这一浪漫主义的传统几近绝迹。尽管有过"现实主义与浪漫主义相结合"的倡导,但那不过是一个口号,并没有真正成功的文学创作实践。因此,中国当代文学要从重物质、轻精神,重欲望、轻理想的状态中解脱出来,就必须继承浪漫主义文学传统,为文学注进生命激情和梦想。唯其如此,理想的文学才有可能出现。丛书中的《中国新时期文学的浪漫与理想》既重拾这一文学传统,又恢复了中国文学应有的文化自信。

总体来说,丛书确立了三个维度:一是优秀传统文化的维度;二是中国现当代文学的维度;三是中西文化比较的维度。通过对三个维度的融会贯通,推进中国现当代文学的文化自觉与文化自信。为此,丛书共收录13本著作,有些侧重从传统文化的思想内涵方面挖掘有价值的精神资源,有些侧重从艺术方面探讨中国当代文学如何从传统文化中汲取营养。

丛书虽属主题性出版,但具有鲜明的个性特色和原创性。具体表现在以下几方面:

第一,强烈的问题意识与建设性和前瞻性。中国现当代文学面临的问题:一是写作技巧越来越高,越来越精致化,但同时却是越来越小气和匠气,创作的路子越走越窄。二是许多作家缺乏社会时代担当和家国情怀。三是缺乏理想的文化生命人格塑造,也缺乏诗性精神和浪漫情怀。四是审美缺失,文风粗鄙。五是当代作家大多言必称西方,一切"以西方的标准为标准,以西方的是非为是非"。丛书正是以问题意识为导向来设计主题,这样便既有现实针对性,也不会重复别人。与此同时，丛书又注重"大传统"与"小传统"的传承对接，尽量从现当代文学中挖掘"文化自信"的因素，并强调在"解构"中"建构"，力图使丛书既有建设性又有前瞻性。

第二，注重传统文化的传承与创新。中华传统文化虽历史悠久、博大精深，但也存在着不少糟粕，因此要立足于现实，用时代精神去凝炼、去整合传统文化，并善于进行创造性的转化。丛书从传统文化中提炼出"文的传统""文以载道与家国情怀""道法自然与天地并作""超然浪漫与文学理想""诗性飞翔与审美之维""理想文化生命人格的重塑"等主题，正是在创造创新中彰显传统文化的时代价值，让中华优秀传统文化在当代文学创作中焕发出新的生命力。

第三，宏观研究与实证研究相结合。丛书虽有较宏大的构想和命题，但绝不同于那种假、大、空的理论。因为丛书要求每位分册作者，一定要把"文化自信"的理念落实到某个层面、某一个点，要有具体细致的个案分析。总之，命题要宏大，观点要创新，方法要实证，细节要丰满。

第四，强调学理性，又兼顾可读性。丛书作者均为国内知名，长期从事中国现当代文学研究，且有较好的古代文学素养的学者，这为将丛书打造成学术精品这一总体要求打下了坚实的基础。同时，为了让读者更好地了解传统文化，提高他们阅读的兴趣，丛书兼顾了学理性和可读性两方面，尽量回避过于"学院化"的表述，用鲜活优美、灵动诗性的文字来探讨传统文化与中国现当代文学问题。当下的中国已进入一个需要理论而且一定能够产生理论的时代，一个需要思想而且一定能够产生思想的时代。中华民族伟大复兴的生动实践为理论创新提供了丰厚土壤，构建"中国学派"可以说是恰逢其时。但是，过去中国的思想理论贡献与经济的高速发展，与中华民族的伟大复兴极不相称，这其中有西方话语霸权的原因，更主要的在于我们热衷于向"西天取经"，在为西方思想提供注脚方面花费了太多时间和精力，而忽略了从中华优秀传统文化汲取营养，这样自然便不够自信，便妄自菲薄，一切"以西方的标准为标准，以西方的是非为是非"，无法让世界知道"学术中的中国""理论中的中国"。"文化自信与中国现当代文学丛书"希望通过对中华优秀传统文化的挖掘与价值再发现，在构建"学术中的中国"方面有所作为，有所贡献。

文化是民族的灵魂和血脉，是人民的精神家园。习近平总书记一再指出：要加强对中华优秀传统文化的挖掘和阐发，为人类提供正确精神指引，要围绕我国和世界发展面临的重大问题，着力提出能够体现中国立场、中国智慧、中国价值的理念、主张、方案。是的，在有着5000多年文明发展历史中孕育出来的中华优秀传统文化，积淀着中华民族最深沉的精神追求，代表着中华民族独特的精神标识，是中华民族生生不息、发展壮大的丰厚滋养，是中国特色社会主义植根的文化沃土，是当代中国发展的突出优势。它将对延续和发展中华文明、促进人类文明进步，发挥重要作用。"文化自信与中国现当代文学丛书"由于有着深厚的文化情怀和自觉的文化担当，坚守中华文化立场，立足中国现当代文学现实，面向世界，面向现代化和中国文学的未来，用时代精神去凝练、整合中华优秀传统文化和中国现当代文学，以文学来阐述"文化自信"，以此推进"文化自信"这一重大命题的理论与实践。因此，丛书获得了评审专家和有关部门的充分肯定，先后获得"2018年度国家出版基金立项""2017年广东重点出版物暨'百部好书'资助"和"传承弘扬岭南优秀传统文化和原创精品立项"。相信随着丛书的出版，"文化自信与中国现当代文学"这一命题，会越来越广泛地引发中国现当代文学研究者和读者进一步探究的兴趣。

蒋述卓　陈剑晖　贺仲明
2018年9月4日

目录
CONTENTS

序篇　文化人格与小说创作／1

第一章　儒家文化人格与当代文学人物形象／7
一、忧国忧民与不合时宜／11
二、道德紧身衣与苦难超越／16
三、残酷的仁义与乡村秩序／23

第二章　道家文化人格与当代文学人物形象／35
一、遗世独立，自我散失时代的柔性反抗／37
二、活着，生命艰难延续的意义／44
三、无用之大用，拯救需靠卑微者／51
四、以道为政，全身方能平天下／57

第三章　基督教文化人格与当代文学人物形象／63
一、被批判与否定的基督教文化／67
二、基督教文化与深度历史反思／74
三、战争书写与现实社会关切／83

第四章　清官文化人格与当代文学人物形象／95
一、人民性当代清官叙事的价值建构／96
二、清官叙事的社会想象／101
三、权力的公益与完性恪守：清官叙事的政治想象／107
四、权威践行与德行修为：清官叙事的人格想象／116

第五章　文化冲突型人格与当代文学人物形象/ 123
一、中西文化冲突中的知识分子/ 126
二、政治挤压下的知识分子/ 139
三、阶层分化与乡村严峻现实/ 150

第六章　激情理想型文化人格与当代文学人物形象/ 161
一、理想的灼烧与激情的消亡/ 164
二、英雄的崛起与人的失落/ 172
三、个体对集体的渴望与逃离/ 181

第七章　权谋文化人格与当代文学人物形象/ 191
一、成长抑或蜕变？被权谋文化改变着的革命者/ 194
二、改革者的才干与反改革者的权谋的对决/ 204
三、改革英雄的权谋：改革的助推力量抑或解构力量/ 210
四、权谋文化的漫溢：学术官场与学者的权谋/ 216

第八章　启蒙文化人格与当代文学人物形象/ 223
一、启蒙的回归和人道主义的高扬/ 225
二、个体的觉醒与启蒙者的困境/ 235
三、不灭的精神与启蒙的缺席/ 243

第九章　边地文化人格与当代文学人物形象/ 253
一、小人物书写与自然敬畏/ 256
二、边地精神与悲悯情怀/ 267
三、现代性与文化冲突/ 273

终篇　小说创作对理想文化人格的塑造/ 285

后记/ 291

序篇

文化人格与小说创作

文学世界归根到底是人的一种造物，在其中，充分地体现着作为万物之灵的人这一高级动物的精神意志。也因此，在承认"文学是语言的艺术"，强调文学作品是一种语言形式的存在的同时，我们无论如何都不能不承认，文学作品也必须被理解为是一种精神的产品。事实上，大约也正是从文学作品的精神属性出发，才会有如同钱谷融这样有胆识的学者早在"十七年"期间，就以足够的勇气提出过"文学是人学"的重要命题。虽然难免会有人类中心论的嫌疑，但我却依然固执地认定，以各种丰富多元的文学形式对人类的精神世界做深度的合理勘测，乃是文学这一事物得以存在的最根本的依据之一。更进一步地说，文学又可以被切割区分为诗歌、散文、小说、话剧以及"非虚构文学"这样几种不同的文体。这几种不同的文体，虽然形式特征存在明显的差异，它们的具体探究方式也判然有别，但对人的精神世界做深度探究这一点，却是它们所恪守的根本原则。这其中，因为小说是一种非常典型的以想象性虚构为突出特点的叙事文体，所以它在与人类精神世界的关系上，就更强调对人进行完整性地、全方位地展示与呈现。倘若用小说的相关美学术语来表达，这很显然也就意在强调人物形象的刻画塑造对于小说这一文学文体的重要性。关于小说，在这里，我们权且引用在现代文学理论批评界具有相当权威性的美国文学理论家艾布拉姆斯所给出的定义加以说明："'小说'现在用来表示种类繁多的作品，其唯一的共同特性是它们都是延伸了的，用散文体写成的虚构故事。作为延伸的叙事文，小说既不同于'短篇小说'，也相异于篇幅适中的'中篇小说'。它的庞大篇幅使它比那些短小精悍的文学形式要有更多的人物，更复杂的情节，更宽阔的环境和对人物性格的更持续、更细微的探究。作为散文体叙事文，小说不同于乔叟、斯宾塞和弥尔顿用韵文体写成的长篇叙事文。小说从 18 世纪开始逐渐取代了韵文体叙事文。"① 在艾布拉姆斯如此一个被广泛接受采用的小说定义中，无论如何都不可或缺的一条，就是"要有更多的人物"，要有"对人物性格的更持续、更细微的探究"。毫无疑问，强调这一点，也就是在强调人物形象的刻画塑造对小说这一文学文体的重要意义和价值。

长期以来，一提到人物形象塑造的重要性，大家就会近乎本能地联想到对人物性格的刻画。这即是说，我们的人物形象刻画塑造，曾经长期停留在性格论的层面上。近些年来，这种差不多已经处于约定俗成状态的学术格局，曾经遭到一些有识之士的质疑。这些怀疑者，在对性格论有所怀疑的前提下，充分援引正越来越成熟的人格心理学理论，干脆就提出了一种小说人物形象塑造上的人格论。"小说人物塑造长期囿于性格的刻画，由于性格只是人格的一个重要构成元素，只满足了短篇小说对人物的刻画作用；而作为优秀的中长篇小说，性格刻画则很难全面整体地塑造出人物形象。性格论限制了优秀的小说作家对人物整体人性的反映，以及对人物立体多维的描写。人格心理学的成熟和发展，给我们揭示了人格的整体性，确立了人格形象。所以小说人物塑造必须要从'性格刻画'提升到人格塑造，才能呼唤出能传之于世的精品力作。"②

要想进行人物形象的人格论分析，一个必要的前提，就是要澄清究竟何为人格。关于"人格"，美国人格心理学家杰里·伯格认为："人格可以定义为源于个体身上的稳定行为方式和内部过程。"③ 而中国的心理学家黄希庭，则做出了更进一步的界定："人

---

① 艾布拉姆斯. 欧美文学术语词典［M］. 朱金鹏，朱荔，译. 北京：北京大学出版社，1990：214.

② 毛克强，袁平. 小说人格塑造与人格批评路径研究［M］. 北京：北京师范大学出版社，2015：1.

③ 伯格. 人格心理学［M］. 陈会昌，等译. 北京：中国轻工业出版社，2000：3.

格是个体在行为上的内部倾向,它表现为个体适应环境时在能力、情绪、需要、动机、兴趣、态度、价值观、气质、性格和体质等方面的整合,是具有动力一致性和连续性的自我,是个体在社会化过程中形成的给人以特色的心身组织。"不仅如此,黄希庭还特别强调人格是"整体的人"①。也正因此,在援引了以上中外两位心理学家关于人格的界定之后,论者才会接着说:"可见,人格是人的完整的系统的显现,他(她)包含人的内心世界和相对稳定的外部行为。而性格只是人格构成的一个重要元素,或者是人格系统的一个分支系统。所以,人格即是自我,即是个体。"②

事实上,也正是在相关人格理论的支撑下,论者对英国小说理论家福斯特影响颇大的"扁平人物"与"圆形人物"理论进行了全新的解读,并指认福斯特所谓的"圆形人物",就是运用人格塑造来创造的人物形象:"性格只是人格构成的一个重要元素,按照黄希庭的说法,就是'个人后天形成的道德行为特征'。它是人的稳定的涉及伦理道德的心理品质,以及这些内在品质在言行上的体现。人格是涵盖人性的所有方面的,所谓的圆形人物,就是我们讲的立体的有血有肉的人物,也就是从人格的多方面来塑造的人物。人格塑造,就不仅是从人的性格,而是还要从人的能力、情绪、动机、兴趣、态度、价值观、气质等方面来描写、塑造人物。"③ 唯其如此,人格论的提出者才会特别倡导性格分析与人格分析在实际操作过程中的兼容:"我们倡导人格塑造,是小说人物塑造的提升,并不排斥性格刻画的存在或对人物某些品质表现的存在。短篇小说主要是对人格元素的个别凸显;如散文化的小说,它是对人物的感

---

① 黄希庭. 人格心理学[M]. 杭州:浙江教育出版社,2002:8.
② 毛克强,袁平. 小说人格塑造与人格批评路径研究[M]. 北京:北京师范大学出版社,2015:2.
③ 毛克强,袁平. 小说人格塑造与人格批评路径研究[M]. 北京:北京师范大学出版社,2015:3.

情的渲染和集中体现；性格化的小说，就是对人物的性格特征的突出。人格塑造是对小说描写人物有更高的审美要求。中长篇小说，尤其是优秀的长篇小说，就应当要从人格塑造的全景视野来塑造人物。"① 或许是与人格论提出者们更多地强调人格塑造应该与中长篇小说尤其是长篇小说的创作相对应，我们在稍后的研究过程中，所主要关注的，实际上也大多是当代的优秀长篇小说。

无论如何，只要联系小说创作丰富复杂的创作实践，我们就都应该承认，人格理论的提出，不仅有其合理性，而且也还是相当及时的。也因此，本书的主要任务，就是要尝试运用相关的人格理论，拟对已拥有将近 70 年历史的中国当代小说创作，尤其是"文化大革命"结束后的新时期小说创作，乃至于晚近的新世纪小说创作为研究对象，进行相对深入的考察辨析，以期得出较为合乎事实的研究结论，对整体意义上的中国当代文学研究能够有所贡献。有鉴于中国当代小说创作的实际状况，我们的研究将分别从儒家文化人格、道家文化人格、基督教文化人格、清官文化人格、文化冲突型人格、激情理想型文化人格、权谋文化人格、启蒙文化人格以及边地文化人格等九个方面循序展开。

---

① 毛克强，袁平. 小说人格塑造与人格批评路径研究 [M]. 北京：北京师范大学出版社，2015：4.

第一章

儒家文化人格与当代文学人物形象

儒家思想是长期被统治者所提倡并在中国社会起重要作用的主流思想。不能否认的是，儒家思想的源远流长与统治阶级的倡导有着极为重要的关系，加之科举制度的逐渐建立与历代的发展完善，使得儒家思想得到了更为切实的传承和延续。自隋逐渐建立起来的科举制度一直延续到清末（1905年），成为历代统治者选拔人才的最为重要的渠道。由于科举考试为各阶层的读书人提供了进入国家官僚体系的机会，科举考试也成了古代阶层流动的最重要的方式。另外不能忽视的是，作为统治阶级选拔人才的制度，科举考试必然将儒家经典作为考查的主要内容，这也就自然相应地带动了教育、文化、伦理道德、社会心理等各方面向儒家靠拢。有了这些动态的关联制度，儒家思想也就自然而然地浸润到了社会的各个层面，从而最终形成一整套颇为完备的儒家文化及伦理规范，也一并塑造了中国人的"国民性"。

儒家文化以血缘宗族为基础，在这个盘根错节的关系网络里，身处其中的每个个体都要受到儒家道德的规约，都得按照儒家的规范各安其位，尊卑等级分明。儒家文化更看重群体，所以作为个体存在的意义和价值通常要在群体的意义层面才能得以体现，逸出常规的行为和个性表达往往会被最大限度地压制和消弭，以维护儒家道德规范的威严和约束力。为人处世所必须遵循的信条，比如最基本的所谓"三纲五常"，即"君为臣纲，父为子纲，夫为妻纲"和"仁义礼智信"等等，为保证政治、社会和日常生活稳定运行提供了重要保障。因为这套价值观和规范更容易导向的是一种稳定的社会形态，所以直到近代遭遇来自西方的冲击、中国面临"数千年未有之大变局"之后，这才加速向近代转向。虽然这种"冲击—回应"说也受到了诸如美国汉学家柯文等学者的质疑，但西方在中国的近代转型中所起到的重要促进作用是不能否定的。西方的冲击直接带来了民族和政治的危机感，这种危机感在此后也激发了现代新型知识分子的"叛逆"和怀疑精神，他们高呼着西方的"科学"与

"民主"理念,对儒家文化及由之而生发出来的一套伦理规范发起了攻击。五四时期所谓"打孔家店"等口号、不读中国书等说法就是反思和质疑以儒家思想为代表的传统文化的典型体现。

1949 年之后,尤其是"文化大革命"时期,儒家文化迎来了继"五四"之后的又一次更大的打击。然而历史总有其吊诡处,"断裂"与"革命"的愿望往往最终只能化为一场虚妄,历史的延续性似乎总能发挥其作用,轻而易举地为那些被否定掉的"传统"找到了新的形象与栖身之所:"'五四'反传统的深层语法规则,正是中国不以信仰为重而以忧国兴邦为要务的文化传统……中国传统的语法规则导致了反传统,这在逻辑上是一个悖论,但在'五四'却是一个真实的悖论——'五四'人物对中国文化传统的反叛越激烈,所表现的以家国振兴为要旨的使命感与忧国忧民的忧患意识也就越强烈"[1]。朱栋霖在一篇序言中也指出:"当五四先锋们大批特批孔孟思想、打倒孔家店时,他们自身的行为就在深刻地践行儒家'以天下为己任''天下兴亡、匹夫有责'的理念。贯穿中国近代文学、现代文学的主要思想力量,那般激荡澎湃的精神的主潮,是忧国忧民、民族救亡、民族振兴的精神,是具有现代意义的爱国主义、民主主义、人文主义的精神情怀。需要指出的是,奉献于文学中的这种崇高悲壮的精神,由现实激发的这种思想力量与文化精神,同本土传统文化精神有血缘关系,尤其是同儒家思想中'以天下为己任'、'天下兴亡、匹夫有责'的观念,同儒家文化中的民本思想、人文主义,有着血脉承传的姻缘。"[2] "五四"在反对儒家文化的同时,也继承并复兴了儒家士人可贵的精神传统,"文

---

[1] 高旭东. 跨文化的文学对话:中西比较文学与诗学新论 [M]. 北京:中华书局,2006:174.

[2] 王彩萍. 新时期作家与儒家文化精神 [M]. 北京:中国社会科学出版社,2013:3.

化大革命"想要砸烂以儒家文化为代表的"旧世界",却真正地复活造就了一个"新的"旧世界。

不管对儒家思想和文化抱有怎样的看法,我们都不得不承认它已经对中国各个层面造成了重大而深远的影响,并也将会继续发挥其作用。有研究者从政治和社会两个层面来概括儒家文化的影响,认为"儒家文化在中国传统社会作为一种官方意识形态存在,在政治层面上,儒家文化利用它的德治思想与民本思想规约着统治阶级的行为,使之保持一种相对平衡的状态,不至于暴虐苛政走向动乱。在社会层面上,儒家文化以家族血缘关系为根基,以孝悌尊亲、尊卑等级、仁者爱人、推己及人为倡导,利用广泛的家训乡约传布到社会的方方面面,建立起一个秩序井然的社会网络,从而保持了整个中国社会长期稳定而缓慢的发展"[①]。如果将中国社会粗略地划分为庙堂、广场、民间几个层次,那么我们将发现儒家文化在不同社会层面所带来的不同影响。儒家思想对于"庙堂",即国家政治层面来说,其最为重要的作用是验证君王统治的合法性,并造成一个尊卑有序、稳定运行的人伦社会环境,以维护其统治。同时,儒家的一些诸如"民为贵,社稷次之,君为轻"的民本思想以及德治的理念,也在一定程度上约束着统治者的行为。而在"广场"层面,尤其是儒家被定于一尊、并实行科举考试之后,其对士人阶层的影响尤为巨大。儒家对士人的要求可以凝练概括为"穷则独善其身,达则兼济天下","独善其身"强调的是向内的省察,是以儒家"圣人"为标准的自我道德规约和自我完善。在此基础上,"兼济天下"则向外倡导了一种积极入世的理念,并为士人提供了一个"修身、齐家、治国、平天下"的高远理想。在这种积极入世、心怀天下的儒家思想的长期熏陶浸染之下,中国文人逐渐形

---

① 王彩萍. 新时期作家与儒家文化精神[M]. 北京:中国社会科学出版社,2013:2.

成了所谓"感时忧国"的精神情结,而科举作为士人进入统治阶级的制度保障,进一步鼓励和加强了士人对政治的关注。在"民间"层面,儒家思想与诸如佛道等其他思想混杂在一起共同形成了最为日常的道德规范与生活信条。谈到这一层面则不能不提乡绅阶层,作为乡村世界的文化与政治特权阶层,他们是乡村社会中儒家思想与道德律令的权威阐释者,并长期充当了裁断纠纷、维护儒家道德的角色,从而使儒家的道德教条得以长期有效地维持了中国底层社会的秩序。回顾中国当代文学,不少优秀的作家在其作品中为我们艺术地再现了儒家思想在以上三个层面的存在样态,一些具有儒家文化人格的饱满鲜活的人物形象也成为当代文学艺术长廊中的不朽经典。

一、忧国忧民与不合时宜

《杜子美还家》是黄秋耘写于1962年的一部短篇小说,这无疑是一部以古鉴今,具有强烈批判意味的文学作品。作者借由杜甫返乡途中以及返乡之后的见闻,揭示了当时老百姓生活的艰难,批判了执政者的昏聩无能。作家有意将其本人的形象投射在杜甫身上,小说中的杜甫虽然也有忠君的封建思想,但其更为浓烈的却是忧国忧民的情怀与批判现实的精神。这样的杜甫既是传统儒家的,同时也闪现着现代知识分子的光彩。多年后黄秋耘回忆:"我那篇历史小说《杜子美还家》之所以被指斥为'特大毒草',只因为它写到了灾荒,虽然是一千多年前唐代'安史之乱'后的灾荒,也不免有'借古讽今'之嫌。其实说我'借古讽今'也没有冤枉我,假如一九六〇年秋天我没有重返三堡村,就写不出像《杜子美还家》这样'为民请命'的历史小说。不过,当年羌村的父老还有薄酒送给杜甫,在三年国民经济困难时期,试问还有哪一家农户能够拿得出薄酒送人呢?"① 可以说,正是因为"三年国民经济困难时期"重返三堡村的经历深深地触动了黄秋耘,在亲眼目睹了饥荒中农民的生活惨状之后,他才毅然动笔写下了《杜子美还家》。

在这部小说中,黄秋耘亲自践行了他"不要在人民的疾苦面前闭上眼睛"的信条。小说中杜甫因忠言直谏,为被罢免的宰相房琯求情而惹怒肃宗险些丧命,失信于肃宗之后最终被贬回家。官场失意的杜甫在返乡途中亲眼目睹了战乱饥荒中百姓生活的惨状:"一路上经过人烟稀少的原野,十室九空的荒村,所遇到的不是呻吟憔悴的难民,就是遍体疮痍的伤兵","走了二十多天,快到达鄜州的时候,眼前更出现一片令人毛骨悚然的景象:黄桑树上猫头鹰在悲鸣,乱葬坟中野鼠在四窜,夜深经过战场,冷冰冰的月光照着战死者的白骨。他越走近家门,心情就越加沉重了"。返家后的杜甫忧愤难眠,他感叹自己"致君尧舜上,再使风俗淳"的政治理想难以实现:"要忠于自己的职责,就有杀头革职的危险,要想保持自己的官职,就只有唯唯诺诺,随波逐流,伺察着皇帝和上司的脸色办事,过着又可怜又无聊的生活。"除却自己尴尬困顿的人生遭际,更让杜甫夜不能寐的是百姓生活之艰难:"玄宗皇帝又深居华清宫中,蔽塞聪明,杜绝言路,人民的痛苦一天比一天加深,生产力一天比一天衰落,他老人家却蒙在鼓里,一点儿也不知道。"而当朝的官员又结党营私,争权夺利,只知媚上求升迁,而不顾人民的死活,想到这里,"几颗热泪不觉沁出眼角,滴在冰凉的枕头上,湿成一大片了"。在这部小说中,作家将其本人的切身体验与历史真实水乳交融地糅在一起,经过艺术想象而成功地塑造出一个忧国忧民的杜甫形象。数千年前杜甫所目睹的凄惨景象恰恰与黄秋耘在重返三堡村时所见的农村惨状相重叠,这样,杜甫与作家本人、历

---

① 黄秋耘. 黄秋耘文集·风雨年华 [M]. 广州:花城出版社,1999:175.

史与现实之间就形成了某种深度的互文关系。小说中，杜甫明白"如果我在政治上不能有所作为，那么，至少可以用我的诗，我的笔"，"有时候，谏官之笔写不出来的，诗人之笔倒可以写得出来，作为一个谏官所办不到的事情，作为一个诗人却可以办得到"。当黄秋耘写出杜甫的这番"觉悟"时，实际上也就使得杜甫超越了传统的"忠君"思想，而更多地彰显了儒家士人心怀天下苍生的可贵人格，并同时将现代知识分子的批判精神注入到了杜甫的形象中。当然，杜甫的这番话，也完全可以视作黄秋耘本人的夫子自道，黄秋耘写下《杜子美还家》又何尝不是用"我的笔"来办"谏官所办不到的事情"呢？在当时的政治气氛下，黄秋耘能够保有知识分子的启蒙姿态和批判精神，并成功地用文学作品塑造出杜甫这一具有现代意味的儒家士人的形象，值得我们充分肯定。

  黄秋耘《杜子美还乡》中的杜甫，虽然也曾有官员的身份，但相比于官员，对他身份更合理的界定恐怕还是士人或知识分子。正因为对自己文人身份的充分认同，黄秋耘笔下的杜甫才会高度肯定与认可"文人之笔"。如果说黄秋耘在《杜子美还乡》中为我们刻画的是一个官场失意的知识分子形象，那么马笑泉《迷城》则为我们呈现了具有知识分子人格的官员在官场中的遭际。《迷城》中鲁乐山是一个恪守儒家精神的中国官员，作家有意突出鲁乐山的儒家色彩，这从"鲁乐山"之一命名上便不难看出。儒家文化在鲁乐山精神人格的形成中扮演着重要角色，早年的教书经历也使其具备了浓厚的知识分子气质。所以，虽然身居迷城县委常委的常务副县长之职，他却能够坚定地奉行传统儒家的价值观念。鲁乐山意外身亡后，好友杜华章为其撰写的讣文也高度评价了其对儒家价值观的坚守："他的祖父是一位私塾先生，饱读诗书，淡泊名利，深受乡人爱戴。鲁乐山同志从小受祖父的教诲，在'文化大革命'那样一个不正常的年代有幸接触传统儒家文化，奠定了他修身正己、济世利人的人生观、价值观。""而鲁乐山同志素来服从组织安排，同时深具以天下苍生为念的儒家情怀。教书育人,他全情投入,绝无二念。能够有一个更大的舞台施展他的才华,他也勇于迎接新的挑战。就这样,教育界少了一位名师,政坛迎来了一位干才。"儒家文化不仅浸润在鲁乐山的精神人格中,同时也切实地落实在了行动上。

　　事实上也确实是这样。小说中鲁乐山坚守并践行儒家价值观,但却与官场有着诸多格格不入之处,也颇让有些同僚不满。可以说,他的死也正与他坚持儒家价值观的为官之道有着很大的关系。与鲁乐山不同的是,小说中着墨较多的另一位官员,即鲁乐山的继任者杜华章却是一个具有突出道家文化色彩的人物形象。因为分别认同于儒、道两种文化,他们二人的不同不仅体现在工作中,也体现在对书法艺术的鉴赏上,鲁乐山擅长工整庄重的楷书,并对颜真卿的楷书颇为肯定,但杜华章却更欣赏颜真卿的行书作品。鲁乐山之所以不看好颜真卿的行书作品,与他的为人处世之道也有着极为密切的关联:"鲁乐山摇摇头,说:'我还是喜欢他的楷书,一笔一画都毫不懈怠,没有败笔。"这正应了那句"字如其人"的话,鲁乐山所称赞的颜真卿楷书的特点也正是他的处世之道与为官之法,对于这一点,与他共事多年的好友杜华章有着切身的感受:"鲁乐山一谈完工作,神情就重归木然。杜华章有点不习惯,但转念一想,《论语》上不是说过么:'刚、毅、木、讷近仁',他不抢占自己的发明权,又毫无保留地为此事出谋划策,说明他仁厚正直,乃是非常好的工作搭档,木讷一点又何妨?"但同样也正是因为这样不妥协的态度而给鲁乐山招来了怨恨,他这样一种刚正不阿的为官之道,也使得他更容易被有些人视作"眼中钉"。由此,我们不难推断,鲁乐山在治理整顿煤矿过程中的意外身亡,绝非自杀,必定是他刚硬的工作作风触及到了某些人的利益,而使得对方起了杀心。

　　但让人哭笑不得的是,这样一位恪守儒家价值观的正直官员,却在意外死亡之后遭人诬陷。对此,深知鲁乐山为人的杜华章非常愤怒,杜华章想:"官场中能够像乐山这样,不直接搞权钱交易,已经是非常清廉了。至于出席各种活动,或者是生病住院、逢年过节,别人送的红包,那是很难拒绝的,因为一拒绝就会被看成异类,无法在这个场混下去。但说他房子里有二十多万红包,实在蹊跷。如果超过五千,他肯定会上缴。而低于这个数的小红包,要凑齐二十多万,就算每个平均三千,起码也有七十个,很占地方。以他的崖岸高峻,一般人难得找到机会送,要收到这么多红包,得是好长一段时间。这么长一段时间,他完全可以把钱存银行,或者拿回家去,怎么会存放在宿舍里呢?"然而,由于当事人鲁乐山已离世,死无对证,便只能任由人栽赃诬陷了。而杜华章也只能通过回想与鲁乐山交往共事的细节来做出自己的猜测和判断。杜华章深为感叹:"心想像这类出身贫寒的干部,发达之后,要么就是放肆享受,贪得格外厉害;要么就是很知足,非常珍惜来之不易的地位。他想起有次去鲁乐山宿舍,见他在读《论语》,便问他最喜欢孔圣人的哪句话。鲁乐山要自己猜一下,自己便说,'士不可以不弘毅,任重而道远'。他要自己再猜。自己想了想,又说,'君子耻其言而过其行'。鲁乐山说这两句他都喜欢,但最喜欢的是孔子赞颜回的话,'一箪食,一瓢饮,在陋巷,人也不堪其忧,回也不改其乐'。当时还不太理解,现在想来,几个咸鸭蛋吃了一个学期的人,是最有资格喜欢这句话的。"由杜华章的分析看,鲁乐山私藏二十多万红包一事于情于理都说不通。鲁乐山为官刚正,并也确实取得了不少骄人的政绩,但结果却不明不白地死于非命,死后还一再地被人泼脏水。这不能不让人联想到小说中梁秋夫对鲁乐山和杜华章二人的评价。当杜华章怀疑自己是否适合走仕途时,知己梁静云提到她父亲的观察:"你还是适合走这条路的。我爸爸说过,你事事留有余地,盈而不满,泰而不骄,难得结怨。鲁县长就太刚了,最后会导致亢龙有悔。"梁静云的父亲梁秋夫对《易经》钻研颇深,也很有些心得，他对鲁乐山"亢龙有悔"的判断最终果然得到了应验。鲁乐山坚持以儒家教义来行事，最终却落得这样凄惨的下场，这不能不引起我们对传统文化及当下政治体制的反思。

二、道德紧身衣与苦难超越

《杜子美还家》中的杜甫形象很好地诠释了儒家思想对文人精神与人格的塑造，除了这种"广场"层面的文人形象，当代有不少小说作品专注于底层社会的描写，并借由底层的历史变迁来折射呈现中国现代历史的风云变幻。在这些作品当中，具备儒家思想品性的人物形象也充当了小说中最为重要的人物类型。儒家思想在民间社会的浸润发展，最终演变形成一套特定的伦理道德规范，这套伦理规范在很大程度上维持了乡村社会的稳定与正常运转，但不能否认的是，这些规范与教条往往严苛窄狭而压抑人性，在这种严格的道德规范之下，个体的压抑也就是必然的事了。

张炜《古船》中的隋抱朴就是这样一个被儒家规范所约束和压抑的典型代表。回顾20世纪80年代的文学写作，《古船》是绕不过去的一部重量级的长篇小说作品。这部小说借助洼狸镇四十多年——从1949年前的土地改革到改革开放——的历史，为我们展开了一幅风云诡谲的历史图景。借助于芦青河的涨落以及粉丝工厂的兴衰等意象，作者也为我们描绘了老隋家以及洼狸镇跌宕起伏的命运轨迹。在洼狸镇的隋、赵、李三大姓氏家族中，隋家曾是声势最旺的大户人家，兴盛时的老隋家将粉丝工厂开到了各地，其出产的粉丝甚至行销海外。尽管隋迎之拥有惊人的财富，但却为人谦和、恪守着儒家的道德规范。隋迎之死后，这种包涵儒家精神的家风很好地被长子隋抱朴继承下来。隋抱朴无疑是整部小说中最具儒家风范的人物形象，他在儒家传统文化的熏陶浸染之下成长，父亲的言传身教对他人格的形成无疑起到了关键性的作用。正如父亲所期望的，抱朴在很长的日子里都将《论语》中的"毋意、毋必、毋固、毋我"一语作为其座右铭，努力保持着温和中庸的处世态度。儒家思想的浸染，一方面使得他不得不压制着自己心里的愤恨和欲望，成了老磨坊里木讷寡言、近乎石像一样的存在；另一方面却也让他有着难能可贵的悲悯情怀与"拯救苍生出苦海"的宏大志向。

不能忽视的是，隋抱朴这种隐忍木讷的性格既是儒家思想影响的结果，但同时也与老隋家的命运遭际有着极为重要的关系。因为父亲"资本家"与"士绅"的双重身份，隋家在1949年之后的历次政治运动中受到了强烈的冲击。尽管隋迎之努力践行儒家信条，从未有为富不仁的行径，并且他早在中华人民共和国成立前的土地改革中就主动上交了粉丝坊，成为被保护的"开明士绅"。然而，这一切最终也还是没能挽救隋家的灭亡。隋迎之鲜血流尽死在了马上，妻子茴子因誓不交出老宅最终惨死在隋家的正房里。"狗崽子"抱朴、见素兄弟俩被拉去游街、批斗，妹妹含章也深受凌辱。儒家的道德规约加上凄惨的家族遭际，使得隋抱朴不得不压抑自己的真实情感，最终形成了懦弱寡言的病态性格："我那时候怕任何声音，做饭时锅盖不小心掉在地上，发出响动，就赶紧四下里看一看。有一次我过河，踏过窄窄的小柳木桥时正好迎面遇上老多多。他错过身去时狠狠吐一口，咕哝说：'干掉你！'我听了心里一哆嗦。见素，几十年来我就仿佛在等待着被谁来'干掉'，小心得不能再小心，生活得没有声音，唯恐有人记起我来，把我干掉。"

除却自己家族的悲惨遭遇，童年时所亲历的政治运动，也给抱朴留下了难以磨灭的心理阴影，并进一步加重了其木讷懦弱的性格。抱朴六七岁的时候就目睹了村里开斗争会打死地主家儿子的残忍场景，也亲眼看到了还乡团报复村民，把人投入火中活活烧死，甚至残忍地用铁丝将四十多个农民不分男女老幼全都串在一起折磨一夜后活埋,"文化大革命"中的武斗更是触目惊心:"我注定这一辈子是完了,一辈子要在惊恐里过完,没有办法。……一辈子都在心里会压得你喘不过气来……"他为人类的兽行而感到耻辱,这些沉重的往事也给他带来了极大的痛苦。但是,尽管曾受到凌辱和折磨,隋抱朴却极力压抑着自己心里的愤恨,他甚至可以多次帮仇家赵多多"扶缸"。这一点无疑与充满仇恨和报复心的弟弟见素形成了鲜明的对比。对此,抱朴自我剖白:"我不是恨着哪一个人,我是恨着整个的苦难、残忍……我日夜为这些不安,为这些忧愁,想不出头绪,又偏偏拗着性子去想。我恨有人去为自己拼抢,因为他们抢走的只能是大家的东西。这样拼抢,洼狸镇就摆脱不了苦难,就有没完没了的怨恨。"由此,我们也看到了隋抱朴对个人苦难和仇恨的超越,他心怀悲悯之心,他所痛苦的不仅是自己、更是洼狸镇人所经受的苦难。

但就在这苦苦的思索中,在儒家思想与沉痛往事带来的压抑之下,隋抱朴丧失了追求爱情的勇气。妻子桂桂死后,隋抱朴曾与村女小葵相爱,然而因为其政治出身问题,小葵不得不在家族的安排下嫁给李兆路。在这段感情中,隋抱朴始终是克制而懦弱的,最终两次错过了与小葵重新结合的机会。不难看出,隋抱朴对小葵是真爱,当小葵与他约定在河滩见面时,他原本试图压抑自己的感情而有意避开河滩:"他不知为什么想绕开河滩。他走得很慢。走啊走啊,两条腿那么沉重。后来他就不走了,定住似的一动不动。"但是心中炙热的感情却最终还是占了上风,于是,"他在霞光里摇晃了一下,突然转身向河滩跑去了。他像要扑向一个什么东西,没命地奔跑,嘴里同时还发出了谁也听不清的嘟囔声。他跑着,满头黑发都在微风中扬起来。这健壮结实的身躯颠晃着,两只胳膊在身侧夯开,迈出的每一脚都给润湿的泥土夯上一个深深的印字。"这或许是隋抱朴生命中为数不多的激情流露的瞬间。也正是因为对小葵有着这样浓烈的感情,所以在小葵最终嫁给了李兆路之后,他才会难以自制地在一个雷雨夜奔到小葵家里,并与她有了一夜激情。可悲的是,这次的真情流露却让抱朴深陷在极大的道德困境中。他虽然与小葵相爱,但他们之间的这种关系是绝对不容于儒家伦理规范的。这种困扰在李兆路死后则迅速地转变为更深的内疚和自责,他自我惩罚一般地极力压抑自己的感情,并断然拒绝了与小葵结合的机会:"他深夜在院子里一个人徘徊,但后来再也没有走近小葵窗口一步。他似乎总是听到兆路'砰砰'的打瓢声,听到煤窑冒顶的轰鸣、兆路的呼救,似乎看到了他在另一个世界谴责的眼神。"虽然抱朴和小葵的事并没有其他人知晓,但是抱朴还是跨不过这个坎,他"自己审判了自己",深谙于心的道德教化让他不安,极力压抑自己的感情又让他痛苦万分:"那个打雷的晚上我是疯了。我的胆气也不知是从哪里突然就跑出来。我知道兆路死了我再去找你,老赵家的人又会记起多年前的事。他们会顺藤摸瓜地想出一些又一些事,把你说成坏女人,把我说成个夺人家妻子的恶人。我们两个都抬不起头来。……我知道老隋家的后一辈人再也不要欠账了,谁的账也不要欠。可我今生是欠下兆路了,我真不敢想,不敢想!"在小葵守寡的十多年里,抱朴从未放下对她的感情,但是加诸在他身上的道德枷锁成为横亘在他们二人之间的最大障碍。

抱朴的痛苦,正是情感与道德相互冲突纠缠所造成的痛苦,而这种苦境也是恪守儒家道德规范的老隋家人的普遍困境:"我常想这是人的一种病,病根太深了。我从很小就得了这病,愈来愈重,胆小怕事,从来不敢说出心里的话;有时正说着,有人大声对应一句,我又变得吞吞吐吐了;我不敢走到人多的热闹地方去,不敢大声说话。……我还暗地里观察过,镇子上有这种病的人绝不止我一个。老隋家的人偏多偏重,像含章,我不知多少年没有听见她放声地笑了。"儒家的道德教化无疑已经紧紧地捆绑和束缚了他们的言行和情感,也让他们的生命之火遭受压抑而难以热烈地燃烧。不光见素如此,他的父亲隋迎之也深受其苦,见素就发现:"叔父胡吃海喝了一辈子，他的心受的折磨最少。爸爸规矩了一辈子，最后算账累死了。咱俩给关在书房里，你练字我就得研墨。爸爸死了，你又把我关在书房里。你教我念'仁义'，我就重复一声'仁义'！你教我写'爱人'，我就一笔一画写下'爱人'……"

因为道德的约束与对舆论的惧怕，抱朴没有勇气与小葵结合。小葵在苦等十多年无果的情况下，只好嫁给了跛四。小葵的再嫁对抱朴造成了很大的情感冲击，这种打击也让他开始深刻地反省自己。他埋怨自己的"窝囊"，并意识到自己的沉默和退却不光折磨自己，也伤害了身边的人。他心里分明有着炙热的感情，但却因为道德的束缚与温良中庸的儒家教条而不敢表露："有话郁闷在心里，闷一个月、一年、一辈子，就像闷面酱一样，闷得全变了色儿！从来没有痛痛快快说过话，身上的血全淤在那里，真想照准自己随便哪里扎一锥子。流血了，疼得在地上乱滚，喊裂了嗓子，喊得他们退开老远。想是这么想，从来没有那样的胆子。什么都不敢。那就趴下过一辈子吧，偏偏又不能。偏偏又知道恨、知道爱，知道在暴雨天里往外跑。有时候像被热水泼了一样，烫得难受，老想蹦起来。咬住牙，挺住，一声不吭，一声也不吭啊。"而他也醒悟到自己究竟为什么一直逃避与小葵的感情，说到底，他怕的并不是李兆路，也不是老赵家，而是惧怕来自传统道德的审判："老隋家的人世世代代都重名声，名声变得一钱不值，也还是为名声去费脑筋。我刚才说了怕这怕那，最要紧的一条还没有说，就是怕那个名声。小葵把她给了我，那时候兆路还活着，她倒什么也不怕。我真可恶。我怕镇上人说：老隋家有人趁别人闯东北的时候夺了人家的老婆。我战战兢兢地回避着这句话。"就这样，在道德紧身衣的束缚下，他错失了小葵，而面对闹闹的示好，他也同样采取了压抑和回避的态度。知晓闹闹心意的见素暗示过抱朴，但是抱朴却装傻："见素站在磨屋中央，两手抄在裤兜里，等抱朴回过身来，就问：'闹闹刚才进老磨屋干什么？'抱朴淡淡地说：'瞎闹着玩。'见素摇摇头:'我看见她用棍子打了你。'抱朴苦笑着:'我从来不跟她开玩笑。这个姑娘简直是个泼皮性儿。'见素也笑笑:'可是她从来不跟我动棍子。'抱朴挖苦他:'会的,你等着吧。'"

小葵的再嫁使得抱朴坚硬的外壳逐渐土崩瓦解,并激发了他努力挣脱枷锁的欲望,这在很大程度上改变了他逃避和隐忍的处世态度。需要注意的是,儒家的道德教化与历史苦难让抱朴深受其苦,但儒家所倡导的"修齐治平"与仁爱等思想也使得他对人类苦难有了难得的悲悯之心,虽然平日里沉默木讷,但他心里却有着解救天下苍生的宏大志向。从他对自己内心的剖白中,我们也窥见一个闪现着儒家圣人光芒的抱朴,知晓了木讷麻木的背后是难以排解的痛苦和他对苦难的深刻反省:"见素,你不知道,世上那些不怎么说话的人其实说了最多的话,说得口焦舌燥。他们在跟自己交谈啊,最累的是心。"平日里看似石头一般的抱朴,实际上却可以称得上是洼狸镇上的哲人和圣人,他不光担负着老隋家和洼狸镇的沉重历史,他甚至也扛起了整个人类的苦难,这样的思考也常常带给他更深的痛苦:"我寻思往事,我算账,都是自己帮自己。我常常想,人哪,你到底能走多么远?就一直走下去吗?让人最害怕的绝不是天塌地陷、不是山崩,是人本身。……他的凶狠、残忍、惨绝人寰,都是哪个地方、哪个部位出了毛病?先别忙着控诉、别忙着哭泣,先想一想到底是为了什么吧。"因为自己亲身目睹并遭受了几十年政治动荡所带来的苦难,所以抱朴一直在设法找到摆脱苦难的方法,传统儒家思想提供给他的是谦和低调的处世之道,让他甘愿窝在老磨坊里与世无争:"我不该撕自己,我也不愿看到老隋家的人去撕别人。镇上人就是这么撕来撕去,血流成河。……我最怕的就是撕咬别人的人。因为他们是兽不是人,就是他们使个洼狸镇血流成河。我害怕回想那样的日子,我害怕苦难!见素,我一想起那些日子就心里打颤。我在心里祷告,'苦难啊,快离开洼狸镇吧,越远越好,越远越好,永远也别回来!'你不要听了在心里笑我,你不要以为我的担忧全是多余的。"

　　为了寻求到摆脱这种同类相残的苦难的办法,他仔细研读《共产党宣言》,想要以此来给过去的岁月找到一个合理的解释,更希望在未来能够避免类似的苦难再次发生。在抱朴的理解中,《共产党宣言》在注重群体利益等等方面与儒家思想有诸多相通之处,他眼中的《共产党宣言》实则是一个有着浓烈儒家色彩的救世良方。甚至撰写宣言的马克思和恩格斯也被他视作是儒家圣人一般的存在:"他们看过的苦难比谁都多,要不他们不会写出那样的书来。……他们在和全世界的人一块儿想过生活的办法。……他们只想着那么多的人,只想着让受苦的人摆脱血泪,又善良又坚决。他们没有一点小心眼。有小心眼的人只为自己想一点小办法,想不出这样的一种大办法。"为此,他认为最重要的还是要大家一起生活,必须摆脱占有欲:"父亲把粉丝厂交还了大家,他认为它应该是大家的。他不单单是因为害怕才交出去的。我从来就认为他有他的道理。他只给自己留下了过生活的一处小作坊。后来又有人做主把最后的小作坊也收走了,理由是大家一块过生活。这样当然好。一辈子又一辈子的苦难,也许就是因为没有一块过生活——可这样的生活还是没有过好。这才是我最难过的地方,我就为这个难过,所以我才不停地读那本书。我也为死去的老父亲难过,他吐净了血老死在马背上,就为了今后的人一块过生活。"面对弟弟见素一心想要夺回粉丝厂的野心,抱朴不但不支持甚至还明确劝阻,在抱朴看来,粉丝大厂原本就不该姓"隋","粉丝大厂不会是赵多多的,也不会是老隋家的","它谁的也不是。它是洼狸镇的"。

　　抱朴所担心的是这出于私欲的争抢会带来没完没了的苦难:"我原来以为镇子上再也不会有那么多苦难了,再也不会流那么多血了,后来才明白这是梦想——镇子上还有你这样的人,不止你一个。镇上人会摆脱苦难吗?你这样的人会自己抱紧金子,谁也不给——有人会用石头砸你,你会用牙去撕咬,就又流血了。"抱朴所想的并非个人或家族的利益,他苦苦思索的是所有人一起摆脱苦难的救世良方。面对执着于夺回粉丝工厂的弟弟,抱朴质问:"我亲眼见到镇上好多没有牙的老头子老太婆吃红薯和麸皮做成的丸子,你发了财,会保证他们吃好穿好,像对待父母一样对待他们吗?你能不能?你快回答我吧!"而对城里的拾荒者,他也饱含同情和悲悯:"有一回我去城里有事,半夜里就看见一个老婆婆去垃圾桶里拣东西。她哼哼着,快走不动了,伸手在桶里翻。突然她手扎到什么东西上了,尖叫一声抽回来,另一只手把扎的东西拔掉,然后再去翻。她把破纸和绳头捆了,拖着走了。我一连几夜都看到了她,按时来,按时去……我的心里酸酸的。我老觉得这是我的妈妈。怎么回事?我们连帮一个老婆婆的力量都没有了吗?我不知道。我只知道、我只认定,如果眼睁睁地看着这样的老人这样过生活,哪怕只有一个这样过生活的,那么就没有理由把我们的国家和日子夸得多么完美多么神乎!"从这里,我们也不难看出抱朴身上有着传统儒家士人忧国忧民的品性,对人类遭受的苦难始终心怀悲悯,对人性的贪婪始终心怀警惕。

正是从解救人们的苦难出发,醒悟后的抱朴终于挣脱了束缚于身的枷锁,并也认识到:"最重要的是自己不阻拦自己。这比什么都重要。我们满身都是看不见的锁链,紧紧地缚着。不过我再不会服输,我会一路挣脱着往前走。哪怕我的胳膊被这些锁链捆折了,两手淌血,我还是要挣脱。"他终于决定接管粉丝厂,以实际行动来改变苦难的现状。

三、残酷的仁义与乡村秩序

张炜的《古船》也影响到了不少当代作家的小说创作,陈忠实就是其中之一,他在访谈中也多次谈到了《古船》给予他小说创作的重要启发。在陈忠实的代表作《白鹿原》中,我们同样发现了一些深受儒家传统道德之害的人物形象。这其中最典型的恐怕就是田小娥了。在回忆田小娥这个人物的创作动机时,陈忠实谈到其翻阅县志时的发现:"一部二十多卷的县志,竟然有四五个卷本,用来记录本县有文字记载以来的贞妇烈女的事迹或名字,不仅令我惊讶,更意识到贞节的崇高和沉重。……事迹大同小异,宗旨都是坚定不移地守寡,我看过几例就了无兴味了。……我很自然地合上志本推开不看了。就在挪开它的一阵儿,我的心里似乎颤抖了一下,这些女人用她们活泼的生命,坚守着道德规章里专门给她们设置的'志'和'节'的条律,曾经经历过怎样漫长的残酷的煎熬,才换取了在县志上几厘米长的位置,可悲的是任谁都难得有读完那几本枯燥姓氏的耐心。"① 就是在这样翻看县志的过程中,面对那些密密麻麻的贞节名录,陈忠实"产生了一种完全相背乃至恶毒的意念,田小娥的形象就是在这时候浮上我的心里。在彰显封建道德的无以数计的女性榜样的名册里,我首先感到的是最基本的作为女性所受到的摧残,便产生了一个纯粹出于人性本能的抗争者叛逆者的人物。"②

《白鹿原》中的白鹿村完全可被视作传统中国的缩影,影响白鹿村的最重要的文化也正是儒家文化。《白鹿原》之所以一开篇即花大量笔墨写到白嘉轩娶妻一事,并非作者有揭人隐私的癖好。在传统乡村社会,传宗接代实乃大事,正所谓"不孝有三,无后为大",所以父亲白秉德在临终前心心念念的也只是白嘉轩的成家问题:"过了四房娶五房。凡是走了的都命定不是白家的。人存不住

---

① 陈忠实. 寻找属于自己的句子:《白鹿原》创作手记 [M]. 上海:上海文艺出版社,2009:13.

② 陈忠实. 寻找属于自己的句子:《白鹿原》创作手记 [M]. 上海:上海文艺出版社,2009:14.

是欠人家的财还没还完。我只说一句,哪怕卖牛卖马卖地卖房卖光卖净……"如此看来,白嘉轩娶七房女人就难说是"豪壮"了,伴随着一次次婚娶而来的更多的只是"传宗接代"的焦虑感和悲壮感。借由白嘉轩的娶妻一事,陈忠实成功地渲染了白鹿村传统观念的深重。

作为白鹿村的族长,白嘉轩以儒家的"仁义"作为其处世之道,"仁义"也是白鹿村最被看重的做人原则。当白嘉轩与鹿子霖因为李家寡妇的六分地而起冲突时,朱先生帮他们写的"诉状"是:"倚势恃强压对方,打斗诉讼两败伤;为富思仁兼重义,谦让一步宽十丈。"白、鹿二人看到这张"诉状"心有所感,不仅不再争地,反而将土地归还李家寡妇并赠其钱财,白鹿村的"仁义"也因此远近闻名,县长为此亲赐"仁义白鹿村"的石碑。白嘉轩领头翻修祠堂、创办学堂、资助黑娃念书等举动,其最重要的目的即是用传统儒家思想教化村民,明确纲常伦理,以维持白鹿村的秩序。教书的徐先生在学堂开馆典礼上的致辞也证明了这一点:"我到白鹿村来只想教好俩字就尽职尽心了,就是院子里石碑上刻的'仁义白鹿村'里的'仁义'俩字。"面对清朝灭亡等历史冲击,身为族长的白嘉轩所最为关心的也依然是传统伦理秩序的维持。为此,朱先生遵照儒家伦理规范为白鹿村草拟了《乡约》。为了落实《乡约》中的道德规范,白嘉轩要求白鹿两姓都必须学习背记《乡约》条文,并向村民宣布:"学为用。学了就要用。谈话走路处世为人就要按《乡约》上说的做。凡是违犯《乡约》条文的事,由徐先生记载下来;犯过三回者,按其情节轻重处罚。"这样的严格学习确实起到了显著的效果:"白鹿村人一个个都变得和颜可掬文质彬彬,连说话的声音都柔和纤细了。"

在黑娃等人办农协闹腾革命风潮之后,白嘉轩首先想到的并不是报复:"我权当狗咬了。人嘛,不能跟狗计较。"他非但不报复,还反而以族长的身份下跪为那些曾经游斗他的人求情。在白嘉轩看来,在乡村秩序被革命运动强烈冲击之后,当务之急并不是惩治叛逆者,而是尽快地凝聚人心,恢复被破坏的乡村秩序。为了让白鹿村尽快回到革命前的轨道上去,他马上着手修复被破坏的石碑、祠堂,并让儿子孝文主持了隆重的祭奠仪式:"白嘉轩在一片屏声静息的肃穆气氛中走到方桌正面站定,从桌沿上拈起燃烧着的火纸卷成的黄色煤头,庄重地吹一口气,煤头上便冒起柔弱的黄色火焰。……孝文看着父亲从祭坛上站起走到方桌一侧,一直没有抹掉脸颊上吊着的两行泪斑。按照辈分长幼,族人们一个接一个走上祭坛。点燃一枝紫香插入香炉,然后跪拜下去。香炉里的香渐渐稠密起来。最低一辈刚交十六刚获得叩拜祖宗资格的小族孙慌慌乱乱从祭坛上爬起来以后,孝文就站在祭坛上,手里拿着乡约底本面对众人领头朗诵起来。……乡约的条文也使众人联系到在这里曾经发生过的一切,祠堂里的气氛沉重而窒息。"通过这样庄重肃穆的祭祖仪式,尊卑秩序以及《乡约》所代表的儒家道德规范再次成功地得以明确和强调。

毫无疑问,身为族长的白嘉轩必然是这《乡约》的坚决捍卫者,平日里宽和仁义的他,面对违背《乡约》的人,却显出了"仁义"之外另一副面孔。在动荡历史的冲击之下,白嘉轩还是尽力想要按照《乡约》来维持白鹿村的正常秩序,儿子孝文和孝武到城里的新式学堂读书后,白嘉轩也不忘告诫他们谨记"耕读传家"的家训,所谓"耕织传家久,经书济世长",这正是典型的被儒家所倡导的理想生活图景。白嘉轩告诫两个儿子:"从今日起,再不要说人家到哪儿念书干什么事的话了。各家有各家的活法。咱家有咱家的活法儿。咱只管按咱的活法儿做咱要做的事,不要看也不要说这家怎个样那家咋个样的话。"这样的告诫颇有些掩耳盗铃的意思,凭一己乃至一家之力,怎么可能抗拒得了历史的大变动呢?在充满动荡的历史条件下,想要维护儒家伦理规范、让白鹿村在传统的轨迹上继续走下去,其难度之大可想而知。正因如此,白嘉轩对越轨者的惩罚也就越加严苛甚至残忍。比如对赌徒白兴儿等人和抽鸦片者，除了在祠堂当众责骂之外，还通过将手伸入沸水甚至灌屎等整治方式让他们牢记教训，这样残酷的惩戒方式明显带有杀鸡儆猴的意味。包括后来对田小娥和狗蛋的整治场面，其血腥程度也让人触目惊心："小娥被人从东边的厢房推出来，双手系在一根皮绳上，皮绳的另一端绕过槐树上一根粗股，几个人一抽皮绳，小娥的脚就被吊离地面。……每人手里握一把干酸枣棵子捆成的刺刷……白嘉轩从台阶上下来，众人屏声静气让开一条道，走到田小娥跟前，从执刑具的老人手里接过刺刷，一扬手就抽到小娥的脸上，光洁细嫩的脸颊顿时现出无数条血流。小娥撕天裂地地惨叫。"而一起被行刑的光棍狗蛋就更惨了，他"先被团丁用枪托砸断了一条腿，接着又被刺刷抽得浑身稀烂。时值热天，无以数计的伤口三几天内就肿胀化脓汇溃成脓血，不要说医治，单是一口水也喝不到嘴里"。由于犯了《乡约》并被族长白嘉轩亲自教训，狗蛋必然会被村人孤立，出于鄙夷与惧怕，无一人肯帮这个单身汉一把。最终，狗蛋只能是惨死在家里："村里人后来听不到叫声，才走进那幢破烂厦屋去，发现他死在水缸根下，满屋飞舞的绿头苍蝇像蜂群一样嗡嗡作响。"由狗蛋的惨死，我们也足可以领教儒家传统道德对人的摧残之深了。

　　儒家道德规范对正常人性的压抑在《白鹿原》中是很普遍的现象。比如黑娃这个反叛者。他与田小娥实则是自由恋爱，但在乡间礼俗看来，这种越轨行为却是大逆不道的，黑娃因此被剥夺了进祠堂拜祖的权利。拜祖虽然只是一个仪式，但这个仪式却直接关系到作为个体能否被族人（群体）接纳这样的关键性问题。比如在孝文完婚之后："白嘉轩以族长的名义主持了儿子和儿媳进祠堂叩拜祖宗的仪式。这种仪式要求白鹿两姓凡是已婚男女都来参加。新婚夫妇一方面叩拜已逝的列位先辈，另一方面还要叩拜活着的叔伯爷兄和婆婶嫂子们，并请他们接纳新的家族成员。"在传统乡村社会，在重视群体的儒家文化氛围中,不被群体接纳即意味着个体一定做出了违背儒家伦理规范的所谓"大逆不道"之事。在这种情况之下,违规者必然会处处受歧视遭排挤,难以在村里立足,连其家人也会没尊严丢面子。黑娃与田小娥因为不被接纳,只得搬到村外的破窑洞里去住,而父亲鹿三也对黑娃的事耿耿于怀,"仿佛一块无法化释的积食堆积在他的心口上"。

正因为受到了村人和家族的歧视和排斥,所以黑娃等人在白鹿村成立农协之后,他便以围攻封建堡垒为名头,在革命运动中砸毁了"仁义白鹿村"的石碑,祠堂里的《乡约》也被他砸得粉碎。这所谓的"革命行动"分明夹杂着个人的怨气,实乃泄愤之举:"他手里提着一个铁锤,咣当一声,只需一下,铁锁连同大门上的铁环一起掉到地上。黑娃领头走近祠堂大门,突然触景生情想起跪在院子里挨徐先生板子的情景。他没有迟疑就走上台阶,又一锤砸下去,祠堂正厅大门上的铁锁也跌落到地上。……黑娃久久站在祭桌前头,瞅着正面墙上那幅密密麻麻写着列祖列宗的神轴儿,又触生出自己和小娥被拒绝拜祖的屈辱。"值得注意的是,在这样的"革命运动"中,黑娃的确可以称得上是一个破坏者,但在其破坏的过程中,他的愤恨和屈辱感却又恰恰证明了他对传统道德规范的认同。黑娃做了土匪之后,之所以特别交代其同伙打废白嘉轩的腰,是出于对其"太硬太直"的腰的惧怕,而他真正惧怕的并不是白嘉轩的腰,而是这又硬又直的腰所象征的儒家伦理规约。这样,黑娃其实还是没有挣脱出儒家的伦理纲常思路,他并不是像鹿兆鹏那样的知晓"自由恋爱""反封建"等思想的自觉革命者,从某种程度上说,反叛者黑娃也依然是一个归属于儒家规范之内的传统的人。

身为白家的长子,白孝文也深受儒家传统道德的压抑。黑娃领回田小娥之后,白嘉轩对两个儿子的管制更加严格,身为族长,为维持其威信,他也必然不容许自己乃至家人有违背《乡约》之举。对于两个儿子,白嘉轩更为看好的无疑是大儿子孝文:"白嘉轩经过长期观察和无数次对比认定,由孝文将来统领家事和继任族长是合法而且合适的。两个孩子都是神态端庄,对一切人都彬彬有礼,不苟言笑,绝无放荡不羁的举止言语,明显地有别于一般乡村青年自由随便的样子。但孝文比孝武更机敏,外表上更持重,处事更显练达。"虽然白孝文完全可以算是一个符合儒家道德规范的优秀青年样板,但他毕竟还是有着正常人的爱欲情仇。在父亲的管制和从小受到的儒家教育的压抑下,他蛰伏的欲望长期得不到宣泄。在这种情况下,当鹿子霖与田小娥为了报复而设计引诱白孝文时,他欲望的决堤也就是必然的事了。然而可悲的是,在道德的驯化之下,白孝文几次尝试却最终也没能与田小娥成事。白嘉轩如此看重白孝文,并将其作为继任族长来培养,可他竟然与田小娥有了不清不楚的关系,这对白嘉轩的打击之大可想而知。对白嘉轩来说,乡约族规无疑是极为重要的:"形成家庭这种没有大起也没有大落基本稳定状态的原因,除了天灾匪祸瘟疫以及父母官的贪廉诸种因素之外,根本的原因在于文举人老爷爷创立的族规纲纪。他的立家立身的纲纪似乎限制着家业的洪暴,也抑止预防了家业的破败。无论家业上升或下滑,白家的族长地位没有动摇过,白家作为族长身体力行族规所建树的威望是贯穿始今的。……并非所有的族长都有伟迹,悄无声息的平庸之辈也为数不少,甚至每隔一代两代就会出一个败家子族长,这是殃祸家族的大害必须尽早诛除不能手软。"作为继任族长,白孝文的不轨行为无疑已经极大地影响了白家的声誉和权威,也对《乡约》等伦理规范造成了极大的冲击和动摇。为了维护《乡约》的权威和白家所"立家立身的纲纪",白嘉轩只能狠下心对儿子孝文进行了惩治:"孝武领诵完乡约和族规的有关条款,走到父亲跟前请示开始执行族规。……白嘉轩谁也不瞅,端直走到槐树下,从地上抓起扎捆成束的一把酸枣棵子刺刷,……转过身就把刺刷扬起来抽过去。孝文一声惨叫接一声惨叫,鲜血顿时漫染了脸颊。白嘉轩下手特狠,比上次抽打小娥和狗蛋还要狠过几成。这个儿子丢了他的脸亏了他的心辜负了他对他的期望,他为他丧气败兴的程度远远超过了被土匪打断腰杆的劫难,他用刺刷抽击这个孽种是泄恨是真打而不是在族人面前摆摆架势。"经过这次的惩戒和羞辱,白孝文彻底放下脸面与小娥厮混:"小娥仍然解不开好奇:'过去到底咋么着是那个怪样子?今日个咋么着一下就行了好了?'孝文嘲笑说:'过去要脸就是那个怪样子,而今不要脸了就是这个样子,不要脸了就像个男人的样子了!'"他甚至在田小娥的引诱下抽大烟、卖地,媳妇也在饥馑中饿死了。

  对于白嘉轩来说,其悲壮之处在于,在一个急剧动荡的历史环境中,他却执意于维持传统和秩序,这种努力注定会失败,但也仍值得我们感佩。贾平凹的长篇小说《秦腔》同样展现了传统乡村世界和伦理秩序的溃散。他将目光聚焦在改革开放之后的农村社会,在现代化的强烈冲击之下,传统的乡村社会也逐渐土崩瓦解,正因如此,这部《秦腔》才会被视作是一曲传统乡村社会的挽歌。乡村世界的衰败不仅体现在物质上,以儒家文化和儒家道德为内涵的乡村伦理秩序的败落也是其重要的表现。在一个常态的乡村世界,其秩序的维持不靠"法",而是主要依靠着"传统"和"礼",而儒家文化正是这"传统"和"礼"的重要内核。乡村社会是靠传统维持的礼治社会,"所谓礼治就是对传统规则的服膺。生活各方面,人和人的关系,都有着一定的规则。行为者对于这些规则从小就熟习,不问理由而认为是当然的。长期的教育已把外在的规则化成了内在的习惯。维持礼俗的力量不在身外的权力,而是在身内的良心。所以这种秩序注重修身,注重克己"[①]。由此可见,传统乡村社会可以说是处在一种相对的"无为而治"的状态:没有一套明确的法规,但所有人都知道什么事该做、什么事做不得。而违背规则

[①] 费孝通. 乡土中国 [M]. 上海:世纪出版集团,上海人民出版社,2007:52.

的代价除了良心的不安之外，还得承受来自公共道德、社会舆论的压力，这种舆论压力对于乡村个体来说是十分沉重的，一人犯错甚至会株连到整个家族，而使得整个家族都抬不起头来。一些严重的"违规"行为甚至会付出被孤立甚至被驱逐的代价，上面所提到的《白鹿原》中的黑娃、田小娥，《古炉》中杏开未婚先孕后的遭遇等等都是典型的例子。《秦腔》中所描写的几年不上坟、不参加葬礼等行为，其实是与乡村舆论压力的松懈有关的，而这种松懈，表明了乡村的宗族观念和人情伦理正在逐渐涣散，也表明了儒家文化和儒家道德规范的败落。

当然，对乡村秩序有着极大破坏作用的违规行为毕竟是少数，因为几乎所有的传统与规范都已经充分内在化了，所以在乡村日常生活中，基本上每个人都是能够"从心所欲不逾矩"的。乡人们经常面对的可能都是一些家长里短、鸡毛蒜皮的小矛盾和小纠纷——这些纠纷无疑不会对稳定的乡村秩序造成强烈冲击，但是也不能听之任之，这就要靠乡绅或者乡中有威望者来出面决断了。因为没有一套明确的法规，所以这种决断带有很大的"随意性"，但这调解又无不是在儒家"礼"的统摄之下进行的，而且具有明显的"教育"性质，可以说这调解的主要意图不在裁定与决断，而在教化。

值得注意的是，有威望者与乡间的有政治权势者并不是完全重合的。比如《秦腔》中的夏天义早已不是村主任，但是现任村支书秦安收拾不住的戏台风波，他能轻而易举地处理好，包括君亭能够成功地让水库放水，也是与夏天义这个"老主任"的助力分不开的。很明显，夏天义靠的并不是"支书"这个政治身份，而是在乡间的威望。另外，更为典型的是夏天智，他只是当过校长，而再无其他政治身份，但他却无疑是清风街最有威望的"调解员"，清风街大大小小的矛盾纠纷基本上都是由他出面调解的。这种政治身份与威信的剥离状态一定程度表明了农村事实上同时存在着两种治理模式，从而导致乡村规范处于相对混乱的状态。两种治理模式的并存，当然与乡村社会几千年来靠"礼"来维持秩序的传统分不开,但同时也是"法"在乡村的相对缺席造成的尴尬。这种尴尬的状态其实也是《带灯》中的樱镇所面临的困境,亦是综治办形成的社会背景。

《秦腔》中的乡村世界虽然混杂涣散,但贾平凹却也真实地还原了清风街所遗留下来的"礼治"传统。从这个角度看,我们就能理解了夏天智那种"无所作为"的处理矛盾纠纷的方法为什么会奏效。小说中写到很多情况下,只要夏天智一出现,他还未开口说什么,矛盾双方就都被镇住了,从表面看起来,这靠的是夏天智身上那种不怒自威的气场,但实则是因为曾经是"校长"且经常做善事的夏天智在某种程度上已成了乡间礼俗的象征,他能"压住阵"靠的并不是权势,而是村人对礼俗发自内心的认可和敬畏。很多矛盾纠纷通常不需要实质性的调解,就能神奇地在"无为"或顶多是一声喝骂之后轻松化解。说到底,这其实还是礼治社会深入人心的儒家道德规范奏效了。夏天智明显是以德服人者,村人对他有这样的评价:"古人说:有德言乃立。你老德性好!"正因为此,他才拥有了过人的威望,村里很多纠纷要他出面才能解决得了。比如由于夏天义的后事分工而引发的瞎瞎跟淑贞的争吵,夏家三个老兄弟(夏天义、夏天礼、夏天智)正巧就在隔壁喝酒。吵声响起,先是四婶过去调解,但反而是"吵声更大"了,"骂得人不了耳"。夏天礼过去,又返了回来,明显是镇不住,没起了作用,只得说:"天智天智,你去。"于是"四婶去劝说劝说不了,夏天礼更是不行",但"夏天智一去,淑贞不敢哭了,瞎瞎也站在门外停止了骂"。这一场景,可以说既写出了乡村的涣散,又写出了涣散中某些恒常不变的东西。同样的,在另一场冲突(夏天义父子与君亭的冲突)当中,夏天智只说了句"不像话",围观的外姓人就"哗地也都散了",这其实也是礼俗起了作用。另外还有像张八哥的堂兄弟闹分家,"中街组长主持分了几次,兄弟俩都嫌不公平",于是只好请夏天智来分,分家过程中两兄弟争吵不休,夏天智就骂,这一骂,两人倒"都不吭声了","老大老二不时地有异议,夏天智就哼一声,他们又再不敢争执"。这种敬畏与自觉,其实都是内化于潜意识的乡间礼俗在起作用,调解者无须多言,则矛盾双方就知道自己的行为是否符合规矩。

而在贾平凹的另一部小说作品《古炉》中,古炉村的支书朱大柜,则呈现出村长与族长身份二合一的重叠状态,他既是古炉村的政治掌权者,亦是古炉村有威望的长者。他身上遗留着很多传统乡间智者或者说乡绅的影子,很多时候,他其实还是靠着"礼"来调解纠纷的。比如在调解牛铃家与天布家的矛盾时,朱大柜明显采取的是典型的"各打八十大板"的做法:"支书当然要调整,做出了决定:一、牛铃家必须把那块镜子拆掉。二、天布家不能再看样儿再加高屋脊,并灌一壶酒,炒三个菜,两家喝酒和好。"支书无疑是最看重"秩序"的,而这秩序也正是儒家色彩浓重的传统乡村秩序。在给牛铃与天布两家做完调解后,支书说:"这就好了,只要我还是支书,我不允许古炉村没个秩序!"

颇有些意味的是,这次以传统乡绅手段进行的调解,竟然得到了公社张书记的表扬,"张书记还带领着别的地方的村干部来古炉村学习经验"。也就是在这个时候,朱大柜在村口树了石狮子像,而按照古炉村的传说,这石狮子正是保护古炉村不受魔怪侵扰的族长的化身。石狮像树起之后,"村人都说这石狮子就是支书,或者说支书就像石狮子一样守护着古炉村"。毫无疑问,朱大柜也正是因为这"族长变石狮"的传说,才凿石像的。作为支书,朱大柜的追求却更多的是族长的追求而非支书的追求,他对自己的身份认同更偏向族长而非支书。他的治村理念更多的是传统儒家的,而非现代政治的。所以,在朱大柜身上,我们明显看到了族长与"村长"——即宗族身份和政治身份的重叠。而朱大柜支书威望的获得,以及对古炉村的治理,更多的凭借的还是宗族身份,而非政治身份。正因如此,在失势之后,失去政治身份的朱大柜却依然保有相当的威望，古炉村人还是愿意让他出来抓生产。当霸槽在村里闹腾着破四旧时，支书最怕的依然是村里没了秩序："那还要秩序不？我还活着，还在村里，他们就这样？还有开石？哼，他媳妇生娃的时候，我还让生产队给他家包谷烧酒，为的是让一村人心往囫囵着，他也砸呀收呀的，把人心往乱着戳？！"

　　对"秩序"的看重，以及包括对村里姓氏不合的"怕"，其实都表明了朱大柜是以保持稳定圆融的乡村常态世界为己任的。所以在黄生生这个陌生人来到古炉村时，朱大柜才会那么紧张："支书着急的是古炉村还没有队长，投毒杀人案又破不了，更恼心的是村里经常来了个陌生人，能说会道，弄不清这个人的来龙去脉么。"值得注意的是，朱大柜对黄生生这个陌生人的烦恼甚至更甚于悬而未破的杀人案，因为在他看来，没有队长以及杀人案未破其实都是古炉村内的事，基本在他的经验范围之内，但是一个不知其"来龙去脉"的陌生人的介入却极有可能破坏古炉村的"秩序"、极有可能破坏传统乡村世界的平衡状态。所以，朱大柜其实更像是古炉村的乡绅和族长，而非支书。也正因为此，我们发现，最接近政治、也更应该了解政治的支书，在"文化大革命"这样重大的政治事件到来时，却竟然明显地处在迟滞的状态。在与黄生生的会面中，支书竟然因为政治词汇和政治嗅觉的缺乏而明显处在弱势，面对黄生生的疑问，支书"不知道该怎么回答，就干干地笑"，而"黄生生语速紧迫，像猛地下了一场白雨，竟然一下子把支书拍住了。支书因为什么情况都不知道，况且他习惯了阶级斗争和农业学大寨那一类的话，黄生生说的这些词他还说不顺溜"。朱大柜的这一迟滞状态，除了当时政治风云变幻莫测的客观原因之外，更多的还是因为他更是个宗族领袖而非政治领袖，他熟知的是传统常态的乡村世界而非变幻莫测的政治世界。而他治理古炉村所凭借的更多的是儒家的道德规范，而非现代的政治手段。

第二章

道家文化人格与当代文学人物形象

所谓民族传统文化,至少应该有着这样两个特征:第一,它应该是种古老的文化,产生于距离当下非常久远的历史时空中;第二,它应该是一种活的文化,在其发展历程中,有承续,有变化,但却不能中断,它应该是在这一民族的发展流变中产生过重大影响,而且在这一民族的当下仍在产生影响的文化。在中华文明几千年的发展历程中产生的诸多文化类型中,儒家文化与道家文化无疑最具有这样的特征。道家文化以其特有的柔韧的方式在中华文明几千年的运演历程中,经受了本土与外来文化的多次冲击而脉络不断,存活下来,与儒家文化以及产生于异域而后本土化的佛教文化共同构成了中华传统文化的三根支柱,对中华民族的民族性格生成有着关键性的影响。在这构成中华传统文化的支柱性力量的两大本土文化中,儒家文化有着很强的庙堂色彩,往往以一种显在的方式呈现,而道家文明往往以一种潜隐的方式存在,民间色彩较浓,但却可能产生一种范围更广层次更深的影响。

道家文化的核心内容是老庄哲学思想,但并不完全等同于老庄哲学,其中至少还应该包括道家文化创生时期即已产生的黄老之学,以及后来发展演变过程中产生的魏晋时期的玄学,另外一个重要的组成部分即是道教一系的文化。其中老庄思想主要是一种哲学思想流派,注重精神层面的思考探求。而黄老之学则主要是一种政治理论,有些学者更把它视为一种统治术,为了论述统治的合法性,其中已加入了阴阳五行等内容。虽然道教与老庄哲学存在着明显的渊源关系,但已演化成一种宗教,由老庄哲学、黄老之学、神仙长生术以及民间巫术结合而成,其更偏于方术、炼丹、符箓、阴阳八卦以及武术健身等"道术"的层次,而非哲学思考。从道家文化对传统叙事文学的影响来看,最为明显的不是道家的哲学思想,而是道教文化,表现最多的是道家的道术法力,而非道家的思想观念。比如,在《三国演义》中,诸葛亮是一个儒道合体的人物,其儒家色彩体现在思想观念性格方面,如忠君、勤政、爱民等,而其道家色彩却并不涉此,仅仅是"道术"层面,如精通阴阳八卦善预测、能呼风唤雨会法术等,其为政治军风格也与主张为政以简的黄老之学相去甚远。即使如闲云野鹤般的隐士司马徽,小说中突出的也是其超强的预测能力。《水浒传》中的公孙胜体现出的也是法术高妙,而道家的思想观念在其身上可以说几无体现。《西游记》是一部扬佛抑道倾向很为明显的小说,但在车迟国的佛道冲突中,也仅仅是法术的比拼,而非思想观念的交锋。《红楼梦》在思想意蕴方面深受佛学思想影响,渺渺真人与空空道人徒具道士身份,承载的其实还是佛家的色空思想,至于王道士、马道婆则更是以术谋生的俗世之人。文言小说《聊斋志异》中道士也多以驱妖抓鬼为能。而在以道家人物为主要人物的《封神演义》中,也基本写的是各种道派的法术大战,而非思想观念上的分歧。在传统叙事文学中,道家文化的影响往往体现在人物的仙化色彩,道家人物往往是一些拥有或真或假或高或低的法术的"特异功能"者,而如唐传奇中的《枕中记》以及蒲松龄的《续黄粱》这样涉及道家思想观念的并不多。作为一种哲学思想的道家文化反倒是在 20 世纪 80 年代以后的中国文学中有更多的体现。

一、遗世独立,自我散失时代的柔性反抗

《棋王》是 20 世纪 80 年代寻根文学的代表作品,在其发表之后不久,苏丁、仲呈祥即撰文指出《棋王》与中国传统的道家美学存在一种渊源关系,"讲究造势,讲究弱而化之、无为而无不为,这是王一生的棋道,也正是道家哲学的精义","王一生的棋是道家的棋",王一生形象身上有着"岸然道风"。① 首先,从人物的命名

---

① 苏丁,仲呈祥.《棋王》与道家美学 [J]. 当代作家评论,1985(3).

上,就显现出道家文化色彩,《道德经》中讲"道生一,一生二,二生三,三生万物"①,由"一"而"生",近"道"者也。再来看王一生的出场,道家思想讲"静",讲清静无为,但是作者却把王一生的出场安排在火车站这样一个纷乱不堪的场所——"车站是乱得不能再乱,成千上万的人都在说话。谁也不去注意那条临时挂起来的大红布标语。这标语大约挂了不少次,字纸都折得有些坏。喇叭里放着一首又一首的语录歌儿,唱得大家心更慌"。这不仅是小环境的纷乱,车站里"临时挂起来的大红布标语""喇叭里放着一首又一首的语录歌儿"这些特定的意象把车站这一小环境与大时代联系起来,车站是这一时代的缩影与隐喻,"乱得不能再乱"可以说是对这一时代的描述,而非仅仅是车站。这也不仅是社会层次的纷乱,"喇叭里放着一首又一首的语录歌儿,唱得大家心更慌",在一个个人生活空间不断被挤压的时代,时代的纷乱是深入到个人的私人生活空间与内心世界的。知青上山下乡这一具体的历史事件对于身在其中者内心世界所产生的震动,虽《棋王》中言之不详,但是只要读一读"文化大革命"中的同样是写车站送别的《四点零八分的北京》这首经典诗作就会有所体会。在这样的背景下,王一生一出场就超离于这一由大到小从外及内的纷乱的时空之外,王一生第一次出现在"我"的视野中是这个样子:"孤坐着,手笼在袖管儿里,隔窗望着车站南边儿的空车皮",似乎进入了庄子所谓的"坐忘"状态,或者如陶渊明所言"心远地自偏"的境界。在一个纷乱的时空中出现了王一生这样一个特别的"静"的存在。紧接着写王一生在车上心无旁骛地找人下棋,不但"可以忘掉世间那恼人的权利和路线的纷争,忘掉这种纷争造成的精神与物质的双重围拢"②,而且连到车站送行的妹妹都不管不顾,无动于衷。《庄子·

---

① 陈鼓应. 老子今注今译 [M]. 北京:商务印书馆,2003:233.
② 苏丁,仲呈祥.《棋王》与道家美学 [J]. 当代作家评论,1985 (3).

至乐篇》中说:"庄子妻死,惠子吊之,庄子则方箕踞鼓盆而歌"①,王一生在此似乎可与此相比拟。其三则是王一生的棋道,王一生的棋道源于捡破烂的老头,捡破烂的老头可以说是王一生的精神导师。有人指出王一生与捡破烂老头的故事与《史记·留侯世家》所载张良与黄石公的故事相似②,而黄石公其实就是"神龙见首不见尾"的道家隐逸之士。这当然很有道理,但是其实捡破烂老头更像是庄子一流的人物,庄子一生贫困潦倒,但却不愿用自己的才干换取功名利禄,据说曾拒绝了楚国请其去做相国的邀请,"我宁游戏于污渎之中以自快,无为有国者所羁"③,从庄子的社会地位及经济来源来看,"游戏于污渎之中"这其实不是种虚拟语气,而是庄子的真实生存状态。捡破烂老头亦是隐身于社会下层,谨守"为棋不为生",不愿以棋艺换取功名利禄者,其实与庄子更为接近。王一生受教于捡破烂老头之后,棋风大变。"讲究造势,讲究弱而化之、无为而无不为"的棋道是"道家的棋",棋道即人道,棋盘即人生,王一生的处世之道及其性格显然是受这样的棋道影响,或者说受这样的棋道指引。最后是王一生拒绝了脚卵以家里珍藏的字画与一副明朝的乌木棋换来的参赛机会,而是在赛后进行了一场一对九的民间棋赛,这也可以看作是"淡泊名利"的道家风范。在王一生身上,道家文化的影响,更多的偏于思想文化观念。当然也有海外学者指出王一生求艺中的功利主义心态,比如对于名手,当他破解了名手的残局后,断然拒绝了"名手"收他为徒的要求,"这就把技术绝对化了,以技术来衡量人性的尊严",而对于捡破烂的老头,被他打败后,为了学艺,就百般讨好老头,"表现出

---

① 庄子[M].方勇,译注.北京:中华书局,2010:284.

② 邓国均.道家文化与《棋王》中的"隐士"形象:兼论"棋道"的思想文化内涵[J].海南师范大学学报(社会科学版),2017(1).

③ 司马迁.史记[M].长春:时代文艺出版社,2011:444.

更深一层的功利主义。为了棋艺上的受益,他可为别人干事,不管这种事,他作为一个学生是否该做或不该做。对他来说,只要能帮助他学到棋艺的事就该做";另外王一生仍然把胜负作为最终的目的,也就是说其道家的棋其实仍然是种取胜的手段,而非棋道本体;还有"沉迷于棋道,如他人沉迷于酒色、沉迷于金钱","亦非老子'无为'的精神"。因之与港台武侠小说的套路很为形似,换句话说阿城的《棋王》中的道家文化呈现仍难脱"术"的层次。① 之所以如此,笔者觉得与这两方面的原因有关:其一是上文曾经提及的文学传统,在传统叙事文学中对于道家文化的书写基本止于"术"的层面;其二是多年来把道家文化当作封建意识大加荡涤之后,国内学人对于道家文化的熟谙与理解程度恐怕远不如海外,即使有通过文学对道家思想文化做思考的意图,受限于道家文化方面的修养,要做到怕也非易事。

尽管《棋王》中的道家文化已经超越了"道术"的层次在哲学思想方面多有呈现,但是《棋王》的意义与价值仍然不在于对于道家哲学思想的思考与探讨,我们需要先联系其产生与叙述的历史时空,从中去探寻。

道家的政治思想主张"无为而治""垂拱而治",老子讲"治大国如烹小鲜",如果为政者干预过多,反倒会把国家搞乱。王一生所生存的历史时空运动不断,不仅为政者"动作"过繁,生存于其间的普通民众也终陷入一种狂乱的状态。这显然是一种与道家治国理念相去甚远的治理模式。在这样的生存环境中王一生"'呆在棋里',呆在那'楚河汉界'的厮杀里。这样,他'心里舒服',可以忘掉世间那恼人的权利和路线的纷争,忘掉这种纷争造成的精神与物质的双重围扰。他心如止水,万物自鉴,空心寥廓,复返宁谧。在那个'一句顶一万句'的迷狂时代里,这种不迎不拂、无动

---

① 黄凤祝. 试论《棋王》[J]. 文艺理论研究, 1987 (2).

于衷的呆痴,这种视而不见、听而不闻的消极,这种在'大而无当'中遨游的超脱,不正是对动乱现实的一种清醒认识和明智吗?不正是不愿随波逐流、合污鼓噪的一种变相抗争吗?"① 王一生沉湎于棋中,对"文化大革命"这样的迷狂时代并没有如张志新、遇罗克、林昭等的反抗行为,似乎是"无为",但却以对主流疏离的方式实现了对这一时代的超越,与这一迷狂时代保持了足够的距离,这似乎又是一种"无不为"。"文化大革命"结束以后,包括官方在内都把这段历史称之为"十年浩劫",至少在"文化大革命"结束后相当长的时间里,"文化大革命"对整个国家民族造成了巨大的伤害是我们这个民族的共识,从整个国家的政治经济文化到个人的精神肉体的伤害都给人们留下了极为惨痛的记忆,但是最深最大的伤害恐怕还在于生存于其间的生命个体独立的思想能力被逐渐销蚀以至于被泯灭。在小说中有这样的叙述:

  我说:"假如有一天不让你下棋,也不许你想走棋的事儿,你觉得怎么样?"他挺奇怪地看着我说:"不可能,那怎么可能?我能在心里下呀!还能把我脑子挖了?你净说些不可能的事儿。"

  "不让下棋""不让想走棋的事儿"不正是从行为到思想的规约,这在"文化大革命"的历史时空中,对于棋外的世界这不是"假如",而是现实。"我能在心里下呀!还能把我脑子挖了?"通过下棋,王一生的思想能力得以保持下来。而如张志新、林昭等的刚性反抗最终以个体生命的消失为代价,却也不能使自己的思想能力保存下来,思想能力的保存必须以全身为前提,而道家哲学正是一种对乱世中全身之道有深入研究的哲学思想;而且更为悲哀的是当我们再度审视这些思想界斗士的思想时,却发现了他们的思想与

---

① 苏丁,仲呈祥.《棋王》与道家美学[J].当代作家评论,1985(3).

那个时代主流思想的深层的同构性,而王一生秉持的道家思想却是一种迥乎不同的思想。

联系《棋王》所产生的时代与其所叙述的时代,道家文化在新的历史时空中的积极意义可能有这样几点:其一,从历史来看,作为一种政治理论或曰统治术的黄老之学往往是在大乱之后休生养息的时代得到其施展机会,而 20 世纪 80 年代正是需要休生养息的时代,主张"无为而治""为政以简"的道家政治思想在国家治理的层面有很多可资借鉴的地方,因而被重新发现。其二,在个人的层次上,展现出一种柔性抗争的可能。王一生对于当时的政治思想有着深度的不认同,但不是如张志新、遇罗克等的正面反抗,而是用一种道家的智慧使自己从现实中超离出来,既保全了自我生命,又保持了自己精神世界的独立性,从此亦可见出这样一种东方式智慧的价值需要重新被审视。其三,王一生尽管被称作"呆子",不谙世事,但是王一生在这样一个自由思想空间不断被压缩的时代保存了自己独立思想的能力,而这种独立思想能力的保存,显然得益于其身上的道家文化影响,而独立的思想能力是五四以后所形成的启蒙主义的核心内涵,所谓的启蒙最关键的问题即是塑造被启蒙者独立思想的能力,以往一般认为启蒙的思想文化资源来源于西方,从王一生身上似乎可以看到,中国的传统文化中亦有启蒙所可资利用的资源,而"文化大革命"结束之后的 20 世纪 80 年代正是被看作五四启蒙传统中断后重新被接续的时代。

《棋王》是 20 世纪 80 年代寻根文学思潮的代表作品。寻根文学思潮是理论与创作都很完备的思潮。从理论角度看,自从五四之后、中国文学更多地引用西方现代文化及同样源自西方文化的俄苏文化为资源之后,寻根文学把视野拉回到中国本土的传统文化,对中国传统文化以及其对中国文学的影响做了重新的审视,更偏向于挖掘其中积极的因素对其做现代性的转换,其理论主张背后隐含着一种重建中国文化主体性的企图。但是从创作上来看,却出现了两种几乎是截然不同的流向：其一，以文化批判为主要内容与价值取向，与鲁迅国民性批判有着更多承继关系；其二，对传统文化表现出更多的认同，着力于发掘追寻传统文化中的积极的因子与正面的价值。从创作上看，前一种流向是寻根文学的主流，但是后一种流向与寻根派的理论主张更为契合。阿城的《棋王》是后一种流向的代表作品，可以说直接回应了寻根文学倡导者重建中国文化主体性的诉求，文本对道家文化的积极正面价值有多方面的思考，这方面的内容，前文已有分析，这里不再赘言。对于这个文本我们最后要提到的是小说结尾时一个颇具象征意味的细节。在王一生取得了一对八的棋战胜利之后有这样一段叙述："王一生呆呆地盯着，似乎不认得，可喉咙里就有了响声，猛然'哇'地一声儿吐出一些粘液，眼泪就流了下来，呜呜地哭着说：'妈，儿今天明白事儿了。人还要有点儿东西，才叫活着。妈——'"①，这是个颇具象征意味的细节，"人还要有点儿东西"，这点儿"东西"，从表层来看，是王一生的棋艺，但是深层上却是棋艺背后的道家文化，或者也可以更宽泛地理解为中国传统文化，"妈"在小说中意指王一生的亡母，这没有问题，但是在一个多年来把祖国称之为母亲的国度，恐怕又超越了这种直接的意指，可以理解为国家民族，"有点儿东西才叫活着"的岂止是王一生，国家与民族不是更应该如此吗？这似乎不是王一生或作者对个人生存感悟的言说，而更像是代国家民族面对世界的发言。

---

① 在最早发表于《上海文学》1984年第7期的《棋王》中是这样描述的，20世纪的一些图书中收入的《棋王》也是如此，但在后来的一些图书中收入的《棋王》却不知何故把王一生的这段话改为："妈，儿今天……妈——"。

二、活着，生命艰难延续的意义

　　写于20世纪90年代初的《活着》亦是一部有着道家文化色彩的作品。《活着》的发表被认为是余华创作上的一个转折，由此始余华作品中的先锋色彩逐渐淡化，显现出一定的向传统回归的趋向。这种回归当然最为直观最为明显地表现在：写法上从偏重于叙述的先锋色彩的淡化，故事重新开始被重视，与传统的现实主义有一定的趋近。另一方面的回归是内容方面的，余华早期的小说或者说中国20世纪80年代末期的先锋小说无论是叙述形式还是主题意蕴都是以西方现代主义后现代主义思潮为依托，但是在《活着》中，道家文化也成了作家写作的思想文化资源，从这方面看也似乎有着某种向本土文化回归的意味。

　　道家文化明显体现在小说的主人公福贵身上。对于这个问题，我们首先从福贵与老牛说起。小说的叙述者是"去乡间收集民间歌谣"的"我"，福贵第一次进入"我"的视野时，福贵正在开导那头老牛。我们在阅读福贵一生悲惨故事时，可能会产生一种错觉：福贵在历尽劫难，亲人一个一个地死去，最后幸存下来的只有福贵自己，这样的观感说对也不对，说不对，是因为幸存下来的除了福贵，还有这头老牛；说对，是因为"脊背和牛背同样黝黑"福贵老人与这头也叫作福贵的老牛已经融为一体，彼此不分。福贵在吆喝老牛耕地时说："二喜、有庆不要偷懒，家珍、凤霞耕得好，苦根也行啊。"福贵说："我怕它知道只有自己在耕田，就多叫出几个名字去骗它，它听到还有别的牛也在耕田，就不会不高兴，耕田也就起劲啦。"二喜、有庆、家珍、凤霞、苦根是福贵逝去的亲人，在福贵用这些话语叙述出的虚拟世界里，似乎有着一个对应的牛的家族，它们是二喜、有庆、家珍、凤霞、苦根，与在人的家庭中仅有福贵一人"活着"一样,在牛的家族中,真正"活着"的亦只有老牛福贵,因此可以说福贵就是老牛,老牛就是福贵。这体现出类似于庄生梦蝶一样对社会人生以及自我的理解。在中国古代的传说中,道家的始祖老子骑青牛出关西去,之后便杳杳无踪,在后来的一些神话以及道教中,老子一直是骑着青牛的形象,老牛已经成为道家文化象征性形象。在叙事文学中,笔者觉得大致有这样三类人物形象(包括人化的动植物以及木石虫鱼等):第一,典型性人物形象,以丰富性、复杂性见长,是富有立体感的、与现实中的个体的人最为接近的人物,借用福斯特的说法是"圆形人物";第二,观念性人物形象,为传达作者对社会人生以及自我的思考而设置的人物,是作者思想观念的代言者;第三,符号性或象征性人物形象,用具体的形象指代、暗示某些抽象的思想观念或某些神秘的东西,后两类都是"扁形人物"。与余华的《活着》几乎同时发表的贾平凹的《废都》也是一部有着道家文化色彩的小说,而在这部小说中同样设置了老牛的形象,老牛与主人公庄之蝶亦可以看作互补性的合二为一的形象。《废都》小说中,有一个象征性极强的细节:老牛被杀后牛皮被剥下挂在墙上,牛皮掉下来后,不偏不倚正好把庄之蝶抱在里边,庄之蝶挣扎了老半天才从牛皮中爬出来。这里的寓意可能是:死去的牛与活着的庄之蝶在合体以后其思想观念获得重生,或者是在俗世中被功名利禄欲望所困的庄之蝶从此得道。但是与贾平凹的老牛作为作者的代言者喋喋不休地表达着作者立足于道家文化观念的对社会人生及自我的观察与思考不同,余华的老牛却是静默的,在小说《活着》中道家文化的呈现并不由老牛来承担。所以,贾平凹的老牛是一个观念性的形象,而余华的老牛则是一个符号性或象征性的形象。其老牛的功能在于在小说的一开始即已暗示了福贵与道家文化有着某种关系。

在福贵身上最能体现道家文化色彩的是其在遭受接二连三的人生劫难,亲人一个接着一个的不幸离世之后表现出的那样一种面对苦难的超然物外平静达观的生活姿态。在"充满阳光"的午后扶犁而歌的福贵老人，在谈及自己不幸离世的亲人时仍然能"笑得十分生动，脸上的皱纹欢乐地游动着"，哪里还是一个饱受苦难的老农民，俨然已是隐身于民间的道家高士。当然福贵也不是天生的具有这样的道家高士的修为，福贵极为凄惨的人生经历可以看作一段得"道"的艰难历程，其间当然也不乏暗合道家"反者道之动""福兮祸之所倚，祸兮福之所伏"的人生小段，如福贵年轻时是个浪荡公子，嗜赌成性，败光了家业，气死了父亲，但却因祸得福，躲过了土地改革风暴。但从总体趋向而言，却是灾难一次一次变本加厉地加诸福贵身上，福贵的生活总体呈江河日下状，在现实层次上并没体现出"反者道之动"运演轨迹而苦尽甘来。

李泽厚认为，道家对于生活际遇的"安时而顺守"的生存姿态，不是"主张通过活动去改变生死、存亡、贫富、毁誉等现实的限制和束缚，那么，人的所谓'绝对自由'、'独立自足'，便不存在于现实生活和社会行为的有意识的选择和主动活动中，从而这种所谓'自由''自足'和'超越'世俗尘垢，实质上不过是一种心理的追求和精神的幻想而已"①。小说《活着》中的福贵似乎正是在这样一种道家的生存"智慧"中获得了"活着"的精神支撑，因之在持启蒙主义立场的夏中义看来，福贵的这样一种对苦难的平静超然与达观其实无异于阿Q"精神胜利法"式的自我麻醉，把其称为"增强全民忍受苦难的生命韧性"的"温情受难"，认为它可能导致阅读者"模拟福贵从精神上自行阉割自身对苦难的'痛感'神经，一俟'痛感神经'没了，人麻痹得像木头或石头，'人世之厄'，苛政之暴，纵然再惨再烈，也无从感受了，反倒要倾空感恩

---

① 李泽厚. 中国古代思想史论 [M]. 天津：天津社会科学院出版社，2003：177.

命运仍能让自己'活着'了"①，为此对余华与《活着》提出严厉的批评。应当说夏中义的看法相当深刻，对这样危险确应保持足够的警醒。但余华的叙述中也存在着裂缝，如果把这样的裂缝考虑在内，对余华的这种批评可能略嫌激烈。

且不说，福贵不是一开始就能对接二连三的灾难保持这样的姿态，不是在亲人一个接一个悲惨离世时始终能超然处之，他经历了一个在接连的灾难中淬炼的过程，即使在这个过程完成之后，出现在叙述者"我"视野中的在午后的阳光下扶犁而耕的老人福贵显现出的超然与达观也很可疑。李泽厚认为"庄子是通过'心斋''坐忘'等等来泯物我、同生死、超利害、一寿夭"的，但是福贵在吆喝老牛"二喜、有庆不要偷懒，家珍、凤霞耕得好，苦根也行啊"，一个不落地念叨着自己的逝去的亲人，若说福贵通过这样的方式暂时忘却亲人们已逝，在想象的世界里通过短暂回味享受虚幻天伦之乐，这样有一定的道理，但如果说福贵对亲人们的悲惨命运以及过往的来自亲情的温馨已达到"坐忘"的境界，似乎与文本叙述不太相符。福贵提及他的这些亲人时，尽管看起来很平静，但是从余华同样平静的叙述之中读出的更应是刻骨铭心，而非"坐忘"或"心斋"，是痛定思痛时虽非撕心裂肺的呼号却彻心彻骨的"沉痛"。但是紧接着当"我"问及福贵何以叫出这样多的名字时，福贵先是"高兴的笑起来"，然后向我解释时"黝黑的脸在阳光里笑得十分生动，脸上的皱纹欢乐地游动着"，这样的情绪变化显得很是突兀。这样突兀的变化使得福贵的"笑"与"生动"有些虚伪，在显示出对亲情、对生死超然的"忘"的同时却又显出对"我"这个来自城市的"乡间收集民间歌谣"的外来者的"媚态"。小说一开始就说"我比现在年轻十岁的时候，获得了一个'游手好闲'

---

① 夏中义，富华. 苦难中的温情与温情地受难：论余华小说的母题演化[J]. 南方文坛，2001（4）.

的职业,去乡间收集民间歌谣",这是种历史久远的"职业",源于远古时期的摇铎采风,而这种职业从一开始就需获得官方的授权,尽管自嘲为"游手好闲",但是当来到乡间却可能被乡野山民视作"政权的代表者",尽管道家不主张在现实层次与权力者做直接的冲撞,但却始终倾向于与权力保持极大程度的疏离,理想中的道家人物往往面对权力者时取一种高傲的姿态。因之福贵这样的"媚态"与在亲情面前不能"心斋""坐忘"相比离"道"更远。这样的叙述裂缝中隐含着这样一个问题,福贵讲述苦难时的"高兴"与"生动"究竟是道家"乐天知命""安时而顺守"的哲学观念成为福贵的生存哲学还是仅是种面对权力者时的掩饰?进一步的问题是道家文化的处世哲学对于福贵而言究竟是种本体化的人生哲学还是仅仅是种全身策略?(尽管全身之术亦是道家文化中的组成部分,但仅是其中的一小部分,两者的区别还是很明显的,只接受更多的处于"术"的层次的全身之道与把道家文化作为人生哲学毕竟还是有很大的不同)

福贵对"我"讲述完其故事之后,最后有这样的"结语":

这辈子想起来也是很快就过来了,过得平平常常,我爹指望我光耀祖宗,他算是看错人了,我啊,就是这样的命。年轻时靠着祖上留下的钱风光了一阵子,往后就越过越落魄了,这样反倒好,看看我身边的人,龙二和春生,他们也只是风光了一阵子,到头来命都丢了。做人还是平常点好,争这个争那个,争来争去赔了自己的命。像我这样,说起来是越混越没出息,可寿命长,我认识的人一个挨着一个死去,我还活着。

福贵的这段"总结"很是符合老子的"夫唯不争,故天下莫能与之争"① 的柔弱胜刚强的处世哲学。但是这里有一个问题:即

---

① 陈鼓应. 老子今注今译 [M]. 北京:商务印书馆,2003:161.

使以"活着"为价值坐标，龙二和春生固然争来争去"赔了自己的命"，败给了"不争"的福贵，但是没有"活过"福贵的"我认识的人"不仅仅只有龙二和春生，显然还有二喜、有庆、家珍、凤霞、苦根等，福贵在此仅仅提到龙二与春生这样曾给福贵一家带来伤害者来印证"无为""不争"的人生哲学的"优胜"，但却略去了福贵死去的亲人。事实上只要提到福贵这些亲人的悲惨命运，老庄式的"无为""不争"的处世哲学的有效性便会变得十分可疑。问题是福贵真能在内心世界里忘掉同样也是"一个一个的"死去的比龙二与春生命运更惨的亲人们吗？如果不能忘掉，那么，福贵的这番总结就更像是对着外来者"我"的一套说辞，而非其内心世界的真实表达。如果是这样，道家文化对于福贵而言仍然是种外以示人的全身策略，而非内化在意识中的人生哲学。福贵是否"从精神上自行阉割了自身对苦难的'痛感'神经"如阿Q一样麻木，其实作者在文本中处理得很为含混。

另外即使"活过别人"是不是就是人生的优胜？在曹禺的名剧《雷雨》中，最后的结局是：青年一代几乎都死了，老一代的两个女人侍萍与繁漪都疯掉了，清醒着活下来的是周朴园，这样的结局是按造成悲剧的罪责等级而安排的，对于这个悲剧，承担最大罪责的是周朴园，老一代的两个女人次之。罪责重的活下来，罪责轻的死去，活下来是为赎罪。因之，在《雷雨》中，"活着"其实是种受难。从人生的结局上看，福贵与周朴园有着一定的相似之处，都是在亲人一个一个离去之后"孤独"地"活着"，不同之处是两个文本的文化视角，《雷雨》是立足于基督教文化来看这个悲剧的，而《活着》的视角则是道家文化。但是即使如此，这样孤独的"活着"不成为一种受难的前提是福贵已经把老庄式的生存哲学内化于自己的深层意识之中，从人世间的人伦与亲情之中完全超越出来。但是从小说的叙述来看，与老牛相依为命的福贵仍一再念叨着逝去的亲人的名字，而且把龙二与春生这两个曾经给自己带来伤害的人特别地拎出来以"活着"为价值坐标同他们争胜,福贵其实并未完全放下世间的爱恨情仇。这样,福贵的"活过别人"的优胜就不足以消解掉孤独而艰难的"活着"的"受难"意义。

对于自然的或是社会的灾难,如普罗米修斯或如鲁迅的"这样的战士"做了不屈的斗争,死而未已,这样的英雄当然值得敬佩,而且也留下了激励后继者与灾难抗争的精神资源。但是当反抗者自我与灾难力量悬殊,强弱判然时,对飞蛾投火式的反抗当然仍应持有最高的敬意,但是全部都做这样飞蛾投火式的反抗未必是最好的选择,"活着"者的价值同样应该得到承认与尊重。当然不论以何种面目示人,不论以何种姿态"活着",重要的是清醒地活着,重要的是在精神上不能让"自身对苦难的'痛感'神经"被"阉割",当然,这样的"活着"从生命个体而言无论是身体还是精神都是种"受难","活着"是沉重的。《活着》显现出余华从20世纪80年代末期的先锋立场一定程度的后退,在叙述及内容上有着对传统的某种回归,这样的描述当然没有问题,但是作为20世纪80年代先锋文学的代表作家,在进入20世纪90年代后写作的《活着》依然有着很浓的现代主义色彩,其意蕴其实还是很为含混。其中的道家文化的意指,可能也应如是观。

最后,我们想从叙述的角度探讨道家文化在小说中的作用。《活着》应可归入新历史主义小说。新历史主义小说简单点说即是历史题材的新写实小说,新写实小说的"零度介入""原生态"等特点新历史小说同样具有,新历史小说往往偏于对被遮蔽的历史的呈现,而力避留下作者主观介入的痕迹。如果说"十七年"及"文化大革命"历史小说是以阶级国家等集体为本位的宏大叙事,那么新历史主义小说则主要书写个体感知中的历史以及历史对个体的影响。它可能在对历史发展的整体走势的宏观描述方面不及宏大叙事小说,但却更能深入历史时空的细部,呈现个体生命有着更为真切体验的历史。《活着》从民国末年写至20世纪80年代,故事的时间横跨 30 余年,对这段历史中的许多重大的历史事件都有所呈现。或许小说中体现出来的余华面对这段历史的态度确实有着这样那样的问题,但是小说毕竟把许多以往以国家阶级为本位的宏大历史叙事所忽视的微细处的历史呈现出来,作为对前种历史叙事的补充,使我们能感知到更为丰富更为完整的历史,这可能是《活着》重要价值之所在。要把这么长跨度的历史写进一部小说,自然需要一个线索性的人物把其间的许多故事贯穿起来,《活着》中福贵承担了这样的叙事功能,因之,从小说叙述的推进来看,福贵不能死去。但是,从小说故事的演进来看,在"我认识的人一个挨着一个死去"生存极度艰难的时空中,福贵要活下来却变得异常艰难,福贵凭什么能活下来,需要一个依据,需要一个理由。而道家文化中的处世哲学恰好可为福贵"活着"提供这样的精神资源,让其获得活下去的依据。所以,《活着》中的道家文化色彩,福贵的道家文化人格,也可以说是小说叙说推进的需要。

三、无用之大用,拯救需靠卑微者

贾平凹的小说中也有着颇浓的老庄文化色彩。在写于 20 世纪 90 年代的争议不小但也引发文坛轰动的小说《废都》中,贾平凹把其主人公命名为庄之蝶,显然是源于庄生梦蝶的故事。在小说中,道家文化也有多方面的呈现。尽管如此,《废都》中的老庄文化,更多的体现于作者这一主体,更多的是作为作家世界观人生观的构成部分,以此为视角通过对小说所涉社会人生的思考与理解呈现出来。小说的故事层次更多的是借老牛与牛月清母亲之口表达出来,而以庄生梦蝶命名的贴着明显老庄文化标签的主人公庄之蝶这个人物,其身上的老庄文化色彩反倒很不明显。而老牛与牛月清母亲这样的体现老庄道家文化的人物,却又是观念性人物形象,更多的是为表达作者自己的思想观念而设置,作者并未着意塑造其性格,人物本身缺乏鲜明独特的个性。在《废都》之后的好几部长篇小说中,贾平凹往往都要设置这样的观念性人物,表达自己对世态人生的思考与感悟,比如《秦腔》中的疯子引生,《古炉》中的善人,《老生》中的唱葬歌的老生。典型性人物是否在艺术价值上一定优于观念性人物,贾平凹小说中的这种观念性人物的设置在小说中是否必须,在小说中起到什么样的作用,这样的人物对于小说艺术价值而言,是提升还是拉低,是颇为复杂的问题,这里不便展开探讨。但就"文化人格"而言,笔者以为它应该是浓郁的文化意味与个性鲜明的人物形象的融合,"文化"应该是从人物形象身上自然地呈现出来,而非作者自己直接或是借某一人物之口讲出来。按此,无论是老牛、引生,还是善人、老生,都不是贾平凹小说中道家文化人格的很好的体现者。但是有一个人物却较好地实现了这样的融合,他就是《古炉》中的狗尿苔。

狗尿苔本来的名字叫作"平安",但除了奶奶蚕婆,古炉村的人们却从来都不叫他"平安",而是不无轻蔑地把他叫作狗尿苔。狗尿苔是一个对于作者贾平凹而言有着很强自传性色彩的人物。在贾平凹的自传性作品《我是农民》中,有这样的一段描写:"牛头岭的坡道上常常有一个孩子低头走道。他迟早都背着一个背篓,背篓特大,背篓底直磕着小腿腕子,他永远在低着头。……这孩子就是我。我的工分被定为三分。那时一个劳动日是十分,十分折合人民币是两角,这就是说我从早到晚可以赚得六分钱。被定为三分,我是有意见的,但队长考我们,先让安民同我把一大堆麦糠运到生产队的牛棚楼上,麦糠一分为二,安民两个小时内就运完毕;我虽然穿了件短裤,累得满身汗水,麦芒又扎得手脸通红,但三个小时过去了还没有运完。"在《古炉》中,贾平凹也写到狗尿苔与牛铃抬土劳动时的艰辛,写到狗尿苔辛苦劳动一天才只能记三分工,两者极为相似。这只是一个例子,小说中还有不少叙写与贾平凹少时的人生经历有重合之处,当然更重要的是狗尿苔这一形象蕴含着贾平凹关于社会、历史、人生、文化的思考,《古炉》的自传性不仅指涉外在的人生轨迹,更可以说有着精神自传的色彩。

如果说,"平安"更多的是对这样一种自传性的暗示,那么"狗尿苔"则很为贴切地喻指这一人物形象的个性特征与命运,同时也是一个有着文化寓意的命名。狗尿苔是什么呢?"狗尿苔原本是一种蘑菇,有着毒,吃不成,也只有指头蛋那么大,而且还是狗尿过的地方才生长。"狗尿苔是一种"无用"的极度被人忽视的东西,这与狗尿苔这一人物在古炉村的生存处境极为形似。"村里人一向都是要支派狗尿苔跑小脚路的,狗尿苔也一向习惯了受人支派。"除了提溜着一根火绳持续不断地给村人们及时送上火种之外,村人们有什么事都可以任意地驱使狗尿苔。比如,村里边的一众男人们,包括天布、秃子金他们在内,断不了会聚众饮酒。每每到了这个时候,少不了的就是狗尿苔。"每当村里谁家喝酒,吆呼喝酒的人就让狗尿苔去叫人,把要叫的人都叫来了,他就提着火绳站在旁边,等着谁吃烟了去点火,谁赖着不喝了就帮着指责,逼着把酒喝到嘴里,还要说:说话,说话!把酒喝在嘴里迟迟不咽,让一说话酒就咽了。但是,吆喝喝酒的人从没给狗尿苔留个座位,也没让他喝一盅,只是谁实在喝不动了,说:狗尿苔替我喝一下。他端起盅子就喝了,他是能喝十盅也不醉的。"到最后,谁喝醉了,狗尿苔还得负责把醉酒的人送回家里去。这样狗尿苔在古炉村实际几乎成了一个无处不在、无事不参与的角色,但是另一方面,狗尿苔尽管整天忙忙乎乎,干的却都是这样一些鸡零狗碎不上台面的事情,因而又是一个在古炉村最被忽视、最没存在感的人物。在古炉村被打入底层的五类分子中,善人会捏骨、会说病,守灯会烧窑,至于蚕婆则更是乡村世界里维持日常生活不可或缺的人物,乡村世界中无论是婚丧嫁娶还是驱邪治病等一干重要的事务,都少不了蚕婆的参与和介入。比如守灯中了漆毒之后,"守灯寻着了婆,婆是能给人摆治病的，比如谁头疼脑热了就推额颅，用针挑眉心，谁肩疼了举不起手，就拔火罐，这些都不起作用了，就在清水碗里立筷子，驱鬼祛邪。守灯的脸肿成这样，婆说，这得用柏朵子燎。就在院门口喊狗尿苔，要狗尿苔去坟地里砍些柏朵来"；比如马勺他妈去世之后，"婆已经在马勺家呆了大半天，她懂得灵桌上应该摆什么，比如献祭的大馄饨馍，要蒸得虚腾腾又不能开裂口子，献祭的面片不能放盐醋葱蒜，献祭的面果子是做成菊花形在油锅里不能炸得太焦。比如怎样给亡人洗身子，梳头，化妆，穿老衣，老衣是单的棉的穿七件呢还是五件，是老衣的所有扣门都扣上呢，还是只扣第三颗扣门。这些老规程能懂得的人不多，而且婆年龄大了，得传授给年轻人，田芽就给婆做下手，婆一边做一边给田芽讲。"唯有狗尿苔一无所长，农村里正经的活都干不了干不好，干一天记三分工。固然有古炉村人欺侮狗尿苔的意味在，但未尝不是由其劳动的价值劳动的质量所决定，可以说狗尿苔是古炉村最无用之人。在古炉村，人们可以随意地伤害狗尿苔而不必有丝毫心理压力，比如说，村里的那头花点子牛死掉之后，要分肉给村民们吃。然而，眼睁睁地看着村人们一个个兴高采烈地拿着分到手的牛肉回家去了，终于轮到自己的时候，村干部们分给狗尿苔的，却居然只是一些牛百叶。古炉村没有人关注狗尿苔的生存状态，更没人关注狗尿苔的喜怒哀乐，形象点说，狗尿苔在古炉村人的感觉中是空气一样的存在，是一种"在"而"不在"，或者套用庄子的话叫做"处于在与不在之间"。

《庄子·人间世》中说："山木自寇也，膏火自煎也。桂可食，故伐之；漆可用，故割之。人皆知有用之用，而莫知无用之用也。"[①] 支离疏因形体残缺无用而保全自己，终养天年，栎社树因

---

① 陈鼓应. 庄子今注今译 [M]. 北京：商务印书馆，2016：166.

是"不材之木也,无所用,故能若是之寿"①,商之丘之大木,"仰而视其细枝,则拳曲而不可以为栋梁;俯而视其大根,则轴解而不可以为棺椁;咶其叶,则口烂而为伤;嗅之,则使人狂酲,三日而不已"②,以其不才方能长成千乘的马车可隐息于其树荫之中的大树。以道家的观念来看,无用之用才是大用。而狗尿苔正是因其无用,不被人们关注,才能超乎榔头队与红大刀队之外,在"文化大革命"的武斗中保全了自己,并且成为红大刀队与榔头队对峙时可以自由出入敌对双方的人。正是因为有狗尿苔的存在,才使得双方的对峙达到高峰时,其间的联系才不致完全中断,从象征性的意义看,尽管是这样一种微弱的联系,古炉村对立的双方才终不至于被完全剖成毫无关联的两半,古炉村,才终不至于完全分裂。作为双方之间黏合剂式的人物,狗尿苔可能会在浩劫后疗救创伤时起到更大的作用。善人弃世之前,有这样的叙述:"善人却对狗尿苔说:你要快长哩,狗尿苔,你婆要靠你哩。狗尿苔说:我能孝顺我婆的。善人说:村里好多人还得靠你哩。狗尿苔说:好多人还得靠我?善人说:是得靠你,支书得靠你,杏开得靠你,杏开的儿子也得靠你。"在此,狗尿苔俨然成为古炉村人的拯救者,而中国的英文名称"china"本意为瓷器,如此看来,古炉村在小说中更可能是中国的象征,这样理解的话,狗尿苔之用不可谓不大。当然作为古炉村或扩而展之至国家民族的拯救者,他不是作为生命个体的狗尿苔,狗尿苔在此是某种文化观念的象征物,道家文化才是贾平凹为此种文化开出的药方。

另外,贾平凹对狗尿苔的形象设计,也可看出庄子思想的潜在影响。小说中,秃子金有这样一段话:"啊狗尿苔呀狗尿苔,咋说你呢?你要是个贫下中农,长得黑就黑吧,可你不是贫下中农,眼

---

① 陈鼓应. 庄子今注今译[M]. 北京:商务印书馆,2016:156.
② 陈鼓应. 庄子今注今译[M]. 北京:商务印书馆,2016:160.

珠子却这么突！如果眼睛突也就算了，还肚子大腿儿细！肚子大腿儿细也行呀，偏还是个乍耳朵！乍耳朵就够了，只要个子高也说得过去，但你毬高的，咋就不长了呢?!"生动形象地描绘出了狗尿苔丑陋的外表形象。在《庄子》中，曾经多处出现过形貌丑陋的畸人形象，比如《人间世》中身体扭曲的支离疏，《德充符》中相貌极其丑陋的哀骀它，《达生》中的佝偻丈人等。尽管这些畸人丑陋不堪甚至残缺不全，但庄子说："畸人者，畸于人而侔于天。""畸人"，乃是与世俗不同的"异人"，是能够与"天"相同的人物。在小说中，狗尿苔是个有"特异功能"的人物，是狗尿苔在动乱将来古炉村之前闻到了一股异味，是这场浩劫最早的预知者，也可以说是古炉村中的"异人"。

奇丑无比的被人忽视的狗尿苔是浩劫到来之前的预见者，是劫后余生者的拯救者，而古炉村动乱的策动者却是外来的"革命者"黄生生。作者贾平凹对所有人的叙写都满怀悲悯，无论是造反组织的头目霸槽、天布，还是做了许多坏事的秃子金，以及投毒杀人者磨子黑，唯独对于黄生生，贾平凹表现出极度的厌恶，描写其惨死丝毫不带有同情。《古炉》中体现出的作者的文化立场很为清晰：搅乱古炉村正常生活的是借各种名义侵入古炉村的"外来者"，而疗救创伤还需要从古炉村内部寻找资源，这种资源不是来自庙堂，而是来自民间。在此贾平凹体现出明显的文化保守主义立场，因之也引发一些秉持启蒙立场的研究者的非议。对于贾平凹立足于传统与民间开出的药方，其功效恐不是很乐观，但作者从传统文化中寻找精神资源，获取一种乡村世界自我救赎的思索却应是有价值的。贾平凹从传统文化中发掘出来体现在狗尿苔以及蚕婆、善人身上的对芸芸众生的大悲悯，恐怕也并非中国本土文化所特有，而是具有一种超越中西文明区别的普遍价值。把中西文化置入完全对立的思维模式中观照，对于一些启蒙主义学者有需要反思的地方。当然，这样的对立思维在贾平凹们这样的文化保守主义者那儿也同样需要警惕。

四、以道为政，全身方能平天下

与儒家积极入世相区别，道家人物往往是以飘然出世的隐士形象示人，往往与政治处于游离状态，保持着相当大的距离。但这并不代表道家哲学思想家不关心政治，他们对于政治同样有着深入的思考，道家哲学中同样有着丰富的政治哲学内容，道家文化同样有着它作为政治文化的一面，尤其是其中的黄老之学，更是被许多学者看成是一种统治术。道家文化在当代政治小说中也留下了其痕迹。马笑泉的《迷城》就是一部把中国传统文化的诸因素积极有效地纳入现实官场生活描写的长篇政治小说，在被纳入小说的传统文化诸多因素中，道家文化是其中的重要内容。

小说中鲁乐山与杜华章这两位最重要的人物形象，分别被赋予了鲜明的儒家文化与道家文化的文化人格，《迷城》中这两位主要人物形象的人性深度，正建立在他们各自鲜明的文化价值取向上，通过这两个人物的塑造，小说中实际形成了儒家文化与道家文化相对照的格局，因之，要探讨道家文化人格的体现者杜华章，必须同时探讨儒家文化人格的体现者鲁乐山，通过相互对照互为参照的研究，才可能较为深入地把握人物形象，理解蕴含于其中的文化内涵。

我们在分析杜华章之前，首先对鲁乐山做一些分析。鲁乐山，是中国传统儒家文化价值的坚决信奉者，这一点，单只是在人物的命名上，就表现得十分明显。儒家文化的代表人物孔子，是先秦时期的鲁国人，故鲁乐山以"鲁"为姓。"乐山"二字，很显然与所谓"仁者乐山，智者乐水"的说法有关。儒家尚"仁"，诚所谓"仁者爱人"者是也。按其好友杜华章的说法，他的祖父是一位饱读诗书、淡泊名利、深受乡人爱戴的私塾先生。鲁乐山从小就接受了祖父的教诲,在儒家文化成为禁区的"文化大革命"期间接触了传统儒家文化,奠定了修身正己、济世利人的人生观、价值观,对于《论语》"随便哪一个章节都可倒背如流",无论是早年任教,还是后来从政,都是深具以天下苍生为念的儒家情怀。鲁乐山不仅在思想上崇尚儒学,而且更是把它落实到了现实生活的方方面面,尤其是他从政后的日常工作中。比如,对书法艺术,"鲁乐山一谈书法就必然是颜真卿。他高一时就开始跟语文老师练楷书,从《九成宫醴泉铭》入手。上大学后转学颜体,大楷学《颜勤礼碑》《多宝塔碑》,小楷则纯守《麻姑仙坛记》,工作后即专临《东方朔画赞碑》"。鲁乐山说他喜欢颜真卿的楷书,"一笔一画都毫不懈怠,没有败笔"。书(书法)如其人,颜真卿"没有败笔"的楷书书法,也正成了鲁乐山"眼里揉不得沙子"的刚正不阿人生的写照。认认真真做事,堂堂正正做人,从来也不懂什么叫作藏着掖着,乃是投入工作状态时的鲁乐山最突出的特点所在。依照常理推断,鲁乐山的意外身亡,绝非自杀,肯定是他在煤矿的治理整顿过程中,严重地影响损害了政治对立面的巨大经济利益,以至于政治对立面必欲除之而后快。但就是这样一位恪守传统儒家文化立场的领导干部,因为意外死亡后家属与政府围绕后事的处置发生了尖锐激烈的矛盾冲突,竟然被泼脏水,被污蔑在他的临时居所里发现了数额多达20多万的红包。从某种意义上说,鲁乐山多少带有一点诡异色彩的命运遭际,恰好印证了"成也萧何,败也萧何"。一方面,他在政坛所取得的那些骄人成绩,与儒家文化的滋养有关,但在另一方面,他最后不清不白地死于非命,实际上也与他不知变通,过于刻板地坚执儒家文化的规范有关。

杜华章是小说中更为重要的人物形象。虽不像鲁乐山的命名那样明显,但其中,也能看出道家文化的蛛丝马迹。在先秦诸子中,最善于撰写文章,其文章以文采风流著称者,当为庄子。庄子流传后世的诸多文字,在文学史上习惯称为"华章"。如果说鲁乐山是一位具有坚定儒家文化立场的共产党员,那么,杜华章则被看作是深受道家文化浸染的共产党员。杜华章的酷爱书法与他对道家文化的特别推崇,从他在迷城县一出场就已经得到了强有力的暗示表现。到迷城上任时,除了生活必需的日用品之外,杜华章随身携带的五本书中,即有一套"岳麓书社出的《老子·庄子·列子》",从中暗示出杜华章是一位特别钟情于中国传统文化尤其是其中的道家文化一脉的知识分子。另外,值得注意的一个细节是,有一次,鲁乐山夸赞杜华章说:"不是你水平低,是杜部长水平高。依我看,他就是我们迷城的张良、陈平。"对此,"杜华章连称不敢当,但心里还是极为受用——《史记》一百三十卷,他最爱读的就是留侯世家第二十五和陈丞相世家第二十六"。张良、陈平,都是历史上知名的道家人物,杜华章的心里之所以感到特别受用,从中也可感受到杜华章对这些道家人物的认同。

因为杜华章是道家文化的服膺者,所以,在迷城县甫一上任,他就开始打破常规:"素来在党校上课讲传统文化的以阐述儒家文化居多,杜华章却就道家文化做了一番发挥,以'圣人后其身而身先,外其身而身存'的道理来阐释'全心全意为人民服务''毫不利己、专门利人';以'圣人无常心,以百姓心为心'来阐释'代表最广大人民的根本利益';以'居其实,不居其华'来论述干部应该怎样树立正确的功绩观;以'无事争天下''为而不争'来论述干部要尊重市场经济规律,让企业和市场按照经济法则运行,以达到'事少而功多'的效果。"杜华章把道家文化的点点滴滴充分渗透到日常事务的处理中。当他意识到县委书记雷凯歌是一位霸才的时候:"在霸才手下做事,必须以柔道自处,方可全身。好在我于道家阴柔之术颇有心得,正可充分施展。"这一点,与鲁乐山有意无意间形成对比:"杜华章佩服鲁乐山做一件事时能随时谋划下一件事,哪怕这件事还隔得远。但他觉得这样未免太累,不如心念眼前,执一不驰。最好做一件事能抵得上别人做十件事,实现道家的'事少而功多'。但这种想法是不能拿出来跟鲁乐山探讨的,甚至不能向任何人透露,只能藏于心而践于行。"更进一步说,"他(鲁乐山)是以诸葛亮为榜样,事必躬亲。我既然服膺道家学说,那还是要学学谢东山,把重心放在筹划和协调上,具体落实,尽量让下属去做。这样一想,便觉释然。""东山"是东晋著名政治家谢安的字。作为政治家,谢安突出政治业绩的取得,很大程度得益于他的引道入儒进而以儒道互补为政与为人之道。杜华章的以谢东山为偶像,正说明他精神深处对于道家文化的一种尊崇与膜拜。因为杜华章把道家文化的思想贯穿到了日常的工作与生活之中,所以,同样面对着政治上的对立面,他才不会像鲁乐山那样只知猛打猛冲,而不懂给自己留下回转的余地,不知道自我保护。一方面,在原则性问题上毫不妥协,另一方面,懂得以迂回曲折的方式在自我保护的前提下接近目标,这正是杜华章能够取得相应政绩的根本原因所在。这一点,在小说第十一章结尾处的一段叙事话语中表现得非常突出:"他拿起摆在案头的老庄列合集,随手翻到《天运》一章,细细读起来。待读到'则人固有尸居而龙见,雷声而渊默,发动如天地者乎?'心中一定,暗想目前的状态,在旁人看来,正近于'尸居'。虽有迷惑畏惧,但他人无从揣测,只觉得高深莫测,就算本有攻击的念头,说不定也会在无形中消除。这就像《达生》所述:'鸡虽有鸣者,已无变矣,望之若木鸡矣,其德全矣。异鸡无敢应者,反走矣。'看来自己就要学习那只'木鸡',无论高文攻之流如何'疾视而盛气',自己'无变''德全',他们无可奈何之下,也只有'反走矣'。想到此处,杜华章嘴角边逸出一丝笑意。"此后杜华章与高文攻他们之间围绕煤矿问题发生激烈交锋,就再形象不过地印证了杜华章自己的这一番设计。其人生导师梁秋夫对他的评价是"事事留有余地,盈而不满,泰而不骄,难得结怨"。与鲁乐山相比,杜华章更适合从政。鲁乐山与杜华章做对照,至少从事功的层面,杜华章要优于鲁乐山。

《迷城》这样一部具有突出文化品格的长篇政治小说之所以在当下这个时代生成，显然与这个时代过分倚重倡扬中国传统文化的总体精神氛围有关。总体而言，马笑泉的文化立场与这种当下的主流文化氛围很为契合。但是，对于构成中国传统文化的两大支柱的儒家文化与道家文化，马笑泉显然有着自己的偏好，有着不同的价值评判。对于儒家文化，马笑泉更多的是对浸染其中而形成的文化人格给予敬意，对其的肯定更多的是在道德层面。但对于道家文化，则还有一种事功层面的肯定，一定程度上，可以说，马笑泉把道家文化当作疗治这个千疮百孔的现实世界的成堆问题的药方。然而，尽管笔者高度评价马笑泉这种把中国传统文化因素积极有效地引入社会政治小说的小说写作方式中，但是也必须直面这样的问题：面对残酷复杂的社会现实，所谓的道家智慧是否真的有如此大的能量？道家文化在现实生活中到底能够发挥多大的作用？中国的问题是否真能仅靠中国文化资源即能找到解决方案？这怕是一个很需谨慎以对的问题。对此，即使如在小说中表现出对道家文化相当服膺的作者，其实似乎也没有足够的文化自信。在小说第十三章中，杜华章与其人生导师梁秋夫又一次对话，当杜华章强调道家文化的优越性，强调"阴柔也是一种策略，如果用在正道上，也能够造福于民"的时候，梁秋夫说："阴柔本身并没有错，关键是要用阳刚来调和。如果一味阴柔，就难以有积极的作为，甚至会从阴柔蜕变成专尚阴谋。《道德经》过于看重明哲保身，所以总是从保守的角度来思考问题。"梁秋夫的话可看作是作家马笑泉对道家文化的一种反思。在倡扬传统文化几近狂热的当下文化语境中，能有这样清醒的意识难能可贵，但是，我们对这样的囿于中国本土文化之内的文化反思感到仍有些不足，如果能把这种反思置于更为开阔的视野中，以不局限于本土文化的多元文化为参照系，可能会更有价值。

道家文化对中国"文化大革命"之后文学影响广泛深远，以上所分析的仅是其中的一小部分，还有许多小说中可以发现明显的道家文化的痕迹，其中有很多体现道家文化人格的人物形象，比如叶广芩《采桑子》中的五姐夫，叶兆言《很久以来》中的春兰，关仁山《日头》中的杜伯儒等。在金庸先生的武侠小说中亦有这样满是道家文化色彩的人物，如《天龙八部》中的段誉与《笑傲江湖》中的令狐冲。总体而言，在这些小说中，对于体现于其中的道家文化，肯定远多于反思。这样一种趋向当然有着历史与现实的原因。就其历史原因而言，在经过"文化大革命"对其粗暴的彻底否定之后，在新时期获得一种补偿性的正面评价，自有其合理性，借用老子的一句话叫作"反者道之动"。就现实原因而言，近年来的文学创作很难不受愈演愈烈的文化民族主义思潮的影响。毫无疑问，道家文化中有许多闪亮的地方，可以成为建立文化自信的依据与资源，但是当面对传统文化时，批判视角的弱化却不能不说是不小的缺憾。

第三章

基督教文化人格与当代文学人物形象

虽然说佛教文化并非是在中国本土生成的一种文化现象,但或许与这种文化现象很早就从印度传入中国有关,佛教文化在一般的理解中一直被看作是中国文化具有标志性的一个有机组成部分。佛教文化,自汉明帝时初履中土起,至今已有差不多2000年的时间。佛教文化传入中土的时候,正处于中国文化的总体塑形时期。也因此,这种源于印度的文化现象,在很快完成了本土化的转型之后,就积极有效地纳入到了中国文化的塑形过程之中,并成为中国文化标志性的一个有机组成部分。质言之,佛教文化本土化的一个直接结果就是,与儒、道这两种文化一起,构成了中国文化三足鼎立的基本文化结构。

与佛教文化相比较,基督教文化,作为另一种同样来自于异域的文化现象,或许与其这一两个世纪才进入中国有关,迄今为止,这种文化现象,依然以一种异质文化的形式存在于社会现实之中。尽管说在19世纪末20世纪初"西学东渐"的中西文化碰撞与交流现象出现之前的较早一个历史时期,就曾经有诸如利玛窦、汤若望、南怀仁等传教士在中国竭尽所能地传播基督教文化思想,并且也都不同程度地对中国文化产生过一定影响,但这种文化现象却并没有能够如同佛教文化一样完成它的本土化进程。然而,基督教文化虽然没有本土化,但由于近现代以来西方文化一直处于强势地位的缘故,作为西方文化精神内核的基督教文化对于中国社会的政治、经济、思想、文化等各方面的影响日益巨大,却也是无法被否认的一种客观事实。这其中,无论如何都少不了的一个方面,就是19世纪末20世纪初发生的中国现当代文学。

依笔者愚见,具有全新本质的中国现当代文学,之所以会在19世纪末20世纪初发生,与来自西方文化或西方文学的外来影响存在着直接关系。唯其五四新文化运动为我们带来了全新的西方文化与西方文学,我们的文学方才酝酿生成了这一场数千年未有的大变局,并因此而生成了一种面貌全新的文学。试问,如果说中国文学本身就具有能够自发生成一种现代性的文学的能力，那又何须来自于西方文化或西方文学的强势刺激呢?! 正因为中国文学自身无法完成这种现代性转换，所以才需要西方文化或西方文学出演如此重要的角色，承担如此重要的作用。也因此，笔者常常会由此而联想到哲学上所谓"内因是关键，外因是条件"的基本命题。倘若套用这一基本原理来看待中国现当代文学的发生学问题，你就多多少少会感觉到这一普适性真理的解释无效。如果说内因是关键，那中国文学自身又为何无法完成现代性转换呢？如果说外因只是条件，那为什么只有在西方文化或西方文学大规模进入中国之后，才会有中国现当代文学的发生呢？总之，笔者自己一种真切的感受就是，在中国现当代文学的发生学这一问题上，或许的确要换一种说法，的确是"外因是关键，内因是条件"呢？既然西方文化这一"外因"已然"是关键"，那么，作为西方文化精神内核的基督教文化对于中国现当代文学的影响，自然也就是题中应有之义。正因为基督教文化已然深入地影响并渗透到中国现当代文学的各个层面，因此，考察研究基督教文化与中国现当代文学之间的内在关联，自然有着不容忽视的重要意义。由于论题主旨的局限，我们在这里，主要试图通过中国当代文学史上若干颇具人性深度的人物形象的分析，考察基督教文化究竟在中国当代小说创作中留下了怎样的深刻印迹。

但在具体展开这一命题之前，我们首先需要对基督教文化做一基本的澄清和了解。"所谓基督教文化，我将其定义为是在基督教影响下形成的文化，也是以基督教的世界观、人生观和价值观为内核所形成的文化形态……'基督教在塑造西方文化的传统和价值方面起到了极其重要的作用'。"[1] 在给基督教文化做出定义并指明基督教文化在西方文化中的核心地位之后，论者更进一步地提炼概括

---

[1] 刘建军. 基督教文化与西方文学传统[M]. 北京：北京大学出版社，2005：2.

出了基督教文化的三大根本特征。"第一，信仰的对象是'上帝—耶稣'。基督教强调对'上帝—基督'的信仰。这是一种典型的'一神论'……而基督教的本原说则把'无形的上帝'和'有形的耶稣'化为一个概念，从而形成'三位一体'（圣父、圣子和圣灵）的本原论。'三位一体'作为不同的位格，指出了至高无上本原的分级形式。这样，犹太教中上帝的神秘性和'属灵'的性质被淡化，而耶稣基督（救世主）的现实属性大大增强。这样，基督的救世成为可感的方式。这就是所谓的'道成肉身'，从而使上帝的普遍性和特殊性、抽象性和具体性、永恒性和现世性达到了高度的统一。""因此，基督教文化始终是把人类的最高的精神理想和具体的实际需求加以辩证考虑的一种文化现象。"① "第二，信仰的目的是'救赎'。人为什么要信仰'上帝—耶稣'，根本原因就是人能够在信奉中被'救赎'。所以，我们也可以说，基督教是在信仰中获得救赎的宗教。人为什么需要救赎，根本原因就是人们发现自己身上有着一些永远无法克服的弱点和毛病，因此单纯地依靠自己的力量根本无法拯救自己（基督教正是把人身上这种永远无法克服的弱点演化成了'原罪'论），因此需要外力的拯救。"② 与早期的犹太教相比较，"基督教的发展在于，耶稣通过道成肉身，把天国的福音用有形的形式带给了人间。这就使得上帝的救赎通过有形的载体（耶稣下凡）并以他行奇迹、显神兆的方式，给现实的人以具体可感的救赎表达。同样，又通过耶稣被钉上十字架的死把人类的全部罪孽都一身担负了的方式给人们指出了获救的途径。所以，敬奉十字架就成为了敬奉上帝的人间形式"。"从以上的分析中，我们也

---

① 刘建军. 基督教文化与西方文学传统［M］. 北京：北京大学出版社，2005：5-6.

② 刘建军. 基督教文化与西方文学传统［M］. 北京：北京大学出版社，2005：6.

可以看出,基督教文化是强调现实中的人类自身(包括人类社会)不完整、不令人满意,从而需要一个更强大的精神力量,或者说更高的理想精神来改变人自身和人类社会弊端的救赎的文化。"① "第三,信仰的方式是强调人自身的精神力量。基督教强调对上帝—耶稣的绝对信仰,坚信在万事万物之上有一个绝对的、永恒的上帝。他既是世界的造物主,又是秩序的化身,也是拯救的力量,更是一切爱、公正和幸福的本原。所以,信仰它必须是无条件的和绝对的。这也决定着信奉上帝—耶稣是基督教文化的基本前提。那么,信仰的本质是什么呢?其实信仰本身是一种精神活动。而强调对上帝—基督的虔诚信仰就是在强调人的精神力量(或精神毅力)。因为只有精神力量强盛的人,才能够有坚定不移的信仰,才能有对基督教的献身精神……西方社会后来形成的注重精神力量的特点,其实在很大的程度上就是来自于基督教文化中对信仰的强调,即对人的精神毅力的强调……这也说明基督教文化是一种强调内心精神强盛的文化。"② 就笔者个人对于中国当代小说创作的观察与了解来说,论者所强调的基督教文化所具备的精神救赎、爱与公正以及幸福的本原、"三位一体"等思想都在当代的一些小说作品中有不同程度的体现。

一、被批判与否定的基督教③文化

或许与中国当代文学的开端意外地遭逢了中华人民共和国的成

---

① 刘建军. 基督教文化与西方文学传统 [M]. 北京:北京大学出版社,2005:6-7.

② 刘建军. 基督教文化与西方文学传统 [M]. 北京:北京大学出版社,2005:7.

③ 基督教主要包括天主教、新教、东正教三大教派和其他一些较小教派。

立这一重大历史事件的发生有关,基督教文化在当代小说中所首先遭遇的,竟然是被严重误解之后的"批判性"表达。这就是王蒙那部十九岁就开始动笔的天才之作《青春万岁》。在长篇小说《青春万岁》中,与基督教文化紧密相关的人物形象,分别是中学生呼玛丽与传教士李若瑟。首先,身为天主教徒的"落后学生"呼玛丽与那位拥有一个资本家父亲的"落后学生"苏宁不同,呼玛丽就没有家庭,只有组织。她的组织,就是天主教会:"呼玛丽十九岁,她过了整整十九年的孤苦岁月。从记事的时候起,她已经是天主教会'仁慈堂'的孤儿了。不知道是因为穷困,还是因为自己是私生子,或是父母双亡了,她从小就被送到那里。没有爸爸,没有妈妈,没有那对于孩子是万分温暖和珍贵的'家'。"依照常理,一个身世不明孤苦伶仃的孤儿,无论是被某个家庭或者某个组织收留,那这个家庭或者组织都应该因其德行善举而受到社会的高度肯定与颂扬。道理说来其实非常简单,倘若没有这些家庭或组织的收留,那这个孤儿到底能不能存活下来,也都是一个不容忽视的严重问题。又或者,同样是被收留,倘若收留呼玛丽的并不是天主教会,而是如同郑波家这样一个处于贫困状态的普通家庭,那么,叙述者就很有可能对于这种收留的行为从所谓"阶级正义"的角度给予无尽的赞美和肯定。

关键的问题在于,《青春万岁》中,收留并抚养呼玛丽长大成人的,却偏偏就是被中华人民共和国成立初年的社会主流意识形态所强力排斥否定的天主教会。这样一来,事件性质的变化,就是必然的了。本来应该是收留孤儿的善举,结果却变成了盘剥压榨孤儿的恶行:"'仁慈堂'在北京西什库天主教北堂的旁边。名义上这是慈善事业——'仁慈'的孤儿院,实际上却是吸血的童工工厂,贩卖人口的营业所和骇人听闻的儿童地狱。教会中的帝国主义分子,在这里对我们欠下了无数血债。"那么,"仁慈堂"到底欠下了怎样的"无数血债"呢?除了非常笼统地概述交代之外,叙述者在这一方面所讲述的一个突出事例,就是类似于《红楼梦》中的金钏儿那样的"毛毛乖"投井自杀事件。"毛毛乖"本来是一个极可爱的总是能够给大家带来笑声的七岁小男孩。大约因为总是吃不饱的缘故,进入"仁慈堂"。之后的第二年,"毛毛乖"就瘦多了。有一次,雷姑奶奶丢了两块蛋糕,因怀疑是"毛毛乖"偷的,不仅严加审问,而且还在一个下着雨的秋夜里把他赶到了门外去"忏悔"。没想到,"毛毛乖"却从此不见踪影了。到后来,呼玛丽无意间在井里发现了"毛毛乖"的尸体。这里,一个令人难以理解的自相矛盾处在于,既然一开始就要迫害这些孤儿,甚至还会将其中的如"毛毛乖"者逼上人生的绝路,那"仁慈堂"当初却又为什么要收留这些孤儿呢?不去收留他们,干脆就任由他们自生自灭,"仁慈堂"不是最起码还能够避开"杀人"的"刽子手"的恶谥吗?难道说,"仁慈堂"的收留孤儿,从一开始就是一种试图在未来的某一天加以利用盘剥的"人力投资"行为吗?如果把这些疑问与前面我们关于"仁慈堂"性质的分析联系在一起,那么,叙述者迫于意识形态压力而对于天主教会的"仁慈堂"所进行的扭曲式叙述,恐怕就是无法被否认的一种客观事实。

具体到呼玛丽本人,除了曾经差一点被雷姑奶奶她们硬性许配给一个跛子酒鬼做妻子之外,我们其实很难看出她在天主教会里究竟受到过怎样一种不堪的歧视与虐待。大约也正因为如此,尽管中学同学杨蔷云和郑波这样的"先进学生"曾经反复地给她做思想政治工作,试图从根本上改变她的世界观,使她仇恨天主教会,但却一直收效甚微。也正因此,当曾经有大恩于她的李若瑟神甫被政府当作反革命分子抓起来之后,一贯并不擅长于言辞的呼玛丽,才会发出如此一大篇的"长篇大论"。因为呼玛丽的这段言辞对于我们的分析非常重要,所以有必要完整地引用在这里:"'庆幸?'呼玛丽悲愤地喊起来,一向温顺的、难得说几个字的呼玛丽叫喊起来了,这是可怕的。她嘶哑地一边哭一边说话,悲痛哽塞着喉咙,

'庆幸？先生，你们多么轻松，多么快活，你们庆幸吧，让天主保佑你们的快活吧……但是你们知道我的难过吗？一个无依无靠的孤儿，一个谦卑的天主教徒，你们知道她的难过吗？'呼玛丽被眼泪所窒息，摇晃着说：'郑波和李春，我的同学，我和你们不一样！你们有爸爸，有妈妈，'呼玛丽痛苦地说着'爸爸'、'妈妈'这两个十分生疏的词儿，'他们疼你们，爱你们，养活你们，天冷了给你们盖被，生病了给你们煮水，可是有谁告诉我我的父母是谁么？啊，我也活了，也活下来了，也长成了人，也能和你们这些上天宠爱的幸运者在一起上学。我靠什么？只有靠教会，靠神甫。我从五岁就开始劳动，绣手绢累弯了腰，洗衣服磨破了手。五岁！知道吗？那时候你们也许还在妈妈的怀里吃甜饼……十几岁，我几乎被嫁出去，谁救了我？若瑟神甫。到现在，我一无所有，没有棉袄，棉裤穿了五年，大雪天露出了通红的小腿。没有文具，写字的时候去借人家的钢笔。没有钱，没有亲人……前些日子我吃了半块蛋糕，我以为那是天下最好的食物……为什么要说这个？别以为我怨恨自己的命运，不，不，我也快乐，因为我有天主，有信仰，有我的神甫。我的神甫用天国的光辉照耀着我，使我坚韧地活下去，但是……'她愈说愈激动，已经泣不成声，'为什么，为什么要逮走我的神甫呢？！'

是啊，为什么要逮走李若瑟神甫呢？叙述者给出的理由，是因为他在暗中秘密从事反革命活动。那么，李若瑟神甫究竟从事了哪些反革命活动呢？应该说，文本中叙述者给出的答案是相当笼统的："报上登出了逮捕一批天主教内的帝国主义分子的消息，他们是河北献县大特务尚建勋组织的'公教报国团'的残留人员，其中负责宣传和情报工作的有李若瑟的名字。呼玛丽顺从地看报，看李若瑟的罪恶事实，说不上相信还是不相信。"那么，李若瑟神甫曾经介入过其中的"公教报国团"的真相又是怎么回事儿呢？稍后一部分，在与呼玛丽的对话中，黄神甫曾经有所触及："有罪的不是你,是那些法利赛人,他们混到圣教会,执掌大权,胡作非为,真是耻辱!日本刚投降不久,田耕莘红衣主教给蒋介石祈祷,做三天弥撒;那时候我就知道,坏了!我太老了,话也说不清楚。有坏人,确实有!'你们这假冒为善的文士和法利赛人有祸了,因为你们走遍海洋和陆地,勾引一个人入教,既入了教,却使他做地狱之子……'记得吗?"呼玛丽回应道:"'记得,'呼玛丽小声背诵下去,'你们洗净杯盘的外面,里面却盛满了勒索和放荡……在人前,外面显出公义来,里面却装满了假善和不法的事。'"这一番对话之后,黄神甫得出的结论就是:"说得好极了。仁慈堂,那就是假善,参加反政府的政治活动,那就是不法。"至此,李若瑟究竟为什么被逮捕的原因,自然也就一目了然昭然若揭了。实际上,李若瑟神甫个人并没有从事什么不法行为,他的问题仅仅在于自己的名字出现在了所谓"公教报国团"的名单上,而"公教报国团"这个隶属于天主教会的组织,曾经与蒋介石的国民党政府发生紧密联系而已。由此可见,《青春万岁》中的叙述者之所以会把天主教会当作没落、腐朽乃至于敌对的力量来加以理解描述,归根到底也还是明显受到了社会主流意识形态潜在控制的缘故。

那么,我们到底应该如何理解看待天主教会以及呼玛丽这个人物形象呢?请一定注意文本中李若瑟神甫在被捕前对呼玛丽讲过的一段话:"我们的教皇——永无谬误之人,早已预言:教难即将到来,圣教会在危险中。我们遇到了凶恶的仇敌……从他们占领大陆以来,驱逐了教廷使者黎培里,封闭了天主教协进会,取缔了最光荣的队伍圣母军,许多教友被逮捕,许多神职人员被屠杀,他们又利用一部分昏聩教友的盲目爱国心理,开展背教裂教的三自运动,教难已经来临。"这样的一系列事实的连续发生,在笃信天主教的李若瑟与呼玛丽们看来,当然是令他们难以承受的巨大教难。我们都知道,近些年来,围绕到底应该怎样评价中国近代史上规模甚大的义和团运动,学界曾经形成过激烈的碰撞与争议。事实上,只要我们把郑波面对呼玛丽时的"义正词严"与呼玛丽那一段含泪的"长篇大论"对比一下,就不难做出合理的高下判断来:"'……在旧社会,哪一个儿童也不幸福。'郑波接着说:'可是现在呢?五一晚上我们跳了一夜舞,同学见了同学就笑个不住,所有的童年的难过的记忆,就像太阳底下的冰雪一样,消失得没有踪迹……当然,你比我们要苦许多,我们对你的关心也太少,那正是因为李若瑟害了你,李若瑟是你最大的敌人。他迷惑你,威吓你,束缚你,使你不能畅快地生活在美好的新世界……你住在解放了的中国的首都,却不了解自己的祖国。你在女七中念书,却像处于咱们班之外,甚至于,你都不敢和自己的同学谈话,大家也没法帮助你。亲人,咱们班的每一个同学都愿意做你的亲人,但是李若瑟叫你把所有的朋友推出去,李若瑟从精神上蹂躏着你,杀害着你,你却为这个大罪不赦的坏人求饶恕!"假若说呼玛丽的那一段话不仅言之有理,而且充满着情感的冲击力,那么,郑波的这番话就显得特别苍白无力,其中所充斥的,只是一些毫无情感色彩的政治说辞。

但无论如何,我们也不可能再一边倒地简单粗暴地贬斥否定类似于呼玛丽或者李若瑟这样的人物形象。很大程度上,我们恐怕还应该感谢王蒙,感谢他没有简单地让呼玛丽在接受了杨蔷云与郑波此类"先进学生"的思想政治教育之后,轻易地放弃自己的思想立场。在经过了李若瑟神甫被捕事件的强烈震荡之后,"多少天来,呼玛丽疲倦地隔着一层泪水看世界,周围一切是模糊的、混乱的、毫无意义的。经过巨大的震荡,她恢复了顺从,顺从地搬到学校,顺从地按时作息。她没有爱也没有恨,甚至连宗教的热忱也稍微淡了些——本来嘛,当她还是儿童的时候,爱、恨和热忱就已经太多了"。也因此,叙述者进一步叙述道:"呼玛丽不是已经和同学们生活在一起了么?她不是已经战胜了痛苦,说出自己'敢生活'了吗?是的,现在看来她和别人并没有区别,她已经毫不犹豫地选择了新的道路,但是漫长的记忆重重地压着她,就像做了一宿噩梦的人到了清晨也不能畅快一样。对她来说更可怕的是，她的信仰的火焰也有冷却的危险。就在前天祈祷的时候，可怕的念头一滑而过：'是否这一切都是骗人的？李若瑟不是天天祈祷吗？'这念头使她吓得发抖。魔鬼！于是她一直到今天还痛加忏悔。"毫无疑问，假如说呼玛丽的确曾经是一个虔诚的天主教徒的话，那么，李若瑟神甫的被捕以及她自己所遭受的批评教育，就显然已经在其内心里酿成了一场极其严重的精神危机。尤其值得注意的是，她的这种精神危机，并没有像苏宁那样伴随着对父亲的检举而轻易得到解决。一直到小说的终结处，呼玛丽依然处于这种精神危机的严重困扰之中。呼玛丽是否可以走出她的精神危机？呼玛丽什么时候才能够走出她的精神危机？所有这一切，其实仍然都是未知数。而这就意味着，呼玛丽最终也还是没有足够的能力做出自己的精神选择。从艺术的角度来衡量，一个事实上处于自我精神分裂状态的呼玛丽形象，也就完全可以被看作王蒙《青春万岁》中最具有人性深度的一个人物形象。

正如同我们所指出的，类似于呼玛丽与李若瑟神甫这些或遭受基督教的蒙蔽或干脆就被归之为具有反动属性的人物形象的出现，其实与"十七年"期间过于排斥拒绝基督教文化，甚至把基督教文化视为洪水猛兽的社会主流意识形态之间存在着格外紧密的内在关联。也因此，伴随着社会政治生活的根本转型，伴随着一种具有更大开明与宽容度的社会主流意识形态的形成，到了"文化大革命"结束后的新时期文学中，基督教文化就开始以一种正面的精神价值形态而得到充分的肯定。这一方面，值得引起高度注意的小说作品分别有李锐的长篇小说《张马丁的第八天》、刘醒龙的长篇小说《圣天门口》、张翎的长篇小说《劳燕》以及徐则臣的长篇小说《耶路撒冷》等。

二、基督教文化与深度历史反思

首先是李锐的《张马丁的第八天》。李锐的这部长篇小说,集中描写出生于意大利小城的乔万尼,笃信基督,跟随莱高维诺主教来到中国传教的悲剧性经历。来到中国后,他被取名为张马丁,成为教堂执事。主教誓愿,要将十字架矗立在娘娘庙的废墟之上。神和神的较量,流的是人的血。圣母升天节那天,祈雨的村民和教民发生冲突,张马丁被保护女娲娘娘庙的"迎神会"会众乱石袭击,休克过去。众人以为他被砸死。会首张天赐被迫以命相抵。三天后,张马丁"死"而复生。病愈后,张马丁不顾主教劝告,执意说出实情,被逐出教门,不仅成为教民心中的"犹大、叛徒、魔鬼、毒蛇",更成为天石村村民心中杀死张天赐的凶手。口诵天主,心在炼狱。走出教堂高墙之后的张马丁,走入他不熟悉的土地,被唾骂,被洗劫,乞讨七日,并在第八天与张天赐之妻演出了一场误打误撞的情欲故事。张马丁身上所充分体现的,就是一种源自于基督教的自我牺牲精神。既是乔万尼,也是张马丁,一个人同时拥有截然不同的两个名字,李锐如此一种特别的命名方式,就已经透露出了这个人物本身所具有的精神分裂性。对于真诚地信仰着基督的乔万尼(张马丁)来说,最大的痛苦不在于自己肉身的覆灭消失。正因为如此,所以他才可以不顾身家性命地去救护莱高维诺主教。在小说中,最令乔万尼(张马丁)困惑和尴尬的一件事情,就是自己的死而复活。因为他的死而复活,不仅把自己一向所崇仰的莱高维诺主教推到了一种极其尴尬的处境之中,更是把他自己也推到了一种简直无法选择的两难困境之中。尤其是面对着莱高维诺主教已经无法更改的让他继续"以死的形式"存在下去的决定,乔万尼(张马丁)的内心世界充满了痛苦。他最无法释怀的纠结,显然就是不知道到底应该以怎样的一种方式来面对自己死而复活这样一种无法更改的事实。实际上,也正是围绕着这个关键性的问题,面对着莱高维诺主教做出的让他继续"以死的形式"存在下去,以达到欺瞒天母河地区民众更好地传播福音的决定,面对着如此一种为了达到传播福音的目的甚至于不择手段的瞒天过海行为,乔万尼(张马丁)陷入了深深的困惑和纠结之中。到底应该顺从于莱高维诺主教的意志,还是应该坦诚面对自己死而复活的真相,乔万尼(张马丁)抉择的艰难程度,是显而易见的。虽然艰难,但在经过了一番激烈异常的思想斗争之后,最终,乔万尼(张马丁)还是做出了直面真相的人生选择:"张马丁不想说出所有的原因,那不仅因为是无法启齿的,更因为在他看来那最终是一件自己的事情,是一件自己要独自面对天父的证明。为此,莱高维诺主教无法理解,玛丽亚修女无法理解,眼前这位惊慌失措的官员就更无法理解。"作为一位特别虔诚的天主教徒,乔万尼(张马丁)十分清楚,自己所信仰的宗教一条非常重要的戒律,就是不能做假证陷害无辜之人。为此,他不无坚决地不惜违逆了莱高维诺主教的意志。

尽管乔万尼(张马丁)早就为自己的选择所可能招致的打击做好了精神准备,但他却根本没有预料到,自己的这种选择居然会招致如此严重的误解:"玛丽亚修女……我不知道,不知道这是圣父的恩惠,还是圣父的惩罚……还是活着就是有罪……我不能欺骗天主,我只是凭着自己的良心做了一件诚实的事情……没想到大家都不想看见真相……"不仅如此,乔万尼(张马丁)的这种选择,还把自己推进了所谓里外不是人的极端尴尬的困境之中。自己已然彻底背叛了的天主教会自不必说,即使是自己正设法帮助着的那些村民们,也如同敌人一般地仇视自己:"从那以后七天来,只要走进任何一个村庄、集镇,人们就像看到瘟神一样对他指指点点,孩子们就会围上来用浓重的方言对他尖叫……"然而,"最让他难受的是,教民们的孩子也用同样的方法对待他,其中有些面孔还是他以前经常见到过的,是和他一起唱过圣歌的,只不过随着投过来的石子、土块和口水,他们嘴里的叫骂改成了:犹大,叛徒,魔鬼,毒蛇……"只有到了这个时候,乔万尼(张马丁)方才真正明白过来,自己已经因为自己的选择而陷入了一种众叛亲离万劫不复的境地:"自己只不过按照内心最真实的想法作了最诚实的决定,却一下子就跌进了万劫不复的深渊……"

就故事情节的发展演变而言,正因为有了乔万尼(张马丁)毅然决然之后的众叛亲离,所以也才导致了濒临死亡边缘时,他为张王氏所救这一极具荒诞色彩的戏剧性场面的出现。说起来,也正是无巧不成书,生活有时候就是这样富有传奇性。因为有乔万尼(张马丁)的"假死",所以才有了张王氏丈夫张天赐的被处极刑。然而,令人格外称奇的是,当背叛了教门的乔万尼(张马丁)最终走投无路,眼看着就要冻饿而死的时候,碰巧就跑到了娘娘庙,就遇上了因为受到强烈刺激已经差不多处于疯癫状态的张王氏。而求子心切的张王氏,却偏偏就认定乔万尼(张马丁)乃是丈夫张天赐的转世灵童。于是,小说中最荒诞却也最真实的高潮一幕就此形成。这就是小说的第四章"烛光"。从文化冲突的意义上说,到了这一章,当乔万尼(张马丁)这一来自于西方的传教士与张王氏这一中国天母河地区的普通农妇终于在娘娘庙相遇,面对着他们那看起来滔滔不绝,实则上却是自说自话,根本就是无法沟通的鸡对鸭讲的时候,我们自然也就对于文化身份的阻隔所导致的必然人性困境有了一种真切的体会。论述至此,我们就必须注意到乔万尼(张马丁)与张王氏这两位主要人物身上所具有的强烈的象征意味了。

身为传教士的乔万尼(张马丁)让我们联想到的,自然是那位为了替人类赎罪而坦然走向十字架的耶稣。按照天主教的教义,耶稣乃是为了替人类赎罪而坦然地走向了十字架,并且在被处死之后又死而复生。李锐小说中的乔万尼(张马丁)之所以最终自动走向绝望的深渊,实际上也是为了赎罪的缘故。只不过,乔万尼

（张马丁）在这里所要具体救赎的，乃是莱高维诺主教所犯的罪。很显然，在乔万尼（张马丁）看来，既然自己并没有真的死去，既然莱高维诺主教已经由此而错斩张天赐，而犯下了无法更改的罪过，那么，唯一切实可行的救赎办法，就是坦承事实的真相，并主动承担由此而导致的一切后果。当传教心切功名心太盛的莱高维诺主教心灵蒙尘的时候，只有乔万尼（张马丁）勇敢地站了出来，不惜以自己的牺牲来换取对于天父信仰的纯洁。在叙述者看来，乔万尼（张马丁）的这种自我牺牲行为，实际上具有双重的价值和意义。其一，当然是为了替心灵已然蒙尘的莱高维诺主教赎罪，其二，则明显地表现为一种哀怜众生的悲悯情怀："我愿意接受你的任何惩罚，我愿意为你做任何事情，我愿意你把我撕成碎片，只要你相信我是为了真相而来，我绝不愿意为了躲避惩罚而苟且偷生，更不愿意为了谎言而活在世上……"从乔万尼（张马丁）的这种悲悯情怀中，我们更是可以清晰地看出其基督教精神底色来。

其次是刘醒龙那部旨在颠覆重构20世纪中国革命历史的厚重长篇小说《圣天门口》。应该承认，《圣天门口》是一部由诸多矛盾线索交错混杂而成的结构相当复杂的长篇小说，在小说的前十二章即1949年之前的那个历史阶段，以傅朗西、杭九枫、阿彩等为代表的共产党一派与以马鹞子、王参议、冯旅长等为代表的国民党一派之间的矛盾对立构成了小说的主要矛盾。而在小说的后三章，到1949年之后，执政后的共产党内部的矛盾冲突以及执政者与广大民众之间的矛盾冲突取而代之，上升为小说的主要矛盾。除了以上两个不同历史阶段各自不同的社会矛盾之外，小说中实际上还有另外两种贯穿文本始终的矛盾线索存在。一条是天门口小镇雪、杭两大家族之间绵延长久的恩怨情仇以及彼此之间的消长起落。而另一条更为潜隐也更为重要的却是一种暴力文化与一种以仁慈、宽恕、博爱为根本内涵的或可称之为基督教文化之间的矛盾冲突。小说中的梅外婆、雪柠、董重里（转变后的）等当然应被视作基督教文化的突出代表,而在这个意义上看来,则无论是杭九枫还是马鹞子,无论是傅朗西还是冯旅长,都可被看作是暴力文化的体现与张扬者。以上我们只是从批评的角度出发,从《圣天门口》中梳理提取出了几条主要矛盾线索,在文本的实际中,这些被我们所条分缕析出的矛盾线索,其实都是水乳交融般地互相交错缠绕在一起的。在某种意义上,也正是这诸多交错缠绕在一起的矛盾线索共同构成了现实生活本身的复杂性与日常性,我们所谓在"革命历史小说"中被遮蔽了的历史真实所指称的,其实也正是现实生活的这种复杂性与日常性。应该注意到,在这诸多错综复杂的矛盾线索中,作家刘醒龙的叙事立场其实站在了以梅外婆、雪柠她们为代表的带有突出的仁慈、宽恕与博爱特征的基督教文化这一边。

在小说中,梅外婆、雪柠当然是历史的当事人,她们都在不同程度上被卷入了充满杀戮与争斗的历史进程之中。但在另一个方面,我们却又可以把她们看作是 20 世纪中国历史进程的一种带有突出超然意味的局外人。得出这一结论的关键原因在于,在 20 世纪中国历史的发展演进过程中,梅外婆们始终没有被某一狭隘的党派立场或政治立场裹挟而去,她们总是能够在超越种种复杂的利益纷争之后坚持"用人的眼光"来看待世界。"用人的眼光去看,普天之下全是人。用畜生的眼光去看,普天之下全是畜生"。这正是梅外婆与雪柠终其一生都身体力行着的一种人生信条。正是依托于这样的一种人生信条,小小年纪的雪柠才会如此地憎恶暴力:"天下的事有一万万种,她最不愿看到的就是用暴力强行夺走他人的性命。再好的枪,只要不杀人,就是一文不值的废铁,一切为了杀人的手段,哪怕只要她拿出一根丝线,她也不会答应。这就是她的最大仇恨,也是她对仇恨的最大报复。"而惨遭日军兽行蹂躏之后的梅外婆也才会讲出这样一番令人格外震惊的话语来:"很多时候,宽容对别人的征服要远远大于惩罚,哪怕只有一点点的体现,也能改变大局,使我们越走越远,越站越高。惩罚正好相反,只能使人的心眼一天天地变小,变成鼠目寸光。"这样,在坚持着以一种宽容的非暴力的"人的眼光"来看待世界的梅外婆们看来,一部 20 世纪的中国历史其实正是一部党派利益的纷争史、杀戮史,是一部由种种杀戮与争斗的暴力行为所必然导致的广大民众的受难史。也正因此,所以他们才忍辱负重拼尽全力地为消弭这种种纷争与苦难做出自己全部的努力,这正如梅外婆所说:"一个人的能力救不了全部的人,那就救一部分人,再不行就救几个人,实在救不了别人,那就救自己,人人都能救自己,不也是救了全部的人吗?"我们注意到,小说中曾经几度借人物之口将"圣"字赠予到梅外婆与雪柠等雪家女人的身上,小说标题中的"圣"字很显然也正来源于此。如果说小说的确借助于天门口这样一个小镇而浓缩了 20 世纪中国历史的风云变幻的话,那么这个"圣"字则正意味着一种超然于党派或政治立场之外的超越性视点的最终确立。前文曾经强调梅外婆们的以非暴力化为突出特征的所谓基督教文化立场其实也正是刘醒龙的基本叙事立场所在。这样,梅外婆们眼中作为一种党派利益的纷争史、杀戮史,作为一种广大民众的受难史而存在的 20 世纪中国历史,实际上也正是刘醒龙意欲在《圣天门口》这部长篇历史小说中所竭力还原表现出的历史本相。更准确地说,刘醒龙通过自己的艺术努力所消解颠覆的其实也只不过是在既往的"革命历史小说"作品中业已完全固型化的带有鲜明意识形态特征的 20 世纪中国历史的景观而已。对于真正意义上的 20 世纪中国历史而言,又哪里存在什么消解、颠覆或者重构的问题。一个优秀的现实主义小说家所能做到的也只能是尽可能地克服种种自觉不自觉的主观遮蔽,尽可能地逼近真实的历史本相而已。

按照一种阶级论的观点来分析,梅外婆与雪柠她们当然应该被归类于"地主"这样一个特定的剥削阶级群体之中。对于"地主"这类人物形象的描写刻画,在"革命历史小说"中业已形成了一种固型化的方式。这一点诚如论者所言:"在红色叙事的斗争哲学中,

'地主'更是相对于'红色符号',作为阶级话语的'白色符号'出现在现当代文学的叙事中。他们凶残(欺压百姓)、无耻(强奸贫雇农的妻女)、贪婪(抽重税)、愚蠢(不接受新事物新观点)、腐朽(抽烟娶姨太太)。"① 《红旗谱》中的冯兰池、《苦菜花》中的王柬之等,应该被视为"革命历史小说"中典型的地主形象。虽然我们无意于否认现实生活中此类地主形象个案意义上的存在真实性,但在一种普遍人性的意义上来看,则可以说"革命历史小说"中这类地主形象塑造的一大弊端便是极度的漫画化与脸谱化,丰富人性内涵的被抽离是此类人物形象格外苍白的一个根本原因所在。应该说,对于这样一种明显的艺术弊端,新时期以来的一些中国作家早已有所察觉:"新时期以来,先锋小说家余华、苏童等人,逐渐抛弃了阶级学说对人性和文化的缩略和简化。地主和其家族生活内部所负载的文化细节得到了符号化的放大与定型,成为先锋们从传统反思突入人性深层开掘的物质载体。"② 然而,虽然余华、苏童等先锋小说家已经在地主形象的人性化方面做出过一定的尝试,但是,从这些作家的根本创作宗旨来看,他们的真正努力方向却并不在此。这样,对于在"革命历史小说"中固型化符号化了的地主形象真正意义上的颠覆与改写,实际上仍然是一个尚待完成的艺术命题,而刘醒龙的《圣天门口》则正是在这一方面值得充分注意的一部小说作品。细读《圣天门口》,不难发现,在梅外婆与雪柠身上,不仅无法找到如论者所言的"凶残、无耻、贪婪、愚蠢、腐朽"诸种劣迹,反而更多地体现出一种以仁慈、博爱、悲悯为突出特征的高贵人格。即使是雪家的其他成员,比如雪大爹、雪大奶、雪茄、爱栀等,我们也无法从他们身上发现有明显的欺压乡里百姓的劣迹存在。他们虽然并不具备梅外婆、雪柠身上体现出来的那种高贵人格,但实在地说,对于天门口的那些穷乡亲们,他们还是曾

---

①② 吴义勤,房伟. 历史叙事中的传奇与人性 [J]. 评论,2005 (2).

经给予过一些接济与帮助的。从小说描写的实际情形来看,雪家是天门口暴动首当其冲的革命对象,然而,从雪家人日常的具体行事方式来看,除了富有之外,我们实在找不出将他们作为革命对象的理由来。而富有,也可以被视为一种罪过么?但是,从20世纪中国历史的发展演进过程来看,在相当长的一个时期里,却奉行着"富有即罪"这样一种虽是荒诞但却真实的现实逻辑。于是,毫无罪过可言的雪大爹们也就只好成为革命的祭品了。

  应该说,这样的一种描写本身已经对既往的"革命历史小说"形成了某种程度上的颠覆,但更为彻底的颠覆却来自于对梅外婆与雪柠这两个人物形象的成功塑造。在笔者看来,梅外婆与雪柠是小说中两位极具人性深度、闪现着耀眼的人性光辉、体现着作家刘醒龙的人性理想高度的人物形象。在小说中,虽然她们饱受着来自于生活的蹂躏与伤害,她们曾经一个又一个地失去了骨肉至亲,梅外婆曾经惨遭日军兽行的凌辱,雪柠也曾经经受过来自许多个异性的侮辱(这一点在小说结尾处有过明显的暗示:"雪柠从抽屉里拿出一叠从不同年历上撕下来的杂乱无章的日历,每张日历后面都写着一个耳熟能详的男人名字:'这么多年,你们杭家从没有男人强迫过我,我不信任你,还能信任哪个?'")。但是,这一切却并未能在她们的内心深处形成仇恨的情结,她们不仅并不像杭九枫、马鹞子们那样奉行一种以牙还牙的复仇方式,而且反以一种格外博大的人道主义悲悯情怀来对待一切人和事,包括她们家族的仇敌,包括那些曾经直接伤害过她们的人。在这一方面,一个突出的例证便是梅外婆对于小岛和子的"爱"的征服。梅外婆自己曾经惨遭日军兽行蹂躏,但她却并未以同样的方式对待心怀叵测前来寻仇的小岛和子。虽然明知再次来到天门口的小岛和子意欲为兄报仇,虽然周围的许多人都在提醒梅外婆应防备小岛和子的虎狼之心,但梅外婆却并没有将小岛和子作为敌人来对待,她硬是坚持以自己的满腔仁慈、以自己坚定而不可动摇的爱心,最终征服了小岛和子,迫使这个前来寻仇的日本女子自动放弃了为兄报仇的执念。在某种意义上,梅外婆对于小岛和子"爱"的征服,可以让我们联想到雨果笔下的米里哀主教与冉阿让或者冉阿让与沙威来。小岛和子当然是一个极端的例子,其实,在小说中,梅外婆与雪柠无论对待什么人,都是秉持着一种爱的情怀的。我们注意到,在小说中,梅外婆与雪柠嘴中重复最多的一个词便是"福音",而作家刘醒龙也曾经数次借助于人物之口将"圣"字赠予到梅外婆与雪柠身上。将这"福音"与"圣",与梅外婆、雪柠她们那样一种终生不渝的人道主义悲悯情怀联系起来,她们其实完全可以被看作是"爱的基督"的现实化身。由"阶级敌人"而变为"爱的基督",在这样一个过程中,我们当然十分真切地体会到了刘醒龙《圣天门口》中梅外婆、雪柠这样的人物形象对于"革命历史小说"中的冯兰池、王柬之这样的地主形象所构成的一种十分突出的颠覆作用。我们注意到,在一个相当长的时期里,中国当代小说作品中的人物塑造逐渐地形成了一种人物形象的犬儒化与卑琐化倾向,一种突出地闪现着人性理想光辉的人物形象的消踪匿迹确已很久。但刘醒龙笔下的梅外婆与雪柠却正是这样闪现着人性理想光辉的人物形象。正是依凭着这样两位人物形象的成功塑造,刘醒龙为自己更准确合理地测度衡估20世纪中国历史设定出了一种充满人道主义悲悯色彩的非暴力文化立场。而《圣天门口》的创作成功,在很大程度上则正取决于这样一种超越性的非暴力文化立场在小说中的最终确立。当然,如果从人物形象塑造的角度来看,如梅外婆、雪柠这样闪现着人性理想光辉的"爱的基督"形象的出现,对于中国当代小说中很长一个时期以来人物形象的犬儒化与卑琐化倾向而言,也是一种鲜明有力的反驳与校正。

三、战争书写与现实社会关切

在对于基督教文化精神的张扬与凸显上引人注意的另外一部长篇小说,是海外女作家张翎的《劳燕》。概略地说,张翎《劳燕》所讲述的,其实是三个男人和一个女人的故事。而且,很显然,这三位男性的第一人称叙事全都是围绕这位女性为核心而运行的。同时,这三位男性也可以说,都是这位女性不同程度的喜欢与恋慕者。别的且不说,如此一种"一女数男"人物关系的设计构想本身,就已经大大突破了我们在很多作品中惯见的"一男数女"模式。其中,一种男性批判的女性主义意味的存在,是显而易见的事实。而这,实际上也就明显预示着,性别歧视与女性自尊的书写,恰恰是张翎《劳燕》最不容忽视的一部分重要思想内涵。"阿燕、温德、斯塔拉。它们是一个人的三个名字,或者说,一个人的三个侧面。你若把它们剥离开来,它们是三个截然不同的版块,你很难想象它们同属一体。而当你把它们拼在一起时,你又几乎找不到它们之间的接缝——它们是水乳交融浑然天成的联合体。"这位同时具有三个名字的女性,可以说是《劳燕》中苦难最为深重的被侮辱与被损害者。14岁的娇小年纪,却已先后失去父母双亲,被迫挑起生活与生存的重担不说,她自己还同时惨遭残暴日军的肆意凌辱。出现在牧师比利眼中的女孩"几乎完全赤裸,身体上没有明显的外伤,只是大腿上有湿黏的血迹——血还没有止住"。但日军的残暴还在其次,相比较来说,较之于日军的残暴,更糟糕十倍百倍不止的,反倒是来自于国人的冷漠与歧视、侮辱:"她们母女两人的遭遇,早已在四十一步村里传得沸沸扬扬……而那天的劫难,连同所有的细节,经过女人们一轮又一轮压低了嗓门的流传,已经成为村里每一户人家饭桌上最公开的秘密。"既然流言已经漫天飞扬,那么,四十一步村人对于阿燕的歧视与排斥乃至于公开凌辱,也就是顺理成章的事情。而且,很显然,从一种象征的意义上说,四十一步村完全可以被看作是我们这个国家的缩影。就此而言,张翎实际上也就是在通过对四十一步村人的描写而最终实现一种对于国民劣根性的尖锐批判。然而,阿燕的劫难却并未到此为止,她根本想不到,即使在中美特种技术合作所训练营这样的抗日军营里,自己曾经遭受日军凌辱的流言不仅会被广为流播,而且竟然还会成为鼻涕虫企图强暴自己的借口。幸运之处在于,到了这个时候的阿燕,已经在精神层面上彻底完成了一场由蛹到蝶的蜕变。事实上,也只有在完成了这种精神蜕变之后,阿燕方才会在阻止了长官枪毙鼻涕虫的行为之后,声泪俱下地讲出了一番可谓是石破天惊的话语:"我逃回家后,他们都不认我,他们觉得我遭了日本人的欺负,他们就都可以欺负我。"紧接着,阿燕发出了强力地诘问:"你们为什么只知道欺负我,你们为什么不找日本人算账?"

精神蜕变彻底完成之后的阿燕,事实上变成了一位极其难能可贵的以德报怨的人间苦难超度者。这一点,集中表现在她与曾经数度辜负伤害自己的刘兆虎之间的关系上。具体来说,当刘兆虎面临被抓丁威胁的时候,毅然挺身而出替他排忧解难的,是阿燕;当他潜逃回四十一步村,面临着被当作逃兵抓捕的危险时,将他藏在家中者,是阿燕;当他因为与美军以及国民党之间的瓜葛而被捕入狱之后,长期坚持和他通信并千方百计将他营救提前出狱者,是阿燕;当他从狱中走出面临生存困境的时候,毅然决然地用自己的身躯和心灵抚慰他的,是阿燕;当他晚年病入膏肓卧病在床的时候,多方面想方设法为他求医问药者,同样也是阿燕。尤其令人倍感意外的,是在以德报怨帮助刘兆虎的过程中,阿燕自己其实做出了巨大的牺牲:"直到有一天,阿燕在挽起袖子揩拭身体时,我偶然发现她胳膊上有一串青紫色的针眼,我这才恍然大悟,这些天里我喝的不是猪肝汤,而是阿燕的血。"这是说阿燕在被迫卖血。"就在她转身的时候,我发现她夹袄后襟的一个衣角,掖在了她的裤腰里。""刹那间,我的脑子产生了一些古怪的念头,我觉得那些猪肝,那些混在泥鳅里的肉末星子,那些飘在鲫鱼汤里的油花,突然都变成了裤腰带。阿燕的裤腰带是在什么时候第一次松动了的呢?是在为我索求那张盖着戳子的身份证明的时候?是在她胳膊上的静脉硬实得再也扎不下针的时候?还是在我吐出了那片煎炒得油亮的猪肝的时候?第一次也许很难。第二次就容易多了,第三次就成了习惯。再往后,兴许她再也不需要裤腰带了。"实际上,也正因为明确意识到自己以及牧师比利、伊恩们太多地亏欠了阿燕,所以,成为亡灵之后的刘兆虎,才会以强烈的自遣笔调说道:"其实扔下阿燕的不只是我,还有你们——你,牧师比利,还有你,伊恩·弗格森。我们在不同的阶段进入过她的生活,都把她引到了希望的山巅,又以各种各样的方式离开了她,任由她跌入绝望的低谷,独自面对生活的腥风苦雨,收拾我们的存在给她留下的各种残局。在我成为鬼魂之后,我甚至暗自庆幸过我死得其时,我不用目睹阿燕在几年之后的那场大灾难中遭受的更大屈辱。"唯其如此,刘兆虎才会如此犀利地自责自忏:"我的自私罄竹难书。"实际上,面对着阿燕或者斯塔拉或者温德,感到自惭形秽者却又何止是刘兆虎呢?牧师比利,伊恩,其实也都应该有同样的强烈感受才对。唯其如此,到小说结尾处,面对着业已处于脑中风状态的女主人公,作家张翎才会借牧师比利的亡灵做这样一种真切的表白:"在我的记忆中,你是那个连眼泪都能照亮别人的小星星啊,我怎能把你跟眼前这个身体像掏空了的麻袋似的老妇人联系在一起?"那么,"是谁掏空了你的麻袋的?""是战争。"是的,当然是战争。但与此同时,却也包括了其他很多人:"战争把第一只恶手伸进你曾经饱满结实的生命之袋,我们跟在它之后也伸出了自己的手。这个'我们',不仅包括我、伊恩、刘兆虎,还有阿美、杨建国、癞痢头、鼻涕虫、那个在枕边传了你流言的厨子、那个在营地门前用枪指着你的哨兵……

'我们'其实是每一个走进你生活的人。我们每个人的手上都有罪孽，我们每个人都从你的袋子里偷过东西。"

尤其不能忽略的是，牧师比利和上帝之间的一段虚拟对话。上帝问："请你告诉我，你们到底从这个可怜的女人身上拿走了什么？""不多。我回答说。不过是一点点信任、耐心、慰藉、勇气、善意，最多再加上一副完好的牙齿，一个光洁的额头，两只饱满的乳房。""那么，你们又给她留下了什么？""不少，我的主，比如一辆破旧得连厂名都找不见了的自行车，一颗几乎可以和泥土混成一色的金属纽扣，一本书脊几乎散了架的《天演论》，还有一些不是用竹简绸卷纸张油墨记载在任何国法、城镇管理法、婚姻法、家庭法、甚至治安法中，而是用窃窃私语在人们的舌头上游走了几个世纪的耻辱。"到最后，牧师比利还留下了如下一句话："我们拿得很少，却留下了很多。真的。"只要认真地对比一下，我们则不难从以上的虚拟对话中读出强烈的反讽意味来。正是从这强烈的反讽意味中，我们才能够清楚地了解到，漫长的人生中，周围的人群到底对阿燕或者斯塔拉或者温德这样一个地母式的女性犯下了怎样无法饶恕的罪孽。也因此，我们才能够更加充分地理解牧师比利在叙事过程中对于斯塔拉的高度评价："上帝回应了我的祈求，他果真赐了一颗星星，却不是给她的。后来我才慢慢领悟，上帝的那颗星星是给我的——她是我的星星，她照亮了我的路，给了我方向。"因为，"我才是那个迷失的人"。事实上，迷失者又何止是牧师比利呢？在某种意义上说，前面罗列出的那众多曾经掏过女主人公生命之袋的所有人们，也全都是迷失的人。从这个角度来看，这位拥有三个名字的女主人公，其实是一位拥有博大悲悯情怀的拯救者。实际上，也只有在这个意义上，我们才能够真切理解，张翎为什么要给她设定三个名字。归根结底，女主人公的三个名字，带有鲜明的三位一体的意味。而在基督教的教义里，唯一的三位一体者，正是所谓"圣父、圣子、圣灵""三位一体"的上帝本身。论述至此，《劳燕》中女主人公的突出象征意义，自然也就不言自明了。借助于女主人公的"三位一体"，张翎为她的这部《劳燕》成功地引入了一种非常重要的宗教维度。从这个角度来看，作家之所以要在作品中专门设置牧师比利这一与宗教紧密相关的人物形象，其根本意图，恐怕也正在于宗教维度的引入。宗教维度的引入，在很大程度上构成了衡量人性的一个重要标准。只要是关注张翎小说创作的朋友，就不难发现，在她近期的小说创作中，宗教性因素已经日益演变成为一种显赫的存在。细细想来，这一点，恐怕与作家在西方世界的日常生活中，受到基督教的浸染影响紧密相关。也因此，我们最后要特别强调的一点就是，《劳燕》之所以能够令人信服地成功刻画塑造如此一位具有博大悲悯情怀的女性形象，与作家张翎本身同样堪称博大的、其实源于西方基督教的人道主义悲悯情怀存在着不容忽视的内在关联。

别的且不说，单只是从小说的标题来看，青年作家徐则臣这部旨在透视表现所谓70后一代人命运遭际的长篇小说《耶路撒冷》与基督教文化之间的联系，就是一目了然的事情。《耶路撒冷》中一个不容忽视的核心情节，就是秦福小的弟弟景天赐的自杀。围绕景天赐之死，初平阳、杨杰、易长安与秦福小他们形成了一个难以破解的精神情结。实际上，也只有在充分地了解初平阳他们关于景天赐自杀的共同情结之后，我们也才能够明白，初平阳、杨杰与易长安他们三位为什么总是要那么小心翼翼地忍让呵护着秦福小："只要一提起秦福小和景天赐，杨杰那沉痛和游移的眼神就让她不舒服。除了有点娴静和坚定的姿色，她就没看出这个十几年来漂泊全国各地、干过无数匪夷所思的工作的女人究竟有什么好，让杨杰、易长安和初平阳言谈举止中都小心翼翼地护卫着。"更进一步说，小说被命名为"耶路撒冷"，与初平阳他们这种共同的精神情结，与他们内心中强烈的罪感意识关系密切。这一点，最集中不过地体现在初平阳身上。身为社会学博士的初平阳，之所以在结识了来自以色列的犹太人教授塞缪尔之后，便执意要远赴耶路撒冷学习深造，与他和"耶路撒冷"这四个汉字之间的缘分息息相关："从来没有哪个地方像耶路撒冷一样，在我对它一无所知时就追着我不放。""耶路撒冷。作为一个音译外来词，作为四个汉字的发音，十几年前就纠缠着你。"而这一切，均是拜秦奶奶与景天赐所赐的结果。

秦奶奶本名秦环，年轻时曾经做过妓女。因为这样一段特别的经历，她在"文化大革命"中的不断被批斗就是无法避免的一种命运："闹了'文化大革命'，上头下了硬指标，花街上必须揪出来四个人。秦环算一个，没文化，但却是没落文化的代表，又做皮肉生意又搞洋迷信。"但同样是被批斗，与其他被批斗者的一味顺从不同，秦环却是一位坚决的抗争者："你祖父和那一对男女都快把脑袋低到裤裆里了，秦环挺着腰杆硬邦邦地站着。她的手被绑在背后，不能指着观众，她用下巴点，下巴对着人群里一个个批她骂她的人点。"而秦环，之所以能够如此，一方面固然缘于她的生性刚烈，另一方面则显然与她和教堂中沙教士的交往有关："你奶奶顶着阴阳头回来，把我叫到饭桌前，说她感谢沙教士，是因为沙教士当年跟她说过一句话：当过妓女不可怕，被人骂也不可怕，可怕的是自己不敢正视，自己放不下。沙教士跟你奶奶讲了耶稣宽恕妓女的故事。"正是因为从沙教士那里得到过充分的精神抚慰与精神支撑，所以秦环方才在1976年决定要把耶稣基督作为自己的精神信仰，斜教堂中那个脚穿解放鞋的耶稣雕像的出现，正是秦环努力的结果。为什么要让耶稣穿上解放鞋呢？"'他可以脱掉，但我必须让他穿。'曲木匠说，'有了这双解放鞋，我就不是在帮外国人干活儿。谁敢帮洋鬼子干活儿啊？'"一方面，斜教堂与穿解放鞋的耶稣的描写，很可能是一种现实生活的真实写照，但与此同时，我们却必须注意到这两个物象所具有的突出象征意味。教堂也罢，耶稣也罢，他们当然都是精神信仰的一种标志，但教堂是"斜"的，耶稣被穿上了"解放鞋"，徐则臣如此一种描写，明显地赋予了这两个精神信仰物象一种革命的中国的特征。某种意义上说,置身于当代中国社会文化语境之中的教堂不可能不"斜",耶稣也只能够乖乖地被穿上"解放鞋"。这样一种具有中国特色的信仰物象在徐则臣笔端的出现,显然在很大程度上隐喻说明着革命的极端世俗化的中国对人类精神信仰一种肆意扭曲。

但不管怎么说,对于置身于历史苦难中的秦奶奶而言,能够在其人生的中途遭遇教堂和耶稣,都只能说是一种极大的幸事(徐则臣的这一情节设定,甚至在某种意义上还可以让我们联想到但丁《神曲》关于诗人维吉尔在人生中途获致新的精神信仰的故事)。秦奶奶这一人物出现在《耶路撒冷》之中,首先意味着徐则臣对于"文化大革命"的某种深刻反思(其实,此前我们已经提及过的易长安母亲的不幸命运,也与作家对"文化大革命"的反思密切相关。她之所以被迫操持皮肉生涯,乃是父亲伤残在床的缘故。而她父亲的伤残在床,又是积极投身"文化大革命"武斗的缘故。就此而追根溯源,易长安这条结构线索显然也隐隐地通向了对于"文化大革命"的批判与反思),其次更意味着一种依托精神信仰而最终实现人性救赎的可能。"你当然不知道,你从没在他面前祈祷过。你没有宗教信仰。但你相信,当秦奶奶的头低下来的时候,她是看不见解放鞋的,她的心里也不会有这双解放鞋,当她念诵《圣经》时,耶稣永远是光着脚的;因为她的声音和往常相同,不过是有时候分贝提高一些,吐字更清晰了。你终于听见她跪在十字架前,嘴里发出'耶路撒冷'的声音。"这里,无法回避的一个问题就是,诵读《圣经》信仰耶稣基督的秦奶奶,居然是一个目不识丁的普通女性。徐则臣不仅特别写到了这一点,而且也还生动描写了秦奶奶如何向初平阳他们求教识字的情节。求教识字的情节设定,固然切合常情常理,但笔者由秦奶奶的目不识丁想到的,却是宗教在原初产生的时候,众多的教民其实也一样地目不识丁,但这却并没有能够成为他们精神信仰的阻碍。毫无疑问,对于秦奶奶的信教,我们也同样应该在这样一种层面上来加以理解。正因为有着一个足够强大的内心世界,所以秦奶奶才能够坚持一个人的宗教而不动摇:"在那个时候,秦环信奉的一个人的宗教是多么的不合时宜。""她一个人的宗教在花街人看来,也许就是一个人与整个世界的战争,但她毫无喧嚣和敌意,只有沉默与虔敬。她侍奉自己的主。她的所有信仰仅仅源于一种忠诚和淡出生活的信念,归于平常,归于平静。她戴着老花镜,从目不识丁开始,到死之前几无障碍地通读了残存的《圣经》数十次。她也许甚至都没想过要把这部书彻底弄懂,她只要安妥与笃定。"就此而言,作家所特别设定的秦奶奶背负着十字架微笑辞世的场景,也是具有鲜明象征意味的。

实际上,能够从"耶路撒冷"这四个字中得到灵魂安妥者,也并非秦奶奶一人。初平阳的情况同样如此:"仅仅因为一个地名发出的美妙的汉语声音,和秦环女士皈宗的神秘性,就能让你如此神往耶路撒冷?"初平阳自我诘问的结果,就是对景天赐的发现:"你发现,无路可走的地方坐着一个人。开始你和过去一样,以为是跪在穿解放鞋的耶稣面前的秦奶奶,走近了,原来是景天赐。"究其原因,当然在于初平阳曾经目睹过景天赐的自杀场景,在于他因为天赐自杀而无法摆脱的那种犯罪感。由此可见,初平阳的执意远赴耶路撒冷,自然也就拥有了强烈的精神自我救赎的意味:"我知道这个以色列最贫困的大城市事实上并不太平。但对我来说:她更是一个抽象的、有着高度象征意味的精神寓所;这个城市里没有犹太人和阿拉伯人的争斗;穆斯林、基督徒和犹太教徒,以及世俗犹太人、正宗犹太人和超级正宗犹太人,还有东方犹太人和欧洲犹太人,他们对我来说没有区别;甚至没有宗教和派别;有的只是信仰、精神的出路和人之初的心安。"不能忽视的是,耶路撒冷的精神救赎功能,也同样体现在了其他几位主要人物身上。比如秦福小。自打重新返回花街之后,秦福小就发现自己对于《圣经》、对于奶奶有了与以往截然不同的全新理解:"现在不一样,她把那本

《圣经》捧在手上的时候,突然觉得她跟祖母之间有了隐秘的、甚至超过了血缘的契约,而教堂则向她提供了祖母幽深的内心旅程……教堂是祖母的见证,教堂也是祖母传给她的另外一个血统。"也正因为如此,初平阳才会对杨杰说,他们之所以要千方百计地设法保护斜教堂:"看上去是为了斜教堂,其实我们都明白,跟教堂没什么关系;甚至也不是为了福小和秦奶奶,而是为了天赐;甚至也不是为了天赐,是为了,我们自己。"

与秦环一样以其自身的存在有力彰显着《耶路撒冷》鲜明历史感的,还有作家关于初平阳的导师顾念章"文化大革命"故事的设定与讲述。当顾念章还只有12岁的时候,他的父母就因为曾经的历史问题而离开了世界:"你知道,1966年,中国的'文化大革命'开始,我父母都曾在外国人的公司里做过事,被当作劣迹拿出来批斗。""而在1966年之前的两年,风声已经紧了,他被父母从上海送到了苏北的运河边",与外祖父一家在一起生活。尽管父母已然身遭厄运,但年幼的顾念章却对此一无所知,尚且处于懵懂状态的他,被时代风潮裹挟,不自觉地卷入到了"文化大革命"的疾风骤雨之中。或许与他来自于遥远的大城市上海有关,"顾念章被推举为'革命闯将尖刀排'排长,第一个任务是批斗数学老师,因为在任课老师里,只有张老师上课之前经常忘记了背诵一段毛主席语录"。尽管批斗当天顾念章不在现场,但身为排长的他却一样无法逃脱要为张老师的被斗瞎眼睛而承担罪责。在遭到外祖父的严厉斥责之后,顾念章终于明白了"批斗"意味着什么:"这顿骂立竿见影,一下子让十五岁的顾念章理解了'批斗'最终可能意味着什么。苦难、离散、死亡、失去。"也正是在顾念章意识到自己的过错而幡然悔悟之后,也才会有他之对于曾经给苏联专家做过翻译的老姜那样一种保护行为的发生:"顾念章此后时刻想着爸妈。他没有辞掉'革命闯将尖刀排'排长职务,为的是不让下面的人找老姜麻烦。"就这样,由于有了顾念章对于俄语专家老姜的别样呵护,才最终成就了"文化大革命"期间的一种特殊"文明"因缘:"如果塞缪尔夫妇把罗生特先生视为'贵人',那毫无疑问老姜也是顾念章的'贵人'。他在他学业荒疏的时候及时地喂养了他一门外语;重要的固然在于早早地掌握了一门语言,更在于修习俄语的过程中获得了一种类似'专业'的学习习惯和精神;他把他迅速地从乡村初级中学的同伴中区别了出来,成了一个潜在的知识分子。顾念章逐渐静了下来,读书和思考慢慢成了他的日常生活。"顾念章后来之所以能够成为北大知名教授,显然是拜这段"文化大革命"奇遇所赐的结果。细细想来,顾念章的这番"文化大革命"奇遇实在耐人寻味。"文化大革命"本来是一个灭绝文明摧毁文化的时代,但顾念章与老姜之间教与学的特别关系,却显然是在以一种特别低调的方式默默但却决绝地对抗着"文化大革命"这个不合理的时代。一方面是闹闹腾腾的对于人类文明的高调灭绝,另一方面却又是默默无闻的文明传承与薪火相继。在这个意义上,顾念章与老姜之间的故事,显然堪比秦奶奶在被批斗时那样一种不屈不挠的反抗行为。把这两个方面联系在一起,我们便不难发现,作为一位70后作家,徐则臣的"文化大革命"想象与"文化大革命"书写其实有着自己的思想艺术个性。那就是,在充分正视"文化大革命"这段苦难历史的同时,却也在竭尽一切可能地彰显着来自于人性深处的那样一种文明的对抗力量。

说到小说历史感的充分表达,《耶路撒冷》的另一不容忽略处,就是徐则臣对于二战期间犹太人苦难命运的透视表现。这一点,自然再集中不过地体现在塞缪尔教授的父母在上海的避难故事之上。1939年,希特勒的排犹反犹行为已经达到了疯狂的程度:"反犹狂潮如日中天,纳粹当局发出指令,只要这些犹太人能够离开奥地利,即可释放。听上去如同福音,可当时的英美等国借口移民名额已满,拒绝他们入境,正在这种危难的时候,中国驻维也纳的总领事何凤山先生向犹太难民敞开了中国的大门,向申请入境上海的奥地利犹太人发出了 2 000 份签证。"这哪里只是简单的 2 000 份签证，这简直就意味着 2 000 个乃至更多犹太人的生命。面对着希特勒灭绝人性的疯狂杀戮，何凤山的行为自然就是一种极大的生命体恤与悲悯："'你一定听说过何凤山先生的大名，'塞缪尔教授在火车上说，'在我父母那一辈奥地利犹太人看来，何先生就是中国的辛德勒。1939 年 8 月，我父母从意大利乘船，漂洋过海抵达上海。同船的部分人中转取道新加坡、马来西亚或者印度，我父母留在上海。何先生与上海，让他们活了下来。'"但是，让爱德华与艾格尼丝夫妇无论如何都想象不到的是，他们与中国、与上海的渊源还会更进一步地凝结体现在顾念章教授的父亲身上："六十多年前一个黄昏，犹太姑娘艾格尼丝做晚饭，菜刀从案板滑落，掉在脚上，割破了血管，血瞬间灌满了拖鞋。护士出身的艾格尼丝撕了一件衣服简单地做了包扎，男友爱德华背上她就往外跑。弄堂口一辆黄包车都没有。一个中国小伙子刚好停下车，他打开车门，招呼让两个外国人上车。"就这样，这位不知名的中国小伙子再次成为爱德华与艾格尼丝夫妇的救命恩人。真的是无巧不成书，多年之后，塞缪尔教授方才搞清楚，当年的这位中国小伙子，居然就是社会学同道顾念章教授的父亲。徐则臣的难能可贵之处，在于他很奇妙地把二战中的纳粹屠杀犹太人与中国的"文化大革命"编织到了一起："塞缪尔教授再次道歉。在他看来，中国的'文化大革命'和纳粹屠杀犹太人差不多是一回事。此类比较并不新鲜，但当一个犹太人下此断语，你就知道他说出的每一个字都具有石头般的力量。'人类的灾难与耻辱'。"尤其值得注意的是，许多年之后，当年这位曾经拯救过犹太人的本性良善的小伙子，居然会惨死在中国的"文化大革命"之中："而这个中国恩人，后来遭遇了与他们何其相似的灾难。"能够把二战期间的犹太人受难故事有机地纳入到自己的《耶路撒冷》之中，一方面固然意味着徐则臣叙事视野的分外开阔，但在另一方面，也正是依托着犹太人故事的讲述，作家非常有效地把小说文本拉向了更其遥远的历史纵深处。

无论如何，我们都不能够忽略秦奶奶、顾念章他们的"文化大革命"故事以及犹太人塞缪尔教授的父母的二战故事在小说文本中出现的重要性。从根本上说，有了这样一些时空遥远的历史故事的介入，方才使得徐则臣的《耶路撒冷》这部旨在对70后一代人进行深入透辟的精神分析，充分展示这部表现70后一代人心灵史、生命史的长篇小说格外地拥有了一种深厚异常的历史感。应该注意到作家对于初平阳所学专业的特别设定。徐则臣之所以一定要让初平阳由文学专业转向社会学专业，其实突出地象征隐喻着作家自己那样一种特别强烈的以小说形式介入到广阔的社会生活中的真切愿望。实际上，也正是凭借着这一部《耶路撒冷》，徐则臣真正地摆脱了"成长小说"的长期困扰，最终走向了思想艺术境界更其高远的社会小说。笔者想，对于徐则臣的这部其实满溢着现代人道主义悲悯情怀的长篇小说，我们恐怕也只能够以《圣经》中与"耶路撒冷"相关的一些话语段落来作结：

"耶路撒冷啊，我若忘记你，情愿我的右手忘记技巧。我若不记念你，若不看耶路撒冷过于我所最喜乐的，情愿我的舌头贴于上膛。""我必因耶路撒冷欢喜。""母亲怎样安慰儿子，我就照样安慰你们，你们也必因耶路撒冷得安慰。""你们要为耶路撒冷求平安。""耶路撒冷啊，谁可怜你呢？谁为你悲伤呢？"

事实上，只要放大我们的思考视野，从整个中国当代文学的角度来看，徐则臣的《耶路撒冷》中的这些叙事话语，其实也完全可以被借用来为我们关于基督教文化与当代小说中人物形象关系的探讨作结。

第四章

清官文化人格与当代文学人物形象

清官文化是中国文学传统中重要的政治美学范畴,在历时性的文学发展特别是小说叙事的演变中,清官文化呈现出鲜明的现实批判、理想人格、政治想象和文化心理等诸多要义。文学作品对清官情结和清官意识经历了民间赞颂、形象塑造、体制反思、人格凸显等多维度的清理、反思和转化,甚至不乏对清官情结的质疑和否定,但不能否认的是,清官叙事以及由此折射出的清官人物形象的美学谱系,已经成为中国文学人物形象序列当中重要的类型。它融合了中国传统的儒家文化、民间理想和政治诉求,饱含着作为底层被压抑集体"内圣外王"的人文想象。在清官文化和小说叙事的关系当中,文学充当的是文化形象验证者的角色,抑或是文化意识形态生产者的功能?纵观古今的清官文学叙事,可以说儒家文化和民间想象提供了关于清官的原型人物,但是文学在"反映现实"和"想象虚构"的建构中,又不断对清官形象注入新的时代内涵和美学活力,并在互动当中,文学所建构的清官形象和人格范式延循着从古典到现代、从圣人到英雄、从忠君到信仰的内涵转型。

一、人民性当代清官叙事的价值建构

"清官"一词最早见于魏晋南北朝时期,《晋书·何遵传》的何遵"少历清官,领著作郎",《南史·列传》第三营浦侯刘遵考的传略称:"子季连,字惠续,早历清官",《梁书·张率传》称张率"迁秘书丞,引见玉衡殿,高祖曰:'秘书丞天下清官,东南胄望未有为之者,今以相处,足为卿誉'",但这里所谓的清官,特指士族垄断、地位显赫、政事简当、待遇丰厚的官员阶层,与之相对的则是出身寒门、政务烦冗、待遇微薄的"浊官"。民间意义上的"清正""廉明""忠君""爱民""自律""无私""刚正"等内涵的清官,则是晚至宋元时期的民间故事才初具雏形,包拯、海瑞、寇准、狄仁杰、于成龙等古代廉吏的传说乃至神话,持续赋予清官以形象内容的丰富,"清官意识"最终与"性善论""实用理性"等共同跃升为中国传统文化的核心关键词。

古典清官文化是帝王制度的历史衰落和中央集权的极力强化的联合产物,发轫于小农经济占据主流和资本主义萌芽的交错期,更是人治和法治共同作用于社会运行的妥协形态,它一方面反映出追求社会进步的集体文化心理,同时又折射出社会机制和权力失衡的历史局限性。古典清官叙事大量保存在民间诗词戏文当中,其基本模式为"权贵恶霸—欺压百姓—官官相卫—冤假错案—钦差大臣—明察秋毫—以权斗权—绳之以法",这种叙事的前提是皇帝充当最大的清官,正邪双方围绕"遵法"还是"遵权"展开斗争,但最终仍然是归结于权力斗争——更高权力甚至皇权的出面才能压制擅自乱政的贵权,清官完成了保驾君王权威和维护王朝形象的重任,并在权力斗争中形塑为正义的化身,也成为底层百姓生活苦难的救星。但这种清官叙事的历史局限性也非常明显,那就是并未触动封建王朝的权力运行体制,在权力和法制、人治和法治之间,更多倾向于对道德传统的维护、对人治的自信、对君王的企盼。所谓的清官更多的是占据人格或道德的制高点,法制只是充当最后审判的权力工具,清官也在"正"与"邪"的人性参差对比当中进行自我形塑,最后实现了政治权力与人格圣性的完美结合。因此,古典清官叙事始终未能对封建帝王的运行体制进行有效揭示,只是对封建王朝统治运转中某些具体而微的罅隙进行缓解修缮,呈现出对人治的依赖大于对法治的信任,进而衍生出礼赞明君的王朝叙事,这也是法学视野当中清官的社会功能常被诟病的主要症候。

中国当代文学中的清官文化和清官叙事,远可追溯至古代清官戏文小说,近可追溯至左翼文学中的"革命者"形象。他们满怀家国天下、大义凛然、坚守信仰、不畏艰险、疾恶如仇,全力以赴改造旧社会、消除恶势力、建设新中国。他们不乏机智聪慧,也讲究战略战术。但左翼文学的"革命者形象"的"为民服务",更多地停留于抽象甚至空洞层面,阶级斗争的紧迫性压过了服务民众的具体性,且由于他们所处的历史语境更多凸显的是积极斗争的政治合法性,人物形象多以"平民英雄美学"的面目出现,而清官形象的三大要素,即"和平年代""不完善的政治生态"才能凸显的"清"和"非平民化的政治权力拥有者"的"官"在左翼文学革命者的形象中还未成熟。在历经了"文化大革命"十年之后,当代文学开始了对传统清官叙事的打捞钩沉和现代"人民性"叙事的打造建构。由于"文化大革命"期间中国的政治运行走向了极左思潮,导致阶级政治立场的主导性高于现代法治建设运行的巨大偏颇,最终造就了阶级政治意识形态的历史不确定性所支配下的社会混乱。当代文学中的清官叙事,可以说是在"文化大革命"时代的政治后遗症和"市场经济"时代变革来临的双重叠加时期的社会现实基础上进行的文学先锋探索,并呈现出鲜明的社会主义文化的人物美学特征,或者可以说,新时期以来的清官叙事,更多的是一种"清官的人民性叙事"。所谓清官的人民性叙事,顾名思义,就是以国家、人民和社会的利益考量为准则,依靠社会主义国家政治的党性原则、组织体系和法律机制为保障,与一切破坏、违背和践踏国家、人民和社会利益的权贵阶层进行斗争,以此保障社会风气的正义、公正、公平为目的的文学叙事,而这一切都必须依靠具体的行使权力的官员角色的"人"实施。如何行使党和国家所赋予的政治权利,行使的目的、行使的原则、行使的效果等等,不仅考量着国家政治、法律、管理的成熟度或健全度,更是衡量行使国家权力的各个级别官员的人格、道德、操守、风范、气度的试金石。特别是改革开放以来,我国仍然处于各个领域的革新摸索期,官员阶层不仅承担着国家发展和社会进步的智库团与引领者的功能,掌握着政治权力和资源分配的顶层设计的决策权力,更是和平时期的匡扶社会正义、变革社会观念、树立政府形象、服务人民诉求的公仆角色。

其中,"公共权力"和"公仆服务"的双重角色共同集结于官员阶层,常常造成个人对角色认知的混乱。而如何平衡二者的分工,使个人在国家权力和人民服务的夹缝中获得清晰的定位,主要需要依靠国家机制的制衡和监督,但国家机制处于改革深水区的历史处境的局限,决定了官员个人的双重角色叠加之后的定位,更大程度上需要依靠官员个人的文化人格塑造、认同和信念,而在这种或被动妥协或自觉积极的人物文化形象塑造的过程中,也铺衍出当代小说叙事中的多元化"清官"形象谱系。

从蒋子龙的《乔厂长上任记》中的乔光朴,柯云路的《新星》中的李向南、《龙年档案》中的罗成,到张平的《抉择》中的李高成,陆天明的《苍天在上》中的黄江北,直至周梅森的《人间正道》中的吴明雄,《人民的名义》中的李达康,当代"清官"形象不仅继承了古代廉吏叙事中的机智无私、廉洁爱民、刚正不阿等古典式的清官品行,同时还融合了现代历史语境所亟待的种种时代要素,如锐意进取、心系国家、公而忘私、克勤克俭。也可以说,这些人物形象的存在,一方面是对我国处于社会主义初级阶段,社会运行机制有待完善、民主法治建设正在摸索的特定历史语境的文学反映和产物,所谓的清官人物形象继承了中国传统儒家文化当中的"为政在人""济众爱民""为政以德"的"内圣士风"的人格风范(随着国家机制的健全,人治因素的隐退,法治建设的完善,清官这一人治政治阶段的概念终将退出历史舞台);另一方面,新时期以来的清官形象,更多的是一种如鲁迅所说的"猛士","真的猛士,敢于直面惨淡的人生,敢于正视淋漓的鲜血。这是怎样的哀痛者和幸福者?然而造化又常常为庸人设计,以时间的流驶,来洗涤旧迹,仅使留下淡红的血色和微漠的悲哀",他们"敢为天下先",在坚持依靠国家法律和党政机构以造福于民的同时,又普遍性地将历史或现实的因循守旧、不思进取、懒政怠政、徇私舞弊、践踏公益、蔑视法律等"权大于法"的机制弊端纳入文学审视和反思的范畴，并在文学中体现为法不阿贵、以法治国、"法与时转则治，法与时宜则有功"的现代思想，最终建构出一种"外法内儒""儒法合流"的清官"人民性"美学风尚。

具体来说，这种中国传统清官文化与现代社会主义文化的人民性创造地融合，在文学中主要是塑造出一系列的人民公仆的现代"清官"人物形象序列，他们的"清""正""廉""明"等人格魅力，是在改革/保守、权力/法制、人民利益/个人利益、党性克己/私欲蔓延、信仰坚守/精神堕落等历史文化语境中，在文学充满对立性的矛盾叙事结构中，不断获得内涵的丰富和性格的饱满，渐次完成着社会主义政治语境下的文化人格共同体想象——人民性公仆。人民性是由社会主义国家官员角色的政治属性所决定，官员所行使的权力是代表国家利益、集体利益和人民利益的公共利益。官员一方面具备支配和使用公共资源和公共权力的特权，另一方面，官员只是国家和人民共同拥有的公共资源的"委托"使用者和代表者，官员既是人民的一个部分，享有作为人民群众应该享有的一切权利和应尽义务，同时，官员的岗位职责就是为人民群众服务，其手中的权力是国家和人民所赋予，也要最终回归于为国家和人民利益服务的职责轨道。当然人民性并非单纯的政治学术语，在当代文学的清官文化叙事中，它有着具体的文化性格和人格特征，或者可以说，当代文学中清官形象的人民性内涵，是通过一系列的文学人物形象的塑造，来不断夯实、完善和补充的。而多元化的小说反映出的是民众对官员阶层、时代对官员阶层、国家对官员阶层的不同诉求，古典清官文化的人格德行不仅在当代文学人物身上得到历史性的继承与反映，而且在从社会主义建设到中华民族伟大复兴的新的历史语境当中，这类清官又展示出契合时代诉求的现代人格魅力。而"清官"的要义，前提是必须恪守职业角色即官员的一切规约，包括对党纪国法、职务使命；而所谓的"好清官"，则是指那些本应享受作为"群众"一员或"人民"一员的合法权利，但却因为职业角色和个人权利的冲突而主动放弃个人利益,即公而忘私的官员形象;而"更好的清官"则是在"好清官"的基础上,将个人的智慧、精力、勇气乃至生命,全部倾注于职业角色,以获得为人民集体最大化的服务,并取得预期的效果。这是所谓社会主义文化当中"清官"的三种层层递进的理想形象。

二、清官叙事的社会想象

在极左观念和计划经济的历史痼疾之下,特别是在改革开放的时代浪潮当中,清官不再专指坚守对阶级斗争为纲的革命者,这种对阶级斗争陈规的"忠诚"已经失去了历史、政治和人性的合法性,时代呼求的是敢于冲破观念禁锢、社会常规、谋求复兴的探索者和改革者,即如上所述的"好清官"形象,他们依靠对世界发展和时代变迁的现代视野,以推动国家复兴和民族腾飞为己任,当然他们更要恪守古典清官的人格操守,在这样的时代文化语境当中,新时期文学中的清官文化人格,就体现为坚定而探索的改革者。

1979年发表于《人民文学》第7期的蒋子龙的《乔厂长上任记》率先塑造出新时期文学当中的"清官"原型"乔光朴"。乔光朴20世纪50年代曾留学苏联,拥有先进的现代工业建设和管理经验,"文化大革命"时期,他不仅是极左路线的坚定反对者,而且在"文化大革命"结束之后,雄心勃勃试图振兴中国重工业,主动请缨担任"重型电机厂"厂长,计划用8～10年的时间实现"重型电机厂"的现代化,23年的时间实现国家的现代化。尽管乔光朴满怀对民族国家和民族文化的高度认同,在小说结尾以革命乐观主义精神高唱京剧:"包龙图,打坐在开封府",乔光朴显然是将自己比拟于青天大臣包拯,但是与传统清官形象相比,乔光朴不仅继承了传统清官文化的公而忘私、不徇私情、刚正不阿,而且在新时期

"'文化大革命'灾难反思"和"社会主义现代化建设"的历史语境下,乔公朴身上已经附着了"现代社会的清官文化精神",即锐意进取、革新弊制、践行党性、一心为国、担当大义。可以说,清官文化在乔光朴身上的体现,不再是古典清官以维护君王权威为己任的形象内涵,而是已经转化为对国家和我党历史错误的深刻反思,他的"清明"更多地指向于对历史发展和社会进步的远瞻性方向视野,这是一种和平时期希冀"国家民族振兴"的"理想主义精神"和"家国乐观主义情怀",是对积重难返的家国革新的现代社会视野。因此,乔光朴的清官意识也就更多地体现为"国之复兴"的积极努力和不懈追求,是一种混杂着国家认同、民族认同、知识认同和政治认同的社会达尔文主义的现代想象性信仰。乔光朴的清官文化人格更多地体现在他对现代化建设富有充分理想主义的自信,并在这种理想和自信的感召下进行体制改革,这种改革的冒险以及风险甚至不一定能被官员和工人们所理解和包容,也就是说乔光朴并未只停滞于对规范(当时的经济体制和政治纲领)的忠诚恪守,从表象上看,他的清官行径甚至带有一定程度的一意孤行的固执,而非传统清官形象直接明了单纯的底层民众立场,但其内在的却是个人实践,与国家复兴和造福民众的同根相系,只是因为观念的差别,造成了彼此的隔阂,以及因为观念的差别,权力决斗的大戏反复上演。因此,乔光朴的清官意识,在改革/反改革的二元模式当中,就鲜明而集中地体现为他坚持改革立场时所表现出的诸多人格魅力:自信、刚正、无畏、宽容、不屈、阔达等。在作品当中,因为心怀国家复兴的理想主义,同时也对自我现代知识经验的充分自信,更因为有以霍大道为代表的党组织的高度信任,他才敢于立下"不完成国家计划请求撤销党内一切职务"的军令状;因为一心为公,力图革弊,乔光朴摒弃个人偏见,任人唯贤,不顾政治风险而提议有历史政治污点的石敢出山担任厂党委书记;在改革电机长考核管理制度的过程中,他坚信唯有现代管理经验才能革除弊病，不惜与分管生产的副厂长冀申、中层干部甚至以杜兵为代表的一批工人"树敌"，看似与群众利益势同水火，实质却是对企业改革延续计划经济还是市场经济方法的观念冲突；他不计个人恩怨，大胆任用"文化大革命"期间给自己扣上"道德败坏分子"的帽子且让自己深受身心苦难的厂造反派头目郗望北出任生产副厂长，个人的利益恩怨在企业生死存亡、职工前途关口面前早已隐匿；甚至在得知有大量"保守派"以控告信状告自己的改革举措之后，仍然坚持发出"我不怕这一套，我当一天厂长，就得这么干"的宣言；更重要的是，乔光朴的改革意念和现代发展理念，始终得到了妻子童贞、机电工业局局长霍大道和机电部部长等的鼎力支持，相比之下，冀申以及一批控告乔光朴的匿名者，已经化身为"反改革"的保守势力代表，虽然小说最终并未交代电机厂改革的实效成果，但是乔光朴的坚持改革创新、大胆摸索探路、打破既有体制、响应国家战略等现代革新精神与不计个人恩怨、一心只为家国、心怀民族复兴的传统儒家道义精神，共同形塑出新时期改革文学起源语境中的一种"改革型"清官意识。当然乔光朴式的清官，基本延续着革命小说叙事的常见模式，即进步个人与守旧势力的观念冲突和行为抵触，最终在上级党政组织的介入和支持下，观念的对立走向了意见的和谐。在一定意义上说，无论是改革派还是保守派都谈不上是违法乱纪的腐败，而是围绕权力争夺而展开的权谋之战，但在集体利益诉求和个人权力诉求之间的观念抉择中，乔光朴的清官文化就表现为"心系家国"的现代集体精神战胜了传统个人权欲的济世振邦的士子精神，或者说这是知识分子的理想主义战胜了政治领域的权术政客。

如果说乔光朴的清官文化人格更多体现在对既有经济体制的突破、对新型经济体制的展望，更多地着眼于当下和未来如何进行改革和改革如何进行的"先进"和"保守"势力的突破，是带有相当探索性和风险性的"人民性"，那么1984年发表的柯云路的《新星》中李向南的清官文化人格,就集中体现他不仅要在反改革的保守势力占据主导的政治文化生活当中施展抱负的"改革意识",还要面对群体性的官僚主义的政治生态当中进行反官僚的"整风意识"。因此,李向南不仅要获得"改革"话语和行动的主动权,更要获得"积极性"的政治权力的主动权,这在成就李向南作为20世纪80年代清官文化"为民请命"和"为民服务"的人格典范的同时,他的铁腕手段和青天意识所体现出的"人治"意识也备受争议。

李向南的清官人格首先体现在他对官僚主义的坚决斗争,即所谓的"青天"意识。当吴嫂对村干部的工作不公提出意见遭到打击报复状告几十次却仍旧悬而未决,当林虹状告县领导子女走私银元而遭到诬陷和压制,当退休教师要求上级领导解决正当的住房要求却被反复推诿,当农村妇女因丈夫冤死而长年上告却无人问津等等,一系列的社会不公刺激着李向南的公仆自觉和英雄情怀。现实政治生活中严重的官僚主义作风,置人民疾苦于不顾的冷漠,脱离人民群众的懈怠,这一切都让他痛下决心整顿官僚作风,多年沉积的旧案在他的强力介入下纷纷得到公正高效的解决,并在他的主导之下,与前任县委书记有过节但拥有现代化管理知识的朱泉山被重新启用,依仗权力欺压百姓的公社副书记潘苟世被撤职,这些反官僚的举措最终在古陵社会重新树立了共产党干部形象的威信。这种特定历史年代的积极"人治",是古典清官精神在共产党人身上的复现,也更深层次地反映出党执政为民和党风建设的艰巨和紧迫。当然,摆在李向南面前更为艰巨的任务还不是为民请命、平反冤假错案等替民伸张正义的具体事务,而是与已经结党营私的官僚主义群体的斗争,或者说如何改变日益扭曲和异化的官僚主义的思想观念和工作作风,这是李向南所面对的最为棘手的问题。因为他所面对的不是单独的个体,而是以一己之力去应对掌握着更高政治权力的裙带整体。与乔光朴面对改革守旧派的"狭路相逢、正面应对"

的政治策略不同，李向南深知："在中国，任何一个有宏图大略的改革家，如果不同时是一个熟悉中国国情的老练的政治家，他注定要被打得粉碎。"秉持着这样的"反官僚"理念，李向南针对古陵县各个级别的官僚主义作风分别采取了不同的"改造策略"：与圆滑老道的政客顾荣斗争，他采取的是先造舆论压力，再与其正面交锋，同时，积极拉拢胡小光，分裂顾荣战线，进而委重任于顾荣的宿敌朱泉山，安抚政治联盟康乐，以步步为营的战术与顾荣进行权力斗争，进而逐步削弱顾荣在干部群众当中的声望和基础；面对顾小莉这位上级领导的女儿的特殊身份，他则采取积极争取努力和团结，并通过语言和行动等实绩来达到晓之以理的目的；即使在改造诸多改革保守派的过程中，李向南也是坚持以共产党员的高尚人格和国家名义去应对，光明磊落、刚正不阿、大公无私，而拒绝类似顾荣那种官僚主义的"中庸之道"。李向南以个人的一己之力去扭转古陵党政工作的风气，特别是在处理与领导、同事、上级等涉及个人私交的党纪国法的事情上，李向南始终坚持以人民利益为唯一标准，他没有因为林虹是自己的昔日恋人而网开一面，也没有因为与顾荣的个人关系而放弃对其子走私犯罪事实的调查。与古陵政治圈的官僚主义相反，李向南身体力行去反官僚：他几乎每天要进行市场走访、体察民情、了解疾苦。与卖豆腐、卖凉粉的个体户的亲民交流，他知道百姓的所需和所想，避免了本本主义的虚假汇报。也在这种亲力亲为的民间暗访中，他了解到了人民群众生活水平的真实状况和困难处境，无论是监督物价还是督促打井，他的实际调查不仅是体恤民情、反对官僚的具体实践，而且这种亲民的种种直观感受让他获得了改革决策的第一手资料，并将改革成功的经验和亟待解决的问题化为具体长远有效的政策颁布和举措实施。尽管其中也存在诸多被人所诟病的主观性的专断，但是这种整顿日益严重的政治官僚作风、冲破既有体制和思想观念的改革、造福人民群众利益的抱负，正凸显出与顾荣截然相反的党员干部的"清官文化人格"。当然,李向南也深深地懂得斗争的复杂和风险,因此他也十分在意改革的具体策略,就是说进行政治风气的改革不仅需要一种壮士断腕的精神,更需要一种成熟机智的战略规划。"你要改革社会,先要用三分之一的力量去化解形形色色的纠葛,去提防各种阴谋诡计、打击报复;必要时,还不得不用一定的技术经验来装备自己","然后还要用三分之一的力量去为建设最起码的政治廉洁而努力","最后,你才能把你剩下的三分之一的力量用于为社会开拓明天的长远设想和现实实践"。当然,李向南反官僚却并未反体制,胡小光被撤销职务之后接到地委书记的安抚电话并以此压制李向南,而李向南却只能打给省委书记进行权力反击,反官僚主义者力图革除政治权力体制的弊端,但最终又不得不用既有的体制进行反官僚主义工作的推进,这是李向南清官形象得以生成的根源,也是李向南反对官僚主义的力量得以奏效的体制保障。可以说,他是改变官僚的现象而非改革滋生官僚的土壤,这使得他在进行党风改革的同时,也同时附带着刚愎独断的霸道,尽管他的霸道最终的指向是"为人民服务",这是政治官僚体系的胜利,也是反官僚主义者的生存悲剧。

李向南的清官文化人格还体现在他对经济改革的积极推动,即所谓的"人民性"服务精神。在他来古陵之前,由于顾荣等的官僚主义,农村联产承包责任制并没有很好地发挥作用,保守主义的旧观念压制了群众生产的积极性,正如科委主任所说:"复杂就复杂在咱们现在这套体制机构,官僚作风压制了生产力。"因此李向南才痛下决心力主革弊。当面对古陵地区诸多干部对现代化改革的怀疑、不解、懈怠甚至否定时,他则用具体的改革效果举措的事实来说服对方。对龙金生等人的思想改造,李向南以黄庄水库的改革事实,包括建立渔业和水利科研中心等具体措施来说服;对胡小光的思想改造,李向南以清除横树岭的潘荀世来进行说服;对庙村公社,他以撤销公社书记高良杰的雷厉风行来树立改革的权威和决心。李向南希望古陵能快速致富,为此他积极推进特色产业,发掘本土资源,改善交通设施,主动引进外资,鼓励农民采用先进的种植技术,等等。同时,为了推进改革观念和举措的扎实落实,他力主召开一次提建议大会,他的意图是通过鼓动群众畅所欲言揭露事实,孤立反改革者,进而赢得群众舆论的支持;第二次会议则强调实干精神反对空谈,提出立即进行包括打击犯罪、文化教育、社会保险、建造桥梁、安置干部等"五件大事",并赢得党内干部的支持;在此基础上,在第三次会议期间他则与保守派领导正面交锋,据理力争、有理有节。而他所做的这一切,都是为了推进经济改革的步伐,推进改革的力度走向深入。在他的力主之下,他勾勒了古陵发展的未来计划,对森林保护和水库建设等问题立即实施切实的治理举措,即使面对错综复杂的古陵官场的裙带关系,比如康乐、顾恒、顾荣、顾小莉等强大的"北京"背景,李向南始终坚持党性原则和人民立场。这是一位和平年代有着高度信仰的"革命战士",更是一位满怀家国情怀的理想主义者,这成就了他的政治梦想,"在历史上——你可以去看看——真正能使千百万人,一整代一整代最优秀的青年为之献身的只有政治!政治毕竟是集中了千百人最根本的利益、理想的追求!可以说是集中了人类历史上最有生机的活力!"但同时,这种对政治信仰的绝对化也让人物的人性内涵显得单调甚至苍白。

三、权力的公益与完性恪守:清官叙事的政治想象

如果说乔光朴和李向南的改革与反改革之间的冲突焦点是"观念"这一社会学和政治学领域的抽象型话语实体,对政治权力的争夺还未上升到小说冲突的核心,或者说即使是有权力的争夺,这种权力的拥有仍然归结到是服务推动改革还是反制阻碍改革这一核心

问题,那么当中国社会的改革大业不断推向前进,改革所面临的问题不再是单一的如何发展经济的"观念"问题,而是升级为到底是国家和人民还是个人和官员享有改革成果的利益争夺,转变为依靠"人治"还是"法治"的原则来主导经济成果的分割,进而演变为指涉利益分配的政治权力争夺。宗法血缘、商业诱惑、人事纠葛、人民利益、政治权力、法律架构、权益制衡、个人价值等等,共同组成一张彼此牵制而又利益角逐的关系网,在以"权力"和"利益"为核心的关系网络当中,所谓的清官意识就特指那些能够抵御"政治权利异化""金钱利益诱惑""宗法血缘裹挟""坚守岗位职责""保持党员本色"的精神操守。特别是随着中国社会经济的快速发展和政治体制改革的相对滞后之间的不协调或者矛盾的持续激化,政府官员阶层所拥有的公共权力以及公共资源分配权、公共政策决策权份额越来越大,中国的政治领域出现了官员权力的累积与公众权益的被剥夺的两极分化现象,甚至在官员阶层内部也出现了权力与资源份额分割和支配的矛盾斗争。在这种官场文化语境中,新时期文学的清官文化人格,其二就表现为坚定岗位角色,即上述所说的"更好的清官",他们是抵制权利诱惑,化解私权集中,坚决反对腐败,不畏牺牲个人,并以官员个人有限的公共权力全身心为国家和公众谋福利的"公益型清官"。

张平在《抉择》中集中塑造的清官市长李高成就属于"公益型"清官。这是一位有理想有情义有担当的地方官员,他曾经创造过中阳纺织集团最辉煌和最鼎盛的历史,在被提拔为市长之后,曾经共事过的领导、下属和家人是他最重要的组织保障和情感家园。但当面对工人的血泪控诉、面对一个老国有企业濒临倒闭的颓势,为了彻底改变利益分配和企业组织的极端失衡,李高成以其运筹帷幄的智慧展开了调查,当他一步步揭开"青苹果娱乐城"和"特高特"运输公司的腐败状况后,他发现这一切竟然是李高成自己与另一个"自己"在做斗争,那就是巨大的腐败集团都是以李高成为中心的裙带群体,其中包括自己的领导、下属、同事、朋友,最让他难以接受的是腐败群体中竟然还有自己的结发妻子,可以说他们因为利益已经组成一个巨大的"圈子",而自己却毫不自知地被置身于圈子之外,更重要的是这个圈子的密度如此严实,且这个圈子与李高成的事业、生活、情感和家庭的关系是如此紧密,摆在他面前的处处是公与私、情与义、爱与法的纠葛。这些利益共同体以不同的关系姿态让李高成深陷其中,也让李高成在处理与这些人的关系过程中时刻面对着不同的难度与障碍。这不仅是考验李高成个人的政治操守和党性原则,也是个人多重角色的艰难的自我定位——中阳纺织集团的冯敏杰、郭中姚、吴铭德、陈永明等人都是李高成曾经的得力干将,也是他最信赖并全身心提拔的未来接班人;而他最尊重的老领导省委副书记严阵是他的仕途恩人,不仅一向器重李高成,而且一度大力提携他,仕途前程的心灵感恩与党纪国法的公权在李高成内心反复纠结;还有自己20多年来最深爱的妻子吴爱珍,彼此之间相濡以沫、不弃不离,妻子、孩子和完整的家更是李高成最重要的心灵家园,这让李高成倍感作为男人的亲切和幸福。领导、下属、丈夫、父亲的角色和职务角色的纠葛,让他无从分解也无法剥离,甚至可以说,从工作责任的角度来看,李高成完全可以"网开一面""顺水推舟""金蝉脱壳";但是当面对工人的控诉、中纺集团的日益凋敝,面对腐败集团肆无忌惮、公开腐败的丑恶行径,特别是当他面对最尊敬的老领导严阵在得知被调查之后开始对自己进行威胁、阻挠、诬陷时,他无法真正做到漠视和忽略,因为他懂得这是一场关乎党风民心的生死之战,责任、良心、使命始终是他作为市长角色的第一要务,心灵深处的两个"李高成"在互相辩争,一边是关联着个人情感的腐败群体,一边却是工人群体对曾经的好厂长、现在的好市长的集体呼唤。他痛心地质问:"你能说他们是想闹事吗?你这样对得起他们吗?对得起自己的良心吗!"是选择撕破这个利益裙带圈,还是选择缄默忍受?是有选择地进行抵抗,还是以法律为准绳一视同仁、秉公执法?这是一场捍卫人民利益还是个人利益、一场关于指向个人家庭还是工人群体、一场关于维护公共权利的尊严还是个人仕途的私利的煎熬抉择。李高成最终没有放弃对中阳腐败关系网的收拢——在与曾经的下属、中纺集团中层领导郭中姚长谈之后,反腐决心战胜了个人私恩;在对严阵的调查中,他也一步步由感恩、怀疑转变为对犯罪事实的认定和确信,特别是李高成在与老领导严阵的深夜长谈之后,他逐步深入到反思中国官场文化的异化生态。"严格地说,这是组织对他的提拔,并不是个人对他的提拔。但为什么组织原则和组织意愿常常会以个人的形式体现出来?而某些个人也常常会毫无忌讳地把自己凌驾于组织之上,把个人的意愿以组织的形式体现出来?以至于动不动就会当着许多人的面一点儿也不难为情地说:谁谁谁是我提拔的,某某某也是我提拔的,谁谁谁是我提拔的,怎么敢不听我的!""提拔干部是组织的需要,并不是你个人的需要,因组织的需要而考核和提拔干部,你干的就是这份工作,凭什么对被提拔的人指手画脚、颐指气使,甚至终生以恩公自居!""话可以这么说,理也是这么个理,但在实际生活中,你敢这样议论,你敢这样表示吗?""如果你敢这样,别说你的提拔马上就会遇到问题,而且你的为人、你的品质、你的形象也一样会受到损害。即便是在一般人中间,你也一样会被人看不起。连提拔你的人你都反对,那你还能算个什么东西!""忘恩负义、恩将仇报,几乎就等于是六亲不认、毫无人性,这样的人连人都不是!"如果说在处理他人的问题上,李高成的态度是犹豫的坚决,但在关于妻子的问题上,李高成人物形象的饱满度越来越清晰,他不再始终扮演着一位毫无私情的铁面"包拯",而是有血有肉、有情有义的柔情男儿。从中纺集团调查工作一开始,他就感觉到了妻子的微妙变化,最棘手的是妻子并不用类似于郭中姚的谎言、也不用严阵的命令来对抗李高成,相反却以"坦诚"的姿态与李高成讲解"利害关系",看似合情合理的坦诚,让李高成颇感惊讶，也让李高成看到了妻子的另一副人格面目，尽管他不愿意面对妻子的另一面真实，但在一次激烈的争吵之后，他感觉到了两人之间的思想鸿沟已经无法逾越。在情与法的心灵痛苦撕裂中，李高成还是决定进行全面调查，但从调查伊始到大清查的整个过程，李高成始终处于不愿意相信但又清醒地预料到结局的矛盾中，"他突然想起了昨天吴爱珍在酒席上惊恐万分和发出那一声尖叫的样子，在她那痛苦抽搐的脸上，他分明看到了他们几十年的那种夫妻情分那种扯不断、理还乱的已经融进了血液里的绵绵情意……他不知道为什么在这种时候，会突然变得这么思念和留恋自己的妻子，会变得这么惜玉怜香、一往情深……是不是当你觉得将要失去什么的时候，才会对这种将要失去的东西感到格外的留恋和珍惜？你是不是真的感到将要失去她？或者，你已经感到了必须要失去她？或者，你已经觉得你们之间已经有了一种无法逾越的东西，你们只能越离越远，已经无法再联结在一起了？至少已经无法像以前那样再联结在一起了？……也正因为如此，是不是才让你有了这种难以克制的恋恋不舍的心绪和情感？莫非你们之间几十年的夫妻情分真的就要这么永远永远地失去了？"当他在含泪的痛心中将妻子送进监狱时，李高成的"清官"内涵也就完整地被赋予——不仅从未以权谋私，而且面对个人亲情和公共利益的抉择时，他毫不犹豫地选择了维护人民利益、捍卫法律尊严，尽管腐败问题的解决并非李高成一人所能及，李高成面对权势结合的圈子集团，不得不依靠更强大的清官集团，诸如省委书记万永年、省长李高明、省纪委书记马卫华、市委书记杨诚等，他们都在最关键的时刻给予李高成以政治层面和精神层面的鼓励，也是李高成反腐工作能够顺利推进的重要组织权力保障。在腐败布织的官场网络当中，李高成清官意识的公益性就在于能够以一己之力抗衡整个腐败体系的坚持、决心和勇气，这已经远远超出了官员本职角色的基本水准，正如张平所说："很多人批评李高成只是传统的清官，并没有现代的法治意识,最后体现的还是人治的胜利,还是得听某个官的","但是,我觉得文学作品只能是历史的纪录,是发生过的事情的真实纪录,在我们现在人治意味非常强的社会,你硬是写个对清官情绪进行严肃批判、有着现代的法制精神的小说,这不是文学作品,这是幻想小说"。

如果说李高成所面对的只是个人亲情与法律尊严的二元抉择,那么,在张平的《天网》当中,县委书记刘郁瑞为了调查李荣才冤案,所面对的则是无处不在的"罪恶之网"的权法之斗。这是一个以贾仁贵为中心所编织的金钱、权力、政治等都被连缀其中的利益共同体,从乡里到区里,从欺凌百姓、侵吞公款这样的违法犯罪事实,到豪强夺取、强占果园这样的违法经济侵略,再到公开行贿、中饱私囊这样的违法政治乱纲,因为有着从基层到上级官员共同体的彼此相卫,而官员又是利益分配的制定者、国家法律的执行者,同时又是违法乱纪的监督者,所以利益的分割已经毫无法律的约束,完全退化到"监守自盗"的混乱局面,而破解这种利益共同体的唯一方法就是剥夺腐败分子的利益分配制定权和国家法律执行权。县委书记刘郁瑞依靠一批耿直无私的党员干部和党组织保障,才最终推动法律武器艰难运行并奏效。这是一场艰辛的裹挟着个人情感、利益分配、权力争夺的人民战争。体现在这场"战争"的推动者身上的不畏强权、为民做主、维护国法、捍卫尊严的清官文化人格才是这场战争得以推进并取得胜利的最强有力的保障。尽管结局不一定是大团圆的,但这种悲剧性反而更加凸显出了清官的质感,正如张平所说:"我觉得现实题材作品,应该像镜子一样折射真实的生活。但按照现代法治精神,现实生活中又缺乏这种在很高层次上出现的理想人物,如果真的有,那我的小说也就成了科幻小说。现实不完美,你还要考虑到读者的心情,因为读者希望有一种民主自由宽松的社会环境,所以我在小说中塑造的主人公都属于那种敢于为老百姓挺身而出的英雄形象,虽然他的下场并不一定很好。比如像《天网》中描写的那个地委书记，虽然为百姓做了很多事，也说了很多话，但结果还是没有留下来。这个人物充满了悲壮的英雄主义色彩。"公益型清官文化人格同样体现在张平《国家干部》中的夏中民身上，这是一位为了人民的公共利益而勇于同一切侵吞、剥夺公益的腐败罪恶势力做斗争的反腐"斗士"。这位富有朝气、雄心勃勃的年轻常务副市长在任职期间处处遭遇"无法直视"的生活现实：某些干部以解决困难群众住房的理由趁机为自己修筑豪宅，某些干部顶风作案乱收费却最终引发政府与农民之间的群体冲突，等等。面对许多国家干部处处利用党政权利而中饱私囊，夏中民以党纪国法为准绳，以个人的仕途风险为赌注，以广大人民群众为保障，坚决捍卫人民利益，甚至在仕途提拔中不惜被自己所得罪的政治权利代表集体性"合法"落选，但是因为有着几十万人民群众的集体声援，他最终赢得了道义的支持，弘扬了党为民服务的正气，完成了在腐败成风的政治环境中坚守政治身份信仰和职责角色实践的情感升华。因此，夏中民的人格魅力不仅融合了古典清官的"清正廉明"，更具备了现代意义的"人民性公益"，是一位富有英雄传奇色彩和自我牺牲精神的"人民英雄"。

　　柯云路的《龙年档案》完全可以视为《新星》的姊妹篇，但与李向南的清官意识主要体现在反官僚主义和反改革阻力不同，主人公罗成在反官僚主义的同时更需面对的是反腐败重任。主人公罗成在具备李向南式的为民请命、一心为公、力推改革、造福百姓的清官文化人格的同时，还有限度地兼备了维护法律尊严、保障政治清正、捍卫人民利益的现代政治人格。当罗成调查得知太子县神农乡副乡长张虎林侵占农民宅基地造成农民上吊自尽的案情因官官相卫悬而未决，天州市委书记龙福海之子龙少伟利用爱国主义乡土教材非法牟利，全市各地所上报的各项建设数据都是虚假数字，拖欠教师工资长久不发导致集体上访……种种劣迹促使罗成决定以神农乡的官僚主义和腐败恶风为突破口，破除本地盘根错节的权贵联盟,还天州百姓一个政治清明和法治公正的党政生态。但在极力反腐和力推改革的过程中,虽然有叶梅等人的支持,但罗成所面对的是一个利益同盟,他对副乡长张虎林的撤职只是冰山一角,其背后则牵连着太子县委书记万汉山、天州市委书记龙海福,市委书记的妻子、儿子以及马立凤及其兄弟等一系列人的官场裙带关系和利益共同体。在罗成与以龙福海为代表的官僚群体和腐败群体的权力交锋中,他的"清官"形象越来越趋于立体和丰满:龙福海的为官之道是任人唯亲、帝王思想、宗法裙带、毫无作为的原则,他火速提拔马立凤,处处保护万汉山,精心经营着以自我为中心、以保障权力稳固为目的的官场秩序,甚至在明知煤矿存在严重安全隐患的情况下仍然出于彰显个人政绩的私欲,强行让关停的黑三角经济开发区的煤矿复工,最终酿成黑三角天州煤矿发生特大渗水事故;与之形成鲜明对比的是罗成的反腐决心和改革斗士的"英雄主义"。罗成只身前往天州,了解民生疾苦,匡扶社会正义,推动机构改革,捍卫党的形象和法律尊严。他以改革家的实干精神,破解了天州积弊已久的诸多政府管理难题:如他到机床厂现场办公,在全市范围内公开举行竞选厂长;他发现有人借危房改造滥砍山林谋取私利,当众罢免了乡长牛大勇;在神农乡召开现场会,他公开处理违法犯纪的副乡长张虎林;即使当深陷被诬告的困境,他仍然坚持坚守本职工作、心系天州百姓,极力阻止龙福海只为发展经济谋取个人仕途前景而置旷工生命于不顾的倒行逆施。罗成的清官文化人格,坚持了民间侠义、正义化身、人民立场、强势权威等价值立场,并在权力的结盟和权力的化解、以民为本和以官为本的二元对立当中,昭示出国家民主法治建设的艰巨和决心。当然,罗成在推动改革特别是反腐斗争方面,虽然也是主要依靠权力的人治反击权力的滥用,但是与乔光朴等人必须依靠更高层面的政治权威的介入才能解决一切问题的叙事模式相比,柯云路所塑造的罗成更多的是依靠人民的支持、正义的弘扬、个人的奉献等人格魅力去征服、改造和影响更多的基层官员，是通过以正气"渲染"和"激发"广大党员的正气的方式，推进改革和反腐阵营规模的权力运作方式，这种叙事模式更容易凸显出"清官"文化人格的形成过程，并在隐性的对比当中，展示出罗成等人富有人民性的理想、勇气、信仰和追求。

陆天明在《苍天在上》当中同样塑造了一位反腐型的公益型清官黄江北。黄江北作为章台市的代市长，他所面对的是以田副省长等位居高官的贪腐集团，依托于政治权力的反腐斗争成为小说的主要冲突。黄江北以身作则、不搞派系、拒绝拉拢、恪守底线。他时刻以共产党员的党纪国法和人民利益的公平捍卫作为反腐行动的坚强后盾，"绝对轻饶不了这帮吃老百姓刮老百姓，爬在老百姓头上拉屎拉尿，还要代表党代表国家来教训老百姓的家伙"，黄江北是以"公正""正义"的反制力量的形象活动于小说当中，但同时他又是一位讲究政治战术的反腐战士，调查田卫明的贪腐行为时，他懂得步步为营、适时出击，在组织权力的赢取方面，他懂得按兵不动、韬光养晦，在收集犯罪证据的过程中，他掌握组织原则、避免正面暴露。总之，作为反腐市长的黄江北是一位既坚守党性职守又懂得反腐战术的老练成熟的"清官"，他褪去了过于单纯和透明的扁平化色彩，而更富有现实政治土壤的在地性。而他这种对反腐的坚决、对党性的坚守，同样来自于他对政治清明的理想主义召唤，"我确实想当一个市长"，"我这个章台弟子的确非常想衣锦还乡"，这是一种将个人价值的实现、社会责任的担当、党纪国法的捍卫等相结合的清官文化人格，他卸去了被迫的压抑性质，而具有了积极主动的自觉，尽管他因万方公司汽车的刹车管问题而最终碰壁，成为一个失败的英雄，但作者在呈现这种悲剧性背后所存在的腐败势力的根深蒂固的同时，更昭示出黄江北们所坚守的"为民请命"的人格操守的珍贵和希望。

社会主义初级阶段的诸多历史文化和政治生态特征，特别是政治组织架构的垂直型权力系统，使上述的"公益型清官"往往只是想象性角色，由于他们更多的是在现实政治生活中为人民利益而去阻止和变革权力个人、权力集团对利益的攫取，因而其现实处境则是常常遭遇被压制、被放逐，甚至被"污名"化的"失败者"处境，为家国服务的理想情怀最终无法兑现。于是，带有"争议性"的清官形象开始出现，有"争议"的"清官"代表着双重含义，一方面是他们坚定恪守着作为"清官"角色的基本底线，绝不以权谋私，而是心系苍生，另一方面是他们为了兑现和接近作为官员角色的社会理想目标，而采取了一些压抑自我人性，甚至难以被大众所短期接受的权力战术。因为在他们看来，为人民服务既是切实的日常实践，更是带有乌托邦色彩的未来想象，兑现这种实践和想象的引擎不仅在于领导组织群体，更在于掌握着最集中政治权力资源的官员个人。

四、权威践行与德行修为：清官叙事的人格想象

当政治权力资源、谋划人民和国家的发展、个体的人格操守三位集中于一体，且只能依托于个人意志进行资源、目标和实践兑现的整合时，就生成出新时期文学中清官文化人格的第三种类型——"强权型清官"。强权型清官是新权威主义的践行者。新权威主义是指非组织机构性的权力压制，非被迫型的惩罚性规训，而是"后发展国家的旧体制走向解体，而新型的民主政体又无法运作的历史条件下，由具有现代化意识和导向的政治强人或组织力量建立起来的权威政治，一方面，这种权威政治具有明确的现代化变革方向，而不同于传统专制体制，另一方面，出于它具有强制性、高度组织化的行政力量与权威意志，作为其稳定社会秩序、推行其现代化方针的基础"。文学中的新权威主义，表现为铁腕式的改革者，他们不再是乔光朴式的理想主义改革者，而是深植于社会基层的种种错综

复杂的党派纷争、权益纠葛、人事关系、官商结盟等现实土壤当中,同时又背负着国家发展、民族振兴、革除积弊、人民幸福的历史重任的改革者。当代文学中的清官文化人格,已经接纳了这种带有争议性的"新权威主义"内涵,改革者和主政者不仅具有公而忘私、刚直耿爽、全心为民的儒家道义人格,而且也附带着独立思考、决绝果断、孤意力行的"专断"性质。某种意义上,这类改革者和主政者,是带有争议性质和性格缺点的"清官",他们的刚正与耿直驱使他们敢于同一切阻碍改革的保守乃至反动势力做斗争,但是他们的性格缺点也使他们在处理复杂的现实事宜时,常常从自我主观经验出发而缺乏"民主决策"的集体大局,并常常造成"善意和远见不被理解的窘境",也即事业理性的公心和人情感性的人心的分裂。但与以公权为己谋利益的贪污分子、借公权以打造权力王国的结党营私、占公权却懒政怠政的庸官相比,这类官员能做到不徇私情、不谋私利、坚持党性、以公权济众,尤其是能身在权力官场却以其机智、隐忍、宽容的人格风范,与更为强大的权力集团做斗争,艰辛、冒险却始终在对党纪国法和政治原则的虔诚信仰下,以一己之力匡扶社会正义和党风建设,最终化身为新时期文学清官文化人格当中的"强权型清官"。

　　柯云路在《新星》《夜与昼》当中所塑造的李向南就是一位积极力推改革但又明显带有主观人格的"强权型清官"的典型。无论他处理因官僚主义造成的冤假错案,还是与官僚集团斗智斗勇推进改革进程,他的清官人格都带有极强的强权个人性,个人性、主观性是特定年代的改革者似乎都具备的一种特征,但是强势的个性在李向南身上得到了较为突出的表现。对此,他有自己的一套政治经验:"现在,你要建设一个民主、繁荣的社会,就必须革除那些封建专制的、愚昧的、官僚特权的等等腐败东西。你要革新它们,除了拿出强有力的铁腕般的行动来,没有别的办法。""在古陵县,为了铲除那些愚昧腐败的势力,我不得不依靠铁的政治手腕,但是,我要说,第一,这确实是不得已的。不这样,我就不能完成诸如查处贪官污吏、平反冤假错案、改组领导班子这样一加一等于二的政治算术,不能稳住政权。""第二,我想说明,依靠铁腕进行的政治斗争,只是我现实忙碌中最表层的思想和目的性。我想,任何一个人,都还有他更深一层、更深两层以至更深三层的思想。如果我只是一个铁腕的李向南,而没有那些深层思想中的社会理想和追求,我会由衷地憎恶自己。"而最深层的理想和追求,就是风清气正的民主政治生活,以专制的铁腕去争取民主开放的政治格局,在矛盾和悖论的表象下,实则是面对巨大改革阻力的一种无奈之举。李向南的这种政治理想主义反映出他深处改革特殊时期的一种期盼,也是一种信仰式的自我牺牲精神的大道之义。但在李向南身上,与强硬相伴随的妥协个性也展示出他的个人化诉求,即在建设公共利益的同时,也在以个人利益的方式思考如何取得公共利益的最大化,这点不仅表现在李向南在官场权力争夺中的诸多妥协,也是他深谙政治组织架构和规则的一种成熟老道的表现。而他以个人利益去追求人民利益的最大化的表现,集中体现在他在处理个人感情问题时的理性和感性的犹豫,他在昔日恋人林虹和官宦女子顾小莉的抉择上始终难下决心,"自己选择配偶的标准其实是个复杂的、多方面的系统,它涉及并包含着年龄、外貌、性格、思想、感情、气质、道德、政治、社会地位……各个方面的考虑。而且,如果仔细剖析自己的这个复杂的、多方面考虑的'标准',大概将暴露出自己思想、性格深处极其复杂的东西来"。(《夜与昼》)而这个极其复杂的东西和深层的心理动机,就是如何在个人情感和公共利益之间取得和谐,但在李向南身上所表现出来的是,个人利益的考量更多的是为了公共利益,二者是以公谅解私,非此即彼的二元对立仍然是其最内在冲突模式,李向南充当的是中国法治社会建设的"历史中间物"。

随着法治建设和政治制度越来越完善,改革让位于发展,改革的理想主义逐步被发展的目标主义所取代,那么这种发展的务实性就使得人民利益和个人利益逐渐捆绑在一起,周梅森的《人民的名义》中的京州市委书记李达康就是这样一位身处改革深水区、具有个人本位色彩的强权型清官。在裙带关系已经贯穿京州官场的各个角落,在反腐风暴已经濒临京州官场边缘,李达康所呈现出的人格魅力是一种将官方话语与民间想象进行逻辑对接的清官文化。如果说乔光朴等人所面对的是改革与反改革、开放与保守、现代市场经济的推广与传统计划经济的固守之间的艰巨,李高成等人所面对的是改革开放所取得的巨大利益成果在分割过程中的公平和反公平、公正和反公正、剥削和反剥削等公益均衡问题,那么李达康所面对的则是在政治组织规则已经趋于稳固、公共利益和个人利益日益一体化、仕途阶层流动日益趋于阻隔的时代处境当中,如何在个人利益和公共利益之间保持协调、操守和底线的官场困境。从一定意义上说,李达康已经褪去了古典清官式的高大全式的"圣人"光环,而更多地具备了日常生活中的人性质地,而且周梅森塑造人物最深刻的地方在于,将种种人格的多面深入到人物的心理内里,去揭示人格表象的深层动机。比如李达康在工作上的目标就是全力发展京州的经济指标,他如同孤胆英雄一般全身心扑在能够拉动京州经济增长所需要的所有领域,不愿去也无心去参与汉东省官场错综复杂的帮派裙带关系。但是,这种拉动经济增长的精神动力却很难讲是纯粹出于谋取发展公共利益而毫无个人利益考虑的,恰恰相反,他将经济发展指标的增长视为工作的唯一目标,是公与私兼而有之的一种政治实践。因为当年在林城执政的李达康,一度将经济发展指标跻身进入全省第二,但在出资方撤资之后,却无奈败给政治对手高育良,错失省委常委的仕途机会;当他任职京州的时候,他深谙官场组织规则,深知唯有政绩,即发展京州的经济指数,才是个人仕途进步的重要资本,唯有以创新的改革举措,才能彰显出自我为官的卓尔不群,进而获得仕途提拔的政治权力。这是一种为官理念的正确而偏执的本职,这种工作的偏执,导致他当得知投资商撤资、新项目搁浅、腐败官员落马、副市长畏罪潜逃,最终严重影响京州经济发展等违法乱纪的问题时,还一度产生过包庇保护的"邪念",这样的心理动机褪去了富有自我牺牲精神的古典清官不食人间烟火的"圣性",反而更具备凡俗人生的人性"欲望",这种欲望是以人性理解为前提的世俗回归,也是对清官英雄主义的反驳。

但是,李达康的人格魅力在于,他能在个人仕途的政治远景和个人私情的人际近景的处理中,坚定而执着地捍卫为官执政的底线。尽管个人的仕途升迁是他最为渴望的人生价值实现方式,但他并没有完全陷入官场政客的泥淖当中,始终能恪守职业本色,并兼顾人民群众的公共利益,并表现在常常以泯灭个人情感的"无情"来换取政治名誉的清白羽毛。比如面对赵瑞龙的美食城项目可能造成的污染,虽然可以发展经济指数,但他仍然坚持强硬回绝,恪守只上马对人民有益的可持续发展的绿色经济项目的原则;对待妻子,他不是一个称职、温情和浪漫的丈夫,一心只为工作而忽略了对家庭的经营,最后与妻子离婚;对待朋友他刻意疏远和避嫌,明确表示不让亲人朋友参与自己主管的市政项目。这种带有个人性的清官意识,还表现在他对当代政治组织原则的坚定捍卫和服从,恭敬上级、训斥下属、善待群众,特别是当得知易学习与自己平起平坐,心生不满但仍然守规,因为他深深地懂得,为民谋利的大前提是自己的政治清白;又比如当他得知分居多年、已经离婚的妻子因受贿罪而被调查之后,他大义灭亲,坚守原则;仕途升迁不仅需要爱惜自己的政治羽毛,更需要作为一方政治官员对民有所作为,比如他去督促信访办改进便民服务的设施和条件,他的这种"我的利益就是人民的利益"或"人民的利益就是我的利益"的执政理念,不仅未让这位清官的伟岸形象受损,相反还让这位官员展示出世俗的人性本色和官员的本职操守兼而备之的亲近。可以说,李达康在无情的下面,掩藏着深深的情义,他对拒绝朋友常充满歉意,时不时地隐晦询问好朋友的情况，对妻子也满怀愧疚，常常独自一人因为思念妻子而落泪，这些都是源于政治角色的特殊性而刻意进行的情感自戕和情义压制，因为，身处于这样的一个政治圈层，不得不遵守政治原则，而政治原则的公共性恰恰反对的就是个人的情感私欲。李达康的政治处境，不仅宣示出身处裙带之网和贪腐之潭当中恪守工作角色之难，更凸显出在如此的政治生态环境中能保持行政本职和改革进取的障碍是多么巨大，因此，李达康能够在不违背官方政治话语的同时，还能保持民间想象的英雄行径且不失作为个体的人性质地，这就是新时代的清官文化人格。他似乎没有之前的高大全的人物光芒，但是却更加贴近生活现实；他似乎少了诸多口号宣传，却多了几分执拗和刻板，甚至多了诸多政治强权色彩的人格特征。如他虽身处官场却为人耿直，不做中庸混迹的政客；他清正廉明却心急骄躁，实干勤政却难免独断雷厉；他在高育良面前为了仕途升迁所表现出的刚愎自用，市长期间就把市委书记架空；他从金山修路到不批美食城，再到干部培训班的为官陈词……李达康用切实的政绩从众多干部中脱颖而出，但在工作方法上却是"大错不犯，小错不断"的"改革先锋"的典型；他对朋友王大路的公司与自己的关系严格划界；他无法调节家庭和工作的冲突导致婚姻失败；他不是中庸圆滑世故的政客，却以实干和耿直与周围的懒政怠政的氛围形成尖锐的冲突，但这种冲突的限度却不至于让他无法在官场立足。总之，李达康"阉割"自我情感的唯一目标是不能有任何损害自己政治前途的人和事。李达康的清官形象不再是高大全，相反却是充满血肉之欲和性格缺陷的民间英雄，在文学传播和接受的过程中，展示出和平年代的世俗英雄的人格美学魅力，正如朱光潜在《悲剧心理学》当中对悲剧人物性格与命运做过总结："悲剧人物不应当太好，否则他的不幸就会使我们起反感；他也不应太坏，否则就不能引起我们的同情，理想的悲剧人物是有一点白璧微瑕的好人。"李达康的清官文化人格，不仅反映出腐败行为的隐秘渗透，也显示出当代法治建设的渐趋完善，新的历史时代对清官人格和内涵诉求的嬗变。

当代文学中清官人物形象所承载的清官文化叙事，普遍具有参与历史和现实政治生态批判的自觉，并以清官人物形象传递出政治乌托邦的集体诉求，这种文学与政治的重新"亲密"，在颠覆既有的文学为政治服务的赞歌和颂歌的附庸性模式之后，又建构起文学在特定历史时期政治机制运行中从异化走向进行反思的独立性角色，在以人民性立场融合官方话语和民间话语的同时，不仅凸显出官场政治生态由"封建""人治"向"民主""法治"历史发展的艰难性、长期性和复杂性，更展示出中国共产党在思想建设、党风建设、廉政建设、政治体制等领域的清醒认知和改革决心，昭示出中国共产党始终具有自我批判、自我反省、自我更新的内在生命力。而当代文学中所塑造的清官人物形象，不仅承载着中国传统儒家文化人格的典范魅力，且已经将充满现代性精神的"侠义精神""法理精神""政党先锋精神"融入其中，最终形塑出社会和平建设时期"英雄主义"的政治美学，这是特定历史时期社会政治生态运行不良的一种社会心理的文学投射，更饱含着民间意义上对人性超越性与人的圣性化的文学想象。

第五章

文化冲突型人格与当代文学人物形象

讨论文化冲突这一问题的前提，是必须首先澄清究竟何为"文化"。尽管关于"文化"的理解在学界一直众说纷纭，但对于这一问题，却仍然有学者进行过相应的探讨与考察："文化是什么？很多学者给出过不同的定义，普通人也会有自己的认识和理解。文化与人类相生，包括人类物质生活和精神生活的一切活动。胡适认为，文化是'人类生活的方式'。梁漱溟认为，文化是'人类生活的样法'。陈序经认为：'文化是一种复合总体，包括智识、信仰、艺术、道德、法律、风俗以及人类在社会所得的一切习惯和能力。'拉策尔认为，文化是人类物质和智识方面的创造，包括言语、习惯、家庭与社会习俗，国家。通常，人们认同文化是指历经社会变迁和历史演进而逐渐养成的深层稳定的生存方式，包括意识、思想、价值理性和生活规范，文化渗透在一切社会活动中，有自身强大的生命力，制约和影响着社会运转以及个人生存。"①

作为一种历经社会变迁和历史演进而逐渐养成的人类深层稳定的生存方式，文化的一大特殊属性，就是所谓的群体性。大而言之，是所谓人类文化这样一个大的集合。假若我们承认的确有可能存在着一种外星文明的话，那么，相对于这种人类至今都处于想象推理状态之中的文明形态，人类文明本身就构成了一种文化的集合体。具体到人类文化内部，一方面由于地理生存条件巨大差异的存在，另一方面也与所谓的文化渊源有关，自然也就形成了诸如基督教文化、伊斯兰教文化、佛教文化、儒家文化等不同的文化形态。冷战结束后，一系列区域性战争的发生，很大程度上正是这些不同的文化形态碰撞冲突的结果。倘若再缩小一下范围，那么，在一个国家或民族的内部，也会有更小的文化集合体生成。以中国为例，诸如三晋文化、三秦文化、齐鲁文化、燕赵文化、荆楚文化等等，

---

① 张艳梅. 文化伦理视阈下的中国现当代小说研究［M］. 北京：中国社会科学出版社，2012：4.

都可以被视作文化群体性特征的一种突出体现。

既然存在着这样一些大大小小规模与范围不一的文化集合体，那么，这些不同的文化集合体之间，或者由于文化理念的不同，或者由于利益关系的归属分歧，必然会发生激烈的碰撞与对抗。质言之，这些不同文化集合体之间的碰撞与对抗，也就是我们这里要重点强调的文化冲突。根据专家的深度考察研究，一般认为，文化冲突集中表现在以下三个方面："文化冲突的原因和表现形式之一是不同的民族文化或不同区域文化之间的冲突。特定的民族文化造就的特殊民族感情和行为方式，在与不同特点的民族文化相遇时，就会出现民族文化与外来文化之间的竞争和冲突。即使在同一民族文化内，生活在不同区域的人们也会出现文化冲突。比较开放的城市文化与相对封闭的乡村文化之间，不同风俗习惯的地区之间，也常常会发生文化冲突。文化冲突的原因和表现形式之二是不同时代的新旧文化之间的冲突。文化体系具有相对稳定性和保守性，随着社会的进步，文化会不断进化，从旧的文化系统内会出现一些新的文化因子。这些新的文化因子在传播过程中，肯定会受到旧文化的排斥和抵制，因而造成新旧文化之间的冲突。社会处于激烈变动时期时，这种新旧文化的冲突往往表现得更加激烈，五四新文化运动就突出反映了新旧文化之间的激烈冲突。文化冲突的原因和表现形式之三是不同的社会阶级、阶层或社会群体之间的文化冲突。在阶级社会中，每一个社会成员总是归属于不同的社会阶层或社会集团，他们都有自己的文化，这种文化之间也会产生矛盾，出现文化冲突。中国春秋战国时期诸子百家之间的争鸣，就是社会不同文化集团之间文化冲突的具体表现。"①

回顾一下古今中外的文学史，我们即不难发现，文化冲突与文

---

① 张岱年，方克立. 中国文化概论：修订版 [M]. 北京：北京师范大学出版社，2008：2.

学创作尤其是小说创作之间,存在着特别紧密的内在关联。其他且不说,单只就人物形象的刻画与塑造来说,很多拥有特别人性深度的人物形象,正与他(或她)置身于其中的尖锐激烈的文化冲突存在着难以剥离的紧密关系。这一点,在1949年以来的中国当代小说创作中,也同样有着突出的表现。这一方面,值得关注的人物形象,主要有倪吾诚、范箬河、郭缨子、苏了群、李海、欧阳万彤、余松坡、带灯等。

一、中西文化冲突中的知识分子

首先进入我们分析视野的,是王蒙的长篇小说《活动变人形》中那位置身于中西文化冲突中难以自拔的现代知识分子倪吾诚。"倘要回顾倪吾诚的一生经历,那是可以很简单地勾勒出轮廓来的。他辛亥革命前三个月出生于一个逐渐没落的地主家庭里。他的祖辈中,爷爷曾参加'公车上书',伯父是个疯子,父亲则是个大烟鬼。他很早熟,出于聪颖的天性,十岁时就能声泪俱下地慷慨陈词女人缠足的愚昧野蛮,大谈耕者有其田,地主是寄生虫。十四岁则扬言早晚要砸烂祖宗的牌位。由此可见,倪吾诚从小身上就有了些要'革命'的种子。尽管十五岁时,他曾受母亲表哥的调唆,一度学会抽鸦片和手淫,但很快就以坚强的意志摆脱了恶习,并毅然上了县城寄宿中学,以后又上了大学,然后旅欧二年。学成回国,担任了某大学的讲师,遂举家迁京,与妻子过了一段堪称安静幸福的生活。后来由于岳母妻姐的抵京,他的幸福生活被破坏了,他与她们产生了尖锐的不可调和的矛盾冲突。后终因无聊的图章事件导致了家庭的分裂,从此走上了另一条充满传奇色彩的人生道路。先在日伪政府某学校任校长,后投奔解放区,成为一名革命大学的教师。解放后,终因一事无成,在碌碌无为中了却残生,写完了自己的悲剧人生。"① 尽管可以非常简略地回顾倪吾诚的一生,但无论如何都不能不注意的一点却是,王蒙《活动变人形》的书写重心并没有落脚在人物一生行迹的总体描写叙述上。相对于那些生命长河式的长篇小说,王蒙的艺术智慧,突出地表现在他对于题材的剪裁处理上。具体来说,王蒙所采用的,乃是一种横截面式的艺术处理方式。正所谓"弱水三千只取一瓢饮",或者说"窥一斑而知全豹",虽然按照叙述者的交代,倪吾诚与妻子、妻姐以及岳母她们三人之间发生在家庭内的对峙长达九年之久,但作为《活动变人形》主体情节存在的叙事时间,也不过只是三四个月左右。这一点,在小说的叙事话语中,其实有着明显的交代。首先,图章事件的发生,是1942 年的 11 月:"远里不说,就去年十一月,他做了多么缺阴损德的事!用作废了的图章骗她戏弄她让她丢人现眼。他一连三天不回家在外面寻花问柳寻欢作乐。"而等到倪吾诚得知妻子姜静宜已经怀了第三个孩子,因而下定决心要和妻子离婚的时候,具体的时间已经是旧历年的年根儿,也即 1943 年差不多二三月的时候:"静宜扫房的时候他想尽最大的努力,努力使自己表现得好一些。他见大家都忙着打扫,虽然静宜没要求他做什么,他还是主动找活做。他拿起锄灰用的铸铁煤铲,他去锄地上得泥疙瘩,喀嚓喀嚓,还挺费劲,总算把一个泥疙瘩给刮哧下来了。"没想到,就在他为自己的劳动成果感到有几分洋洋自得的时候,却意外地遭到了妻子姜静宜的阻拦:"静宜说,年根儿底下是不能刮哧地上的大小疙瘩的,这是她到了北京以后跟北京人学到的讲究。"虽然只是一个是否应该铲除地上的泥疙瘩的问题,但却引起了一番轩然大波。本来已经准备就这么与姜静宜稀里糊涂生活下去的倪吾诚,一时之间意识到,再也不能让尚未降临到人世的第三个孩子过这种愚昧至极的生

---

① 王春林. 倪吾诚简论:读王蒙《活动变人形》[J]. 吕梁学刊,1988(1).

活了。于是，曾经一度罢战的家庭战火再次熊熊燃起，最后的结果是，意欲离婚无果的倪吾诚，在遭到来自于同乡赵尚同的当众羞辱之后的上吊自杀未遂。《活动变人形》的主体故事至此便宣告完结。应该注意到，等到赵尚同的羞辱发生的时候，时间已经是1943年的5月："倪吾诚就这样在一九四三年五月死而复生，缺乏医学根据地离开了北京。"实际上，小说的主体故事，早在倪吾诚自告奋勇铲除泥疙瘩的时候，就已经彻底终结了。联系图章事件发生的时间，我们自然不难推断出，整部《活动变人形》的主体故事时间的确不过只有三四个月左右。别的且不说，单只是如此一种横截面式艺术处理方式，就可以从一个侧面充分显现出王蒙这部长篇小说的现代性内涵。

"宣统三年，辛亥革命爆发前三个月，倪维德的遗腹子倪吾诚来到人间。这个胎里便蒙受了接连失去亲人的巨大悲痛的孩子成长得十分茁壮。"由此，倪吾诚便可以被看作是出生于1911年的"辛亥生人"。他的降生于地，即伴随着一场翻天覆地的大变革，伴随着中国千年帝制的彻底终结。依照现在的学制推断，应该是在1927年开始接受大学教育的倪吾诚，所沐浴的绝对是已经经历过五四新文化运动洗礼的新思想与新文化。如此一种大学教育，再加上此后的旅欧两年亲沐欧风美雨的经历，就使得西方文化彻底成了倪吾诚的精神底色，成了他理解看待一切事物的出发点与基本立场。唯其如此，他才会口口声声不离西方文化与西方文明："倪吾诚又惊又喜又愧，慷慨激昂，痛切陈词。他说他需要爱情，需要过文明的幸福的现代生活。他说中国已经落后了二百年，他们的过去的生活，包括他们的婚姻都是非人性的、野蛮的、愚蠢的，甚至是龌龊的……他继续说，再也不能这样生活下去了，这样生活下去不如变猪变狗变一条虫……至于他和她，我的妻子，他用带着哭腔的声音说，到现在为止我们中间没有任何的爱情也没有任何的文明。但是过去的事就让他全都过去吧。苦海无边，回头是岸。过去种种比如昨日死,今后种种比如今日生。"应该注意到,倪吾诚某种意义上乃可以被看作是一位西方文化的彻底异化者。唯其早已彻头彻尾地服膺于西方文化,所以他才会把这一神圣之物作为人生标准来衡量世间的一切事物,也包括日常生活中的点点滴滴。比如洗澡:"倪吾诚爱好洗澡几乎可以说是带有一种病态的狂热。他直到二十岁或更晚一点以后,直到上了大学、懂了西学、留了欧洲之后,在他接触到一些洋人以后,他才知道中国人是多么不讲卫生。在乡下,有的人一辈子不洗澡。有的人一辈子只洗两次澡。"再比如剪指甲:"倪吾诚的剪指甲也带有一种矫枉过正的热情,他与外国人打交道后,痛感到中国人指甲之长之脏,所以他自己每次剪指甲都全神贯注,剪得指甲短到了狠、苦的程度。"不难发现,在倪吾诚的所有选项里,只要是西方的、现代的,便是好的,大凡是中国的、传统的,就是不好的。西方文化/中国文化,现代/传统,就这样构成了倪吾诚精神世界中一种绝对泾渭分明而又二元对立的基本思维方式。也因此,当他面对着欧洲朋友史福岗对于中国传统文化发自内心的赞美的时候,才会义愤填膺,才会做出特别激烈的话语反应:"事后,倪吾诚对史福岗说:'当中国人生活得这样痛苦的时候,当我生活得这样痛苦的时候,你在那里不住地赞美……对不起,我不能苟同。比如说,我要告诉你,在中国,几千年来,根本就没有幸福。也没有爱情。我已经苦死了!你倒说我幸福。好像你欣赏我的痛苦似的。'"

然而,对深受西方文化影响、怀抱着西方文明理想的倪吾诚来说,导致他人生悲剧最根本的原因在于,他不仅仅出生在中国,出生在孟官屯,而且恰恰还偏就娶了姜静宜为妻,需要日日面对"愚昧不堪"的妻子、妻姐以及岳母所构成的联合阵营。"然后一个可怕的'家'字出现在他的空洞无物的脑壳里,然后出现了静宜的可悲的、可怜的、可恼的脸孔。""瞧,还没进门,就压过来了,倪吾诚看到的,是荒漠的山。""这就是他的家,这就是他的积淀着几千年的野蛮、残酷、愚蠢和污垢的家……而他,翩翩浊世之佳公子,偏偏充满活力、热爱生活、向往文明、渴望爱情、追求幸福……为什么他没有出生在巴黎、维也纳、柏林、纽约、日内瓦、威尼斯、伦敦、莫斯科。却出生在用脚搓'羊巴巴蛋'的孟官屯——陶村的碱地上呢……为什么他要生活在这样一个年月,这样一个地方,既不敢也不能抗日,又不敢也不愿附日,既不敢也不能离婚,又不甘心如静宜所愿地塌下心来与静宜过日子,既不能离开中国、不能摆脱一切中国乡下人的劣习,又不能心甘情愿地做一个地地道道的中国人呢?""他的生活是何等贫困、愚昧、野蛮和无望啊!他为什么要生在中国,生在孟官屯呢?他活一辈子的目的,就是为了承受国家的、乡村的、历史的、一个没落的地主之家的全部罪孽吗?为什么偏偏他又懂得了世界,懂得了文明,懂得了人生的幸福的追求呢?"就这样,仿佛是一只飘在空中的风筝,倪吾诚的一端无疑已经高高地飘扬在浩渺的天空,但另一端却一直被牢牢地系在地面,须臾不可挣脱。于是,内心里一直想要获得完全自由的深受西方文化影响的启蒙知识分子倪吾诚,也就只能够在不断自我挣扎的过程中扭曲变形了。是的,就是启蒙知识分子,一方面,倪吾诚已经全盘接受了西方文化的影响,另一方面,他在现实生活中又的的确确试图运用自以为先进的西方文化改变中国社会,最起码是自己的家庭生活。而且,与倪吾诚所具有的现代意识相比较,姜静珍与姜静宜她们母女三人的观念明显要落后、愚昧许多。以一种先进的现代意识去尝试改变落后、愚昧的思想状态,不是启蒙还能是什么呢?!当年的鲁迅与胡适他们一众现代知识分子,所致力于完成实现的,不正是如同倪吾诚一样的启蒙使命吗?

既然把倪吾诚定位为一位处于失败地位的启蒙知识分子,那我们就完全有必要把他与鲁迅笔下角色、地位相同的启蒙知识分子(如《孤独者》中的魏连殳)做一番比较:"魏氏是鲁迅笔下最著名的知识者形象之一,他与倪氏有惊人的相似之处。他们都不是激进的战士,都仅仅是呼吸了一点西方文化的新鲜空气,有些自由民主的新观念,不安于现状,对一切不合理现象都不满意的知识者。他们都不见容于当时的社会,被目为'异类'。他们都扭曲变形了,只不过魏氏是采取了复仇的手段而已。令我们怵目惊心之处仅仅在于他们所处的时代不同。魏氏生活的那个时代,正是五四新文化阵营的分化时期,当时连鲁迅自己也在'荷戟独彷徨',为寻求革命的道路而上下求索,出现魏氏这样找不到出路而终至于毁灭的知识者,是不足为奇的。而在倪氏所生活的三四十年代,已有一部分知识者摆脱了孤独和苦闷,走出了困境,走向人民。但他却仍不能战胜自我,仍处于不可解脱的孤独之中,这就不能不使我们惊诧了。"① 以上是笔者大约30年前写下的一段话。现在看起来,仍然大致不差。实际上,魏连殳也罢,倪吾诚也罢,他们的人生悲剧,都属于中国特定语境中启蒙知识分子一种必然的悲剧。那么,他们的差别,究竟表现在什么地方呢?事实上,只要我们细加体察,就不难发现二者之间的微妙差异——恐怕更多地体现在作家面对他们时的不同态度上。鲁迅面对魏连殳时的认同与沉重感自不必说,关键是在《活动变人形》的书写过程中王蒙对于倪吾诚存在一种潜在的讥嘲态度。"他是谁?他在做什么,正在做什么,将要做什么,需要做什么和喜欢做什么?所有这些问题他都无一言以对。为什么刚刚离开沙锅居,人生便如此虚空了呢?""他太兴奋了,快乐得像个孩子,滔滔不绝。只要能讨论一些与他个人的现实生活不相关的问题他就能兴高采烈,谈笑风生,如鱼得水,而只要谈一点实际的事,与他的生活事业行动有关的事,他就觉得焦头烂额,头绪如麻,垂头丧气。"一方面,实际生活中的倪吾诚的确有点类似于俄罗斯文学中那些"多余的人",属于语言的巨人,行动的矮子。

---

① 王春林. 倪吾诚简论:读王蒙《活动变人形》[J]. 吕梁学刊,1988 (1).

一旦触及具体的现实问题,甚至包括如何挣钱养家的问题,他就会显得束手无策莫衷一是简直如同白痴一般。但在另一方面,我们却更需注意,所有这些其实带有明显嘲讽色彩的相关描写,皆出于作家王蒙的艺术设计。更进一步,隐藏于如此一种讥嘲描写背后的,乃是王蒙借助于倪藻的视角而表现出的,对于倪吾诚某种隐隐约约的否定意味。分析至此,对于类似于魏连殳和倪吾诚此类的启蒙知识分子,鲁迅与王蒙的区别也就显而易见了。在鲁迅那里,因为作家自己与魏连殳同为启蒙知识分子,有着绝对一致的共同精神价值立场的缘故,所以他对魏连殳所表现出的便是一种坚决而毫无保留的认同感。到了王蒙这里,因为王蒙自己以及作为王蒙化身的倪藻身为革命知识分子的缘故,所以他对于倪吾诚,在充分表达出某种人道主义悲悯同情的同时,更多的是一种批判性的否定。或者说,王蒙站在革命知识分子的立场,毫不犹豫地宣布了启蒙知识分子倪吾诚的死刑。很显然,在他看来,要想依靠启蒙来拯救中国,根本就是不可能的事情。与启蒙相比较,唯有自己所坚决认同的革命,方才可以被视作中国的真正福祉之所在。至此,倪藻身为小说视角人物的重要性,也才真正得到了充分的价值体现。

但在很多时候,一个刻画塑造成功的人物形象,却又完全可以溢出于作家的艺术设定理念之外。而倪吾诚,毫无疑问就是这样的一个人物形象。作为一位失败感很强的启蒙知识分子,王蒙事实上也写出了他性格的复杂多面性。其中,尤以其对儿童孩子发自内心的关爱,读来令人特别感动。"他不喜欢说谎,也不善于说谎,更没有卑劣到用那样丑恶龌龊的手段去骗自己的妻,去骗倪藻和倪萍的妈妈。他是多么爱自己的孩子哟!一想到这两个名字他眼泪就流出来了。""那倪萍和倪藻呢?难道他们也要过这种小叫花子的日子吗?他不能。孩子出生以后,孩子的每一声哭都牵动他的心,孩子的眼泪竟能勾起他这个高大的男子的眼泪。"实际上,也正因为对自己的两个孩子满怀爱意,所以,倪吾诚才哪怕上典当行也要给两个孩子买麦精鱼肝油与玩具"活动变人形"。而且,毋庸置疑的,他之所以在度过一段相对平静的日子,在得知妻子姜静宜已经怀了第三胎的时候,突然找律师提出要坚决离婚,也正是为了让未来的孩子不要再过远离现代文明的日子的缘故。唯其如此,他才会在面对律师时特别强调:"我爱孩子,我爱孩子,我爱孩子!正是因为爱,我才必须和她离婚。因为我只能给她带来痛苦,她也只能给我带来痛苦,还有毁灭!""即使是该死,让做父母的死吧!即使是千刀万剐,让我千刀万剐吧,不要伤害我的儿女,不要!一切罪孽都是我的,不是孩子们的!"事实上,在阅读《活动变人形》的过程中,我们也应该能够感觉到,面对着始终处于精神紧张与痛苦状态的倪吾诚,王蒙的感情状态又是相当复杂的。一方面,他固然要以革命否定启蒙,但在另一方面,或许受制于血缘伦理的潜在控制,他又对身为父辈的倪吾诚表现出了足够的理解之同情。用作者的话来表达,就是"你为他们流泪,你宣布了对他们的永远的和普遍的赦免"。大约也正因为如此,所以,一直到倪吾诚已经不幸辞世几年之后,倪藻仍然会产生强烈的困惑,仍然感觉到倪吾诚的难以把握与捉摸:"这究竟是什么呢?在父亲辞世几年之后,倪藻想起父亲谈起父亲的时候仍能感到那莫名的震颤。一个堂堂的人,一个知识分子,一个既留过洋又去过解放区的人,怎么能是这个样子的?他感到了语言和概念的贫乏。倪藻无法判定父亲的类别归属。知识分子?骗子?疯子?傻子?好人?汉奸?老革命?堂吉诃德?极左派?民主派?寄生虫?被埋没者?窝囊废?孔乙己?阿Q?假洋鬼子?罗亭?奥勃洛摩夫?低智商?超高智商?可怜虫?毒蛇?落伍者?超先锋派?享乐主义者?流氓?市侩?书呆子?理想主义者?这样想下去,倪藻急得一身又一身冷汗。"实际上,以上这么多选项中,倪吾诚恐怕各个选项都多多少少沾一点边,但其中的任何一个选项却又都无法完全框限住倪吾诚其人。某种意义上,我们完全可以用王蒙自己一部中篇小说的标题来为倪吾诚性格的复杂性命名,那就是"杂色"。

与王蒙笔下的倪吾诚相类似,置身于中西文化冲突中的另外一位人物形象,是海外女作家袁劲梅的长篇小说《疯狂的榛子》中的范笳河。只不过,范笳河是一位曾经有过残酷战争经历的知识分子。小说中,作家曾经专门描写过一位美军军官少校沙顿身上的PTSD(创伤后应激障碍)症状。但相比较而言,袁劲梅对于少校沙顿PTSD症状的描写,不过是一个引子而已。作家要借此引出的,其实是小说主人公范笳河等若干中国人所罹患的PTSD症状。"现在,如果让范白苹回头诊断,她可以断定,她父亲心里有一场一个人的战争,打了一辈子也没打完,那是一场在他心里的无人知晓的战争。在他心里的那个战场上,他是战士又是伤病员,他自己把自己打伤。他总是在自己对付自己,自己判决自己。他是战士又是他自己的敌人,是审判者又是被审判者。好像他经历的那些厮杀、残酷、背叛、内疚、自责已经浸入了他的骨头。他想把它们分离出去,却没有办法把它们赶走。"如此一种精神症状的生成,自然与范笳河一生中所经历的那些灾难密切相关,可以说是一种典型的PTSD也即"灾难压力后心理紊乱"病症。要想彻底澄清范笳河的PTSD症状,就必须首先对他的曲折人生有所了解。范笳河出生于中国南方一个名叫范水的山区,他的祖父(其实是生理学意义上的父亲)和父亲,都曾经积极参加过中国的抗日战争,而他自己,更是曾经参加过赫赫有名的"中美空军混合联队",成为过那个时代少见的航空兵。成为航空兵也还罢了,更令人钦羡的是,他还因此而赢得了一位美少女的芳心。抗日战争中,范太爷为国捐躯后,丛长官兑现承诺,把"他的大儿子、他爬灰来的儿子、他的孙子三个人全带到大后方桂林,送他岳父舒谐行家去了"。舒家二小姐舒暖,是正在怀春的青春少女。正是在桂林期间,舒暖不管不顾地爱上了航空兵范笳河。其间,被感情之火燃烧着的范笳河曾经对舒暖郑重承诺:"如果我能活着回去,我一定要找一个遥远而和平的地方,买一块土地,种一坡榛子林,不再疯狂,不再出任务,就在那里和你一起生活到老。"没想到的是,人算不如天算,到最后,造化弄人,范笳河不仅没有能够兑现自己的承诺,反而还事与愿违地被迫与舒暖分道扬镳。之所以会形成如此一种悲剧性的结局,与范笳河自己的政治选择存在着紧密的内在关联。范笳河名义上的父亲,在1944年曾经有过一次延安之行,在那里亲眼看到了一个"穷而平等"的社会形态。受到他影响的缘故,范笳河父子三人最后都做出了倾向于共产党的政治选择:"范爷爷和他的两个儿子,先是潜伏在国民党里的共产党,后来都成了潜伏在共产党里的'美国特务'。"这里的关键就在于,抗战结束后,一直没有暴露自己真实政治身份的范笳河,先是参加内战,然后随着失败的国民党退守台湾岛。按照组织的安排,"依仗着和丛司令家庭的关系和在中美空军混合联队的功勋,我入了共产党也无人怀疑我的身份。1951年,我驾着'浪榛子Ⅱ'从台湾返回大陆,副机长是邓志龙。"这个时候的舒暖,也已经随着家人由桂林迁居到了澳门。当范笳河驾机返回大陆的时候,舒暖实际上已怀有身孕。为了追随范笳河实现爱情梦想,孩子刚刚一岁,舒暖就不顾一切地登上"宏远号",回到内地来找范笳河。没想到,这个时候的范笳河,却已经因为卷入政治身在组织而身不由己了:"我最后一次飞'浪榛子Ⅱ',完全不同于以前的'出任务'。那次飞出来的是'政治'。我就是一个军人,不是搞政治的。结果,却成了一个政治人物。就像你的'弃暗投明'是奔我来的,是为爱情,结果却成了'政治'一样。我们都在那样的特殊时期,却又在一个千年不变的社会结构中。"请一定不能忽视最后的一句"我们都在那样的特殊时期,却又在一个千年不变的社会结构中"。在这句话中,所充分体现出的,正是袁劲梅试图实现的双重批判意图。所谓"特殊时期",意指当时一种不合理的社会政治体制。所谓"千年不变的社会结构",意指长达千年之久凝固不变的中国文化结构。究其实,是以上二者的双重合力共同造就着范笛河与舒暧之间的爱情悲剧。

尽管舒暧不管不顾地乘"宏远号"返回内地追求爱情,但她根本就不可能料想到,1949年之后,不,甚至包括抗日战争结束后的内战时期,他们的爱情都毫无实现的可能:"我和你的爱情,在内战中变成了政治关系,在战后变成了危险关系。这是你再也不可能知道的。就是我,开始也不知道事情会变成这样。但是,我后来知道了。我没有选择,只能是跟着命运走。"其实,在那个政治凌驾于一切社会事物之上的"特殊时期",范笛河与舒暧他们只能够被迫无奈地跟着组织走,任由组织摆布。任由组织摆布的结果,就是范笛河最后对于舒暧的彻底背叛,就是范笛河被迫接受甘依英这样一位"组织配给太太"。应该说,如此一种结果在当时并不意外:"在当时的情况下,我和你在一起是不可能的,谁能相信我们不是'美蒋特务'?我离开你,才能给我和你一个清白。虽然,我知道我需要这个清白,你并不知道你需要。"尽管如此,但范笛河在内心里却始终不肯原谅自己:"我终于没有胆量选择'背叛家族'。我自私、胆小、窝囊。我在第14航空军的时候,就不是什么英雄。你爱错了人。我欺骗了你,我实质上就是一个范水男人。那时候,我对没见过面的儿子,没有感觉。但我从南家走出来的时候,就像范水的'大儿子'的感觉一样。我终是保护不了我的新媳妇。"必须得对这里专门提及的"范水男人"以及"范水的'大儿子'"有所解释。原来,在范水那个地方,以出"孝子"而著称于世:"在范水的词典里,孝子就是为了让人高兴,自己不情愿的事情也要做。范白苹去了范水多次之后,终于认识到了范水的名不虚传。"为什么呢?因为"范水的孝子行的是大孝:一家的长子要能孝到把自己的新媳妇让出去,给爹爹享用,还高高兴兴。"这是怎样一种让人无法理解的地方文化陋习啊!关键还在于,范笛河自己,就是这样的一个范水产物。他名义上的父亲,其实是他的大哥,他实际的生身父亲,其实是自己的爷爷。在做"孝子"这一点上,范水的男人一向以能"忍"为特色。因此,当范笳河以"范水男人"自谴的时候,他其实是在深刻地反省着自己在与舒暖爱情问题上的那种猥琐、窝囊之"忍"。也正因此,在后来写给抗战时的老朋友马希尔上尉的一封信中,范笳河方才会痛心疾首地写道:"但是,我想告诉你:我和我的女朋友并没能走到一起。这全是我对不起她。如果,怀尔特骨子里是'平民'的话,我大概骨子里就是个听话的'士兵'。我追求她,是害了一个自由人。"请注意,这里的"平民"与"战士",乃是在医生范白苹的意义上加以使用的。

正因为在爱情问题上有过对舒暖的背叛,所以,范笳河才无论如何都不能够原谅自己。他身上那种典型的PTSD症状,显然是拜其内心中一种始终都无法释怀的精神情结所赐。关键的问题是,如果说在美国,如同少校沙顿这样的PTSD患者尚且能够向范白苹们求诊的话,那么,对于范笳河们而言,这样的一种求诊就显得非常奢侈了。也因此,在范白苹看来:"范笳河选择了那个群做自己的归属,叫'组织'也行。她的爷爷是最早进入'组织'的人,并且,因为她家爷爷,她爸和她三叔都成了组织里的人。她爸范笳河一辈子都在受折磨。自己折磨自己,没有任何治疗。""她爸爸范笳河一辈子经历的一次又一次人为的灾难,从二战,到后来的一次一次政治运动,每一次人为的灾难都不会风过云散,不留痕迹。她爸的病例应了'没有一场战争不同时也是内心里的战争'的说法。灾难压力后心理紊乱若根本不治或乱治,病态心理会伤害病人和他人。"很显然,范笳河的如此一种忍耐功夫,与其身为范水男人密切相关:"范笳河'忍'的本事不是一天练出来的,他选择了让自己人格分裂,也没有违反他从小受过的基本训练。"面对这一切,已经充分沐浴过西风欧雨的心理医生范白苹有着强烈的兴趣:"范白苹感兴趣的是:那个让他们得了PTSD的大背景和这些病人的关系。"如此一番寻根究底的结果,是范白苹敏锐地发现了类似于范笳河这样的PTSD病症与中国文化之间的一种无法剥离的内在关联:

"她挺遗憾地想到：在她父母的时代，中国人听都没听说过 PTSD 这回事儿。PTSD 不被中国人当成病，没人重视。也没有心理治疗方案。我们爱面子。讳疾忌医早就在我们的成语里了。我们的逻辑是：有病，我们不知道，我们不治，就是没病。中国人比哪个民族都有'民族'心理，却没有心理病。要么你和我们一样，要么你是'疯子'。"哦，"疯子"。笔者明白了，原来这所谓"疯狂的榛子"中的"疯狂"二字的一种含义，就落脚在这一点上。当大家都讳疾忌医，都拒绝承认自己罹患病症的时候，唯独你要冒天下之大不韪，那你当然就要被公众目为"疯子"了。从这个角度来看，则袁劲梅笔端之"疯子"，也就堪比当年鲁迅先生笔下的"狂人"了。从自己的父亲范笳河这一个案出发，敏感的心理医生范白苹更进一步把思索的目光延伸至作为一种整体存在的中国文化："一条树系下来，一切都是军衔，一大群范氏宗亲卒吏，就等于'一'，没有范三，没有范四，没有'人'。造成 PTSD 的种种原因里，会不会也有一种：个人在集体腌菜缸中被征服或被淹没，从而造成自我失位？失去一只胳膊都是一种灾难，把一个个人的'自我'泯灭在集体腌菜缸里，这种灾难一定不比肢体受伤轻。若你不当腌菜，活，还是不活，都成了问题。腌菜缸就是个大军营。过惯了，还离不开。在里面受挤，出来了急躁，横竖没有安全感。"必须原谅笔者大段摘引小说中的原文，因为不如此，你就很难搞清楚袁劲梅关于中国文化一种批判性的整体思考。所以，袁劲梅接下来向着纵深处的追问思考也同样不容忽略："放弃自由，原来也是一种训练。要是 PTSD 与恐惧感有关；要是恐惧加压力，产生 PTSD。那么，以高于个人的集团利益或权威否定个人的时候，若产生不了集体荣誉感，恐怕就会产生大大的恐惧感。要是我们范水一族人，经历了太多的暴力和灾难，它会不会全族患上 PTSD 呢？"究竟会不会呢？范白苹或者说袁劲梅的发问特别发人深省。令人倍感悲哀的一点恐怕是，答案只能是肯定的，因为不堪的一部历史早已摊开在这里。

又或者，袁劲梅写作《疯狂的榛子》的根本动机之一，就是要强有力地把如此一种令人悲哀的事实揭示出来。

二、政治挤压下的知识分子

尹学芸的《士别十年》与《李海叔叔》，虽然从文体上看属于中篇小说，但对置身于文化冲突中的知识分子精神分裂状态的表现，却足以令人触目惊心。《士别十年》中的"士"，既指小说中的视点性人物郭缨子，也指那位民俗研究所的主任苏了群。十年前的郭缨子，曾经有过一段在民俗研究所工作的经历。那时候的她，真正可谓充满着青春朝气，不仅热衷于诗歌写作，而且个性十足，有着足够自觉的人性尊严。用叙述者的话来说，十年前的郭缨子，"看事物总是一厢情愿，见不得任何形式主义，眼里容不得一粒沙子"。既然容不得一粒沙子，那当然就不可能容忍接受机关一把手季主任的一再骚扰。这样，在得罪了机关的一把手后，郭缨子自然也就陷入了一种必然的孤独状态。这种极端的孤独感，让郭缨子倍觉抑郁。终于，在生吞了30片安眠药自杀未遂之后，父母亲动用一切力量帮助她调动了工作单位，离开了那个民俗研究所。

然而，十年之后出现在苏了群面前的郭缨子，却很显然已经判若两人。离开了民俗研究所之后，郭缨子调入县里一个主管"精神文明"的单位工作。让苏了群倍感惊奇之处在于，当年那位个性十足到不食人间烟火程度的郭缨子，居然脱胎换骨，成了这个"精神文明"单位处理日常事务时简直就是八面玲珑的办公室主任。这一点，集中表现在她喝酒这一细节上。因为在苏了群的记忆中，郭缨子滴酒不沾，所以，眼看着服务员要给郭缨子倒酒，苏了群才会竭力予以阻拦。与苏了群的竭力阻拦形成鲜明对照的，是"郭缨子毫无表情地看着服务员往杯子里斟满了酒，那些透明的液体像泉水一样咕嘟咕嘟往外冒。"能够大口大口地喝酒倒也罢了，关键处还在于，酒场上的郭缨子特别善于领会把握机关一把手魏主任的心思："这种场合郭缨子基本上吃不了多少东西。她得留意观察魏主任的脸。魏主任需要什么不需要什么都要通过脸上的表情来传递。"十年前的郭缨子因为喝酒一事而让季主任下不来台，十年后的她竟然成了魏主任手下相当得力的办公室主任。办公室主任意味着什么？既意味着察言观色，也意味着左右逢源。总之一句话，在现行的社会体制下，一个合格的办公室主任，必须成为一把手肚子里的蛔虫，要能够彻底领会并贯彻领导的全部意图。虽然尹学芸并没有详尽展示十年的时间里究竟发生过哪些故事，但从一位个性十足的年轻人，到一位棱角被完全磨平的办公室主任，我们却完全能够想象得到，郭缨子的精神世界经历过怎样一种惨烈的蜕变与扭曲过程。却原来，作家所谓的"士别十年，当刮目相看"，到头来居然落脚到了这个地方。

　　但需要注意的是，十年后的脱胎换骨人性沉沦者，却并不仅仅只是郭缨子一位，苏了群的人性蜕变，也一样出乎读者的意料之外。在郭缨子的心目中，当年身为民俗研究所副主任的苏了群，同样是一位精神节操的坚守者："那时他还年轻，精干，写的杂文隔三差五上晚报，郭缨子很崇拜他，把他当作自己的偶像。"因为杂文是一种针砭时弊的特定文体，所以，尹学芸的特别强调苏了群写杂文，就意在凸显那个时候的苏了群其实是一位愤世嫉俗的人，是社会弊端的批判者。他们之间精神同构心理的存在，乃是苏了群得以成为郭缨子精神偶像的一个先决条件。因此，在郭缨子看来："老苏是一个好人，是一个仗义执言的人，是一个品德高尚的人。……苏了群有许多优秀品质，在郭缨子的心目中留下了美好的印象。""当年如果苏了群是单位的一把手，郭缨子说什么也不会走。尽管那个单位既无钱也无途。就是因为他不是一把手，郭缨子才义无反顾地换了单位，而且，发誓从此不再回去。"但就是这样一位曾经的精神偶像，十年后再次出现在郭缨子面前的时候，却轰然坍塌了："印象中的苏主任从不是这个样子，他是一个祥和、豁达的人，能容难容之事。……十年不知他经历了怎样的心路历程，让一个原本醇厚的人，改了性情。"苏了群的蜕变，集中表现在他和陈丹果之间的关系上。但在具体分析他们之间的关系之前，我们却必须首先认识到尹学芸在人物形象塑造方面对于一种双重同构关系的特别设定。所谓双重同构关系，就是指十年前的郭缨子，可以被看作现在的陈丹果，而现在的苏了群，则可以被看作是十年前的季主任。正因为敏感地意识到了这一点，所以专门回原单位看望苏了群的郭缨子才会匆匆离去："苏了群，孙丽萍，陈丹果。怎么琢磨怎么觉得那些场景和人物都眼熟。十年倏忽一瞬，今天和昨天不过是彼此复制。也许苏了群说得对，陈丹果是有些像自己。……那么苏了群像谁，像季主任？"于是，"郭缨子的心里'咯噔'了一下，有些疼"。假若说陈丹果像郭缨子说明着郭缨子的人性蜕变，那么，苏了群的像季主任，则显然说明着苏了群的精神沉沦。真正的可怕处就在于，在苏了群从位置上取代季主任的同时，他曾经一度坚持的精神操守也彻底消失不见了。实际上，也正因为苏了群蜕变成为十年前的季主任，不断地骚扰年轻的陈丹果，才会最终致使不甘心就范的陈丹果不幸坠楼身亡。虽然叙述者并没有明确交代陈丹果究竟为何坠楼，但只要我们把苏了群坚持要她来办公室泡茶以及她坠楼前打给郭缨子那长达 50 分钟的电话这两个细节与她坠楼而亡的结果联系在一起，致使她死亡的原因也就自然浮出了水面。

实际上，也正是陈丹果突然坠楼而亡的事实极大地刺激了郭缨子，促使她开始自觉地思考追问苏了群何以会发生前后反差如此之大的精神蜕变："苏了群呢？他的变化又始于何时？""那个遥远的、被自己认为才华横溢、品德高尚的苏了群，有着安静、沉着眼神的苏了群，曾让郭缨子感到很可靠，很安全的苏了群……是在哪里破碎了？"或许是由于叙述视点限制的缘故，作家并未直接给出苏了群究竟为什么破碎以及何时破碎的答案,但却给出了郭缨子自己之所以人性蜕变的答案:"她记起了曾经的自己,那些个写诗的日子,不若尘埃。变化是从哪里开始的呢?她搞不清。""但有一点有迹可循,当年她到了新单位,就下定决心收起所有的锋芒。她不想让父母太担心。她竭尽全力想成为苏了群赞美的那种人,让所有人刮目相看。"事实上,也正是锋芒的这一收敛,使她的人性世界最终蜕变成为现在的这个样子:"只是,收起了锋芒……却绝不是眼下的样子。眼下的样子,就像软体动物,没有骨骼和筋脉……她一直在顺着河水漂流,不知不觉飘出了溢洪道,自己却浑然不知。"这里,显然存在着一种"温水煮青蛙"的可怕效应。在机关工作中曾经严重受挫的郭缨子,进入新单位后本来只是想着能够对自己的锋芒毕露稍有收敛,她根本想不到,久而久之一再妥协适应环境的结果,竟然会蜕变为一个锋芒与个性尽失的"软体动物",会成为一个八面玲珑的办公室主任。依此类推,郭缨子的情况如此,苏了群的情况则也同样会如此。情况的严重性在于,郭、苏两位精神蜕变的结果,居然会是陈丹果坠楼事件的发生。

陈丹果坠楼事件的发生,身为机关一把手的苏了群固然负有不可推卸的责任,但看似与此毫不相干的郭缨子,认真地说起来却也难脱干系。原因在于,坠楼前的陈丹果曾经给只是有过一面之交的郭缨子打过一个长达50分钟之久的电话。正是通过那次意外的通话,郭缨子方才得以了解到陈丹果那如同当年的自己一样置身于民俗研究所的极端艰难困境。尽管郭缨子内心深知陈丹果的坠楼与她在机关的艰难困境密切相关,但等到事发后两个警察前来调查了解情况时,郭缨子却对他们撒了谎。撒谎的原因有二:"首先,她不能给自己找麻烦。给自己找麻烦就等同于给单位找麻烦。她是中层干部,不能成为舆论焦点。其次,陈丹果那一晚纯属胡言乱语,她说了那么多的话,并没有明确的指向。既然她自己都不明确,郭缨子又怎么能把方向提供给警方呢?"为了明哲保身,郭缨子最终以谈论诗歌为由应付搪塞了警方的询问。一直到小说结尾处郭缨子与苏了群意外撞见，她才从苏了群那里了解到自己其实无意间扮演了一个"帮凶"的角色："苏了群说，这不是秘密，大家都知道。案子为啥能结那样快，你的证词证言在关键时刻起了关键作用。"这突如其来的一击，使得良心未泯的郭缨子一下子意识到自身罪恶的存在，顿然陷入强烈自我悔恨之中："她对自己说，他杀，肯定是他杀，你们都是杀人凶手！……我也是杀害她的凶手，我们都是有罪的人！……自己对一个热爱诗歌的人，都做了什么！揣摩动机，提防戒备，没说一句实心话！面对花季生命的猝然消亡，自己落井下石，甚至不敢把真实情况告诉警方，你不是凶手是什么？"作家之所以要在文本中一再强调郭缨子与陈丹果都热爱诗歌写作，强调苏了群曾经是一位杂文高手，显然有着突出的象征意味。究其根本，所谓诗歌写作，所谓杂文高手，都可以被看作是一种个性精神的象征。这样看来，尹学芸《士别十年》最难能可贵的思想艺术内涵，就是真切地揭示了现代官僚体制下人性沉沦蜕变的悲剧。当年曾经以生命捍卫个性精神的"士"，经过了十年的残酷时光之后，不仅没有让人刮目相看，反而彻底沉沦蜕变为锋芒尽失的"没有骨骼和筋脉"的"软体动物"，竟然在无意间扮演了"帮凶"的角色而不自知。从表面上看，悲剧的制造者似乎是诸如季主任与魏主任一类的机关一把手，但无论如何都不能不思考追问的一个问题就是，究竟是谁赋予了季主任、魏主任们手中的生杀予夺大权？就此而言，尹学芸《士别十年》对于现行不合理社会政治秩序的深刻批判意涵，就无论如何都不容轻易忽略。

《李海叔叔》最突出的艺术成就，当然是对于李海叔叔这样一个特定历史时代所铸就的知识分子形象的发现与塑造。虽然叫叔叔，但实际上李海叔叔却并非是"我"的亲叔叔。"我"之所以叫李海为叔叔，乃因为李海叔叔和"我"的父亲是结拜兄弟。而身为知识分子的李海叔叔，之所以会与身为农民的"我"父亲成为结拜兄弟，却又是因为他被打成右派。李海叔叔之所以被打成右派，是因为他在厂里的一次会议上，百般无聊地用烟头烫报纸，没想到，却被人发现在毛主席的头像上烫了个洞。在当时，这样的事情，简直称得上是弥天大罪，甚至都有人为此而吃枪子掉了脑袋。亏得有厂领导包庇，只是以内部处理的方式，让李海叔叔当了个右派。成为右派的李海叔叔，到父亲所在的窑厂"劳动改造"，一来二去居然和身为师傅的父亲有了很深的交情，成了结拜兄弟。既然是结拜兄弟，就少不了会有人情来往。这个过程，都被尹学芸的《李海叔叔》记录了下来。就此而言，《李海叔叔》又可以被看作是一部两个家庭之间的人情往来史。人情往来的过程中，令"我"记忆深刻且念念不忘的，就是李海叔叔那样一种来而无往的"恬不知耻"。所谓"恬不知耻"，就是说在李海叔叔和"我"们家之间长达20多年的交往过程中，除了第一次登门时曾经带过一次奶香味的糖之外，此后的每一次，李海叔叔都要从"我"们家满载而归，带走各种装有粮食的布兜与袋子："于是叔叔走的时候，自行车就像是全副武装一样。车把上，后座上，绑的绑，挂的挂，都是装满了货物的布兜和袋子。"双方的交往，呈严重的不对等不平衡状态。问题在于，李海叔叔这样一个有公职在身的知识分子，何至于如此这般不知廉耻斯文扫地呢？

只有读完全篇，我们才可以搞明白，原来李海叔叔之所以会如此这般，却也有着自己的难言之隐。其一，他的家乡苦梨峪是一个特别贫瘠的偏僻之所："大叔说起那个苦梨峪，大姑娘把筛子当镜子照，草帽底下遮住一块地，全家人穷得盖一床被。"一直到"文化大革命"结束包产到户之后，李海叔叔家里仍然一日三餐都是黄米饭炒倭瓜。在"我"的感觉印象中，"婶婶家则像个荒败的临时客栈，随时准备迁徙或闭门谢客。若不是丫头小子一个比一个漂亮得有生机和活力，这户人家简直可以称作惨淡。"正因为如此，当年刚刚嫁到苦梨峪时的婶婶马爱花，才会哭得"眼睛起了一层皮"。

其二，家乡偏僻贫瘠不说，关键是李海叔叔家还孩子众多。他和婶婶一共育有三男二女五个孩子。一方面是家庭条件差，但在另一方面，李海叔叔却不仅要把五个孩子抚养大，而且还憋着一口气地指望着他们长大后都能够出人头地。两个因素结合之后的一个必然结果，就是李海叔叔只能够不断地来我们家"打秋风"。也因此，自贡哥才会以这样一种方式来评价自己的父亲："老爹有这样那样的毛病，可是一个好老爹，一个伟大的好老爹。上学的事我刚才说了，他常挂在嘴边的一句话是：你们五个都算上，上到哪我供到哪，别管我有钱没钱，就是去偷去抢，我去做恶人。"偷或者抢，倒也没有变成现实，但"恶人"，却实实在在地做了。这个就是不顾颜面地跑到结拜兄弟家"打秋风"的李海叔叔，最起码，在"我"的父亲的心目中，到后来就变成了一个只知索取而不知回报的"忘恩负义"的"恶人"。一个曾经一度被打成右派的知识分子，地处贫瘠之地，硬生生地依靠不知廉耻的"打秋风"的方式把五个孩子都不仅拉扯成人，而且还想方设法让他们最后都走出了苦梨峪那个穷山沟，你说，李海叔叔他不去结拜兄弟家"打秋风"又能怎么办呢?！就此而言，尹学芸的这部小说展示在读者面前的，首先就是一部李海叔叔充满精神屈辱感的生存史。设身处地地想一想，一个大男人，连续20多年，每年的大年初一都要骑着自行车大老远地跑到结拜兄弟家去厚着脸皮去"打秋风"，真的是非常不容易的一件事情。当然了，这里面其实也还潜藏有李海叔叔与"我"们家较劲儿的某种精神无意识。用自贡哥的话说，就是："不怕二妹笑话，我们兄妹几个都参加工作了，老爹还非要跑去你家看究竟，看你们的日子过成了什么样。他这一辈子，算是跟你们家摽上了。"为什么一定要和自己的结拜兄弟家比高低，关键原因还在于李海叔叔内心深处存在着某种根深蒂固的自卑情结。正因为精神长期处于被压抑的状态，所以他才迫切需要通过这种攀比的方式来求得内心的平衡，获取某种精神的尊严。

相比较而言,周大新在长篇小说《曲终人在》中集中透视表现的,乃是"清官"欧阳万彤与社会政治体制之间的矛盾冲突。具体来说,小说的主人公欧阳万彤,在周大新的心目中固然是一个难得的"好官"形象,但笔者所感兴趣的,却是中国的官本位思想与长期官场生活双重因素制约影响下他的一种政治权力人格的形成与固化。首先是中国的官本位思想。这一点,最突出地体现在欧阳万彤的爷爷和奶奶身上。先是爷爷。按照姑妈欧阳兆绣的叙述,在"抓周"的时候,欧阳万彤左手抓住了一把唢呐,右手抓住了一杆画笔。"没想到他爷爷也就是俺爹却很生气,从万彤手上扯过唢呐和画笔扔到了地上,然后把他用白萝卜削刻成的那方官印硬塞到他手上,对一脸糊涂的万彤说:你一个男子汉,喜欢唢呐和画笔算他奶奶的啥出息?你要有种,长大就到官场上去,弄个一官半职,让咱欧阳家也长长脸、换换门风!"仅有"抓周"还不算,为了彻底改换门庭,爷爷还偷偷摸摸地请来风水先生看风水,并且神不知鬼不觉地严格按照风水先生的安排,在欧阳家阴宅的东西南北四侧都各埋了一个能盛一桶水的瓦盆。一直到病重在床眼看着就要诀别人世,爷爷仍然不允许长孙万彤回家探视自己:"别耽误他读书,咱欧阳家日后就指望他哩,只要他能当上官,我在阴间也高兴……"接着,当大学毕业之后的欧阳万彤面对着一边是赵灵灵,一边是县长的女儿林蔷薇这样一种两难选择的时候,深知爷爷心愿的奶奶,不惜老脸,出面毁掉了万彤和灵灵之间的婚约:"你懂个啥?水往低处流,人往高处走,咱不能看着万彤有往高处走的机会再拽着他。咱家世代没有当官的机会,如今有了,咱不能丢!"

然而,说一千道一万,爷爷奶奶所代表着的中国官本位思想终归也还是一种外力,欧阳万彤之所以走上仕途并最终成为省长一级高官,究其根本,其实是其内心坚定选择的一种结果。这一结论,最起码能够得到以下这些文本证据的强力支撑。其一,大学毕业后被分配到公社当秘书的欧阳万彤,在赵灵灵与林蔷薇之间最终做出的两难选择。选择了前者，他就很可能会辜负爷爷关于他当官的殷切期望，选择了后者，他的仕途就很可能顺风顺水一路坦途。虽然在这一艰难的选择过程中，客观上也存在着奶奶助力的影响，但归根结底却也还是欧阳万彤自己做出了最后的决定。倘若他自己既顾忌道德的约束，又在意爱情的美好，那他自然会选择青梅竹马的赵灵灵。但在经历了内心的一番痛苦挣扎之后，他对于林蔷薇的最终选择，却说明欧阳万彤根本就无法拒绝仕途对他的强烈诱惑。

其二，"文化大革命"后考进清河大学历史系读研究生的欧阳万彤对于同乡魏昌山情感道路的巧妙布局。虽然只是对武姿显赫的家庭背景有一种隐隐约约的感觉判断，但欧阳万彤之所以要千方百计地鼓励并协助魏昌山去大胆追求武姿，其根本意图却依然是在为自己未来可能的仕途搭桥铺路打提前战。到最后，欧阳万彤的这一番可谓煞费苦心的政治投资果然在其仕途的若干关键处派上了大用场。一次是他担任天全市委组织部副部长职务两年后，西恭县县长缺位，依托于魏昌山岳父的干预，欧阳万彤得以顺利上位。再一次，是他担任天全市市长期间，妻子林蔷薇受贿被捕，他也受牵连被免职。眼看着大厦将倾，这个时候，依然是魏昌山的岳父出面，"向一个大领导求了情，这才有了万彤后来的复职……"最后一次，则是在他由省委副书记转任省长的时候，考察组听到了一些对他不利的意见。当此关键时刻，端赖已经成为将军的魏昌山出面为他在京城四处游说转圜，他才如愿以偿地成了清河省的省长。道理说来也非常简单，若非在政治上有着成就一番大事业的绝大"野心"，欧阳万彤又怎么可能那么早地就为未来的仕途精心设计呢？！

其三，当他的前妻林蔷薇因为受贿而锒铛入狱并主动提出离婚的请求之后，他虽然一再拒绝一再迁延但最终还是同意离婚。按照林蔷薇自己接受采访时的说法，她之所以要执意离婚，乃是因为清醒地意识到商人简谦延他们是"项庄舞剑"，意在万彤："办案人员在审讯我时，有意把事情往万彤身上引，这引起了我的警惕，我意识到，他们的目的在万彤。"正因为明确意识到了这一点，所以林蔷薇才会在接受审讯的过程中千方百计地设法保护欧阳万彤。需要我们加以认真考量的一个问题，是欧阳万彤在这个突发事件中的应对姿态。面对着林蔷薇的离婚请求，欧阳万彤虽然一开始并不同意，但最终却还是放弃了自己的坚持。如此一种细节处理方式，再加上此前欧阳万彤的抛弃赵灵灵，在女性主义者看来，凸显出的自然是一种潜在的男权意识无疑。但笔者对所谓的男权意识并无太大的兴趣，相比较而言，笔者更感兴趣的，却是强大的政治权力对于欧阳万彤正常人性世界的扭曲与戕害。毫无疑问，不管是对两小无猜的赵灵灵，还是对结发妻子林蔷薇，欧阳万彤最终扮演的都是令人不齿的背叛者形象。而导致他一再背叛的根本原因，就是他个人所谓的政治前程。早在很多年前，孔子就已经在强调"父为子隐，子为父隐，直在其中矣"的合理性，到了当下时代，欧阳万彤却为了个人的政治前程而弃基本的亲情伦理于不管不顾。一言以蔽之，如此一种不堪状况的最终形成，所充分说明的，正是政治权力所拥有着的巨大魔力。赵灵灵的无端被弃，固然让人唱叹不已，但相比较来说，欧阳万彤与林蔷薇的分手，细细想来却更是令人胆寒齿冷。共同生活多年的发妻不惜自己身陷囹圄也要拼全力保护丈夫，而身为市长的丈夫为了保住自己的官位却可以接受发妻的离婚请求，两相对照，我们便不难感觉到政治权力所具有的强大诱惑力。他的亲生儿子欧阳千籽，一直到他去世之后都坚持不肯原谅他，其根本原因也正在于此。大约也正是因为周大新意识到了混迹于官场中的欧阳万彤存在着精神迷失的状况，所以他才会特别地在主人公的私人保险柜里留下一幅画和一张唢呐独奏曲《百鸟朝凤》的简谱。我们都知道，欧阳万彤不仅"抓周"时曾经一手抓唢呐，一手抓画笔，而且少年时也对这两门手艺颇为精通。这样看来，周大新之关于欧阳万彤私人保险柜的设定也就颇具深意了。倘若说欧阳万彤的官宦生涯意味着他的某种精神迷失，那么，这幅画与这份音乐简谱的被刻意珍藏，很显然就象征着欧阳万彤一种自我反省批判之后的人性回归。

但是且慢，关于欧阳万彤这一颇具人性深度的人物形象，我们还必须注意到其人性构成中某种悖论状况的存在。作为周大新精心塑造刻画的一位理想化的官员形象，欧阳万彤的个人品质中被赋予了诸多"高大上"的成分。比如，从不以权谋私。即使是面对着发妻林蔷薇，面对着曾经有恩于自己的魏昌山，面对着姑妈欧阳兆绣，他也一样坚持原则毫不容情。再比如，不贪恋钱财女色。不管行贿者采用怎样形形色色的送礼手段，也无论围绕在他周围的女性怎样地搔首弄姿卖弄风情，他都能够做到心如止水。这方面唯一的一次失态，就是在酒后和豫剧演员殷菁菁有过一次接吻拥抱的"越轨"之举。如此一位严格自律的官员，在任用下级干部的过程中自然不可能遵循什么"潜规则"行事。然而，耐人寻味的悖论问题也正由此而生成。一方面，欧阳万彤在干部任用问题上一贯的坚持原则，真正可谓有口皆碑，但另一方面，他自己仕途上的若干关键处，却是端赖于"潜规则"方才涉险过关的。一次是提升县长，另一次是市长的复职，还有一次则是升任省长。只要对官场政治稍有了解的朋友，就都会清楚这三次职务变动对于一心仕途的欧阳万彤来说有多么重要。不容忽略的一点是，他的这三次关键性职务变动，全都是魏昌山的岳父或者魏昌山自己鼎力相助的一种结果。就这样，自己的职务行为对于"潜规则"毫不容情，但自己的关键性职务变动却又端赖于"潜规则"的作用，两相对照，二者之间一种悖论意味的存在，就是显而易见的事情。能够在《曲终人在》中不动声色地发现这种悖论并把这悖论现象生动地呈现出来，所充分显示出的，正是小说艺术上极其鲜明的一种反讽色彩。现在的问题是，笔者不知道周大新自己是否已经清醒地意识到了这一悖论现象的存在，笔者也更不知道倘若他清醒地意识到了这一点之后又会对此作何解说。就笔者个人的理解而言，此种悖论现象的生成，与当下时代中国不尽合理的社会政治体制之间或许存在着不容剥离的内在关联。本来依靠着"潜规则"方才得以成功上位的一位官员，在自己的施政过程中却企图彻底摆脱这种"潜规则"的控制与影响，欧阳万彤的为官之道本身就注定了他生命中必然的悲剧色彩。从这个角度看来，周大新在《曲终人在》中对于欧阳万彤悲剧性政治权力人格的深度透视与表现，就在很大程度上意味着对于不合理社会政治体制的批判性反思。

三、阶层分化与乡村严峻现实

同样是一位现代知识分子，徐则臣的长篇小说《王城如海》借助于余松坡这一形象所尖锐揭示的，却是当下时代无法否认的残酷阶层冲突与阶层分化现实。与现实的罪恶相比较，徐则臣在《王城如海》中用力更甚的，还是他借助于余松坡和余佳山之间恩怨纠葛的描述展示而强力揭示出的历史罪恶。应该承认，徐则臣关于历史罪恶的艺术设置，首先让我们联想到了他此前那部厚重的长篇小说《耶路撒冷》。在《耶路撒冷》中，景天赐的自杀，成了初平阳、易长安、杨杰、秦福小他们四位终生都无法摆脱的罪感记忆。因为此种罪感记忆发生作用的缘故，这几位 70 年代生的人一直走在自责、忏悔以及精神救赎的路途上。从某种意义上，一部《耶路撒冷》，正是他们自我忏悔与精神救赎的真切记录。到了《王城如海》中，徐则臣同样以其特别熟练自如的精神分析方法，挖掘表现着主人公余松坡永远都无法摆脱的罪感记忆。两相比较，假若说《耶路撒冷》中的景天赐之死多多少少显得有点夸大其词且未能落到历史的实处，那么，《王城如海》中余佳山所遭受的冤屈，就很明显地落到了实处，与 20 世纪 80 年代末那场影响巨大的社会政治事件之间存在着不容剥离的密切关系。这个话题，必须从余松坡的梦游症开始。早在罗冬雨准备进余家做保姆的时候,祁好就已经明确交代余松坡有着颇严重的梦游症:"梦游。祁好的说法。她说遇到重大刺激或情绪动荡,余松坡会在后半夜梦游。放心,我们家老余不伤人,要伤也只会伤自己。《二泉映月》能治。所以,这就是留声机的秘密。"在长达四年多的保姆生涯中,罗冬雨果然数次领教过余松坡的梦游症发作状况。其中,非常严重的一次,是他居然把书房折腾成了"一片书籍的废墟和坟场":"椅子倒了,书桌歪了,文具和纸张散落一地。临时小书架倾斜,一些花瓶和小饰品,以及来自世界各地的工艺品面具,碎的碎,倒的倒,压在书上或被书压在底下。"如此一片狼藉,罗冬雨一个人根本收拾不过来,只好找弟弟罗龙河来帮忙。没想到,不帮不要紧,这一帮,就使得罗龙河有机会一窥余松坡"我的遗言"中所隐藏的个人隐私。这一窥,也就彻底打开了余松坡之所以会屡屡梦游的精神症结之所在。却原来,余松坡的梦游症,与他的堂哥余佳山之间,存在着紧密的内在关联。

早在27年前的1989年,出生在苏北余家庄的余松坡,意外高考落榜。因为觉得再度复读特别丢人的缘故,余氏父子遂决定谋一条当兵的出路。余松坡要想当兵,遇到的最大竞争对手就是堂哥余佳山。这余佳山,除了念书无法和余松坡相比之外,其他各方面的条件都明显优于余松坡。用余松坡在"我的遗言"中的话说:"他在村庄里的口碑,他和街坊邻居的关系,甚至他的身体素质,都比我有更大的胜算。"怎么办呢?在村长的授意之下,余氏父子决定在余佳山曾经从北京带回的传单上做一点告密文章。"那个时候我们在余家庄,尚不知一九八九年春夏之交的那场大事件意味着什么,更不会明白一九八九年到一九九一年发生的东欧剧变和苏联解体,对整个世界的局势将产生多大的影响。我们是一帮靠天吃饭、盯着饭碗过日子的农民,政治和我们的距离比北京到余家庄还要远。"关键的问题是,余家庄人虽然不懂政治,但却知道在那个诡异的春夏之交，余佳山不仅在北京参加"非法集会"，还混同于一帮大学生之中骗吃骗喝。等到形势逆转之后，匆匆忙忙逃窜回余家庄的余佳山，"即便穷途末路，还不忘夹带反动传单"。为了得到余家庄唯一的一个当兵机会，利令智昏的余氏父子，暗中向公安机关举报了余佳山。他们的本意不过是为了阻止余佳山当兵，没想到，到头来，公安机关竟然判处了余佳山长达15年的有期徒刑。而且，等余佳山15年之后从狱中被释放的时候，他已经被折磨成为一个精神错乱以至四处漂泊的流浪汉。尽管说余松坡后来放弃了当兵的机会，重新复读一年后考上了大学，但大错却毕竟已经铸成。后来，余松坡之所以执意要逃离北京、逃离中国到美国去留学，正是为了能够稍稍忘却历史："九十年代初中期，历史还在眼前，北京墙上残存的坑坑洼洼和漫漶的标语，以及人们私下口耳相传的秘闻，时时提醒我：我是一个帮凶，曾将一个无辜者送进了监狱。"却原来，早在27年前，余松坡自己就曾经扮演过可耻的告密者角色。与余松坡当年的告密相比，韩山后来的告密，简直就是小巫见大巫了。

问题在于，人虽然远远地逃到了美国，但在余松坡的内心深处，却时时都无法忘怀自己曾经的罪恶："对那段历史了解得越多，我越感到此事得复杂。不管当时得初衷是什么，显然已不能再以简单得善恶视之。它既与善恶有关，又与个体生命有关，也与历史和正义有关。也许如此无限地放大没有意义，但一想到我曾在浩大的历史中对一个人伸出卑劣的告密之手，我就惶惶不可终日。很多个噩梦里，我都试图砍掉这只正在书写遗言的右手，它曾工整地写出一封举报信。"这可真的是"人之将死，其言也善"，余松坡之所以会写下这份遗言，并在其中表示真切的忏悔之情，乃是因为他自己被误诊为不治之症的缘故。与余松坡在"我的遗言"中那样一种不无真切的忏悔之情形成鲜明对照的是，等到他多年之后真的再次与已经成为流浪汉的余佳山再度相逢的时候，这个忏悔者，反而变成了一位怯懦无耻的逃避者。也正是在这个意义上,我们认为,罗龙河对于余松坡所发出的那种怀疑和诘问是特别合情合理的:"难道有好几个余松坡同时存在?开车时与自己交流戏剧的余松坡,在遗书里罪孽深重的余松坡,和鹿茜抱在一起的余松坡,还有那个发起火来把书房砸得一塌糊涂的余松坡。"其实,也还有那位果真面对余佳山时只知一味逃避的叶公好龙式的余松坡。很大程度上,只有以上各个余松坡整合在一起的那个余松坡,恐怕才是具有多重复杂性的真正意义上的余松坡。徐则臣《王城如海》突出的艺术成就之一,很显然也正是对于余松坡这一现代知识分子形象的发现与人性挖掘。然而,实际的情形却是,你越想逃避,就越是逃避不了。在现实中逃避了的,在梦游状态中却无论如何都逃避不了:"在很多梦里,他在逃亡、忏悔、辩解、嘘寒问暖。别抓我,不是我。对不起,是我害了你。他们怎么会把你打成这样?你吃得饱吗?衣服够不够穿?在梦里他说了很多话。"毫无疑问,余松坡的这些梦话所隐隐约约透露出的,正是其内心深处某种无法缓释的精神情结。事实上,也正是因为此种精神情结作祟的缘故,所以余松坡才会变成一个症状特别严重的梦游症患者,而且,只有他从小就聆听着的《二泉映月》方才能够使他的梦游症或者说精神紧张状态稍有缓解。也因此,如果说罗龙河与罗冬雨他们的失手致伤祁好固然是一种罪恶,那么,余松坡当年最终致使余佳山精神错乱的告密行径,就更是一种不可饶恕的罪恶。尤其值得注意的是,《耶路撒冷》中的初平阳们一直在默默地行走在自我精神救赎的路途上,而《王城如海》中的余松坡,却是一方面忏悔着,一方面逃避着。对这一现代知识分子形象的敏锐发现与深度塑造,充分说明徐则臣在对人性开阔与纵深度的理解上又取得了新的进境。

与徐则臣更多关注阶层的分化现实有所不同,贾平凹在长篇小说《带灯》中却主要呈示带灯这样一位挣扎于务实的理想主义品格和污浊不堪的乡村社会现实之间的小镇公务员形象。虽然贾平凹此前就曾经有过数部径直以人物形象命名的小说作品,但细致分析一下,我们却不难发现,带灯这一女性形象,确实是贾平凹笔下饶有新意的一个人物形象。根据叙述者的交代,带灯是一位中专生,是某一个农校的毕业生。她之所以来到樱镇镇政府工作,主要因为她丈夫就是樱镇人,在镇小学工作。尽管没有做过明确的交代,但带灯毕业时居然还存在分配一说,就不难判断出,她最早来到樱镇工作的时候,应该是在 20 世纪 90 年代的末期。因为差不多从进入新世纪开始,不要说中专生,就是大学生、研究生,国家也都不再统一分配工作了。带灯虽然只是一个普普通通的中专生,但却在骨子里拥有一种非同于流俗的出淤泥而不染的精神气质。大约也正因为如此,所以才多年不得提拔:"萤从那以后,没事就在她的房间里读书。别人让她喝酒她不去,别人打牌的时候喊她去支个腿儿,她也不去,大家说她还没脱学生皮,后来又议论她是小资产阶级情调,不该来镇政府工作的,或许她来镇政府工作是临时的,过渡的,踏过跳板就要调到县城去了。可她竟然没有调走,还一直呆在镇政府。呆在镇政府过了一年又过了一年,萤读了好多的书。"尽管只是简简单单的一种概括性介绍,但一个很有个性的青年女性形象,已经出现在读者面前。好读书、不喝酒、不打牌,而且又谈不上什么后台,这几个因素结合到一起,就注定了带灯只能够以普通干事的身份"呆在镇政府过了一年又过了一年","差不多陪过了三任镇党委书记、两任镇长,已经是非常有着农村工作经验的镇政府干部了"。实际上,也正是这个过程中,乡镇政府的工作重心逐渐地由以前的"催粮催款和刮宫流产"转移到了"维稳"上面。把贾平凹在小说中的这种描写与现实社会对照一下,就可以发现,所谓"催粮催款和刮宫流产",正是 20 世纪末 21 世纪初乡镇政府的工作重心,而"维稳"则在近些年才开始取代前者成了新的工作重心。因为带灯当年曾经帮过新任镇长的忙,当然也因为新任镇长内心里对于带灯有某种欲求,所以,就力荐带灯担任了新成立的综治办主任。而综治办最重要的工作内容，就是"维稳"。就这样，个性化十足的"不合时宜"的带灯，拥有了一个体现自身价值的历史舞台。她出色的工作能力与丰厚深邃的人性内涵，也正是在完成"维稳"工作的过程中，才获得了一种充分的展示机会。

　　从本质上说，带灯是一位具有坚定务实品格的理想主义者。或者说，带灯是一位好人形象。熟悉小说写作规律的朋友都知道，某种意义上，塑造一个恶人，或者一个善恶参半的人物形象易，但要想塑造一个具有理想主义精神内涵的好人却很难，尤其是还得让读者真正地信服接受。但，贾平凹在《带灯》中却相当完满地做到了这一点。作为一位富有经验的乡镇综治办工作人员，带灯非常熟悉乡村现实生活状况，差不多在全乡镇的每一个村寨，都有自己十分要好的"老伙计"。有了这些"老伙计"的普遍存在，不仅使得带灯能够及时深入地了解乡村世界的真实情况，更是为她以尽量化解矛盾稳控上访者为基本目标的"维稳"工作提供了诸多便利条件。说实在话，在带灯身上，几乎很难看到当下时代乡镇干部身上所普遍存在着的贪污腐化与工作懈怠状况。在这一方面，带灯（当然也包括竹子）与樱镇镇政府的其他一些工作人员，可以说形成了极其鲜明的对照。由于上访者大都身负冤屈，也由于他们大都有着一种上访不成誓不罢休的执拗个性，所以，"维稳"工作难度极大。虽然工作难度大，也并非最后的决策者，但带灯她们在具体的工作过程中，却一直坚持以一种温和说理的方式苦口婆心地试图化解种种社会矛盾。关于这一点，只要把带灯她们对待上访者的态度，与前面已经提及的非人性的简单粗暴稍作对比，我们即可有一目了然的认识。面对着王随风，当村长他们把王随风当作"敌人"、当作"猪"对待的时候，"带灯说：心慌得很，让我歇歇。却说：你跟着下去，给村长交待，才洗了胃，人还虚着，别强拉硬扯的，也别半路上再让跑了。"与侯干事他们以种种令人发指的非人方式折磨王后生形成突出对比的是，带灯反复叮咛："去了不打不骂，让把衣服穿整齐，回来走背巷。"以至于侯干事对此很是无法理解："咱是请他来赴宴呀?!"所有这一切，当然也包括带灯她们主动帮助那些因为在大矿区打工而患上矽肺病的农民的行为，都充分地凸显着带灯身上一种难能可贵的人道主义悲悯情怀。同样给读者留下了深刻印象的是，到了小说情节的高潮处，面对着手持凶器大打出手的元家和薛家兄弟，当其他在场者都唯恐避闪不及的时候，不顾自己的身家性命，依然挺身而出阻止械斗者，只有带灯和竹子："带灯和竹子压根没想到又一场殴打来得这么快，打得这么恶，要去阻止，已不能近身，就大声呐喊：不要打！谁也不要打！……带灯跑到院门口，抱了个花盆就扔到了门槛上，想着使拉布和元老四打不成""带灯是急了，跳到了院子中间，再喊：姓元的姓薛的，你们还算是村干部哩，你们敢这样打?!我警告你们，我是政府，我就在这儿，谁要打就从我身上踏过去！""带灯被甩到厨房台阶上，头上破了一个窟窿，血唰地就流下来。"只要读一读这些惊心动魄的场景描写，你就不难体会到带灯她们的挺身而出阻止械斗，究竟需要具有多大的勇气和胆魄。在这个过程中，一种富有牺牲色彩的理想主义精神的支撑就完全是必要的。

  小说中，贾平凹曾经以带灯自己的口吻讲过这么一句话："或许或许，我突然想，我的命运就是佛桌边燃烧的红蜡，火焰向上，泪流向下。"虽然不能用所谓一语成谶的成语来加以评价，但非常明显，带灯这句话确实在很大程度上可以被看作是她这样一个坚韧的理想主义者悲剧命运的真切写照。实际上，也正是在这个意义上，我们才可以理解贾平凹在小说后记中的如下一些话语："所以，我才觉得带灯可敬可亲，她是高贵的，智慧的，环境的逼仄才使她想象无涯啊！我们可恨着那些贪官污吏，但又想，房子是砖瓦土坯所建，必有大梁和柱子，这些人天生为天下而生，为天下而想，自然不会去为自己的私欲而积财盗名好色和轻薄敷衍，这些人就是江山社稷的脊梁，就是民族的精英。""地藏菩萨说：地狱不空，誓不为佛。现在地藏菩萨依然还在做菩萨,我从庙里请回来一尊,给它献花供水焚香。以前从来没有注意过土地神,印象里胡子那么长个头那么小一股烟一冒就从地里钻出来,而现在觉得它是神,了不起的神,最亲近的神,从文物市场上买回来一尊,不,也是请回来的,在它的香炉里放了五色粮食。"很显然,理想主义者带灯,就是贾平凹这里所说的地藏菩萨,就是土地神。

说到带灯,我们还必须注意她的命名问题。不能不承认,贾平凹在这一人物的命名问题上真的是做足了文章。带灯的名字本来单名一个萤火虫的"萤"字,她后来自己对这个名字不满意,就把它改成了"带灯"。"读到一本古典诗词,诗词里有了描写萤火虫的话:萤虫生腐草。心里就不舒服,另一本书上说人的名字是重要的,别人叫你的名字那是如在念咒,自己写自己的名字那是如在画符,怎么就叫个萤,是个虫子,还生于腐草?她便产生了改名的想法。但改个什么名为好,又一时想不出来。"忽一日,工作之余,带灯看到萤火虫在飞:"萤就站起来要到门前去,却看见麦草垛旁的草丛里飞过了一只萤火虫。不知怎么,萤讨厌了萤火虫,也怨恨这个时候飞呀什么呀飞!但萤火虫还在飞,忽高忽低,青白色的光一点一点的在草丛里,树枝中明灭不已。萤忽然想:啊它这是夜行自带了一盏小灯吗?于是,第二天,她就宣布将萤改名为带灯。"关键在于,这个改名的过程,贾平凹有着一种深刻的象征内涵寄予其中。萤火虫尽管很弱小,但它却一直默默无闻地努力向这个充满苦难的世界输送着光明与温暖。在这个意义上,小说中的带灯,就特别类似于自然界的萤火虫了。以此对应于小说文本,带灯这一人物,不也正像萤火虫一样一直努力以自己的默默奉献给那些苦难民众带去温暖与安慰么?!既然说到萤火虫,那我们就应该注意到小说结尾处关于萤火虫阵描写的强烈隐喻性。"带灯用双手去捉一只萤火虫,捉到了似乎萤火虫在掌心里整个手都亮透了。再一展手放去,夜里就有了一盏小小的灯忽高忽下地飞,飞过芦苇,飞过蒲草,往高空去了,光亮越来越小,像一颗遥远的微弱的星。竹子说:姐,姐!带灯说:叫什么姐!竹子顺口要叫主任,又噎住了,改口说:哦,我叫萤火虫哩!就在这时,那只萤火虫又飞来落在了带灯的头上,同时飞来的萤火虫越来越多,全落在带灯的头上、肩上、衣服上。竹子看着,带灯如佛一样,全身都放了晕光。"必须承认,这是《带灯》中最感人的一段文字。这一段文字极富感染力地以一种象征隐喻的方式传达出了带灯那样一种如佛一般自我牺牲而普度众生的高远精神境界。

要想更好地把握带灯这一形象,我们还不能够忽略她那饱满丰富的精神情感世界。虽然说带灯之所以要到樱镇镇政府工作,与自己的丈夫有直接关系,但从她的日常生活状态来判断,她和丈夫之间的感情关系其实存在着很大的问题。否则,就不可能长期分居,而且,丈夫仅有的一次露面,也是充满着吵架的声音。那么,带灯那种精神力量的源泉,究竟从何而来呢?这就必须得提到她写给元天亮的那些短信了。元天亮是《带灯》中一位虽然一直都没有出场但却位置特别重要的人物。元天亮是樱镇人,是元老海的本族侄子,就连元黑眼他们也都得叫他叔。这个人既能够写书又能够做官,可以说既是作家,又是政府官员。按照小说中的介绍,尽管元天亮未出场,但他却凭借自己的影响力给家乡做过一些事情。但我们这里之所以要特别提及元天亮,却是因为他和带灯之间的关系。其实,他们俩从来就没有见过面,说是关系,也只是带灯一种带有自我幻想色彩的一厢情愿。因为读过不少元天亮的作品,而且也知道元天亮就是樱镇人,所以,带灯一时冲动就给自己的崇拜者发了一条短信,没想到居然还收到了元天亮的回复。就这样,不间断地给元天亮发短信,就成为带灯精神生活中非常重要的一项内容。以至于,带灯发给元天亮的短信,俨然构成了《带灯》中极其重要的一条结构线索。这里要强调的是,元天亮的存在对于带灯精神情感生活的重要性。尽管说只是带灯个人的一种情感意愿,但毫无疑问地,这样一种臆想出的情感联系,实际上构成了带灯一个特别关键的精神支柱。很大程度上,这位看似柔弱的女性形象,之所以有足够的勇气面对现实中的生活苦难,端赖元天亮这位自始至终都未出场者在精神上所提供着的强力支撑。有了这样一个潜隐性人物的存在,就使得带灯的理想主义特质拥有了更充分的艺术说服力。

当然,说到带灯的理想主义,我们还必须注意到这种理想主义与污浊现实之间的一种复杂关系。某种意义上,如此一种复杂关系,完全可以用莲花与淤泥的关系来作比。一方面,莲花固然"出淤泥而不染",但另一方面,如果没有淤泥,那莲花又究竟该从何而来呢?要想很好地理解这一点,小说中关于镇政府的那条白毛狗的描写,就可以说是极有象征深意的。带灯初到镇政府工作时,那条狗还是一条杂毛狗。因为带灯特别爱干净,所以就给狗洗澡:"萤已经和这条杂毛狗熟了,她一招手狗就过来,她要给狗洗澡。"没想到的是,带灯这一洗,还真是洗出了一个奇迹,那条狗居然变成了一条白毛狗:"这条狗的杂毛竟然一天天白起来,后来完全是白毛狗。大家都喜欢了白毛狗。"不能忽略这条白毛狗与带灯之间那样一种如影随形的象征关系。小说中,只要带灯出现处,相伴者差不多都少不了竹子和白毛狗。令人惊异的是,等到带灯因为械斗事件受到处分之后,这条狗的白毛居然也同时发生了变化:"天开始凉了,人都穿得厚起来,镇政府的白毛狗白不再白,长毛下生出了一层灰绒。"带灯惨遭悲剧性命运的时候,连白毛狗也不再白了,真的是天人感应了。实际上,从象征隐喻的角度说,写狗也就是写人,通过一条白毛狗的描写,曲尽其妙地折射表现带灯理想主义与污浊现实之间的复杂关系,所充分体现的,也仍然是贾平凹一种异乎寻常的艺术表现功力。

第六章

激情理想型文化人格与当代文学人物形象

理想主义与现实主义是相对的一组概念，与现实主义注重客观和物质相比，理想主义明显更注重于主观与精神。由于有着深信不疑的信念，理想主义者往往能够保持一种昂扬勃发的斗志与燃烧不息的热情。真正的理想主义者并不满足于让自己的理想仅仅停留在幻想阶段，而是积极地付诸实践，以推动现实向更为理想的方向发展。在改造现实的过程中，必然会遇到重重阻碍与困难，但即使在残酷现实的侵袭面前，不少理想主义者依然能够保有其赤诚的信念和坚韧的斗志，"虽九死其犹未悔"。所以，理想主义又往往能够催生出慷慨悲壮的英雄。不管最终成功与否，他们的壮举往往会被定格、被铭记，会激励其他理想主义者为理想而左冲右突。值得注意的是，由于青年人的思想较少受到现实的侵蚀磨损，对并未深度介入其中的社会现实又有着诸多美好的憧憬和幻想，所以理想主义自然多见于青年中。正所谓"初生牛犊不怕虎"，青年略带莽撞的勇敢也让理想主义绽放出青春不败的绚烂之光。

就近现代的中国历史来看，不管是最初的改良者，还是其后执着于救治国民精神的思想启蒙者，或者激进的社会革命者，他们无不是有着坚定信念的理想主义者。由于各自的成长经历和教育背景的差异，这些理想主义者针对改造中国而提出的方案也是迥然有别的。但很明显的是，尽管他们理想主义的出发点和最终目的通常都不完全是个人而是偏向群体的，我们还是能够发现不同理想者之间鲜明的个人印记。而随着20世纪30年代革命话语在中国知识界取得主导地位，通过革命手段来求得中国的改变成为当时最为进步的救国模式，偏于个人化的理想主义也逐渐被整合而趋于同一。中国在经受了长期的帝国主义入侵之后，取得了抗日战争的胜利，结束了半殖民的社会状态。之后内战的结束以及全新的民主国家的建立，让饱受战乱之苦的人们感到由衷的欣喜。在战后的恢复建设中，社会上普遍充溢着希望与激情的理想主义情绪。主张革命的中国共产党的执政，使其指导思想——马克思主义——逐渐上升确立为主导全民思想的国家意识形态。这样,包括文学等各领域也实现了"我们"话语对"我"话语的取代,马克思所指出的通过社会主义最终抵达共产主义的历史推论被视作历史发展的必然,实现共产主义也被设定灌输成为全民理想。中国由此成为共产主义乌托邦的试验场,开始了对社会、政治、经济,乃至人本身的改造。在这种情况下,理想主义激情既是客观存在着的较为普遍的社会情绪,而且由于其本身所具有鼓动与激励的作用,所以也是被国家层面肯定和提倡的建设社会主义所必须具备的精神风貌。

  与中国的这种情况极为相似的是苏联。苏联是世界上第一个社会主义国家,作为社会主义阵营的"老大哥",其建设与发展社会主义的经验无疑对其他后起国家产生了极为重要的影响。中华人民共和国成立初期,实行"一边倒"的外交政策,自然紧随苏联之后,在各个领域积极地向苏联取经学习,这种亦步亦趋的学习一直持续到50年代末。与中华人民共和国成立初期普遍存在理想主义激情一样,苏联的建立也激发了理想主义情绪的产生:"苏联政权作为20世纪人类历史上的一个新的政体,从一开始便具有鲜明的理想主义色彩。毕竟,这是世界上第一个无产阶级专政的国家,是第一个向全世界宣告消灭了人剥削人的制度的崭新的国家,承载了无数向往自由与平等的人的期望的国家。它的出现让世人对人类的光明未来寄予了无限的遐想。十月革命后苏联高昂的理想主义激情便是最好的明证。"[①] 一个全新的充满希望的社会主义国家的建立,给人们带来了无限的憧憬,而政治上所高扬的理想主义也极大地影响到了当时的社会情绪:"将人类几百年来不灭的理想主义理想变成了全社会的实践,一方面的确激发了人们美好的理想主义激情,另一方面,也会在个别极为特殊的历史阶段上使美好的理想主义情

---

① 董晓. 理想主义:激励与灼伤——苏联文学七十年 [M]. 上海:上海人民出版社,2009:2-3.

感在某种程度上受到灼伤，使社会主义实践遇到某些挫折，因为这一社会化的理想主义精神不同于以往的个人的理想主义理想，它更多地体现出欲将美好的理想主义理想现实化的美好愿望。20世纪以前的理想主义理想（无论是西欧的还是俄国的），大都表现为知识分子对现实世界的精神上的否定，知识分子以其理想主义的幻想寄托他们作为个人的理想追求，理想主义精神体现了知识分子独立的思想个性。但是，20世纪，随着十月革命的胜利，原本属于知识分子个人话语的理想主义精神为全社会所推崇，并作为一种现实的政策在全社会加以实施，那么，原先的理想主义精神就不再作为对现实的超越而与全社会的主流思想合一。社会化的理想主义理念本身是充满了崇高的理想主义激情的，但也应当看到，理想主义激情并不总是能够在历史实践当中为人们谋得幸福，在某些特殊的历史氛围中，它可能会具有某种悲壮的性质，在某些特殊的历史时刻，人类甚至会由此而受到理想主义激情的灼伤。"[1] 这种理想主义的"激励"与"灼伤"的情况，在中国的社会主义建设中也有着极为典型的体现。

一、理想的灼烧与激情的消亡

中华人民共和国成立后对苏联亦步亦趋的学习并不是仅仅局限于政治和经济建设等方面，在文学等其他领域也有着极为典型的体现。"一边倒"的对外政策导向了文化上的"苏联中心主义"。当中国将苏联"社会主义现实主义"奉为创作圭臬时，同时也就必然继承了这一概念所带来的对文学本身的损害，大量公式化、概念化作品的出现就是明证。政治上的依附带来了文学上简单粗暴的"拿

---

[1] 董晓. 理想主义：激励与灼伤——苏联文学七十年[M]. 上海：上海人民出版社，2009：3.

来"与复制,这种亦步亦趋的学习关系并非健康自然,因为两国的文学关系与政治有着极强的关联性,那么政治生态的不稳定,也就注定了文学关系的脆弱。

苏共二十大对斯大林的批判造成了社会主义阵营的动荡,苏联在社会主义阵营中的权威形象受到了折损。随着对斯大林个人崇拜的批判,文学领域亦随之出现了"解冻"的缓和气氛。而这一形势,也必然极大地影响到了包括中国在内的其他社会主义国家。赫鲁晓夫对斯大林个人崇拜的批判,发泄了毛泽东对苏联的忌惮与不满,苏共二十大无疑为毛泽东的"反叛"提供了极佳的契机。毛泽东在谈论赫鲁晓夫的秘密报告时说:"现在看来,至少可以指出两点:一是他揭了盖子,一是他捅了娄子。说他揭了盖子,就是讲,他的秘密报告表明,苏联、苏共、斯大林并不是一切都是正确的,这就破除了迷信。有利于反对教条主义,探索在我们国家里建设社会主义的道路。说他捅了娄子,就是讲,他作的这个秘密报告,无论在内容上或方法上,都有严重错误。"① 所谓"探索在我们国家里建设社会主义的道路",暗含了毛泽东摆脱苏联影响、求得中国自主的愿望。这种探索的最终结果即是"大跃进"和"人民公社"运动。按照沈志华的分析,"大跃进"明为超英赶美实则是要赶超苏联,而"人民公社"则是为了配合"大跃进"而"加快改变生产关系,提前过渡到共产主义"②。在文学领域,先是受到苏共二十大的影响,而出现了短暂的政治气氛较为宽松的"百花时代",王蒙的《组织部来了个年轻人》就是"百花时代"最具代表性的作品之一。但遗憾的是,仅一年多的时间后,这一文艺的春天就戛

---

① 洪子诚. 问题与方法:中国当代文学史研究讲稿 [M]. 北京:北京大学出版社,2010:6-7.
② 沈志华. 中苏关系史纲(1917—1991) [M]. 北京:新华出版社,2007:237-240.

然而止，紧随其后的是大规模的反右运动。最终取代"社会主义现实主义"的，并非"百花时代"试图接续"五四"的"人道主义"和"现实主义"的创作原则，而是"两结合"——革命的现实主义与革命的浪漫主义相结合。"两结合"与"社会主义现实主义"并无本质不同，都将"真实"视为所谓本质的真实，而非作家在生活中切实感受到的真实，且都注重文学的宣传鼓动及教育作用。不同之处在于，与"社会主义现实主义"相比，"两结合"更突出强调了其含义中的"浪漫主义"的一面，这与当时高扬人改天斗地的主观力量的社会气氛是相一致的。当然，对这种"浪漫主义"的提倡也带来了严重的后果，而且"以感性的而非理性的浪漫主义幻想来取代对现实的理性观照，在理想主义激情的张扬中失却了对当下现实中的人的人道主义关怀"①。

王蒙的《组织部来了个年轻人》诞生于政治气氛较为宽松的"百花时代"，这部短篇小说在1956年第九期的《人民文学》发表时名为《组织部新来的青年人》，编辑秦兆阳对这部小说做了一些改动，尤其结尾部分的修改突出了区委书记周润祥等人的官僚主义形象，明确了小说中的林震与赵慧文的爱情线索，并强化了其悲剧意味。这篇小说发表之后，引发了很大的反响，据王蒙自己的回忆："先是听到对号入座的工作部门同志对于小说的爆炸性反应：主要是'我们这儿并不是那样呀'之类。其实这些人多是我的熟人、好友。接着由韦君宜、黄秋耘主编的《文艺学习》杂志，展开了对于'组'的讨论。我收到这一期大规模讨论的杂志的时候真是乐不可支。第一篇无保留地称赞小说的文章题名'生活的激流在奔腾'，第二篇就是严厉批判的了。一篇批判指出：林震不是革命的闯将而是小资产阶级狂热分子。一批青年作家，刘绍棠、从维熙、

---

① 董晓. 理想主义：激励与灼伤——苏联文学七十年［M］. 上海：上海人民出版社，2009：3-4.

邵燕祥也还有刘宾雁等都写了文章赞扬这篇小说。而一批我的共青团干部战友,包括李友宾、戴宏森、王恩荣等著文批评之。后面这几个人也是我的朋友、熟人和半熟人,王恩荣同志还是我的老同学,是我介绍他加入了地下党的外围组织。我从身份上说正好处于赞成的与反对的两组人之间。然而我又是小说的作者,对小说负有不可转移不可推卸的责任。这本身也奇了。"①

由于受到苏共二十大之后的解冻文学的影响,当时国内出现了一批揭露社会矛盾冲突的文学作品。作家们在"干预生活"的口号下对社会的"阴暗面"进行了揭露表现,这无疑是对之前"粉饰生活"的"无冲突"文学创作的反拨。比如刘宾雁受到奥维奇金的影响而创作的"特写"作品《在桥梁工地上》《本报内部消息》等,而王蒙的《组织部来了个年轻人》更多地受到了尼古拉耶娃《拖拉机站站长和总农艺师》的启发。甚至王蒙在塑造林震这个人物形象时,就干脆将其精神偶像设置为《拖拉机站站长和总农艺师》中的娜斯佳,当林震被调往区委会组织部工作时,他口袋里就装着这本小说。除了苏联的外部影响,有研究者也注意到这批"干预现实"的文学作品对五四新文学的批判精神和启蒙意识的复活:"在1958年《文艺报》进行'再批判'时,张光年写了一篇批判丁玲的小说《在医院中》的文章。文章用了一个富于创造性的题目:《莎菲女士在延安》。'我的突出的感觉是:莎菲女士来到了延安。她换上了一身棉军服,改了一个名字叫陆萍。据说她已经成了共产党员了……'这种分析,给我们提示了中国现代文学某一主题、某一'原型结构'的延续和变异的情况。王蒙和刘宾雁这一时期的作品,表现的大致是投身革命的青年知识者与老资格的领导者的关系和矛盾。这是'五四'以后小说中'孤独者与大众'的主题的延续。坚持'个人主义'的价值决断的个体,他们对创建理想

---

① 王蒙. 王蒙自传·半生多事[M]. 广州:花城出版社,2006:150.

世界的革命越是热情、忠诚,对现状的观察越是具有某种洞察力,就越是走向他们的命运的悲剧,走向被他们所忠诚的力量所抛弃的结局,并转而对自身存在的价值和意义,产生无法确定的困惑。他们只能在引为同调者那里(郑鹏、赵慧文)得到理解和慰藉,而想用自己的力量改变环境的努力,最终会发现是无济于事的。"① 不管是陆萍还是林震,他们所遇到的正是理想主义者的困境。

  林震无疑是一个缺乏社会经验的青年,对于区委会的工作,他并没有一个清晰的概念,他所有的只是一些理想化的憧憬和想象,对党的工作者,林震也全是"根据电影里全能的党委书记的形象来猜测他们的"。这份美好而神圣的"憧憬""想象"使得林震对新的工作充满了干劲和热情,然而也让他逐渐有了极大的落差和痛苦。当他真正参与到实际工作中、并对组织部有了进一步的了解之后,他才发现自己的想象与现实实在是相差甚远。但在"娜斯佳"精神的鼓舞下,林震并未轻易向现实妥协:"他发现他的工作的第一步就有重重的困难,但他也受到一种刺激,甚至是激励——这正是发挥战斗精神的时候啊!"于是,明显有着理想主义精神的林震就更加充满勇气和激情地投入到了工作中,并想通过自己的努力来改变并不理想的现实。

  小说主要将批判的矛头指向了官僚主义作风。面对通华麻袋厂厂长王清泉的官僚主义问题,区委会组织部明显采取了睁一只眼闭一只眼的消极态度。林震先后向工厂建党组组长韩常新和组织部副部长刘世吾反映了王清泉的问题,出乎林震意料之外的是,韩常新与刘世吾对王清泉的问题十分了解,但是他们都不愿在这个事上浪费太多的时间和精力。韩常新告诫林震:"王清泉的问题是应该解决也是可能解决的……不过,你不要一下子就陷到这里边去。""你

---

① 洪子诚. 1956:百花时代 [M]. 北京:北京大学出版社,2010:95 - 96.

第一次去一个工厂,全面情况也不了解,你的任务又不是去解决王清泉的问题,而且,直爽地说,解决他的问题也需要更有经验的干部;何况我们并不是没有管过这件事……你要是一下子陷到这个里头,三个月也出不来,第一季度的建党总结还了解不了解?上级正催我们交汇报呢!"而刘世吾对林震的回应与韩常新也差不多:"现在下边支部里各类问题很多,你如果一一地用手工业的方法去解决,那是事倍功半的。而且,上级布置的任务追着屁股,完成这些任务已经感到很吃力。作为领导,必须掌握一种把个别问题与一般问题结合起来,把上级分配的任务与基层存在的问题结合起来的艺术。再者,王清泉工作不努力是事实,但还没有发展到消极怠工的地步;作风有些生硬,也不是什么违法乱纪;显然,这不是组织处理问题而是经常教育的问题。从各方面看,解决这个问题的时机目前还不成熟。"刘世吾这番颇具"领导艺术"的说辞,让林震动摇了。但林震所看不惯的事情实在是太多了,比如区委干部们在办公时间聊天、看报纸,比如拿严肃的问题开玩笑,又比如松散拖沓的会议等等。当他向刘世吾反映这些问题时,刘世吾说道:"当然,想象总是好的,实际呢,就那么回事。问题不在有没有缺点,而在什么是主导的。我们区委的工作,包括组织部的工作,成绩是基本的呢,还是缺点是基本的?显然成绩是基本的,缺点是前进中的缺点。我们伟大的事业,正是由这些有缺点的组织和党员完成着的。"经过这番交流,林震觉得刘世吾的话"似乎可以消食化气"。刘世吾对工作中的问题做如此解释,确实让问题不再那么突兀,林震对组织部工作中的种种不满似乎也被劝慰服帖了。

然而林震终究还是不愿意这样浑浑噩噩地敷衍了事。于是,他与魏鹤鸣召开工人座谈会,想要了解群众意见,尽快解决厂长王清泉的问题。然而,林震的工作热情非但没有换回一个好结果,反而在党小组会上遭到了严厉的批评。刘世吾更是指出:"年轻人容易把生活理想化,他以为生活应该怎样,便要求生活怎样,做一个党工作者,要多考虑的却是客观事实,是生活可能怎样。年轻人也容易过高估计自己,抱负甚多,一到新的工作岗位就想对缺点斗争一番,充当个娜斯佳式的英雄。这是一种可贵的、可爱的想法,也是一种虚妄……"刘世吾所言未必不是出于他自己的切身体验。很难想象,现在满脑子"领导艺术"、得过且过的刘世吾也曾是个热血青年,也曾高涨着理想主义的激情。青年时期的刘世吾在北大任自治会主席,参加过五二〇游行,在游行中还被二〇八师打坏了腿。回忆往事刘世吾感叹:"那时候……我是多么热情,多么年轻啊!我真恨不得……"而现在,刘世吾的理想主义激情显然已经是被消磨殆尽了,面对林震的询问,他也坦诚自己现在已"当然不"年轻,也"当然不"热情了:"我可是真忙啊!忙得什么都习惯了,疲倦了。解放以来从来没睡够过八小时觉。我处理这个人和那个人,却没有时间处理处理自己。"长久的忙碌工作,也使得刘世吾对一切都抱着冷漠的态度:"据说,炊事员的职业病是缺少良好食欲,饭菜是他们做的,他们整天和饭菜打交道。我们,党工作者,我们创造了新生活,结果,生活反倒不能激动我们……"

其实,刘世吾有着非常强的工作能力。当魏鹤鸣等人揭发王清泉的信在《北京日报》刊登,并引起区委书记周润祥的关注时:"刘世吾以出乎林震意料之外的雷厉风行的精神处理了麻袋厂的问题。刘世吾一下决心,就可以把工作做得很出色。他把其他工作交代给别人,连日与林震一起下到麻袋厂去。他深入车间,详细调查了王清泉工作的一切情况,征询工人群众的一切意见。然后,与各有关部门进行了联系,只用了一个多星期的时间,就对王清泉做了处理——党内和行政都予以撤职处分。"由此看来,王清泉的问题也并不是没有解决的可能性。但是之前,刘世吾与韩常新却都有意回避这个问题,抱着多一事不如少一事的态度,只求完成领导下达的任务便万事大吉。与热情高涨的林震相比,他们确实是革命意志消退了。

而不光刘世吾如此,就连十分理解林震的赵慧文也有着极为相似的情况。她向林震倾诉:"当初我也这样,从部队转业到这里,和部队的严格准确比较,许多东西我看不惯。我给他们提了好多意见,和韩常新激动地吵过一回,但他们笑我幼稚,笑我工作没做好意见倒一大堆,慢慢地我发现,和区委的这些缺点做斗争是我力不胜任的……""我做的是事务工作,领导同志也不大过问,加上个人生活上的许多牵扯,我沉默了,于是,上班抄抄写写,下班给孩子洗尿布、买奶粉。我觉得我老得很快,参加军干校时候那种热情和幻想,不知道哪里去了。"赵慧文参加工作的时间并不是太久,然而她的理想主义热情却很快被钝刀一般的生活和工作切削殆尽了。所谓"老得很快",并不在容貌上,而主要是心理感受,因为缺少了理想主义的激情,工作与生活全都靠着机械的惯性,消极被动的生活和工作状态显然导致了心理上的快速老化。在婚姻生活的不幸福和工作的被动单调的双重打磨之下,当林震来到组织部时,所看到的赵慧文虽然美丽,但却是"苍白"的,"眼皮上有着因疲倦而现出来的青色"。正所谓"相由心生",小说中对赵慧文脸色之"苍白"的多次重复书写和强调,实则暗示的是人物内心的状态。一个充满活力的林震的到来,无疑激发了赵慧文奄奄一息的热情:"是的,见到你,我好像又年轻了。你天不怕地不怕,敢于和一切坏现象作斗争。"如若不是赵慧文对林震的理想主义举动有着深深的认同和同情,他们之间也断不可能有爱意的萌动。这份感情也给赵慧文带来了不小的改变,比如她身上"暗红色的旗袍",再比如墙上新挂的名为"春"的油画。这种种生活细节的改变,表明赵慧文对生活重新燃起了热情。然而可惜的是,他们之间刚刚萌发的爱情的星火,很快就被刘世吾"直爽"而善意的提醒掐灭了。

林震、赵慧文与刘世吾,经过对这三个人物形象的分析,我们似乎看到了理想主义激情由炙热到冷却再到几乎完全熄灭的状态。也许林震有一天也会陷入赵慧文乃至刘世吾的"当然不"年轻、

"当然不"热情的"就那么回事"的状态中。我们发现,从残冬三月到初夏,林震调来组织部仅仅一个春天的时间,他的心态却已经发生了很大的改变:从最初的美好憧憬,到随后遇到困难依然干劲十足,再到惶惑和动摇……虽然在理想主义激情的鼓动下,他在区委党委的会议上直接指出了韩常新与刘世吾在工作上的缺点和错误,但是会后,他也发现:"自己和他们力量的悬殊",而想要"按娜斯佳的方式生活"实在是"真难啊"。需要注意的是,我们不宜将林震所说的"他们"仅仅理解为韩常新、刘世吾或者周润祥等领导。从刘世吾的经历,我们不难推断,他们也曾是激情勃发的理想主义者,然而在机关、在组织部或在区委的工作,却逐渐地消磨掉了他们的热情。虽然王蒙的这部小说一直被视为批判官僚主义的作品,但经过分析,我们也看到了在批判官僚主义的现实意义之外,这部小说通过对理想主义激情的无奈消亡,将小说的意蕴推向了更深远的层次。

二、英雄的崛起与人的失落

从现实的层面上来说,理想主义的逐渐消失似乎是一个必然的过程,然而在高扬理想主义、浪漫主义的时代,小说中的正面人物却可以有着燃烧不息的理想主义激情。《创业史》中的梁生宝就是这样的人物形象。具体分析柳青的《创业史》之前,首先值得我们关注的是小说的版本问题。《创业史》于1959年初刊于《延河》,为了更符合国家意识形态的要求,1960年中国青年出版社初版《创业史》时,作者柳青已对《延河》初刊本做了一些改动,有研究者经过比对发现除了结构上的调整之外,柳青对初刊版的改动主要集中于三个方面:农民形象、农妇素芳形象,以及梁生宝形象。经过修改,删除了对农民"两面性"的明确批判,从而模糊弱化了农民身上所切实存在的"两面性"问题；而对素芳，作者则将原本充满七情六欲的作为"人"的形象修正为"社会上落后贫农的一分子"，并舍现实真实而求"本质真实"，从素芳的阶级属性出发而提升了其思想觉悟；修改之后的梁生宝则"明显更有威信、更高大、更成熟、政治觉悟也更高了"。为了提升正面人物梁生宝的党性，对梁生宝与改霞之间的爱情描写也做了更正，初刊版本中的拥抱等实际肢体接触变为了梁生宝的脑海中冲动的想象与期望，面对美丽的改霞，梁生宝的理性和自我控制能力明显增强了。其实，对这三类人物形象的修正其本质都在于用所谓的阶级性或党性来替代真实的人性，从而造成了人物形象从真实具象的"我"到虚构抽象的"我们"的转变。另外，研究者也注意到初版本在语言上新增了不少感叹句："这一类的感叹句表示柳青面对新中国的新社会、新人、新景象，发自内心的赞叹。比起初刊本，初版本里柳青表现出更多的热情。所有在新中国土地上新出现的人、事、物都让作者激动不已。他怀着迫不及待的心情，恨不得把所有的激情全都倾倒到纸上，让所有读者都能清楚地感受到这份火一样热的热情。"① 这样，不管是小说文本外的作家柳青，还是小说文本中的梁生宝，都明显地处在建设社会主义的理想主义激情之中。而在1972年的再版本中，柳青进一步删除了在当时看来颇为扎眼的情爱描写，紧跟政治加入了批判刘少奇思想路线等情节线索，并进一步通过矮化改霞和郭振山来衬托梁生宝的高大形象。经过这样几次修改，梁生宝的形象愈加光辉灿烂，但带来的后果就是缺少"人味"。对这样的农村党员形象的塑造，无疑是为了起到教育与宣传的作用，这也算是有别于五四的另一种"启蒙"了。

当然，在《创业史》中，除了梁生宝，农技员韩培生、欢喜等

---

① 范河南. 从《创业史》的修改，看柳青的自我异化与消失 [D]. 南京：南京师范大学，2006.

人在互助运动中都充分展示了他们的创业热情,但主人公梁生宝无疑是最具理想主义激情的人物形象。在讲求"本质真实"的文学写作原则的要求下,要使梁生宝成为推动蛤蟆滩合作化的英雄人物,其出身必须要"根正苗红"。柳青为梁生宝的出身设置了以下几个标签:首先,梁生宝出身贫寒,深受罪恶的旧社会所带来的痛苦,他在饥荒中失去父亲,跟着母亲逃荒讨饭至蛤蟆滩,最终被梁三收留组成家庭才侥幸活了下来。而梁生宝在年仅13岁时,就开始给下堡村的吕二财东家当长工,受尽屈辱和委屈。后来梁生宝被抓壮丁,养父梁三为了赎他出来,只能牺牲"创业"梦,卖掉了家里的大黄牛。为了避免再次被抓壮丁,梁生宝只能躲进终南山里。其次,即使是与梁生宝并无血缘关系的养父梁三,也是出身贫苦之人,梁三和其父都是佃户,在旧社会,梁三多次燃起"创业"的梦想,但都以失败告终。而为了斩断梁生宝与旧社会的关联、洗净其身上之"旧",梁三给梁生宝买的童养媳也很快病死了。面对童养媳的死,"心肠铁硬的生宝,只是怜悯地看着死者,悲怆地叹口气,他和她没有多深的关系,他们在一块的时间很少。他觉得,和那个可怜人在一块胡来,简直是犯罪"。最后,党员的身份又给了梁生宝以常人所缺乏的觉悟。小说中,梁生宝与富农、中农和落后农民之间的矛盾、与养父梁三之间的误会等等,除了不可调和的阶级矛盾之外,无不是由觉悟问题而起。梁生宝积极参加村里的土地改革运动,成为民兵队长,并最终入了党。党员身份使得梁生宝的觉悟大大提高:"入党以后,生宝隐约觉得,生命似乎获得了新的意义。简直变了性质——从直接为自己间接为社会的人,变成直接为社会间接为自己的人了。"正因为有了党员的身份,所以梁生宝在1953年的互助合作运动中,他才会"劲头比从前更大,把自己沉湎在互助组的事务里去了"。

为了给梁生宝实现互助合作制造障碍、并突出梁生宝的正面形象,作者塑造了觉悟不高,故意与党和政府唱反调、与梁生宝较劲的富农姚士杰、富裕中农郭世富、梁大老汉等人物形象。另外,作为梁生宝的养父,梁三老汉也在小说中起到了对比衬托梁生宝的重要作用。梁三是小说中最为典型的传统农民形象,他有着普通农民所常有的平凡朴素的梦想,即拥有自己的土地,再修一座三合头瓦房搬离草棚屋,为了实现这个创业梦想,梁三多次尝试,但在旧社会里,都以失败告终了。中华人民共和国成立之后,经过土地改革运动,梁三老汉居然一下分到了十来亩稻地,实现了拥有自己土地的夙愿,骤然获得的土地让他"时而惊喜,时而怀疑",仿如做梦。同时,又"仿佛有一种莫名其妙的精力,注入了梁三老汉早已干瘪了的身体。他竟竭力地把弯了多年的腰杆,挺直起来了。到了春天,好像气喘咳嗽的病也见轻了些"。然而,分到土地之后,梁三老汉与梁生宝这对父子之间的矛盾却越来越明显了。从根本上说,梁三老汉有着典型的小农意识,他所追求的创家立业的梦想是以小家庭为单位的小我的梦想。而梁生宝所拥有的却是带领蛤蟆滩的农民一起过好日子的梦想,这是一个大我的,甚至在必要时可以牺牲小我的梦想。所以,梁三老汉才会发现:"生宝创立家业的劲头,没有他忙着办工作的劲头大。发了土地证,庄稼人都埋头生产,分地户都专住心发家的时候,有些村干部退了坡;而生宝特别,他比初解放的时候更积极,只要一听说乡政府叫他,掼下手里正干的活儿,就跑过汤河去了。"为此,梁三老汉很是不解:"为什么那样机灵的小伙子,会迷失了庄稼人过光景的正路?……他已经对发家淡漠了,而对公家的号召着了迷。"父子两代人截然不同的创业梦想也引发了一系列的家庭矛盾,正像梁生宝自己所说:"俺父子在一口锅里舀饭吃,我做梦,梦互助组;俺妈说,俺爹做梦,梦他当上富裕中农哩!"

除了梁三老汉,另一个衬托梁生宝理想主义者形象的是村里的代表主任、四九年的老党员郭振山。郭振山曾是主持蛤蟆滩土地改革运动大局的权威人物:"在土地改革的期间,郭振山被人叫做

'轰炸机',他在斗争地主的群众大会上出现,大喝一声,吓得地主浑身发抖,尿到裤子里头。"然而分地时,郭振山出于私心而分到的都是一等一级稻地,为此,区委王书记在整党大会上点名批评了郭振山。这次会议给了梁生宝很大的震动,他之所以把"我啥也不谋……我决不辱没党的名誉"作为入党誓词,之所以能够做到舍小家为大家,在很大程度上也是因为有了郭振山的前车之鉴。但郭振山的思想觉悟却并没有因为这次的批评而有提升,梁三老汉所说的土地改革后埋头搞生产发家、"退了坡"的村干部指的就是郭振山。分到土地之后,郭振山对党的号召冷淡不少,只顾埋头单干,一门心思谋发家。面对梁生宝在村里搞的互助合作运动,他也采取了置身事外、冷眼旁观看笑话的态度。与土地改革运动相比,活跃借贷动员会上郭振山可以说是黯然失色:"好像照脑袋被抡了一棍,郭振山有一霎时麻木了。他很想说几句挺厉害的但又合乎政策的话:首先批评郭世富施放烟幕、消极抵抗政府的号召,然后批评欢喜态度不好。但他脑子里没有现成的词句,不,简直可以说,他缺乏机智。他变成了一个又憨又大的粗鲁庄稼人,猛不防蛤蟆滩有势力人物袭击他。一霎时内,他还找不到他变得这样无用的原因。"从办事能力极强的郭主任到"又憨又大的粗鲁庄稼人",之所以会有这样巨大的转变,正是郭振山思想觉悟与党性衰退的结果。为了实现自己的发家梦,郭振山还违背党的纪律准备买地,并偷偷摸摸地投资了韩万祥的砖窑,但他的这两次暗中行动都被党组织发现而受到批评。面对动员活跃借贷的失败与组织的批评,郭振山一度有了重新投入党的集体事业的冲动,但思虑再三,最终还是小农性战胜了党性,现实战胜了理想。他放不下自己创家立业的梦想,思前想后还是觉得"不能拿过光景的事赌气",之前"他办工作误工太多了,老二振海都经常威胁着要和他分家哩,认真搞互助组,老二怎么能情愿呢?"郭振山最终决定"闷头过日子",并未因这批评而采取任何的实质性的改进。当高增福举报姚士杰转移粮食并放高利贷时，郭振山无所作为，活跃借贷帮助贫雇农度春荒的号召也流产了。在这种情况下，梁生宝的互助组也就成了穷苦人的唯一出路，梁生宝也踌躇满志地担负起这个重担，成为力挽狂澜的英雄人物。

土地改革运动中的梁生宝本就是村里的积极分子，而入党之后，他更是"雄心勃勃地肩负起改造世界的重任"，更加兢兢业业、干劲十足了。在城里的党会上，他主动发起了对窦堡区大王村王宗济的挑战，要在蛤蟆滩办成互助组。梁生宝的勇气和激情使得王书记大加赞赏和肯定，将他的互助组划为了区重点。为了显示互助合作的优势，梁生宝决心引进种植周期更短、更高产的优质稻种。他切身了解农民赚钱的不易，处处为农民着想，为互助组购买百日黄稻种的路上他省吃俭用，不住旅店而在车站票房的地上随便凑合，吃饭也不舍得花钱而主要靠从家里带的馍充饥。他之所以能够甘于受这样的苦，全靠理想的支撑和榜样带给他的力量："当自己每时每刻都知道自己要达到什么目的的时候，世上就根本没有什么艰难了！"正所谓"天将降大任于斯人也，必先苦其心志，劳其筋骨"，梁生宝觉得"照党的指示给群众办事，'受苦'就是享乐"。正因为有了坚定的理想信念，梁生宝"下定决心学习前代共产党人的榜样，把他的一切热情、聪明、精力和时间，都投入党所号召的这个事业。他觉得只有这样做，才活得带劲儿，才活得有味儿！"在这样的理想情绪的鼓荡之下，"稻种代替了改霞……他心里燃烧着熊熊的热火——不是恋爱的热火，而是理想的热火……一旦燃起了这种内心的热火，他们就成为不顾一切的入迷人物。除了他们的理想，他们觉得人类其他的生活简直没有趣味。为了理想，他们忘记吃饭，没有瞌睡，对女性的温存淡漠，失掉吃苦的感觉，和娘老子闹翻，甚至生命本身，也不是那么值得吝惜的了。"分稻种时，梁生宝也是先人后己，不在乎吃亏。为了让互助组筹到买肥料的钱，他组织大家进山砍竹子，并把自己家里卖荸荠的钱拿来给互助组做底垫。当拴拴在山里被竹茬扎了脚，梁生宝也甘愿把他割的竹子算在拴拴名下。梁生宝的这种行为也让养父梁三颇为不满,他数落生宝:"只有你傻瓜","人家当党员有利,你当党员尽吃亏!"

坚定的党性和强烈的理想主义使得梁生宝有了毫不利己专门利人的品质。对党的忠诚和对共产主义事业的坚定信仰,使得梁生宝得以克服了互助活动中的所有困难。老一辈共产党人是梁生宝的榜样:"把人民大众的事包揽在自己身上,为集体的事业操心,伤脑筋,以至于完全没有时间和心情思念家庭和私事——这是上一代共产党人在二十年战争中赢得人民信赖的原因。生宝同县委杨副书记和区委王书记接触中,从他们的神气、言谈和情绪中,看出了这种精神。"而在领导工作时,梁生宝也以榜样的标准来严格要求自己:"在艰苦奋斗中,他也没有一丝一毫个人目的。他既不想从集体的事业里捞点高于别人的利益,也不希望别人把他当做领导来恭敬。"每当梁生宝面对个人情感和共产党员理智的冲突时,他就会以区委王书记等前辈的话来激励自己:"每逢到困难和危险中,党领导的话,就出来支持你了,就像小孩子在病中想妈妈一样。"而在他与改霞产生误会感情受挫时,也正是小说中"党"的化身——区委王书记和县委杨副书记——给了他重燃斗志的力量:"梁生宝现在有信心,有决心,绝不辜负首长们的关心!""生宝在街道上的庄稼人里头,活泼地趱行着,觉得生活多么有意思啊!太阳多红啊!天多蓝啊!庄稼人们多么可亲啊!他心里产生了一种向前探索新生活的强烈欲望。"

在感情方面,梁生宝似乎隔绝了许多常人本该有的情感和冲动。相比家人,梁生宝与互助组成员和其他党员同志的关系显得更为亲密热烈。也许正像小说里所写:"世界上总有那么些崇高的感情,把毫无亲属关系的人们,如胶似漆地贴在一块。"这里所谓"崇高的感情"指的正是"阶级情"和"同志情"。比如梁生宝与有万:"自从搞起水稻丰产互助组以后,两个人只要是同时在村里,他们就连一刻也不愿分离。共同的事业常常把肉体上是两个人,变成精神上是一个人,彼此难舍难分。"而当梁生宝见到区委王主任时,他"带着兄弟看见亲哥似的情感,急走几步,把庄稼人粗硬的大手,交到党书记手里。如像某种物质的东西一样,这位中共预备党员的精神,立刻和中共区委书记的精神,融在一起去了"。而当梁生宝从终南山割竹归来,初次见到农技员韩培生时:"农技员毫无精神准备地被互助组长使劲儿抱住了。梁生宝把韩培生抱得两脚离了地,又放下。"与这种热烈的情感表达形成鲜明对比的,是梁生宝对待亲人和爱人的态度。清明节时,梁生宝忘记了或根本没打算给死去的童养媳上坟,而这个童养媳在梁家生活多年,梁三老汉一直都把她当亲闺女养。梁生宝这样冷漠的表现让梁三老汉十分失望:"真是铁石心肠的家伙呀!看他那股上天入地的劲头吧!为了筹办进山的事务,下堡村一跑,黄堡镇一跑。他回到蛤蟆滩,又从这草棚院跑到那草棚院,忙得碰破了头。看!看!唯有上媳妇的坟这件事不当紧。……为了公众事务把世俗人情撇在一边,这种心情,是梁三老汉所不能理解的。"

  而与改霞谈对象的诸多坎坷,一方面是由于改霞受到郭振山影响所造成的。不能否认的是,郭振山确实有意无意地对梁生宝与改霞之间的感情造成了阻碍。在改霞眼中,代表主任郭振山是村里的能人,改霞之所以能够上学读书,也多亏了郭振山出面说服改霞母亲。所以,改霞对其感激崇拜也就是正常的事了:"改霞在后头尊敬地看着郭振山穿旧棉袄捎木料的庄稼人背影。这个很会说话的强有力的农民共产党员,在下堡乡五村,是改霞最崇拜的人物","改霞从心里敬佩他,他在改霞心目中的威信,是不可动摇的"。正因为对郭振山怀有这样的崇敬甚至迷信的心情,当郭振山鼓励改霞到西安进工厂时,改霞才会深深地陷入感情和事业的矛盾处境之中,并最终因此而与梁生宝产生了误会和矛盾。但另一方面,最为关键的原因还在梁生宝对待个人感情的态度并不热络,互助合作事业无疑已占据了他的心。梁生宝虽然也喜欢改霞,但他认为在搞互助增产的关键时候,思考个人的私事只会让自己分心:"他在心里嘲笑自己的无聊,觉得对个人问题的纠缠,和为大伙谋利益的活动,是多么不相调和啊!"而当改霞说出要去西安国棉三厂当工人的想法之后,梁生宝误会改霞是想斩断与他的感情,于是他对谈对象的事情更加冷淡了,满心思扑到互助组的事情上去了:"今年一年不提这事","怕分心。耽搁了互助组的事,闹不成丰产,咱丢脸事小,党的影响弄坏了,旁人以后也难闹"。而当改霞决定采取主动时,她也明显发现:"生宝的心思全花在党交给他的事业上了,而对于和女人在一块的兴趣,比一两年前淡薄多了。"她几次想找梁生宝谈感情的事,无奈梁生宝忙于公事无暇他顾。当她终于有了与梁生宝独处的机会时,梁生宝冷淡的态度却让她一肚子的话不知怎么说出口。面对美丽的改霞,梁生宝匪夷所思地保持着异常的冷静:"生宝在这一霎时,似乎想伸开强有力的臂膀,把表示对自己倾心的闺女搂在怀中。改霞等待着,但他没有这样做。共产党员的理智,显然在生宝身上克制了人类每每容易放纵感情的弱点。"为了将梁生宝塑造为一个完美的青年党员,为了凸显他为共产主义理想而奋斗的激情,作者剥离了梁生宝身上更为感性的、更有"人味"的内容,把梁生宝变为彻底献身共产主义事业的完全的理想主义者。除却共产主义理想之外,他几乎可以说是无欲亦无求了,这就造成了梁生宝对待同志热情如火,对待爱人却冷静似铁的奇异的人性景观。这样一个理想的纯粹的人物形象的塑造,无疑代表了当时的主流意识形态对社会主义"新人"的理解和要求。通过肯定与高扬梁生宝的光辉形象,其意在影响和教育乃至改造民众。从梁生宝这一理想人物形象的塑造上,我们也可窥见政治上的乌托邦理想对文学中人和现实中人的巨大影响。

三、个体对集体的渴望与逃离

梁晓声的中篇小说《今夜有暴风雪》是 20 世纪 80 年代的知青小说中最具有代表性的一部。小说聚焦于 1979 年知青返城的历史转折点,返城政策所带来的命运突转无疑给知青的精神造成了很大的震荡、也给插队之地带来了不小的混乱。《今夜有暴风雪》在小说开篇即为我们勾勒出了返城政策所带来的"兵荒马乱"的历史图景:北大荒随处可见的返城知青队伍、无人看管死在路上的羊、延误的春耕、慌乱拥挤的车站、生离与死别……面对政治与命运之手的无情拨弄,不少知青对曾经为之献出青春甚至生命的事业产生了幻灭感,而即将到来的新的生活又让他们感到惶惑和不安,几乎每一个知青都逃不掉这样的选择困境与精神煎熬。但就在这样的历史关头,却也有不少知青依然执着于曾经的理想,依然奉行着英雄主义、集体主义的价值观。《今夜有暴风雪》中的裴晓芸、曹铁强、刘迈克等人就是其中的典型代表。

对于裴晓芸和曹铁强来说,理想主义人格的生成与家庭的影响有着割不断的联系,但更为根本的原因却还是当时国家层面的乌托邦想象与实践,是对乌托邦的追逐所必将带来的"浪漫主义"与"理想主义"的社会政治环境。裴晓芸与曹铁强都经受了不正常的政治生态所带给他们的家庭悲剧。裴晓芸从小生活在单亲家庭,早逝的母亲因其归侨身份而被错误地批判为外国特务,"文化大革命"中父亲也被冠上"反动讲师"的罪名而被迫害致死,裴晓芸就这样成了彻底的"情感方面的赤贫者"。亲情的匮乏使得裴晓芸对感情的渴望更加强烈。然而可悲的是,家庭没能带给裴晓芸充分的情感滋养,而想要在家庭之外找到情感补偿则更是难于上青天了。众所周知的是,裴晓芸他们所经历的是一个追求集体化的时代,同时也是政治笼罩一切的时代,个体如能融入集体,在很大程度上就意味着政治上的被肯定、被承认、被接纳甚至被庇护,然而并不是所有人都有被集体接纳的资格。裴晓芸父母"特嫌"和"反动讲师"的罪名,使得她也被划入政治"另册",这样的出身想要真正地融入集体几乎是不可能的。所以,即使裴晓芸积极响应上山下乡的号召,从上海来到了条件最为艰苦的北大荒,却还是难以洗刷掉家庭出身在她身上刻下的烙印。与裴晓芸处境相似的是小瓦匠:"出身于封建官僚家庭的小瓦匠由于背着个甩不掉的包袱,甘做人下人,是知青中的弱者,对别人一向逆来顺受,不敢也没有能力维护自己的尊严。"出身不好的裴晓芸又何尝不是如此!

农垦期间,裴晓芸因为家庭出身问题而受到了明显的歧视和区别对待。尤其是各方面条件都很优越的排长郑亚茹,更是不把裴晓芸放在眼里:"在排长郑亚茹面前,裴晓芸更自卑。排长是一位军队干部的女儿,正牌的'红五类':排长是老初三毕业生,在学校成绩优异,据说要不是因为'文化大革命',学校要保送她上重点高中呢;排长是市红代会常委,来到北大荒之后,还被请回城市参加过一次红代会常委会;排长在全排姑娘们眼中是具有男性威严的;排长是在全团名声响亮的人物;排长是很美的,高于一般姑娘的个子,飒爽的身姿,乌黑而浓密的短发,裹着一张椭圆形的五官端正的脸,两条眉毛不但细而长,还很英气,一双丹凤眼,总是投射出自信的矜傲的目光。"而裴晓芸却觉得自己实在是"半点值得自信的东西也没有,连一个少女最可自慰,最起码的那点儿自信——容貌方面的自信都没有。她到北大荒以后,从来没有像其他姑娘那样,偷偷拿面镜子自己端详自己,欣赏自己。她认为自己是个半点可爱之处都没有的丑姑娘,一只丑小鸭"。所以,裴晓芸深深觉得她"在所有人的面前都会产生这种自卑感","有时甚至自己鄙视自己":"她的身材那么瘦弱,小手小脚的,像是发育不良没有长开似的。她那张小女孩般的脸上,永远笼罩着悲哀的愁云,一接触到什么人的目光,她便会情不自禁地立刻垂下睫毛,掩住那双怯生生的眼睛。"

不难看出,郑亚茹与裴晓芸不光家庭出身迥然不同,而且外貌气质也可以说是天差地别了。以"出身"为出发点来刻画人物形象的"肖像政治学"在"十七年"乃至"文化大革命"中是被普遍遵奉的人物形象刻画原则,这在当时的文学作品、宣传画、电影、歌剧等几乎所有艺术门类中都有极为典型的表现。像郑亚茹这样出身好的"红五类",其形象必然是阳光健康、端庄美丽的,而裴晓芸这样被打入政治"另册"的"狗崽子",其形象则要么猥琐阴暗,要么"发育不良"、丑陋不堪。但需要注意的是,梁晓声对这两位知青姑娘的外貌刻画却基本上超越甚至戏仿嘲讽了所谓的"肖像政治学"。毋庸置疑,裴晓芸"发育不良"的身体和自卑忧郁的性格并非来自家庭血统的遗传,而是不正常的政治生态所摧残的结果。而与出身"红五类"家庭的郑亚茹相比,作者分明更为赞赏、同情与肯定的是裴晓芸,虽然这种肯定与赞赏也混合着极为复杂的心情。与裴晓芸等人鲜明的理想主义精神相比,郑亚茹可以说是个精明的利己主义者,当面临去或留的人生抉择时,郑亚茹所反复权衡考量的只是她自己的前途问题:"在昨夜之前,她对自己的生活之途充满信心。她是全团仅有的三个女知识青年提拔起来的正连职干部的一个,是唯一的一个知识青年团党委委员。在全团培养团一级青年干部的名单中,她是名列第一的。"正因为具备了这些条件,所以她觉得如果放弃返城留在北大荒的话,她或许会有更好的发展:"谁知再过十年之后,她不会成为生产建设兵团的女团政委,甚至女师政委呢?那时,她也不过才人到中年。那么再过十年呢?她五十岁的时候呢?生产建设兵团总部的领导们,是部长级,是大军区级。"然而,在返城热潮的冲击下,她还是觉得留下太过冒险:"选择和大多数人背道而驰的生活之路,别人的经验告诉她,那是太冒险了!一个孤独的女知识青年,难道还要在北大荒经历无数次像昨夜那么猛烈的暴风雪?! 不，不，不! 那太可怕了。何况，此后她的双脚踏在这块土地上，心灵会感到时时不安宁的。因为，这里埋下了刘迈克和裴晓芸，在今天。"曹铁强与郑亚茹的爱情之所以匆匆了结，其中最为重要的一个原因即是他们二人所奉行的人生观的巨大差异，郑亚茹处处为自己打算计较，她对一切问题的考虑几乎都是从自身利益出发的，而曹铁强则是个单纯热情的理想主义者，在他看来，个人的利害得失与集体的事业相比是微不足道的。

裴晓芸也是这样的理想主义者，尤其再加上她的家庭出身问题，所以为了能够真正地融入火热的集体之中、为了得到集体的接纳，裴晓芸明显要比旁人更卖力、更不怕牺牲、更忘我。比如在一场大暴雨中，为了保护土坯，在苫席不够用的情况下，裴晓芸脱下自己的雨衣盖在了土坯上，而她自己"在暴雨中淋得像一只落汤鸡，衣服裤子紧紧地贴在身上，模样滑稽而可怜"。而在一次"围山搜敌"的演习中，她因为穿了网球鞋而冻僵脚掉了队，在北大荒极端寒冷的严酷环境中，如果穿这样的鞋参加演习很可能会冻坏双脚。曹铁强发现后马上背起她往山下跑，但是裴晓芸却不愿意："'不，不，我不! 冻掉双脚，我也要……'她挣扎着，拳头擂着他的背。他并没有放下她，任她的拳头一下接一下地在自己背上擂打。"一方面，同屋那么多女生，裴晓芸穿网球鞋参加演习却没有人注意和提醒，掉队后也没有人陪同，这本身就证明了她的不被关注、不被接纳；而另一方面，就算"冻掉双脚"她也要坚持完成演习任务，这固然是受到集体主义与英雄主义豪情影响的结果，但更为重要的原因恐怕还是其特殊的家庭出身。"黑五类"的标签除却带给她自卑之外，也带来了异于常人的敏感、自尊和不服输的劲头，不被集体接纳的处境反而让她更想要证明自己，为此冻掉双脚也在所不惜。

裴晓芸的这种心理在建设兵团申请枪支时表现得尤为明显。为了能够申请得到战斗武器，裴晓芸用一种激进甚至有些悲壮的方式表达了自己强烈的战斗意愿和赤诚的忠心："裴晓芸也写了申请书。那不是一般的申请书。那是用指血写成的申请书。别人，钢笔写的字，尽可表达对党对祖国对人民的忠诚和献身精神。但她不可以，她是入了'另册'的，她十分清楚这一点。只有用血来表达。她想：一腔血都洒在战场上，乃是她心甘情愿的。在烈士队伍中，也许是没有'另册'的吧？她这样相信。"裴晓芸渴望得到枪支上战场，甚至渴望牺牲，这种情绪固然是爱国的英雄主义情结作用的结果，是她身上的理想主义精神的典型体现，但这种渴望牺牲的意愿更是出于想要摆脱不好出身的强烈渴望。她想用战场上的流血牺牲来净化、改变自己的"血统"。果然，裴晓芸用鲜血写就的申请书不仅让指导员、曹铁强等人甚为震动，连平时看不起她的郑亚茹也不能不刮目相看："郑亚茹许久都没有放下那份申请书。虽然纸上仅写着五个字：我要一支枪。"最终，几乎没有异议，他们都表决同意了裴晓芸的申请。当曹铁强私底下向裴晓芸透露连队的表决结果时，"裴晓芸的脸色霎时苍白，连薄薄的嘴唇也哆嗦起来。她呆呆地望着他，半天才说：'别骗我啊！'"能够通过申请让裴晓芸激动万分，被授予拥有枪支的资格，这无疑是组织给予裴晓芸的最大的信任和肯定。然而，让人大呼无可奈何的是，裴晓芸最终还是没能领到枪，她用滚烫的鲜血写就的申请书却依然不足以证明其忠心，"枪，只能发给'红五类'。这是内定的原则"，她的出身注定了她配不上这份荣誉，她连牺牲的资格也被剥夺了。

当我们了解了裴晓芸不被集体接纳的处境，我们也就理解了为什么在知青返城的"兵荒马乱"的历史关头，裴晓芸会那么慎重地对待边境哨位上的站岗任务。这是她第一次被委以持枪站岗的重任，而这天也恰巧是她的生日。对于因家庭出身而长期得不到信任的裴晓芸来说，这次的站岗任务来之不易，这可以说是最让她激动和珍视的生日礼物了。然而她的这份欣喜无人分享，她只能对着母亲的照片来表达自己激动的情绪："亲爱的妈妈，今夜我是这么高兴！我被批准成为战备分队的战士了！今夜我第一次站岗……"
"亲爱的妈妈，我肩上这支枪，得来可真不易啊！别人早就发给了枪。而我，在不久前才获得这样的信任……"正因为裴晓芸无比地珍视这种来自组织和集体的信任与接纳，她才会那么忠诚地坚守在边防线上。除了被集体接纳的喜悦，裴晓芸也被浓厚的英雄主义情结激荡着，这一点从小说中关于穿衣的细节便可看出："一会儿，她感到寒冷了。她后悔没穿棉大衣，棉大衣太肥，平时就不爱穿。何况今夜她第一次站岗，臃臃肿肿的，有失一个哨兵英姿！"为了能像英雄一样英姿飒爽，裴晓芸甘愿受冻。然而可悲的是，也正是裴晓芸对站岗任务的重视和她内心的英雄主义情结害了她。因为郑亚茹事先并没有安排其他人来换岗，在零下20多度的暴风雪里，裴晓芸为了坚持完成站岗任务而被冻死了。此时，团部正发生着由于返城政策而引发的知青骚乱，而就在这骚乱发生的同时，裴晓芸却为了集体、为了国家、为了她所坚持的理想主义而牺牲了："她挺立在哨位上，像'六号坐标'一样。月光将她的黑色身影，投映在边疆大地银白色的底片上。她面对黑龙江，大睁双眼，枪上的刺刀闪耀着寒光……她脸上浮现着微笑……"这样的场景庄重万分，却也让人唏嘘落泪。

　　裴晓芸、曹铁强等人身上所激荡的理想主义的激情当然值得我们肯定和钦佩，但同样不能否认的是，受到当时国家意识形态的灌输和影响，他们这种集体主义、英雄主义的理想激情导向的却是对个体的压抑、扭曲甚至摧残。所谓"个人服从集体"等原则在很大程度上造成了对个体生命价值的漠视，为了集体、为了荣誉，可以不顾个人的感受，必要时甚至牺牲掉自己的生命也在所不惜。作为个体的理想主义是与国家的政治乌托邦相一致的，当时主流意识形态对集体主义、英雄主义等理想主义精神的倡导，其根本意图在于通过改造个体，而最大限度地激发个体的战斗和生产热情，最终所欲推动的是整个国家的乌托邦理想的实现。小说中北大荒的知青们之所以选择到条件这么艰苦的地方来,大都是受到英雄主义激情影响的结果:"他们不怕死,只要能做英雄。他们就怕平凡的生活,艰苦他们已经习惯了。习惯了的就是平凡的,而'平凡'对他们来说是一种软性的挑战。他们没有足够的耐力应付这种挑战。"随着边境局势的恶化,他们被编入"战备分队"成为一名真正的战士,他们心里没有对战争的恐惧,有的只是英雄主义豪情:"渐渐冷却的政治兴奋在他们身上转化成追求那种惊天地、泣鬼神的英雄壮歌的激情。"

但是正像研究者所指出的那样,理想主义既有其"激励"的一面,也有"灼伤"的一面。除却上文分析到的《创业史》中梁生宝奇异的人性景观、裴晓芸的牺牲等等之外,发生在曹铁强与马崇汉团长之间的一次冲突也是极为典型的例证。在"公物还家"运动中,小瓦匠单书文遭到了马团长苛刻的有失公正的对待。在英雄主义激情的鼓动下,曹铁强替小瓦匠出头,并与警卫排排长刘迈克起了冲突。知青的这种行为惹怒了马团长,他当下给团部警卫排下达了命令,并夸大了事态的严重性,将知青的行为定义成"聚众闹事"。当面对即将到来的"全副武装"处于"一级战斗准备"的部队时,曹铁强又在英雄主义情绪的鼓动下慷慨陈词:"'听着,'他对全排战士说,'事态是我扩大的,我还是刚才那句话,一人做事一人当。你们可以预先把我捆起来,等警卫排的人到了,将功赎罪!'言辞刚烈,语气豪壮。这番话,是从小说里读到过的,还是看了什么电影印象太深记住了,连自己也闹不清楚。"曹铁强之所以能说出这番话,无疑是受到了当时无处不在的英雄主义的社会气氛的影响。然而这样的英雄主义的情绪有时也是危险的,曹铁强的这番话非但没能缓和知青的情绪,反而让大家"由感动而敬佩,由敬佩而义愤,由义愤而激发起一种类似'同仇敌忾'的情绪。这种情绪抵消了年轻人们本来就易于丧失的理智。而丧失理智有时是件痛快的事"。在盲目的英雄主义情绪的激荡下,这些知青决定埋伏起来与警卫排的人大战一场。然而残酷的事实是,知青们只有"铁锨钢叉""棍棒锄头",而警卫排却是真枪实弹、全副武装,如果真的爆发正面冲突,其结果可想而知。当晚若不是政委孙国泰及时赶到,这些知青恐怕连性命都要不保了。事后,曹铁强也意识到了问题的严重性:"每每回想起,总还会产生不寒而栗的后怕。……他曾不止一次半夜三更从噩梦中醒来,浑身冷汗淋漓地想到,如果老政委那天夜里迟一步赶到,自己还会不会躺在这个知识青年大宿舍的火炕上?还有他们,他排里的战士,是不是也还会躺在火炕上,发出那么安然的鼾声?如果他和他们中的某些人,成了那次'英勇行动'中的不幸者,幸存的人今天将会怎样谈到他,谈到那次'英勇行动'呢?他们会恨他的。不幸者的父亲和母亲也会恨他的。如果别人成了不幸者而他自己是个幸存者呢?那更加可怕,对他来说。"其实在这里,曹铁强的反省、内疚、后怕与负罪感,都指向了对盲目的英雄主义、理想主义的怀疑和否定批判。这种盲目的英雄主义、理想主义情绪确实只会导致理智的丧失,引发极为严重的后果。这也正是我们需要对理想主义激情抱以警惕态度的原因。

就曹铁强来说,他之所以对开垦北大荒抱有极大的崇敬和热情,并在返城政策下达后甘愿留在那个艰苦的地方,主要还是受到家庭的影响。他的父母都是北大荒的第二代创业者,父亲为了给垦荒队勘探出一条道路,牺牲在沼泽地里,尸骨无存。而母亲在丈夫牺牲后,强忍着悲痛的心情,并放下对儿子的亲情,将年幼的曹铁强寄养在老上级家里,也投身到了垦荒的事业中:"母亲一到北大荒,就坚决要求到以父亲的名字命名的那支垦荒队去。她不久成为中国最早的几名女拖拉机手之一。"之后,凭借自己不怕艰苦的干劲,她又成为中国第一名女垦荒队队长和女农场场长。然而可悲的是,在批修、批"黑劳模"的政治运动中,母亲因难以忍受不公批判,最终跳崖而死。其实,曹铁强的父母都是理想主义的殉道者,为了开垦北大荒，父亲可以不顾个人安危，母亲可以狠下心"抛家弃子"，他们的行为中都有着浓厚的舍弃个人利益而服从集体事业的利他主义精神。这种精神确实值得我们充分去尊重和肯定，但我们也必须时刻警惕理想主义所可能带来的"灼伤"。

小说中马团长所发起的"靠小镰刀夺丰收"运动也是这理想主义带来"灼伤"的典型例证。为了响应《发扬延安精神》的社论，马团长号召放弃机械化而靠人力来收割小麦："靠小镰刀，可以兼收并得，既获粮食丰收，同时也获思想丰收。南泥湾时期有机械化吗？没有。解放军民靠什么丰衣足食？靠镰刀！南泥湾精神今天过时了吗？没过时！我们就是要发扬光大南泥湾精神，通过劳动，体力劳动，而非机械化，改造我们的世界观！小镰刀和机械化相比，我们每一个兵团战士要付出更多汗水的！流汗是大好事，种种非无产阶级思想，都会和汗水一起从我们体内排出。也许有人认为，这是自讨苦吃。但这种自讨苦吃的精神，是光荣的精神，革命的精神，应该千秋万代永远继承的精神！自讨苦吃的精神万岁！……"在这场不切实际、过分夸大人的主观力量的运动中，理想主义的精神被高扬到顶点。为了宣传并压倒反对派，团部的广播每天卖力灌输："一评小镰刀战胜机械化。二评小镰刀战胜机械化。三评小镰刀战胜机械化。四评——小镰刀就是能战胜机械化。"为了激发知青们的斗志，马团长则每天在广播上朗读"最高指示"。毫无疑问的是，谬论说了千百次也成不了真理，然而在政治压力下，这样的宣传动员却有效地压倒了反对意见："从'一评'至'四评'，每天一评。政委孙国泰为首的反对派，就这样被彻底评倒了。小米加步枪，不是战胜了飞机加大炮吗？小镰刀究竟能不能战胜机械化问题上存在的种种'糊涂思想'，就这样被评得人人明白了。机械收割，以手操纵拖拉机，成了很不体面的事。"兵团的这场秋收运动就这样超出了生产劳动的范畴，而成为具有浓厚意识形态意味的政治行动，这个不切实际的运动也成了高扬乌托邦理想的时代寓言。

结果证明,这样迷信政策号召的理想主义只能带来灾祸。与大丰收的麦海相比,人实在是太渺小了:"它那么长,那么长,你望不到头!仿佛你在不停地割,它在不断地延长!于是你会感到人的渺小、可悲、可叹、可怜,你会诅咒大丰收!你被这种惩罚式的劳动彻底异化了!"因为受不了无止境的收割,小瓦匠精神崩溃,"突然用镰刀往自己手上砍!边砍边发狠地嘟哝:'叫你割!叫你割!……'"最终,蔑视机械化、夸大人力与人的主观意志的理想主义却使得麦子来不及收割完就遭遇了雨季,丰收变成了歉收,歉收又带来了饥荒。知青们饿了肚子,在每天吃不饱的情况下,还必须得从事繁重的劳动:"抵御零下三十几度严寒的体内热量,靠的是每天三个馒头勉强供应着。面粉,是发了芽的潮湿的麦子,在团部加工厂连壳磨的。蒸出的馒头,是黑绿色的。生时揉不成形,熟了拿不成个,而且像切糕一样粘手。掉在泥土中,是不太容易寻找到的。"但是即便如此,三团党委却拒绝了兄弟团的援助:"我们绝不吃亏心粮!我们不能够靠兄弟团养活!我们要勒紧皮带。"盲目的理想主义、不切实际的乌托邦追求所带来的恶果在这次秋收事件中暴露无遗。这绝不仅仅只是小说的虚构捏造,盲目的、失控的、激情迸发的理想主义所带来的可怕后果,值得我们警醒。

第七章

权谋文化人格与当代文学人物形象

权谋文化在中国的历史上可以说相当发达，在中国人生活中所起的实际作用，甚至超过儒道释。许多人认为，权谋文化是封建专制制度的产物，其实权谋文化的产生要比中国封建社会的形成早得多。在春秋战国百家争鸣时期，许多学派就对统治术做了多方面的思考与探讨。在诸子百家中，与权谋文化联系最为直接的当属法家。冯友兰认为："把法家思想与法律和审判联系起来，是错误的。用现代的术语说，法家所讲的是组织和领导的理论和方法。"① 这种提供给帝王用以"组织和领导的理论和方法"虽不能完全等同于权术，但权术是其中的主要内容。牟宗三则把先秦的法家的形成分成前后两期，前期法家代表人物为吴起、李克、商鞅等，在他们那里，"法"虽然不同于西方现代社会之"法"，与民权、自由无涉，但是种所有人都需遵从的客观标准。因而这种"法"是种可以且必须公开示人的规则。但是到了后期的法家，申不害提出"术"的概念，韩非提出"法""势""术"三者并用，这"不能登大雅之堂而只在暗地里运用"的"术"就是一种政治权术，而且围绕如何运用这种"术"，在法家那里发展为"一套大学问"，"形成了一套 ideology"②。而道家文化也与权谋有着很深的渊源。李泽厚认为，"法家是接过《老子》政治层的'无为'含义上的人君南面术，把它改造为进行赤裸裸的统治压迫的政治理论的"③。牟宗三也认为，法家的"术"的观念与道家相通，法家利用道家而成为政治上的权术。尽管如牟宗三所言，道家是被利用而为权术，可以说不是道家的本质，但是道家文化中显然有着为权谋文化所可资利用的资源。

---

① 冯友兰. 中国哲学简史 [M]. 2 版. 涂又光, 译. 北京：北京大学出版社, 1996: 135 – 136.

② 牟宗三. 中国传统文化十九讲 [M]. 长春：吉林出版集团有限责任公司, 2010: 148 – 149.

③ 李泽厚. 中国古代思想史论 [M]. 天津：天津社会科学院出版社, 2003: 88 – 89.

另外，作为广义的道家文化的一翼的黄老之学，在许多学者看来，本身就是一种"帝王统治之术"。兵家思想其实也不是仅用于行军打仗，也是频频跨界进入政治领域，当其被政治权斗借用，这种"诡道"就自然成为"阴谋"。秦统一之后，便开始了一元独尊的文化专制。在经过短暂的秦时代法家文化一元独尊与汉初运用黄老之学之后，儒家思想很快就被定于一尊，开启了2 000余年的儒家文化"王朝"。但法家文化对中国社会的影响并没有因之而结束，许多学者提出，汉以后被定于一尊的儒家文化，其实是外儒内法，也就是说中国传统社会里的官方文化其实是儒与法的集合体，"在庙堂之上的都是儒家的学问"，法家的思想"只在暗地里运用"，[①]由于法家文化在这样的文化格局里处于这样的隐伏状态，法家文化中需布之于官府，需公开存在的"法"的部分必然被儒家文化所压制，真正对社会有影响的是其秘密起作用的"术"的内容。在2 000余年的封建社会里，帝王享有不受限制的专制权力，权力转移无规则可言，官员的升迁奖惩没有公开公正的程序，权谋成为帝王驭下、官员获取权势利益的必修功课，圈套和陷阱充斥着官场，欺上瞒下、尔虞我诈、钩心斗角，残酷的权斗成为政治的常态，而且这样一种政治文化向非政治的家庭、民间、文教等领域漫溢，形成一种泛化的权谋文化生态。权谋在某种程度上，已被中国人视为必备的社会生存能力，看成评价一个人能否成功的价值标准，这样一种文化生态也滋养了烂熟的权谋文化。牟宗三说："论运用政治的权术，则中国人的智慧最高。"[②]确是准确精到之论。

文学源于生活，并且浸染于泛化的权谋文化氛围中的读者也对权谋文化乐此不疲，因之，在中国叙事文学中关于权谋文化的书写极为发达。中国古典叙事文学中的巅峰之作的四大名著中都有大量

[①②] 牟宗三. 中国传统文化十九讲 [M]. 长春：吉林出版集团有限责任公司，2010：149.

的权谋文化的内容。政治题材的《三国演义》《水浒传》自不必说,其中最主要的内容即为权斗;神话小说《西游记》神魔相斗只是其表层故事,在其深层对晚明官场生态多有影射,其写的也主要是官场权谋;《红楼梦》写的是家族故事,但在家族内部人与人之间满是权谋争斗;而在几乎与四大名著齐名的《金瓶梅》中,权谋争斗亦是西门庆的妻妾生活中的主要内容。在当代叙事文学中,权谋文化的书写和具有权谋文化人格的人物形象的塑造仍是很为丰富,尤其是在20世纪90年代以后的官场小说与反腐小说等政治题材的作品中。

一、成长抑或蜕变?被权谋文化改变着的革命者

"十七年"的小说与"文化大革命"小说,往往是在敌我二元对立框架中结构小说,故事中矛盾冲突与人物性格塑造往往也处理得比较简单化,因而其中权谋文化的书写与权谋文化人格的人物较少,但是在王蒙的《组织部来了个年轻人》中的组织部副部长刘世吾身上仍然可以读出权谋文化的内容。

《组织部来了个年轻人》最早是在"反对官僚主义"的视角下被阐释的,何为"官僚主义"呢?

一般的解释是:脱离实际、脱离群众、做官当老爷的领导作风。如不深入基层和群众,不了解实际情况,不关心群众疾苦,饱食终日,无所作为,遇事不负责任;独断专行,不按客观规律办事,主观主义的瞎指挥等。有命令主义、形式主义、文牍主义、事务主义等表现形式。

对照以上特征,韩常新显然是典型的官僚主义者,王清泉也与此有诸多的吻合,组织部部长李宗秦在其位不谋其政,甚至区委书记周润祥整天忙于事务性工作,也有明显的官僚主义味道。林震参

加的组织部的第一次部务会议"讨论市委布置的一个临时任务,大家抽着烟,说着笑话,打着岔,开了两个钟头,拖拖沓沓,没有什么结果",他们工作的组织部似乎也弥散着官僚主义的气氛。

但是官僚主义的这些特征却显然不能涵盖小说的主要人物刘世吾。刘世吾是一个特殊的人物形象,上述的官僚主义的表现与特征和刘世吾有着诸多的不合。曾有人提出刘世吾是"刘事物"的谐音,也即是说刘世吾是事务主义式官僚主义者的典型形象,但刘世吾事务主义者的印象主要来自于他的自述:"可是我真忙啊!忙得什么都习惯了,疲倦了。解放以来从来没睡够过八小时觉。我处理这个人和那个人,却没有时间处理处理自己。"林震眼中的刘世吾并不是这样,林震第一次见刘世吾,小说中这样描写:

刘世吾机械地点着头,看也不看地从那一大叠文件中抽出一个牛皮纸袋,打开纸袋,拿出林震的党员登记表,锐利的眼光迅速掠过,宽阔的前额上出现了密密的皱纹,闭了一下眼,手扶着椅子背站起来,披着的棉袄从肩头滑落了,然后用熟悉的毫不费力的声调说:……

刘世吾对其工作可以说轻车熟路,毫不费力,丝毫没有事务主义者的手忙脚乱。林震到组织部不久,就形成了对刘世吾"最突出和新鲜的印象":

刘世吾工作极多,常常同一个时间好几个电话催他去开会,但他还是一会儿就看完了《拖拉机站站长与总农艺师》,把书转借给了韩常新;而且,他已经把前一个月公布的拼音文字草案学会了,开始在开会时用拼音文字作记录了。

某些传阅文件刘世吾拿过来看看题目和结尾就签上名送走,也有的不到三千字的指示他看上一上午,密密麻麻地划上各种符号。

刘世吾在工作中展现出来的是游刃有余,有张有弛,举重若轻,丝毫看不出他所说的"忙"。对此,唐挚先生在小说发表不久就敏锐地发现了:

按照作品的描写,刘世吾是区委会组织部的第一副部长,他给人的印象是不算坏的,他有工作能力,有魄力,甚至可以说很懂得"领导艺术",比如说,某些传阅文件,他只看看题目和尾巴就算了,而有的不到三千字的指示他却看上一上午,密密麻麻地画上各种符号,你看,他懂得如何抓重点;当听汇报时,他一面似乎漫不经心,一面却突然提出问题,以致使"韩常新不自然地笑着",你看,他有相当敏锐的判断力;对于生活,他似乎也不是不懂得安排,比如当林震刚到区委会时带了一本小说,他立刻借来读了一遍,而《静静的顿河》,他也只花了一周功夫就看完了,你看,他确实很爱好文学呢。在工作上,他仿佛真是无懈可击的。(顺便说一句,有的同志把以上这些都算作刘世吾官僚主义的表现。如果刘世吾仅仅是个马马虎虎的官僚主义者,那么,作者也不必费这么大力气去刻画,而林震也不必这样苦恼了)①

与昏聩无能,敷衍塞责,装腔作势,官气十足……这样一些我们惯常理解的官僚主义者的形象不同,刘世吾显然是个精明能干的官员。然而隐藏在刘世吾精明强干之后的是比官僚主义更可怕的东西——官场权术或曰权谋。

作为组织部的实际负责人,组织部的一切都处于刘世吾的掌控之中,尽管作为生命个体的刘世吾经常是待在办公室中,足不出户,然而刘世吾的"场力"却弥散于整个组织部中,刘世吾无处不

---

① 唐挚. 谈刘世吾性格及其它 [J]. 文艺学习, 1957 (3).

在,组织部的所有人员都处于刘世吾的监控之中。初到组织部的林震想把自己了解到的有关麻袋厂的问题向刘世吾反映,未等林震开口,刘世吾就说王清泉"下棋呢还是打扑克?""他老兄什么时候干什么我都算得出来"——王清泉的一切行为都在远离麻袋厂、坐在组织部办公室里的刘世吾的监控之下,那么作为刘的下属在刘的眼皮子底下工作的林震不更是"什么时候干什么我都算得出来吗?"所以,在此刘世吾看起来是在谈王清泉,实际也是对新来者林震的一种告诫:你的所作所为也都在我的监控之中。

在刘世吾与韩常新之间,小说中有这样的叙述:

……刘世吾有时一面听韩常新汇报情况,一面漫不经心地查阅其他的材料,听着听着却突然指出:"上次你汇报的情况不是这样!"韩常新不自然地笑着,刘世吾的眼睛捉摸不定地闪着光;但刘世吾并不深入追究,仍然查他的材料,于是韩常新恢复了常态,有声有色地汇报下去。

刘世吾在漫不经心间已完成了对韩常新的控制。漫不经心地边查阅文件边听汇报,只是种外在的表象,这样一种状态会使韩常新放松警惕,露出更多的破绽,对这样的破绽"突然指出"会使得韩常新猝不及防,把自己完全暴露在刘世吾的审视之下,刘世吾的手法相当老道,几乎可以说是一招毙敌。之后刘世吾便再无下文,并不深入追究,如果从权术斗争的角度看,这时已是胜负判然,不需要更多的言语,而韩常新的破绽在此已不是需纠正"工作失误"而成为捏在刘世吾手中的"把柄",随着这样的"把柄"不断地聚集,刘世吾可以随时出手,致韩常新于死地。有这样的"把柄"在手,任韩常新"比领导还像领导"在别人面前人五人六,装腔作势,一到刘世吾面前,也只能是服服帖帖。

在林震初进组织部第一次见到刘世吾时,刘世吾的表现就满是权谋的色彩,刘对林的第一次接见就是恩威并施。林震去见刘世吾时,刘世吾与林震的谈话包括两部分内容:首先是谈工作,然后是谈生活。刘世吾在用"锐利的眼光"迅速地审视过林震的党员登记表后,就开始大谈组织部的工作,尽管刘世吾脸上"现出隐约的笑容",但是这样的谈话无疑是庄重肃穆的,而且这样的言说是单向的,林震只能是处于下位的聆听者。这种以"相当深奥的概念"为内容的话语致使"林震集中最大的注意力,仍然不能把他讲的话全部把握住"。这是一种代表组织的上者用"组织"的语言对下者的训诫,通过这样的训诫,组织部的主人之于组织部的新进者的组织的代言人的身份得以确立,在林震面前,刘世吾借此立威。而刘世吾的精明在于刘世吾不想如韩常新一样"比领导干部还像领导干部",不想以高高在上、官气十足这样的浅薄的官僚主义者的形象示人,因此在立威之后就马上要显现出自己平易近人、深入群众、关心下属的一面,在训诫完成之后,立即"用另一种全然不同的随意神情"与林震谈生活:询问"有没有对象",谈工作之余的读书。刘世吾在拉开与林震的距离之后又试图拉近与林震的距离,立威之后示恩,以此让下者感受到上者的关怀。这种立威与示恩之间微妙关系的处理即是种玄妙的"官场艺术",比如说,先后的关系是不能颠倒的,因为示恩必须以立威为前提,平易近人、深入群众、关心下属等品质只有在上者与下者的官场等级关系确立以后才有意义。对于这样的"官场艺术"刘世吾操弄得相当熟练。

而最具权谋味道的是刘世吾与林震在馄饨铺中的谈话。不可否认,这次谈话中刘世吾不完全是虚伪的,其中不乏真情的流露,然而只要注意这次谈话的背景——这次谈话发生在区委常委会即将讨论麻袋厂的问题之时——就不难发现其隐含的意义:刘世吾试图阻止不谙组织部隐性规则的新来者林震在区委常委会上口无遮拦地发言(从后来刘世吾的劝阻失败后林震在区常委会上的发言及发言后会议的状态看,这样的发言无疑会打破刘世吾等"组织"中人操弄得非常娴熟习以为常的会议的"套路",显现出会议"不团结""不圆满"的一面,把参会的组织部诸人以及组织部甚至于组织部的上级领导者猝不及防地置于尴尬的境地,因而也受到了所有参会者一致的围堵)。这样的阻止首先从规劝开始,刘世吾先从其年轻时的经历谈起,也许这确实是刘世吾的真情流露,然而也不难发现刘世吾规劝方式选择的"机心"所在,刘世吾自己的真实感情也成为刘世吾自己利用的工具。这样的"曾经的青年人"的故事显然很容易拉近青年人林震与刘世吾的心理距离,刘世吾学生领袖时的"往事"也很容易引起刚离开学生生活的青年人林震的共鸣,这样动情的叙说很容易解除对方的戒备心理沉浸于情感之中而疏于理性的防范。刘世吾在与林震的对话中也有自责,然而这样的自责也有着这样的意义:通过"自责"营构的"坦诚"话语更容易被对方所接受。刘世吾以"一个布尔什维克,经验要丰富,但是心要单纯"结束自己的"成长"叙事,对自己失去"热情"的自责结语同时又是对林震"经验"欠缺的提醒,刘世吾始终在努力以自己从"年轻""热情"到"经验丰富"的成长经历的示范效应来获得林震对自己及组织部生存现状的认同,直接但却迫近的目标即是使林震放弃在区委常委会上的冲动行为,按组织部中的潜在规则行事。然而这种规劝结果显然是难达到预期的,所以当林震"开始被他深刻和真诚的抒发所感动了"的时候,刘世吾抛出了对林震极具杀伤力的武器:

刘世吾盯着他,亲切地笑着,问他:"赵慧文最近怎么样?"
"她情绪挺好。"林震随口说。他拿起筷子去夹熟肉,看见了他熟悉的刘世吾的闪烁的目光。
刘世吾把椅子拉近了,缓缓地说:"原谅我的直爽,但是我有责任告诉你……"
"什么?"林震停止了夹肉。

"据我看,赵慧文对你的感情有些不……"
林震颤抖着手放下了筷子。

对沉浸于刘世吾"真诚"叙述氛围中的林震而言,这完全是猝不及防的,"停止了夹肉","颤抖着手放下了筷子",内心的慌乱显而易见。这与前边收服韩常新的手法——"一面漫不经心地查阅其他的材料,听着听着却突然指出:'上次你汇报的情况不是这样!'韩常新不自然地笑着,刘世吾的眼睛捉摸不定地闪着光,但刘世吾并不深入追究"——有着异曲同工之处。这样一种利用私生活说事的手段虽然有些不够光明,但对于达到目的却是非常有效的。在1955年丁玲、陈企霞事件中,陈企霞就是因之而被逼就范的。林震尽管涉世未深,也明白其中的分量,小说这样描写离开馄饨铺后的林震:

离开馄饨铺,雨已经停了,星光从黑云下面迅速地露出来,风更凉了,积水潺潺地从马路两边的泄水池流下去。林震迷惘地跑回宿舍,好像喝了酒的不是刘世吾,倒是他。同宿舍的同志都睡得很甜,粗短的和细长的鼾声此起彼伏。林震坐在床上,摸着湿了的裤脚,难过,难过,说不清为什么要难过。眼前浮现了赵慧文的苍白而美丽的脸。……他还是个毛小伙子,他什么也没经历过,什么都不懂。他走近窗子,把脸紧贴在外面沾满了水珠的冰冷的玻璃上。

在刘世吾面前几乎是落荒而逃,显然此时的林震内心已是张皇失措,不难看出刘世吾关于赵慧文的话题的震撼性力量。尽管林震后来未听从刘世吾的劝阻,仍然坚持在区委常委会上提出自己的批评意见,然而其后林震也不得不立即清理自己与赵慧文的关系。之后,林震犹豫再三最终还是去找赵慧文,其实是要将自己与赵慧文的关系做一个明确的界定,而且这种意向也获得了赵慧文心照不宣的回应,赵慧文把两人的关系界定为:"你是我所尊敬的顶好的朋友,但你还是孩子","你像是我弟弟","就这些了还有什么呢?还能有什么呢?"这既是给予两人交往之中模糊不清的地方的一种清晰的解释,通过这种解释把其中的男女情爱的含义排除出去(对于林震而言,这是他与刘世吾交锋时自身存在的最危险的"罩门"),同时这样的界定也是对两人以后的交往划定的界限。对这种关系的清理是林震采取下一步反抗的前提,林震走进周润祥的办公室之前必须告别赵慧文,因为刘世吾以对林震私生活的介入这样的权谋手段已成功地把赵慧文从林震的支持力量转化为林震的负累。

刘世吾的权谋手段还表现在,其对上级意图的揣摩上,用毕光明的说法叫作"上本位观念",上级的意图是刘世吾工作的动力,也是其工作的中心内容,对此,毕光明这样分析:

他工作时有一个值得注意的地方:"某些传阅文件刘世吾拿过来看看题目和结尾就签上名送走,也有的不到三千字的指示他看上一上午,密密麻麻地划上各种符号。"这里,"指示"不同于"传阅文件",后者是一般性的,无关大局,而前者来自于"上面",是从权力中心那里递贯下来的,它决定着政体中枢神经的脉动。①

刘世吾的聪明才智很大部分耗在对上级意图的捕捉上,于是工作能力也就逐渐地异化为一种捕捉上司意图的能力。在处理麻袋厂问题上,刘世吾所谓"时机"成熟与否实际即决定于上级意图。刘世吾时刻都在敏锐的捕抓上级意图的蛛丝马迹,这是他决策的依据。麻袋厂问题处理的契机来自于《北京日报》刊登的一封揭发王清泉官僚主义作风的读者来信,介于党报"党的喉舌"的定位,以

---

① 毕光明:《组织部新来的青年人》新解[J]. 中文自学指导,2005(5).

"显明的标题"登出的这封读者来信透露出来的是比区组织部甚至比区委更高的组织的"声音",更何况还加有从口气看是体现来自更高级别的领导者的意图非常明显的"按语":"……有关领导部门应迅速作认真的检查……"小说这样描写刘世吾:"他把报纸拿给刘世吾看,刘世吾仔细地看了几遍,然后抖一抖报纸,客观地说:'好,开刀了!'"一则简单的读者来信刘世吾要看几遍,显然是要捕抓并确认来自"上边"的声音。所以说,麻袋厂问题解决的时机并不决定于王清泉问题有多严重,也不决定于成绩是主要的还是问题是主要的,更不决定于工人的不满有多强烈,而是决定于上级领导者的意图,刘世吾的精明强干很大程度上在于不露痕迹地迎合上者的意图。所以,刘世吾一再说自己忙,但这不是事务主义者的忙,时刻注视并捕抓任何能透露权力高层的意图的蛛丝马迹才是刘世吾的"真忙"。

在韩常新与林震发生争执的党小组会上,刘世吾"在一定关头起扭转局面"的作用的发言,其背后更包含着可怕的逻辑:

请林震同志想一想:第一,魏鹤鸣是不是对王清泉有个人成见呢?很难说没有。那么魏鹤鸣那样积极地去召集座谈会,可不可能有什么个人目的呢?我看不一定完全不可能。第二,参加会的人是不是有一些历史复杂别有用心的分子呢?这也应该考虑到。第三,开这样一个会,会不会在群众里造成一种王清泉快要挨整了的印象因而天下大乱了呢?等等。

这分明是种从动机出发的有罪推定,这样一种"动机论"的威力在于不但可通过把关注重点从事件本身向当事人动机的悄悄转移,回避对事件本身的曲折是非探讨,而且通过这样看似严密的推理其实可给任何人都安上"莫须有"的罪名:本来是讨论王清泉的问题,但是经刘世吾的语言操弄,有问题的反倒变成魏鹤鸣。而

"成绩是基本的呢，还是缺点是基本的？显然成绩是基本的，缺点是前进中的缺点。我们伟大的事业，正是由这些有缺点的组织和党员完成着的"的论调则是推卸责任、文过饰非、化过为功的利器。

刘世吾不是一般意义上的官僚主义者，而是一个深谙权谋的权术玩得纯熟的干练的官僚形象。他与韩常新这样的浅薄的官僚主义者相比有着难以为人觉察的隐蔽性，但是其危害性却远胜后者。

对于一个革命的政党与其成员而言，在革命阶段，处在下者的位置官场权谋文化是作为旧秩序的组成部分而被置于需反抗破除的范围，较容易与自身区隔开来。但是一旦革命成功，新的秩序建立之后，当需要从革命时的"理想与激情"状态中沉静下来，用一种新的精神状态新的方式维护新的秩序时，革命政党与革命者由于在社会格局中的位置变化很容易在不知不觉中对这样一种以上为本位的权谋文化产生某种不自觉的认同：这也就是来自离权力中心较远的学校的青年革命者林震身上比离权力中心较近的组织部里的先到者刘世吾等保留更多的革命时代精神状态的一个重要原因。而且这种发展相当成熟的文化用于维护某种秩序而非破坏某种秩序时有着相当神奇的效用，因此，对于刚刚成为社会管理者的"刘世吾"们而言，对这种旧治理方式的借用要比摸索一种新的治理方式方便容易得多，而且从短期来看，也有效得多。所以当刘世吾们以胜利者的身份进入组织部，在成长为一个精明强干的"经验丰富"的管理者时，同样潜藏着一种"蜕化"的危险：被悠久的官场权谋文化所俘获，成为权术玩得纯熟的干练的官僚。而当刘世吾们的场力弥散于"组织部"中时，官场权谋文化有可能取代革命文化成为"组织部"中的控制性力量，"组织部"也有蜕化为旧式衙门，革命的意义与价值有被完全驱除的危险。从这个角度上讲，固守"革命"思维不能完成向执政者的转化固然不可取，然而，以革命者的角色身份以及各阶段的任务与使命不同为掩护使得这样的蜕化合理化却也是种很大的危险。被中国传统的权谋文化无声无息地俘获，这可能是另外一种意义上的"和平演变"。

二、改革者的才干与反改革者的权谋的对决

兴起于20世纪70年代末80年代初的改革小说是一种对政治极度关注的小说。就其人物的塑造而言,主要以塑造时代的改革英雄为主。虽然对于何为英雄,与"文化大革命"时期区别判然,但仍然难以完全摆脱"文化大革命"时期"高大全"式英雄人物的塑造模式。在新一代的改革英雄身上,依然可以看到如梁生宝、萧长春等"十七年"与"文化大革命"文学中的社会主义"圣徒"的影子。有的研究者批评这类小说的"思维模式、文化观念却还停留在前现代的状态;文学在完成改革者形象的塑造时,往往注重英雄观念的惯性表达,而忽略对人性内在的挖掘"[①]。尽管这类改革英雄形象的出现回应了时代走出"文化大革命"阴影向前看的时代要求,其文学与社会的价值毫无疑义,但就文学形象的塑造而言,往往因为要承载政治观念与作者的理想人格,多有过于理想化,过于"纯净"之嫌,与丰富复杂的社会现实有一定距离。反倒是一些作为改革对立面与阻碍者的人物,由于所受这样的限制较少,塑造的性格较为复杂,与现实比较贴近。其中一些人物的性格,在与改革者的斗争时,体现出一定的权谋色彩,这种权谋因素的加入,无疑有助于体现这些人物性格的深度以及现实呈现的深度,使得这些人物形象与改革英雄相比,较为立体化。比如改革小说的代表性作品中的冀申。

作家蒋子龙讲,对于《乔厂长上任记》的构思与写作"首先

---

① 江腊生. 改革激情与文学想象的焦虑[J]. 甘肃社会科学, 2013(1).

到我脑子里来报到的是冀申"①,冀申的原型主要是这样三个干部:第一位是"我认识一位十一级干部,'文化大革命'以前他混得不错。'文化大革命'中一派批他,一派保他,批他的是多数派,保他的是少数派。他对批判想不通,可是亮相时却亮到批他的那一边去,于是他立刻被结合起用,开始吃香了。他官复原职后的第一个行动就是把上山下乡的孩子全部弄回城里"。第二位是"某厂一位革委会主任,在一九七七年底搞了一场大会战,突击完成了任务,事迹登了报,工人得到很多奖金,他也高升了。可是,一九七八年这个厂可苦了!整个第一季度,他们干的就是把去年突击完成的产品全部拆开,重新装配,有的还要重新加工,整个季度他们没有生产出一台新产品"。第三位是"某位十九级干部,在干校时当'鬼'队队长,对一位老干部额外照顾了一下,以后这个老干部复职时,立刻提拔他当了一个千人以上大厂的党委书记"。另外则是"某些老干部想上哪去就能去得成……他们办公事老是说研究研究,办私事却敢拍板,敢作主"。似乎做这样的理解是合理的:与乔光朴们相比,在生活中,作家蒋子龙对冀申们更为熟悉,在创作中,对于冀申的塑造有更丰富的生活资源。虽然从小说的整体构架上而言,冀申没有被脸谱化、简单化处理,而被塑造成一个较为立体化的形象,有助于凸显乔光朴的英雄形象——对手越强,越能显现出乔光朴的才干;另外两强相争,才会使故事中的矛盾冲突变得激烈,增加对读者的吸引力,冀申形象的塑造是小说叙事推进的需要。但是与理想化观念化的乔光朴相比,冀申被塑造得更为生活化、立体化也未尝不是作者丰富的生活资源暗中推动的结果。

与蒋子龙早期小说《机电局长的一天》中的改革的阻碍者徐进亭不同,冀申不是一个平庸无能、缺乏担当的官僚主义者形象,而是一个很有谋略很有能力的人物,正如有人指出的那样"乔光朴是

---

① 蒋子龙. 不惑文谈 [M]. 上海:上海文艺出版社,1984:53-55.

个英雄,但冀申也不是个酒囊饭袋式的狗熊",两人是"棋逢对手,将遇良才。双方都不是弱者"。但是与乔光朴不同,冀申的全部的聪明才智几乎都是用来搞投机,用来自我保全与获取更多的权势与更多的利益。中国官场历来大约由两类人组成,一类是谋事者,一类是谋人者,乔光朴是谋事者,冀申则是谋人者。

　　冀申与乔光朴、石敢都是"文化大革命"中受到冲击的老干部,但在"文化大革命"中的命运与作为大不相同,石敢在"文化大革命"批斗会上从两辆载重汽车搭成的台子上摔下来,失去了半个舌头,后来成了干校"管着上百只鸡,几十只鸭,还有一群羊"的"三军司令"。乔光朴则在"文化大革命"一开始就被批斗,"'走资派'帽子上面又扣上'老流氓'、'道德败坏分子'的帽子",被关了多年牛棚,妻子也不明不白地死在牛棚里,可谓家破人亡。冀申却大不一样,"这个人确实象他常跟群众表白的那样,受'四人帮'迫害十年之久,但十年间他并没有在市委干校劳动,而是当副校长",也就是说在"文化大革命"中冀申实际的损失并不大,而且深谙为官之道、洞悉官场生态的冀申在这时就开始谋划未来,老谋深算地缔结了复杂的关系网,把这个位置做成其东山再起的跳板。在这里,冀申表现得很有谋略,很有手段:"早在干校做为新生事物刚筹建的时候,冀申做为市'文化大革命'接待站的联络员就看出了台风的中心是平静的。别看干校里集中了各种不吃香的老干部,反而是最安全的,也是最有发展的,在干校是可以卧薪尝胆的。他利用自己副校长的地位,和许多身份重要的人拉上了关系。这些市委的重要干部以前也许是很难接近的,现在却变成了他的学员,他只要在吃住上、劳动上、请销假上稍微多给点方便,老头子们都很感激他了。加上他很善于处理人事关系、博得了很多人的好感。现在这些人都已官复原职,因而他也就四面八方都有关系,在全市是个有特殊神通的人。"有了"受四人帮迫害十年之久"的"政治正确",又有预先结好的关系网,冀申在"文化大革命"结束之后在权力场上官运亨通便是自然的事情了。这里有一个问题需要注意,冀申这样的官场权谋者之所以在"文化大革命"后在官场能如鱼得水,与"文化大革命"期间干校里的各种"不吃香"的老干部们"文化大革命"后"大都已官复原职"重回权力中心有关系,所以冀申们这样的把官场权术玩得纯熟的权谋者之所以能成功,很大的原因是这些老干部们为这种权谋文化的存在与发展提供了土壤。由于这些老干部们是"文化大革命"之后权力层的主要构成力量,"文化大革命"前与"文化大革命"后的官场生态似应有一定的承续性,"文化大革命"后不那么"纯净"的官场文化生态也不是仅仅归因于"文化大革命"破坏与"文化大革命"遗毒那样简单。因之,小说在一定程度上突破了伤痕小说以来形成的"文化大革命"——"十七年"、造反派—老干部非此即彼非黑即白完全对立式的叙事模式,把对于前30年历史的反思往深推进了一步,与差不多同时的反思文学有着一定的相通之处,当然这种反思更明显地体现在冀申与郄望北的人物设置上,冀申是"文化大革命"后复出的老干部,郄望北是"文化大革命"中的造反派,但冀申是改革的阻碍者,而郄望北却是帮助者。

如果说冀申在"文化大革命"这样的乱世之中,其权术更多的是为了自保,那么在新的时代里他就要据此获取更多的利益与权势。与乔光朴相似,冀申去电机厂也是自己主动请缨,但乔光朴是从"'公司经理'——上有局长,下有厂长,能进能退,可攻可守。形势稳定可进到局一级,出了问题可上推下卸,躲在二道门内转发一下原则号令。愿干者可以多劳,不愿干者也可少干,全无凭据;权力不小,责任不大,待遇不低,费心血不多"的"肥缺"下到"已经两年零六个月没完成任务了。再一再二不能再三,全局都快要被它拖垮了"的"大难杂乱"的电机厂。而冀申不同,冀申去电机厂,却是着眼于为日后的升迁积累资本,"'大厂厂长'这块牌子在国家工作重点转移到经济建设上来以后一定是非常用得着的。而后再到公司、到局，到局里就有出国的机会，一出国那天地就宽了"。小说不无讽刺地说，冀申在电机厂"也不是不卖力气"，但冀申主要的精力不是钻研管理，发展生产，而是用在投机上，"每天翻着报刊、文件提口号，搞中心，开展运动，领导生产。并且有一种特殊的猜谜的酷好，能从报刊文件的字里行间念出另外的意思。他对中央文件又信又不全信，再根据谣言、猜测、小道消息和自己的丰富想象，审时度势，决定自己的工作态度"。看了这一段不能不让人想起刘世吾，捕抓高层上级的意图然后投其所好是他们工作的中心内容，他们的能力也体现在捕抓这种信息的敏感度，从刘世吾到冀申，让我们感觉到某种超越时空的弥漫于官场的东西的存在，这种东西就是官场权谋文化。

　　冀申的权术还表现在当他的利益受损时千方百计地把局势搞乱，制造内部矛盾，给其继任者乔光朴的工作制造困难，以此来掩盖自己在工厂管理上的无能。在得知自己将被撤换时，抢在乔光朴上任之前召开党委会，策划搞生产大会战和撤掉郗望北的职务，对其意图，小说中这样写："他要采取大会战孤注一掷。大会战一搞起来热热闹闹，总会见点效果，生产一回升，他借台阶就可以离开电机厂。同时在他交印之前把郗望北拿下去，在郗望北和乔光朴这一对老冤家、新仇人之间埋下一根引信，将来他不愁没有戏看。如果乔光朴也没有把电机厂搞好，就证明冀申并不是没有本事。"除此之外从中还似可看出这样几点：其一，善玩权术的官僚对于权力的贪婪，这样的人总会把权力使用到极致，使用到最后，所谓"有权不使，过期作废"；其二，一旦大会战的计划在党委会上通过，就会成为电机厂的"既定政策"，后继者如要改变，要废更多周折，一旦处理不慎，可能会引发大的混乱，所以，这也是冀申给乔光朴留下的"引信"，而且一旦引爆，破坏力要比郗望北大得多，这其实也是许多擅权者离开权力平台时常玩的手段。后来当冀申被降为副厂长之后，仍然不断挑拨生产队和电机厂的关系，暗中支持、怂恿和煽动对乔光朴心怀不满的人闹事，制造乱局。权谋文化的危害在于不是比优，而是比烂，不是"你做得好，我力争做得更好"这样的正向竞争，而是使绊子，搞捣乱，拉低对手，用对手的更差来显示自己不差，用"乔光朴也没有把电机厂搞好"，"证明冀申并不是没有本事"，所以这完全不是种推动社会向前发展而是向后拉的力量。另外，冀申也从不明着对抗乔光朴，而是暗中使力，这也体现出中国权谋文化具有以柔胜强的特点，对于乔光朴而言，借用鲁迅的一个词，是种无物之阵。

由于时代以及小说产生的文学机制等多方面原因，小说着力塑造的乔光朴尽管很鼓舞人心，却过于理想化，仍然有着"文化大革命"文学中英雄人物"高大全"的痕迹，其大刀阔斧所向披靡的改革与社会的真实情况有一定的距离，而冀申的塑造使读者可以见出"文化大革命"之后更为真实的社会现实，增加了小说的现实主义色彩。但是总体而言，小说中冀申的权谋仍显得表层化，人物身上的权谋文化色彩处理略显简单化，冀申的某些权术显得过于幼稚，比如抢在乔光朴上任之前，撤掉郗望北，其实更多地给自己树敌。冀申的形象仍然有些简单化、脸谱化，从深度性与复杂性上不及刘世吾。个中原因恐怕在于尽管小说没有将改革者与保守势力设置为阶级对立敌我矛盾，但到了具体写作中仍然是在敌我二元对立框架中建构小说。

尽管小说也写到不谙或是不屑权谋的乔光朴的失败与无奈，写出了在充溢着权谋的社会生态中改革的艰难：出去搞外交，大败而归；冀申也如愿以偿调到了外贸局；尽管在电机厂内，乔光朴的改革所向披靡，冀申似乎是失败者，但是放眼更广阔的天地里，冀申与乔光朴的较量，谁胜谁负还很不好说，乔光朴的胜利要大打折扣。但是总体而言，《乔厂长上任记》充满了理想主义与乐观主义的色彩，这与"十七年"与"文化大革命"革命战争题材文学的美学风格有着很大的相似。即使乔光朴的外交失败，小说借郗望北之口解释的原因:"厂长做为领导大型企业的厂长,眼下有一个致命的弱点,不了解人的关系的变化。现在人与人之间的关系不同于战争年代,不同于五八年,也不同于'文化大革命'刚开始的那两年。""如果有一天社会风气改变了,您可以为我现在办的事狠狠处罚我,我非常乐于接受。"言下之意是:这样的权谋者的如鱼得水的社会生态是由"文化大革命"所致,是特定历史时期的特有现象,对小说整体的理想主义与乐观主义基调冲击甚小。但是到了20世纪80年代的改革小说《新星》,这样一种乐观主义与理想主义情绪就有些难以为继。来自北京高干家庭的李向南,其权力的背景明显优于乔光朴,但是在与顾荣的斗争中败北,终至于在古陵县无法立足。顾荣之所以能争取到地委书记郑达理甚至李向南父亲的支持,与政见当然有关,但是更大的原因恐怕在于顾荣玩得纯熟的权谋,所以从一定意义上讲,改革者的失败很大程度上是败于其政治对手的权斗智慧,败于历史悠久的发达的权谋文化。相较于政治上的保守势力,这种文化的力量要强大得多。而在90年代兴起的反腐小说中,贪腐官员更是权术的高手,在小说《抉择》中,连反腐英雄李高成也被权谋高手严阵织入其权力网与贪腐网中——反腐英雄李高成最后发现自己的升迁其实是"中纺"领导层贿赂严阵的结果。反腐的英雄成了贪腐的产物,很是有些吊诡,其中透露出来的恐怕不仅仅是无奈,从中亦可读出权谋文化的威力。

三、改革英雄的权谋:改革的助推力量抑或解构力量

在这些小说中,虽然写到了改革者/清官在充斥着权谋文化中的社会生态中的无奈,与深谙权术的对手争锋时的艰难,但是在这些小说中,保持了道德方面的纯粹性,在人物塑造方面体现为理想化改革英雄人格/清官文化人格与权谋文化人格的对立,权谋文

体现在改革反对者/贪腐官员身上，改革者/清官则始终是光明正大，即使在最艰困的时期，也不会使用权谋手段。但是在一个人治而非法治传统深厚的社会里，改革/反腐事业的推动往往更多的依靠的是改革者/清官的个人的权力。而在人治社会里，权力的获取与转移又是无规则可循、无程序可依的，所以改革者/清官权力需用权谋手段获取与维持，改革者/清官必须在权术方面有足够的智慧，方能与其对立面周旋，改革/反腐事业方能得以推动。因此，至少在玩权弄术方面，有才干的改革者/清官其实很难保持道德方面的完善，改革者/清官与保守势力/贪腐集团的高下优劣区别在于未来要达成的目标上，至于达到目标的手段，则没有本质上的区别，谁也不比谁高尚。在《乔厂长上任记》中蒋子龙似乎也有朦胧地意识到：不使用权谋手段做"以毒攻毒"式的斗争，是很难打败冀申们来推进改革的，但是作者把这些事让郗望北去做，从而保全了乔光朴在道德方面的完整性与理想色彩。但是到了20世纪90年代中后期的小说，则出现了不少作者要肯定的正面人物与权谋文化人格合体的文学形象，尤其是在一些以帝王将相宫廷政治生活为题材的历史小说中，比如熊召政的《张居正》中的张居正，唐浩明的《曾国藩》中的曾国藩，二月河的《康熙大帝》《雍正皇帝》《乾隆皇帝》中的康熙、雍正、乾隆等。在这些小说中，出于对这些历史人物及其行为的历史价值的肯定，对其在完成被肯定的政治目标过程中难称高尚的政治权谋表现出某种程度的理解与认可，甚至一定程度的赞赏（比如二月河的历史小说）。

张居正是明朝中后期著名的改革家，其在历史上留下浓墨重彩的一笔无疑是因为他所主持的万历新政，而其作为历史人物之所以被作家关注、具有文学书写方面的价值同样是因为这场改革，因之改革理所当然应该成为历史小说《张居正》的中心话题。但是在小说出版不久之后，有学者即指出，在这长达四卷的长篇大著中，

"'万历新政'未被凸现",对于新政的书写"太少太轻了"①,据此对小说提出了批评。对照小说,这种说法颇为准确,小说中直接叙写张居正改革的内容确乎不能算多,大量的笔墨用在张居正与各种势力各色人物之间的权斗上。但是如果避开权斗,集中笔墨书写改革,就会提高小说的艺术价值,使得张居正人物形象增色吗?其实也未必。个中原因,除了宫廷权谋争斗波云诡谲、紧张激烈的故事性对读者更有吸引力之外,始终是蒙着重重黑幕在阴暗中操作而带来的神秘感可以满足普通民众的好奇感与窥视欲。从题材上看,宫廷权斗比改革更适合小说书写之外,更大的原因在于在中国皇权专制的社会中,改革与权斗互相缠绕的复杂关系:改革需在获得强大的权力后方能展开,于是改革往往是以权斗的胜利为起点,同时改革的推进也需强大的权力来维持与保障,因之权谋斗争与改革伴随始终;改革者花在权斗上的精力要超过改革本身。因之,小说叙述中权斗内容超过改革内容其实也是对这场改革的真实反映。

张居正是改革英雄与权谋文化人格的合体。小说中,张居正的权谋手段有多次的展现。首先是他与高拱的权斗。在隆庆皇帝在位时,张居正便凭借自己对宫廷权力格局的敏锐判断,对政治利益做了精心计算之后,"烧冷灶"交好尚未得势的李太后与太监冯保进行政治投机。隆庆帝去世以后,利用李太后母子对高拱的畏惧与高拱与冯保之间激烈的权力争夺,迅速结成政治联盟,表面称病不朝,远离权斗,暗中煽风点火、出谋划策,以李太后内旨的迅疾手段,使高拱在猝不及防的情况下被赶出朝廷。在张居正的改革中首先被清除出局的高拱其实并不是反改革者,高拱与张居正的矛盾并不在政见的分歧,高拱在当政时也做了与张居正目标类似的改革,张居正也是高拱荐引入阁的,两人曾是政治上的盟友。事实上,在中国传统极权社会里,政治派系的组成并不是主要以政见扭结,更

---

① 马振方. 再说历史小说《张居正》[J]. 文艺争鸣, 2004 (4).

多的是以血缘宗亲、地域乡谊、师生同门等关系维系,因之政见相似者不仅不必然成为政治盟友,相反很多时候会成为你死我活的政治对手。这也正是在皇权专制的社会中改革的悲剧性所在:由于权力的无规则、无序运行与权力独专的排他性,政治派系的权力斗争与改革混杂在一起,同为改革者的高拱却成为张居正获取权力、推行改革的最大障碍,张居正的改革以改革阵营内内讧式的权斗为起手,改革一开始就有着被异化为权力斗争的危险。权谋对于改革事业而言,很明显是把双刃剑。

在新政的推行过程中,张居正也必须依靠权谋手段。由于政治派系的组成很为庞杂,并不仅仅甚至也不主要是以政见治国方略联结(比如说是冯保与张居正的结盟,并非因为改革,而是为了获取更大的权力,取代孟冲当上内相——司礼监掌印太监,尽管冯保在明一代有权势的太监中,算是有政治才干与文化修养的,但要说他在有关国计民生的问题上有什么政治抱负,就是过于抬高他了)。张居正为了维持与壮大自己的支持力量,在自己的政治派系内部,就要进行利益的输送与平衡,而这些利益并非全是或主要不是正当的利益,"为此,他常常要作出种种的隐忍、折冲、妥协、退让,甚至不惜以牺牲新政的局部利益、延缓实施新政的某些阶段性进程为代价"①,政治原则、政治操守因之也很难坚守。比如为了取得冯保的支持,明知胡自皋贪腐,仍爽快让他当上了淮运总督;比如在购置戍边将士棉衣等问题上对李太后家族的利益输送;比如在增加后宫开销用度上对小皇帝的妥协。而对于一些政治立场相似的改革支持者,却往往是权力争夺棋局中的棋子,随时都可能被牺牲掉。比如张佳胤本是带着张居正手令,秉公处理安庆兵变,将张志学、查志隆捉拿归案,但因查志隆是高拱门生,因此得罪了高拱,

---

① 於可训. 极权政治的历史寓言[J]. 湖北大学学报(哲学社会科学版),2008(5).

当高拱要将张佳胤治罪时,张居正出于政治利益的算计,选择了袖手旁观;金学曾可以说是张居正改革的先锋,为万历新政可以说是冲锋陷阵、赴汤蹈火,但仍然是张居正的大棋局上的棋子,用他自己的话来说:"首辅改革之初,希望有人冲锋陷阵,当冤大头,所以选中了我。"当这一阶段性的任务完成之后,就难逃被抛弃的命运;宋仪望和杨本庵是"一条鞭法"的先行者与坚决执行者,但在表彰清丈田亩有功者,但却因张居正的权谋考量没有出现在受褒奖者的名单之中,权谋文化是重利益而轻是非的。对于自己圈子之外的则更是应用权谋手段毫不手软地剪除。比如张居正改革的重要内容的京察,尽管张居正一再表白"无党无偏",绝非清洗高拱余党,而是为了整治官场贪、散、懈的积弊,但其真实的动机未必那么纯净,整顿吏治有之,党同伐异也不能说无:魏学曾为人正直,勇于任事,政治操守也好,"张居正心中很是欣赏魏学曾这股子敢作敢为的英雄侠气",但由于分属不同的政治派系,京察中仍被调任南京都察院右都御史这样的闲职。

改革应着眼于某种"新法"的建立,这样才不至于人亡而政息,这样的"法"尽管不同于现代意义上的法律与法制,但毕竟是一种客观规则、体制,一旦形成,就具有一种普遍性的约束力,无论"王子"还是"庶民"都需遵守。但权就是变通,权谋即是变通的谋略。"新法"与"权术"存在着内在的冲突,权术的任意变通在不断消解着"新法"的普遍性的约束力,使其事实上只对某些特定的人群有约束力,越来越沦丧为自己的政治派系谋取不当利益打击别的政治派系的工具,改革建立的"新法"不断地异化为权谋之术。即使在同一派别内部,由于"新法"失去普遍的约束力,权术是其内部运作的基本方式,其成员一旦失去利用价值,或为政治派系整体的利益,其基本的权益都难以保障。张居正的两难之处在于必须用权谋手段维护自己的权力,以使改革得以推进,但是当权谋文化因之被引入改革事业之后,它却对改革所要建立的客观性的规则、体制不断消解,使得改革的推进越来越依靠权力。后果在于,一旦权力失去,改革也便寿终正寝,这也是张居正改革的悲剧结局。

最后即是改革者自身被权谋文化异化。首先是对改革者人性的毒化,张居正与高拱相交多年,政见相近志趣相投,在仕途上,高拱对张居正也多有提携,但是一旦高拱成为张居正攫取权力的最大障碍时,张居正毫不顾及多年的交情,在权斗中不择手段,必欲彻底击败高拱;何心隐是其微时的挚友,也是其改革最早的支持者与谋划者,但是仅仅因为何心隐对张居正新政的批评,为钳制舆情,在张居正的暗示与默许下,何心隐被金学曾、陈瑞暗杀于狱中。权力已经把张居正异化为一个冷血的政治动物。无论是谁,只要对其威权有一点不敬,对其政治利益有一丝损害,"他整起来也绝不留情"。另外,在一个高度集权的体制中,推动改革必须依靠权力,从这种意义上说,权谋是进行改革的必需手段,但是"在通过权力这根魔杖推进改革、实施新政的过程中,他自身的权力也随之得到扩充和膨胀"①,当他尝到权力给他带来的自由与利益时,就可能逐渐沉迷于权力的享受,其权谋也在从推行新政向维护权力转变。比如,在张居正返乡葬父时送了他32台大轿的北直隶真定府知府钱普,极尽巴结逢迎为能事,后来受到重用,秘杀何心隐有功的陈瑞尽管官声与能力都很一般,却得到升迁,这与改革大计显然无关,与历代权臣结党营私之举无异。

可以看出,作家熊召政是怀着极大的敬意来写张居正的,小说可以看作是对这位封建时代的改革家的颂歌。但是从中也可以看出权谋文化是如何吞噬人性,吞噬改革大业的,在极权社会里用权谋的方式推进改革无异于饮鸩止渴。

---

① 於可训. 极权政治的历史寓言 [J]. 湖北大学学报(哲学社会科学版), 2008 (5).

四、权谋文化的漫溢：学术官场与学者的权谋

权谋文化并不局限于政治领域，它已漫溢至社会的其他领域，比如学术界，不仅仅是学术江湖，而且是学术官场，也充斥着权谋文化。当代小说中对此也多有呈现，也塑造出了不少学界权谋文化人格的形象，比如，张炜的《家族——你在高原》中的裴济，晚近的刘醒龙的《蟠虺》中的郑雄。

小说《蟠虺》中的郑雄是青铜器研究和甲骨文研究的双重权威曾本之的弟子与女婿，是青铜器研究领域正当年的学术骨干，从楚学院院长升任文化厅副厅长，无论是学界还是官场都是风头正劲，俨然是曾本之之后的青铜器研究领域的新一代领军人物。但是学术在郑雄那儿只是他攫取政治权力的工具，郑雄曾向老师表示，"这辈子最重要的研究，就是反击那些不相信楚学真理的谬论，让青铜重器成为当代重器"，其实这时他内心已经不再相信支撑曾本之学术地位的主要学术成果曾侯乙尊盘是用失蜡法铸造的这一学术观点——无论是学术领域还是其他领域的"造神"，这大约是常态，造神者是不相信"神"的，这"神"是给别人造的，对于他，"神"只是工具。在此学术已经不成为学术，学术中探究真相的科学精神已经荡然无存，学术已经不成为只能证真而不能证伪的"意识形态"。但是维护曾本之的权威，"爱吾师胜过爱真理"仍是其表层，事实上，其老师曾本之也成为其在权力的金字塔上向上攀爬的垫脚石。郑雄明知道曾小安怀了郝文章的孩子，但仍心甘情愿地与曾小安结婚，与曾小安做了八年的假夫妻，扮演了八年的曾家的好女婿。表面看来，是为了在郝文章被关监狱后把曾小安从未婚先孕的窘境中解救出来，但其实质却是要借曾本之在学界的影响力扶摇直上，正如曾本之知道真相后指出的那样："因为他娶的本来就

不是小安,而是糟老头曾本之,是那糟老头既要名誉又要地位的私心杂念,是用学术做跳板的春秋梦!"这其实是其当上楚学院院长的关键性的一步。为了维护曾本之在青铜器研究领域的"不败金身",郑雄把楚学院的学术研究资源严密控制起来,"学院资料室订阅的各种专业报刊,必须由当院长的郑雄一一过目才能上架借阅。凡是刊载有反对失蜡法或者对失蜡法表示质疑文章的报纸或者杂志,都被郑雄先行借走,用不再归还的方法拦截下来。至于一些专业会议与活动,要么由郑雄陪着曾本之参加,要么是郑雄独自参加"。这样楚学院的学术研究就被曾家翁婿独霸,曾本之在不知不觉中就成为青铜器研究领域不可有丝毫不敬的神主牌。如果抛开学术伦理,这样的位置当然也可以给曾本之带来实际的利益,从这种意义上来看,曾本之与郑雄是利益共同体,但无疑收获最大利益的是郑雄,曾本之被造为青铜器研究领域的"神"之后,看似地位尊崇,实质已沦为郑雄打击学界对手的利器,而且曾本之的所有学术活动都有郑雄陪同,貌似照顾关心老师,实际上是把曾本之牢牢控制在自己手中,这其实也是中国政治史上被权臣们玩熟了的"挟天子以令诸侯"的缩微版。

与郑雄共同生活了八年的曾小安这样评价郑雄:"他不管做什么事,都要用三十六计,一条一条地算计几遍才作决定的。"郑雄做任何事都要经过精密的算计谋划,可以说每一个动作都有潜在的目的,每一句话都有用意,小说中有这样一个细节,非常形象地体现出郑雄的这种性格。郑雄在回家的路上接到庄省长的秘书李秘书打来的电话,尽管在庄省长面前极尽谄媚为能事——曾称庄省长为当代的楚庄王,被学界传为笑谈,早就急切地盼望这个电话,但是却没接,因为他觉得回到家里"当着曾本之的面接听这通电话是最适当的","郑雄正是估计李秘书的电话,一定有不同寻常的盼咐,这才拖到回家后才接对方的电话。他想用这种方式给这个家庭带来某种意外的惊喜,同时也有在曾本之面前小作炫耀的意思。"当然不仅于此,郑雄回到家里当着曾本之、安静、曾小安的面接听了电话,李秘书通知郑雄,庄省长晚上请他吃饭,"郑雄毫不犹豫地请李秘书转告庄省长,结婚之时自己就承诺过,只要人在武汉,就一定会回家陪曾小安和曾本之吃晚饭",在这里首先就有两重意思:其一,向曾本之与曾小安显示自己重亲情;其二,对庄省长与李秘书展现自己好女婿、好丈夫的形象。更重要的是"郑雄如此表述夫妻间的恩爱,包含着能否带上曾小安一道去庄省长家的暗示",而郑雄这样做的目的实际是想利用曾小安,因为"在现代城市生活中,除了有血缘关系,朋友关系再亲密也不会轻易去别人家里,不得不去时,有个女人带在身边,要比光棍一条融洽许多",但是庄省长最终没有发话让他带上曾小安,但是曾小安在此却又有了另外的用途,由此郑雄已经试探出更重要的信息:"到庄省长家做客却不让带妻子,这让郑雄觉得,庄省长并非想与自己拉家常,而是有远比家常更紧要的事要与自己说一说。"谋划计算缜密如此,更像个工于心计、老谋深算的官场老手而非学者。

在小说中,郑雄似乎没有一条道走到黑,最后关头站到了曾本之他们一边,帮着曾本之设计换回了真的曾侯乙尊盘,似乎验证了曾本之说的"郑雄这人品行上是有缺陷,但不能说是骨子里很坏",似乎是受到了青铜器所承载的传统文化人格的感召,但这其中也不无可疑的地方。郑雄的转变是从他获知老省长一伙复制曾侯乙尊盘,然后以假易真,从博物馆中换走真盘开始的,这时他才明白老省长之所以结交他是想让他负责复制曾侯乙尊盘,其暗中帮助曾本之是从这儿开始的。作为青铜器研究的专家,郑雄显然知道,复制曾侯乙尊盘的难度,不借重曾本之之力仅凭自己是不可能完成的,而此时曾本之已是极度讨厌他,因此他之后对曾的帮助未尝不是为了缓和与曾本之的关系,为以后利用曾本之铺路。后来曾本之拒绝帮助郑雄时,郑雄就立即变脸,要挟曾本之:"郑雄跟着老关去了马跃之的'楚才晋用'室,中途又溜回来怯怯地问曾本之,给伪器作旧的时间就要到了,到时候老省长和熊达世见不到实物,可就麻烦了。曾本之说没有就是没有,什么麻烦都不在乎。郑雄急了,提醒曾本之,只要博物馆馆藏的曾侯乙尊盘是伪器的消息一传开,曾本之最在乎的名节就会真的变成鼻屎。"这从反面似可印证,郑雄此前对曾本之所谓帮助仍然是种算计。至于最后帮曾本之换回真的曾侯乙尊盘,很大程度上是不得已而为之,因为,他早就告诉老省长们他已成功复制曾侯乙尊盘,老省长们已不会相信他手上的曾侯乙尊盘是真的,而曾本之们也正好想让真的曾侯乙尊盘回归博物馆,因之,对曾侯乙尊盘偷梁换柱,对郑雄而言是顺势而为,两得其便的事。更重要的是通过这样一种神不知鬼不觉的方式,可以避免青铜器研究界的震荡,使曾本之在学界的地位免于受损,而他与曾本之是一荣俱荣一损俱损的关系,维护曾本之的学术权威就是维护他自己在学界的地位。

对于郑雄而言,学术仅是向权力顶峰攀爬的台阶,抬高身价的外在饰物,学术本身所具有的追求真理探寻本相的价值早已被他弃之如敝屣,其记挂的始终是政治利益的最大化,无论谁阻碍了他的道路,就会被毫不留情、不择手段地清除,这最明显的体现在他对郝佳、郝文章父子的陷害上。尽管郝佳的跳楼自杀是由多种原因造成的,但因楚学院近百人在长江大桥静坐这一政治事件而被审查,尽管如小说叙述,这样的结果是郝佳对此事件的主动承担所致,"他将所有的事情都全揽在自己身上,近百人去长江大桥静坐,还打着楚学院的红旗,可他硬说自己是主持工作的副院长,是他下命令让所有人去长江大桥的,天大的责任由他一肩扛起来",但用当时的专案组组长老省长的话来说这事是有证据证明他没有冤枉郝佳,证据即是郑雄上交了郝佳去长江大桥的照片,尽管如果没有这些照片,郝佳也许仍会做这样的选择,但这不能成为郑雄推脱责任的理由,因为有这些照片在,郝佳做何种选择,其结果几无差别。郑雄之所以这样做,他后来的解释是:"那一年我才二十出头,哪见过这种世面,加上师母成天追着我问,曾老师会不会像郝佳那样被隔离审查?小安还不到十岁,也拉着我的手要我保护爸爸。我一心急,就将那些照片交上去。"似乎是出于这一特定历史时期的种种压力与保护曾本之一家才出卖了他的老师郝佳。但是就第一个理由而言,外在的压力与个人的不成熟或许有之,但也很难排除主动邀功的意图;第二个理由粗看也成立,但除此之外,怕是还有更深的意图:曾本之与郝佳俱是楚学院的年轻副院长、学术骨干,而且郝佳表现出更好的学术才华,假以时日,郝佳无论是学术还是仕途都有可能超过曾本之,作为曾本之的研究生,在郝与曾的竞争中,郑雄显然与曾本之是利益共同体,所以,郑雄借此保护曾本之看似出于师生情分,背后却是利益的考量利害的算计。

如果说对郝佳的出卖尚属被动,只是借用历史的机遇,顺势而为,借力打力,那么对郝文章的陷害却完全是精心策划主动出击。郝文章在学术潜力上要好过郑雄,而且又是曾小安的恋人,因此既是郑雄学术领域的对手,又是郑雄进入曾家的障碍。尽管小说对郝文章入狱的原因叙述很为隐蔽,有种悬疑小说的味道,但是读完小说,还是能从中梳理出在此事件中郑雄的所作所为。首先是曾小安认为是郑雄陷害了郝文章,尽管这仅是直觉,但这也可看作作家设置的某种暗示。其次是安静曾讲过这样一句话:"郑雄晓得小安怀着郝文章的孩子,为什么还要指控郝文章盗窃曾侯乙尊盘?"从中可以推断,郝文章的入狱的直接原因是郑雄的告发。再次是郝文章出狱与曾小安谈及这件事时,这样讲:"那天发生的事情太奇怪了,按道理,将曾侯乙尊盘这样的国宝级文物搬到楚学院作例行检查,保安措施是很严格的。但是那天,什么都是敞开着的,担任安全保卫的人,负责例行检查的人,全都不见了,就剩下我一个人。你应当听说了,为了保护曾侯乙尊盘,'楚璧隋珍'室里不得放任何金属的或者坚硬的东西。也不知是哪条神经出现错乱,我居然将曾侯乙尊盘抱出'楚璧隋珍'室,进到我的'楚乙越凫'室,想用小刀或者起子从上面弄一点青铜料下来,拿到外面去测量一下同位素碳十四,鉴别它的真假。""我刚将曾侯乙尊盘抱进'楚乙越凫'室,就发现情况不对,本想送回'楚璧隋珍'室,听到走廊里有郑雄他们的声音,一时间乱了方寸,做了不该做的错事。"本该有人的时候,只剩郝文章一人,当郝文章将要把曾侯乙尊盘送回去的时候,郑雄适时地出现了,一切是这么巧,这明显是经精心计算设好的局,等着把郝文章装进去,设局者只可能是郑雄。

饶是如此精于算计的学界权谋高手,真正进入官场,在官场权谋斗争中,仍是一败涂地。不知不觉中郑雄已被老省长以及其背后的神秘人物这样的官场权谋高手所网罗,成为官场权力斗争大棋局中的一粒小棋子,郑雄赌的是进水果湖,别的人只怕是在赌大江南北、长城内外的天下,在赌天下者看来,郑雄所要获取的怕仅是不入目的蝇头小利,同赌进水果湖与赌天下者的权谋显然也不在一个层级。事实上,郑雄在文化厅党组书记老关那样的官员那里实际也讨不到任何便宜,"在文化厅内部形成了凡事都是书记当家的格局","老关以书记之职降服厅长和众多副厅长,靠的就是这一招:知道对方内心最柔软的地方在哪里"。任你再善于权谋,都只是小伎俩,在真正的权力场中,只能被官场权谋者玩于股掌,这其实也是学界知识分子的可怜与可悲之处。

除此之外,其他题材大作品中也有其他界别的权谋文化人格形象,比如《古船》中的赵炳身上体现出来的是种乡野的权谋,而《白银谷》中的康笏南是深受权谋文化浸染的商界人物。

权谋文化可以说是在中国历史上积累最丰富、发展最充分的中国传统文化,在中国人的生活中可以说是无处不在,但是与其他类型的传统文化相比,是最难在其中寻找出积极正面的文化因子。权谋文化是一种内耗式文化,种种权斗智慧"归根到底,只是为了'权',为了个人的私利私权,除了'权'之外,它们连点'剩余价值'也没有",发达的权谋智慧"并没有带来社会的进步和经济的发展,没有带来现代中国的繁荣和富强,它起到的是恶化社会环境、阻碍人类进步的作用"①。权谋争斗,因其往往具有曲折离奇惊心动魄的故事性,对于文学写作而言,确乎是"好看的"题材,但是这类作品,稍不注意,就会成为权谋文化的教科书,对此无论是作者的写作还是读者的阅读,都需高度警惕。

---

① 王富仁,柳凤九. 中国现代小说史论(三)[J]. 鲁迅研究月刊,1998(5).

第八章

启蒙文化人格与当代文学人物形象

提到"启蒙",我们最先想到的可能是柏拉图的"洞穴理论"。因于洞穴的人被束缚在枷锁之中,不得转身,也无法扭头看到彼此,他们所能看见的只是火光映照在墙壁上的阴影。然而,因为他们身处枷锁之中,所以不仅对此毫无察觉,反而将这虚假的幻影视作真实。而当他们中有一人挣脱开这枷锁,看到同伴,惊讶地发现影子背后活动的人造物以及火光,并最终走出洞穴时,他才明白自己之前所认作真实的东西竟全都是虚假。在耀眼的阳光所带来的短暂刺痛与眩晕之后,他看到了真正的世界,看到了迥异于洞穴虚幻之影的真实。他原本可以一人独享这真实,但想到洞穴中的同伴,他却不能不生出悲哀和怜悯。于是他再次返回洞穴,想让同伴明白自己被束缚被欺骗的处境,并解救他们。但是可悲又无奈的是,返回洞穴之后,他因无法适应黑暗而导致视力退化,这一退化反而被视为走出洞穴所招致的恶果而遭到嘲笑,走出洞穴也因此被看作是一件可怕的事。他对洞外真实世界的描述被同伴当作疯言疯语,他们甚至威胁要杀掉这个试图帮助他们脱离束缚走出洞穴的人。柏拉图的洞穴比喻有其深刻透辟之处,从洞穴走向光明成了启蒙最形象的隐喻,而出走又返回洞穴的人则成为较早的启蒙者的形象。另外,这一启蒙者在返回洞穴之后所遭遇的困境甚至厄运竟也预示了之后的"先知"及启蒙者们的命运。对于中国来说,五四新文化运动也普遍地被视为一场启蒙运动,而鲁迅等启蒙者也曾面临着这样的困境:"假如一间铁屋子,是绝无窗户而万难破毁的,里面有许多熟睡的人们,不久就要闷死了,然而是从昏睡入死灭,并不感到就死的悲哀。现在你大嚷起来,惊起了较为清醒的几个人,使这不幸的少数者来受无可挽救的临终的苦楚,你倒意味对得起他们么?"

无论是"洞穴"还是"铁屋",这两个隐喻实则都指向了人的被蒙蔽、被束缚的状态,有研究者指出:"启蒙哲学就其根本的旨趣与目标是要批判各种统治人的'神圣形象'和'非神圣形象',

确立起人的主体地位"①。启蒙高扬理性的精神,而欲把人从愚昧和被奴役的状态中解救出来。康德认为:"启蒙运动就是人类脱离自己所加之于自己的不成熟状态。不成熟状态就是不经别人的引导,就对运用自己的理智无能为力。当其原因不在于缺乏理智,而在于不经别人的引导就缺乏勇气与决心去加以运用时,那么这种不成熟状态就是自己所加之于自己的了。Sapere aude!(要敢于认识!——引者注)要有勇气运用你自己的理智!这就是启蒙运动的口号。"② 而想要运用自己的理智,最终真正"确立起人的主体地位",首先无疑是要唤醒身处这"神圣"或"非神圣"枷锁中的人,让他们清楚地意识到自己被束缚被统治的处境,并进而寻求方法摆脱这困境。但是很多时候,启蒙者的"呐喊"也许只是旷野中孤绝的呼号,不一定能收到切实的回应。而在一些极端的情况下,启蒙者反而被排斥和迫害,成为悲壮的殉道者。

一、启蒙的回归和人道主义的高扬

刘心武的短篇小说《班主任》,初刊于 1977 年第 11 期的《人民文学》,是最早批判反思"文化大革命"的文学作品之一,也是"伤痕文学"的发端之作。作家敏锐地发现并在这篇小说中大胆地揭露了"文化大革命"对青少年思想的毒害,并接续五四启蒙传统,强有力地发出了类似鲁迅那样的"救救孩子"的时代呼喊。刘心武在文章中回忆《班主任》的创作时说:"《班主任》的构思成熟与开笔大约在 1977 年夏天。那时我是北京人民出版社(现北京

---

① 彭文刚. 启蒙之后的"启蒙":启蒙世界观的内在逻辑与当代反思 [M]. 北京:中国社会科学出版社,2015:3.

② 康德. 历史理性批判文集 [M]. 何兆武,译. 北京:商务印书馆,1990:22.

出版社）文艺编辑室的编辑。1961年至1976年是北京十三中的教师，从1974年起被'借调'离职写作，1976年正式调到北京人民出版社当文艺编辑。《班主任》的素材当然来源于我在北京十三中的生命体验，但写作它时我已不在中学。出版社为我提供了比中学开阔得多得多的政治与社会视野，而且能更'近水楼台'地摸清当时文学复苏的可能性与征兆。也就是说，可以更及时、有利地抓住命运给个体生命提供的机遇。"① 刘心武的回忆主要为我们提供了两方面的信息：首先，《班主任》这部小说可以说是刘心武切身体验的产物，正因为有过在北京十三中当教师的人生经历，刘心武才能更为敏锐地注意到"文化大革命"对青少年思想的毒害。正如刘心武在这篇回忆文章中所说："《班主任》这篇作品，产生于我对'文化大革命'的积存已久的腹诽，其中集中体现为对'四人帮'文化专制主义的强烈不满"；另外，《班主任》的创作也可以说是得时代转向的风气之先，出版社的工作让刘心武能够更敏锐地嗅到政治松动转变的气息，因此，《班主任》也是应运而生，基本契合了否定"文化大革命"、拨乱反正的时代大趋势。但在当时形势尚不是完全明朗的时候，刘心武能够写出这部否定"文化大革命"的小说，其勇气也值得我们充分肯定。《班主任》发表之后，引发了极大的社会反响，据刘心武回忆："《班主任》发表后，读者反响强烈，看到这篇作品的人纷纷给我来信，尤其是当中央人民广播电台改编成广播剧播出后，影响就更大了。……当时文学界一些影响很大的人物，像张光年不消说了，正是他拍板发出了《班主任》这篇作品，此外像冯牧、陈荒煤、严文井、朱寨等，都很快站出来支持。"② 虽然《班主任》发表之后也遭到一些人的批判和反对，但总的来说，这部小说还是反映了当时普遍存在的社会心理，对"文化大革命"精神毒害的揭露也让读者感同身受。由此看来，这部

---

①② 刘心武. 关于小说《班主任》的回忆［J］. 百年潮，2006（12）.

《班主任》实则是作家个人的"积存已久的腹诽"与政治、时代转向的综合产物,作家的个人体验、国家层面的政治导向以及民间的声音在"文化大革命"结束之后达到了很大程度的契合与一致。

这种"乍暖还寒"、尚不够明朗的时代背景,加上知识分子的启蒙思想与国家意识形态在某种程度上的契合,共同造成了《班主任》启蒙话语与国家主流话语二者交相混杂的现象,这部作品也因此留下了明显的承前启后的时代烙印。有研究者就从这个角度出发对小说主人公张俊石的"启蒙者"的身份提出了质疑:"如果我们从康德观点出发,来勘察《班主任》,我们就会发现张俊石并非是真正意义上的启蒙者,而是一位'看护人'或者说是一位'监护人',更为恰切的说应该是一位'说教者'。这一点在《班主任》关于宋宝琦、谢惠敏的身份认定中暴露无疑,小说在初始阶段将二者归位于'受害者',但在张俊石的'教导'下,宋宝琦、谢惠敏完成由'受害者'到'接班人'的身份转换,而'接班人'身份的'生产过程'泄露了'说教者'的全部秘密。……张俊石所表述的意愿并非完全出自对青少年进行思想启蒙的目的,而是对意识形态话语的一种转述,张俊石充其量是充当了一次意识形态的'传声筒'的'中介'。……刘心武在《班主任》中实质上只展示了一种知识分子的启蒙姿态,并没有实现以独立的思想引导思维方式变革的启蒙目的。"[1] 张俊石并不是严格意义上的"启蒙者",但是简单地将张俊石视作"非启蒙者"和"说教者"也同样不符合文本实际。张俊石启蒙身份的模糊既反映了当时启蒙话语与国家话语相重叠的情况,也为我们提供了一个"思想解放前期"的知识分子样本。

作为在小说文本中扮演启蒙者角色的张俊石,同时也有着党员

---

[1] 陈云哲,杨丹丹. 思想解放前期的"启蒙叙事":刘心武《班主任》的非文本化解读 [J]. 求索,2011 (2).

这样的政治身份。他之所以会接收"小流氓"宋宝琦,一方面是因为他所执教的初三(3)班"恰好有空位子",但最主要的还是因为其个人经历与党员的身份:"张老师有十几年的班主任工作经验,又是这个年级班主任里唯一的党员,因此,经过党支部研究,接受了宋宝琦的转学要求,并且由老曹直接找到张老师。"由此看来,接收宋宝琦也可以说是张俊石服从党组织安排的结果。作家有意为张俊石设置了知识分子与党员的双重身份,这样也就使得张俊石既是启蒙者,同时又是国家意识形态的宣讲者:"人们都说薄嘴唇的人能说会道,张老师却是一副厚嘴唇,冬春常被风吹得暴出干皮儿;从这副厚嘴唇里迸出的话语,总是那么热情、生动、流畅,像一架永不生锈的播种机,不断在学生们的心田上播下革命思想和知识的种子,又像一把大笤帚,不停息地把学生心田上的灰尘无情地扫去……"小说中所写到的一件小事也可以证明张俊石是认同并维护主流意识形态的。在班级下乡学农的活动中,一个同学想带一个麦穗回去给家长看,但这个行为却被团支书谢惠敏上纲上线地加以否定和批评:"你怎么能带走贫下中农的麦子?给我!得送回去!"由此还引发了同学之间的一场争论,"多数同学并不站在谢惠敏一边,有的说她'死心眼',有的说她'太过分'"。但让同学们想不到的是,张老师竟然支持并肯定了谢惠敏:"张老师同意了谢惠敏送回麦穗的请求。……望着在雨后泥泞的大车道上奔回村庄的谢惠敏那独特的背影,张老师曾经感动地想:问题不在于小小的麦穗是否一定要这样来处理,看哪,这个仅仅只有三个月团龄的支部书记,正用全部纯洁而高尚的感情,在维护'决不能让贫下中农损失一粒麦子'的信念——她的身上,有着多么可贵的闪光素质啊!"当然,张老师也并不是完全赞同谢惠敏的所有观点,他们之间也还是存在着"某种似乎解释不清的矛盾"。在小说文本中,这种矛盾的生成主要是由于谢惠敏要比班主任张老师更"左",她无法接受以爬山的形式过团组织生活,并且认为穿短袖、裙子是"'沾染了资产阶级作风'的表现"。而面对宋宝琦的到来,谢惠敏更是"革命意志"坚定,做好了与宋宝琦做"阶级斗争"的准备:"我怕什么?这是阶级斗争!他敢犯狂,我们就跟他斗!"但实际上,张俊石与谢惠敏分歧和矛盾的产生,也正是他身上所具有的知识分子人格所作用的结果。这种矛盾实则也暗示了作家为张俊石所设置的两重身份(两重人格)并不完全契合的事实,由此,张俊石这一"启蒙者"也就呈现出一种矛盾、模糊、分歧的面貌。"文化大革命"思维对班主任张俊石与团支书谢惠敏无疑都产生了很大的影响,区别只在于张老师的青年时期还可以阅读类似《牛虻》《青春之歌》《战争与和平》等有着人道主义精神与正常人情人性的作品,但谢惠敏们成长的环境则完全被"左"的思想所掌控,因此所受到的思想毒害也就更深了。但同时不能否认的是,作为知识分子的张俊石在恢复或表现出其启蒙姿态的同时,却也一时难以完全摆脱"文化大革命"思维。他这位启蒙者,也同样是一个需要进一步被启蒙的人。但是即便如此,我们却也不能否认《班主任》以及张俊石的形象在当时所起到的积极作用。

必须承认的是,张俊石接收宋宝琦更多的是服从党组织安排的结果,是出于党员和教师的责任感,而非知识分子的启蒙意识。但在了解接触宋宝琦的过程中,张俊石却吃惊地发现:宋宝琦与谢惠敏这两个看似完全不同的学生,对《牛虻》的评价却是惊人的一致——即都认为《牛虻》是一本不好的黄书。这样的事实无疑给了张俊石极大的触动,并激发了他的启蒙欲望。在这里,作家借助《牛虻》这部曾在中国产生广泛影响的翻译小说,具体围绕对《牛虻》的认识和评价问题而揭示了"文化大革命"的思想流毒,尖锐地揭露并抨击了"文化大革命"极左思想对青少年的毒害。这里的《牛虻》可以说是一大批被极左思想否定的文化遗产的象征。作者之所以会选择《牛虻》这部作品,与其在中国极富代表性的传播情况有着很大的关系。《牛虻》是爱尔兰作家艾捷尔·丽莲·伏尼契的作品,1953年7月李俍民的翻译本由中国青年出版社出版,首印20万册。出版之后,书中牛虻充满苦难的英雄主义形象迅速征服了广大读者,短短三个多月的时间(从当年7月首印到10月的第三次印刷),这本翻译小说就加印了两次,累计印数高达50万册,而"截至1960年统计,《牛虻》的发行量为208万册"[①]。仅从发行量看,我们也可以窥见《牛虻》在当时中国的风行程度。值得一提的是,1955年,伏尼契已移居美国多年,但却晚景凄凉、生活拮据,依靠友人的资助艰难度日。当这个消息通过文化界传回国内,时任团中央书记的胡耀邦亲自批示给伏尼契寄去一笔"版税"以帮助她的生活。这一举动也充分证明《牛虻》在当时是被国家意识形态所充分肯定的文学作品。然而,随着"左"的思想倾向越来越严重,《牛虻》中对于爱情、亲情等人情、人性的描写已明显不合时宜。"文化大革命"期间,这部小说干脆被划归"毒草"之列,对《牛虻》的阅读因此也只能转入"地下"。

《班主任》中的张俊石无疑曾是《牛虻》的忠实读者,所以在看到宋宝琦书包中被撕掉封皮的《牛虻》时,他才会"不由地'啊'了一声",并想起了青年时阅读《牛虻》的情景:"那时候,团支部曾向班上同学们推荐过这本小说……围坐在篝火旁,大伙用青春的热情轮流朗读过它;倚扶着万里长城的城堞,大伙热烈地讨论过'牛虻'这个人物的优缺点……这本英国小说家伏尼契写成的作品,曾激动过当年的张老师和他的同辈人,他们曾从小说主人公的形象中,汲取过向上的力量……"然而就是这样的一部作品,却因为其中表现爱情的内容就被谢惠敏简单粗暴地视为"黄色小说":"她以前没听说过、更没看见过这本书。她见里面有外国男女讲恋爱的插图,不禁惊叫起来:'唉呀!真黄!明天得狠批这本黄

---

① 周怡.《牛虻》在中国的传播及其对塑造现代人格的意义[J]. 英美文学研究论丛, 2010 (1).

书!'"但对这本小说有过深入阅读的张俊石却给出了相反的结论:"也许,当年对这本小说的缺点批判不够?也许,当年对小说的精华部分理解得也不够准确、不够深刻?……但不管怎么说——张老师想到这儿,忍不住对谢惠敏开口分辩道:'这本《牛虻》可不能说成是黄书……'"在这里很明显的是,对于这部曾经一度被否定和批判的小说,连张老师本人也处在一种犹疑的状态。但从自己切身的阅读体会来说,他却无法将《牛虻》视作"黄书",他的"忍不住"也正是忠于自己内心判断的证明。更让张俊石震惊不已的是,当他来到宋宝琦家里并向他询问这本书的情况时,宋宝琦居然也认定这本书是"黄书":"我们不对,我们不该看这黄书……我们算命,看谁先交上女朋友……我们……我再也不敢了!"真正刺痛张俊石的并非谢惠敏或宋宝琦将《牛虻》视作黄书,而是"品行端正的好孩子"谢惠敏与"品行低劣的坏孩子"宋玉琦竟然都一致认为《牛虻》是黄书,这差别颇大的两个孩子的"不约而同"和"一致"才是让张俊石感到震惊的原因所在:"'我们不该看这黄书。'——这句话像鼓槌落到鼓面上,使张老师的心'咚'的一响"。面对这样的冲击,张俊石不能不思索探求造成这种现象背后的根源。然而,他最终也只是简单地将这笔账记在了"四人帮"的头上:"这是多么令人震惊的一种社会现象!谁造成的?谁?当然是'四人帮'!一种前所未及的,对'四人帮'铭心刻骨的仇恨,像火山般喷烧在张老师的心中。截至目前为止,在人类文明史上,能找出几个像'四人帮'这样用最革命的'逻辑'与口号,掩盖最反动的愚民政策的例子呢?"在这里,张老师或者说作家本人所做出的反思也是拘囿在国家意识形态所允许的范围之内的。

由于受到了这样的思想冲击,张俊石深感清除"文化大革命"思想余毒的必要性与紧迫性。值得注意的是,他身上所涌现出来的激情也同样是启蒙意识与国家意识共同刺激的产物。面对被"文化大革命"毒害的"祖国的花朵",他不能遏制自己救治他们精神疾患的冲动:"他恨不能立时召集全班同学,来这长椅前开个班会。他有许多深刻而动人的想法,有许多诚挚而严峻的意念,有许多倾心而深沉的嘱托、建议、批评、引导和号召,就在这个时候,能以最奔放的感情,最有感染力的方式,包括使用许多一定能脱口而出的丰富而奇特的、易于为孩子们所接受的例证和比喻,淋漓尽致地表达出来……"在这里,五四时期"疾病"的隐喻又重新出现在了刘心武的笔下。面对谢惠敏这些被"文化大革命"毒害的学生,张俊石"如同医生疼爱一个不幸患上传染病的健壮孩子",而他需要做的就是"倾注全力加以治疗",以杀灭那些"'四人帮'在她身上播下的病菌"。

借助张俊石这一人物形象,作家尖锐地批判了"文化大革命"极左的文化专制政策,也反思了造成这一恶果的原因,除却"四人帮"的荼毒之外,张俊石也意识到这样的恶果也是迷信盲从、丧失独立思考与判断能力所造成的:"可爱又可怜的谢惠敏啊,她单纯地崇信一切用铅字新排印出来的东西,而在'四人帮'控制舆论工具的那几年里,她用虔诚的态度拜读的报纸刊物上,充塞着多少他们的'帮文',喷溅出了多少戕害青少年的毒汁啊!"同时,张俊石也反省了启蒙者的失职:"倘若在谢惠敏她最亲近的人当中,有人及时向她点明:张春桥、姚文元那两篇号称'阐述无产阶级专政理论'的'重要文章'大可怀疑,而'梁效'、'唐晓文'之类的大块文章也绝非马列主义的'权威论著'……那该有多好啊!"面对谢惠敏的"精神疾患",张俊石也陷入了内疚与自责的心境,虽然"他在接班不久的情况下,就向谢惠敏含蓄地指出过,不要只是学习零星的语录,不要迷信解释领袖思想的文章,要认真学习原著,要独立思考",但他又悔恨自己当时没有"更勇敢、更坚决地同荒诞、反动的东西作斗争"。作者写出张老师的这种反省与自责,无疑是在反省知识分子启蒙角色的失落,也是对知识分子启蒙意识的热情呼唤。但是,在那样一个人人自危的政治高压环境中,又有谁敢说出这样"引火烧身"的"大逆不道"之语呢？另外需要注意的是，除了启蒙的欲望，张老师的"疗救"行为也是从国家主流意识形态出发所做出的选择。"疗救"的最终目的并不仅仅是要让学生学会独立思考，也不仅仅是要培养他们运用自己理智的能力，而是为了一个更为远大的目标，即让这些学生成长为"社会主义革命和社会主义建设的更强有力的接班人"："他感到，他比以往任何时候，都更爱我们亲爱的祖国。想到她的未来，想到她的光明前景，想到本世纪结束、下世纪开始时，'四化'初具规模的迷人境界，他便产生了一种不容任何人凌辱、戏弄祖国，不许任何人扼杀、窒息祖国未来的强烈感情！他想到自己的职责——人民教师，班主任，他所培养的，不要说只是一些学生，一些花朵，那分明就是祖国的未来，就是使中华民族在这960万平方公里的土地上，强盛地延续下去，发展下去，屹立于世界民族之林的未来！"这样，我们也就看到了一个混杂着"知识分子"与"共产党员"人格的复杂的"启蒙者"形象。

面对谢惠敏和宋宝琦的"精神疾患"，张俊石也努力思考着救治的方法。他认为应该从阅读分析《牛虻》入手，来"引导谢惠敏运用马列主义、毛泽东思想的立场、观点、方法去解答一系列互相关联的问题"，他决定"真格儿按毛泽东的思想体系搞教育"。谢惠敏与宋宝琦这两个不同类型的孩子身上所共同具有的精神疾患突出了疗救的紧迫性与必要性，而张俊石班上的宣传委员石红，则为这疗救提供了一个较为健康的范本。作者进而将造成"健康"与"疾患"的原因归结于家庭影响，而这里的家庭影响实际所指向的则是知识和文化对独立人格的造就。宋宝琦的母亲是售货员，对孩子放任溺爱，父亲则是苗圃场工人，但却"缺乏丰富而有意义的精神生活"，以打扑克作为娱乐消遣。由于缺乏正面的、有利于其人格养成的文化氛围，宋宝琦逐渐变成了"坏孩子"。而对于谢惠敏来说，她出身于劳动者家庭，这样的家庭出身使她"具备了强烈的无产阶级感情、劳动者后代的气质；但是，在资产阶级、修正主义的白骨精化为美女现形的斗争环境里，光有朴素的无产阶级感情就容易陷于轻信和盲从"。正是因为缺乏必要的启蒙和引导，才使得谢惠敏盲信报纸上的报道，最终形成了狭隘、"左倾"的极端思想。而石红就不同了，她的父母都是知识分子："石红的爸爸是区上的一个干部，妈妈是个小学教师，两口子都是在轰轰烈烈的'四清'运动里入党的；从入党前后起，特别是经过'无产阶级文化大革命'，他们形成了一种很好的习惯，就是坚持学习马列、毛主席著作。他们书架上的马恩、列宁四卷集、'毛选'四卷和许多薄厚不一的马列、毛主席著作单行本，书边几乎全有浅灰的书印，书里不乏折痕、重点线和某些意味着深深思索的符号。"更为难能可贵的是，"即便在'四人帮'推行法西斯文化专制主义最凶狠的情况下，这家人的书架上仍然屹立着《暴风骤雨》《红岩》《茅盾文集》《盖达尔选集》《欧也妮·葛朗台》《唐诗三百首》……这样一些书籍"。借由对三个孩子不同家庭情况的书写，作者高扬知识的力量、肯定知识分子价值的意图就非常明显了。这也可以说是对之前反智、丑化知识分子倾向的有力反拨。值得注意的是，与张俊石一样，作者在赋予石红父母以知识分子身份的同时，也给他们设置了"共产党员"的身份。从石红父母所研读的书籍，也可看出这部小说中所涉及的"启蒙"是有限度的，对知识分子的肯定以及对启蒙精神的重提也是小心翼翼的。尽管石红父母的"启蒙"身份也同样是模糊的，但在这样的家庭环境的熏陶影响之下，还是对石红起到了正面的作用。首先在穿着打扮上，石红就与众不同："班上只有宣传委员石红才穿带小碎花的短袖衬衫，还有那种带褶子的短裙。"另外，石红也养成了好读书与独立思考的习惯（尽管这种"独立"也是有严格限制的）："这孩子常常能够根据马列主义、毛泽东思想的原则去思考、分析一些问题，这些思考和分析，往往比较正确，并体现在她积极的行动中。"在谢惠敏指斥《青春之歌》《牛虻》

为黄色小说时，石红却已经在阅读《青春之歌》《钢铁是怎样炼成的》这些书了，并也早听说过《牛虻》，这不能不说是家庭（知识）影响的结果。总的来说，作者肯定知识、肯定启蒙的意图毋庸置疑，但在当时的思想水平和社会环境的限制下，这种对知识尊严的恢复和对启蒙的重提却是比较慎重的。这样，书中的张俊石、石红父母等知识分子形象也就成了一个转折时代的"启蒙者"的形象缩影。

二、个体的觉醒与启蒙者的困境

古华《爬满青藤的木屋》中的绿毛坑是近乎鲁迅笔下的"铁屋"一般的存在。绿毛坑只有守林人王木通与盘青青夫妇居住，因为特殊的仿佛铁板一块的自然环境而导致了这里几乎处于与世隔绝的状态："她家祖辈都住在绿毛坑，一栋爬满青藤的木屋里。木屋是用一根根枞木筒子筑起来的，斧头砍不进，野猪拱不动。……木屋和外界的联系，除开一条小土路，'文化大革命'前还架设过一根报火警的电话线路。有年冬天落大雪，把电话线压断了。'文化大革命'以来林场的领导上台下台像走马灯，夺权反夺权的政治烧饼都翻不赢，也就没顾上再派人把电话线路修复。因而那根象征着现代文明的铁线线，没能再进入到这古老的森林里……"值得庆幸的是，正因为绿毛坑具备这样特殊的自然地理环境，才使得这里能够在政治动荡、运动不断的特殊岁月里保持了难得的平静。王木通盘青青夫妇几乎没有受到政治运动的冲击，在绿毛坑过着男耕女织的传统生活。从这个意义上说，绿毛坑可以称得上是一个"桃花源"一般的存在了。当然，完全不受时事影响在那样一个时代几乎是不可能的事，王木通终究还是要每个月去场部一次，并给盘青青带回外面"造反闹事"的消息。王木通本人受到时势的影响，产生了极强的要求政治进步和入党的意愿。另外,这"桃花源"也不是纯然美好的所在。虽然丈夫王木通"生得武高武大,有一副打虎将似的好身骨",顾家又肯吃苦,"也晓得疼女人",从不让妻子盘青青干重活,"盘青青只管喂猪、奶娃娃、浆洗缝补一应家务,所以二十六、七岁了还像个没成亲的阿妹那样水灵鲜嫩"。但可惜的是,王木通目不识丁,且秉持大男子主义,将老婆孩子看作是自己的私有物,对漂亮老婆盘青青看守得尤其严,轻易不让她离开绿毛坑:"在绿毛坑,他觉得自己是真正的'主人':女人是他的,娃儿是他的,木屋山场都是他的。当然,他又是归林场领导的。领导派他在这里看林子,他就像个小小的一方诸侯似的。盘青青生娃娃前,曾多次提出要到九十里外的场部去看看,都被他阻止了,还因此挨过他的蛮巴掌,甚至罚过跪。……他把全家人的日子治理得有规有矩。夫妻、父子,在绿毛坑木屋里各就各位,居然也讲究点尊卑高下,组成了一个小小的社会。"在丈夫的管束之下,盘青青对外面的世界几乎可以说是一无所知,对于绿毛坑外发生的事,她只能经由丈夫偶尔了解个一鳞半爪。她接受了丈夫对外面时事的认识,认同了"读书识字是个祸"的判断,觉得与外面乱糟糟的世界相比,"还是住在我们绿毛坑里好"。盘青青的主体性无疑长期遭受着丈夫淫威的压制,她无法表达甚至难以意识到自己真实的意愿,唯一希望的只是她男人"发火打人时,巴掌不要下得太重"。虽然她也朦胧意识到了自己被"物化"的处境,感觉自己像是被丈夫"当山鸡,喂在这山里",但她依然"温顺驯服",并且自己也认定了"她是男人的。男人打她骂她也是应分的"。绿毛坑的这一家子完全可以说是生活在封建专制的旧家庭里。这种铁板一块、与世隔绝的生存状态无疑是作者有意营造的环境,而"斧头砍不进,野猪拱不动"的木屋也成为传统、封建、保守营垒的一个典型的寓意空间。

然而这种死水一般波澜不惊的生活却被"一把手"的到来打破了。"一把手"原名李幸福,曾是个典型的革命狂热分子。他之所以成为只剩一条胳膊的"一把手",正是热衷于革命所致:"一九六六年红卫兵大串联使他着过魔,有一回他扒火车,把好端端的一只手臂丢在铁轨上了,从此一边衣袖空荡荡的,在城里逗留了几年,重又回到林场来,林场工人才给他起了'一把手'这个美名。"而当李幸福从城里再次回到林场时,他的政治身份已经从毛主席的"红卫兵"变为了需要接受贫下中农再教育的"知青"。值得注意的是,因为李幸福革命狂热所含有的巨大破坏性,使得林场有所忌惮而不愿真正接纳他:"场领导可就拿他作难了,打电话给各个采伐工区、营林队,谁都不肯要。都讲'一把手'干不了体力劳动不说,还是个'革命小将',若在哪条山沟沟里串联起来,就好比领了块豆腐跌进火灰里,吹不得,拍不得,如何了得?"为了防止"一把手"再搞串联,林场王主任只好安排他去了几乎与世隔绝的绿毛坑。

不管是曾经的"红卫兵"身份,还是如今的"知识青年"的身份,"一把手"李幸福都可以说是激烈的现代性的化身。虽然严格说来,曾经一度执迷革命的李幸福很难说是一个真正的启蒙者,但当他把现代文明带进绿毛坑,极大地影响到王木通一家的生活、并激发了盘青青的自我觉醒时,他客观上所起到的启蒙作用却是不能否定的。他的出现无疑要比绿毛坑那条接续又断了的电话线路要更有冲击性。这里还需要注意的是,虽然王木通是个保守的人,而且当初王主任将"一把手"发配到绿毛坑他也是"面露难色"不愿接收,只是出于入党的考虑,他才勉强接受了这个来自组织的考验。但是,"一把手"刚到绿毛坑时,他们的关系非但不紧张,反而还很融洽。"一把手"所居住的小木屋就是王木通夫妇帮忙建的,并且"王木通对'一把手'还没有什么恶感,倒是觉得李幸福一口一声'王大哥'蛮落耳的"。对于李幸福所带来的现代文明,王木通也不见得有多么排斥。但是矛盾与龃龉却在相处的过程中逐渐显露出来并日趋激化。这种矛盾首先体现在生活方式上。不管是每天早上刷牙漱口"讲卫生"的生活习惯,还是听广播这样一种现代的休闲方式,李幸福在生活与思维等方方面面都没有"入乡随俗,客从主便",而是与王木通一家迥然有别。然而引发矛盾的更为关键的原因却在于,李幸福所代表的"现代"的生活思维方式,不光吸引了王木通的两个孩子,而且连妻子盘青青也受到了影响。在"一把手"所带来的现代性的冲击面前,维系平静旧生活的规范变得极其脆弱。包罗天下奇闻、"能讲话、会唱歌"的黑匣子不光让小通和小青很是稀罕,就连盘青青也被迷住了:"渐渐地,盘青青也借喊小通小青回家睡觉为名,进来听上一会。当然,这就该轮着王木通每晚上出马,来催女人和娃儿回去睡觉了。有时王木通声气粗了一点儿,盘青青竟敢撒娇似地回嘴:'还早哪!傍黑就上床,天难得亮哪!'听听,傍黑就上床,女人觉得天难得亮了。王木通心里不觉地蒙上了一层雨雾。""一把手"对妻子和一双儿女的吸引、他们之间融洽关系的形成,乃至女人的不再顺服,这种种变化都在动摇王木通曾经说一不二的权威,这让他大为不悦,他也因此对"一把手"有了敌意,把"一把手"视作挑战自己权威的对手。

正因为王木通已把"一把手"当作了威胁自己地位的对手,所以对"一把手"在绿毛坑所做的任何企图改变现状的行动,他都进行了坚决的阻挠与否定。与王木通不同的是,妻子盘青青和两个孩子却是热情地回应了这种含有现代化意味的改变。比如"一把手"在绿毛坑发起的一次"卫生革命",就得到了他们的积极帮助:"'一把手'带动盘青青和两个娃儿,在两栋木屋之间的空坪上来了次大扫除,把木屋门口的劈柴、杂物堆砌得规规整整。原先高低不平的土坑泥洞,狗屎猪尿,也收拾得平平展展、干干净净。'一把手'还说要在这坪地里栽花种草药,还说要教盘青青和两个娃儿认字、学广播操!"这些举动让王木通深感不安:"惹得王木通心里不舒服,眼里长了刺。别看'一把手'只手单拳,却在不知不觉地改变着绿毛坑里的生活,好比蚯蚓悄无声息地翻耕着土地。"妻子和孩子的热情参与反而让王木通更加对"一把手"心存忌惮,他伤心地发现,盘青青与李幸福在一起"嘴角眉梢都是笑",而他的两个孩子"也一天到晚跟着'一把手'的屁股转,开口闭口都是'李阿叔讲'、'李阿叔不准'的,比他王木通这亲阿爸还亲了"。由此我们也可看出,虽然王木通确实反对现代文明,但其反对的原因却不在现代文明本身,而在于携带着这现代文明的李幸福对他的地位和绿毛坑的原有秩序造成了冲击和影响。

为了遏制住"一把手"的"嚣张"气焰、维护自己"主人"的地位,王木通也就断然拒绝了"一把手"所提出的修复电话线路、安装有线广播喇叭、树立护林公约、实行两班制巡山防火、建立学习小组等现代化护林措施:"城里来的后生家!老辈人讲入乡随俗,客从主便。当然你不是客,但也算不上主。绿毛坑十几几十年没有起过山火,雾界山林场哪任领导不表扬?我王木通哪年不当护林模范?我可没靠过什么铁线线、木牌子、两班制,还有什么组。还是磨快你的那把砍山刀、练练你的手劲脚筋吧!"王木通重申自己的"当年勇",并反复强调"客"与"主"正暴露了他真正忌惮"一把手"的关键所在。所谓"练练你的手劲脚筋"也是在向李幸福暗示自己的身强体壮与李幸福的文弱残疾。如此看来,这句话里所包含的威胁意味也就昭然若揭了。为了遏制李幸福擅做主张地改造绿毛坑,他又抬出了"王主任":"政治处王主任对你的约法三条,你不要当耳边风!"他还向李幸福强调了自己不容动摇的地位:"场里早派定了,绿毛坑的事由我来管!"王木通进而威胁:"如今这世道就兴老粗管老细,就兴老粗当家!你李幸福嘛,莫要忘记领导放你进绿毛坑,是来接受教育、改造的!"面对这样上纲上线的严厉批评,李幸福当即泄了气,想要在绿毛坑引入现代管理的想法也只得作罢。但是不久,李幸福又尝试借助《林木志》搞林业资源调查,可让人无奈的是,建苗圃的想法刚刚付诸实践,就立马被王木通严厉制止了。而当绿毛坑出现了长时间的冬旱时,李幸福根据《林区防火常识》推断绿毛坑很可能会起山火，但是这样的推断也同样没能引起王木通的重视。当他向王木通建议整修防火道、清扫枯枝落叶时，王木通极为鄙夷和消极："只说绿毛坑的事有他王木通做主，旁人不消多嘴，不消充什么积极。"

这样，从表面看来，王木通对现代文明和科学知识所持的确实是一种抗拒和否定的态度，而且绿毛坑外的政治运动也让他觉得"读书识字是个祸"，这样的时代环境进一步强化了他对知识的鄙夷和厌弃。但是在仔细阅读小说文本的过程中，我们却发现王木通在潜意识里不但认同知识的作用，而且还为自己缺乏知识、不识字而感到不安。当王木通意识到李幸福在悄无声息地改造着绿毛坑时，他的反映是："娘卖乖！他倒想在绿毛坑露一手，显出他是个有文化的角色，跟老子比高低！"对李幸福"有文化"的介意在这里也就表露无遗了。而当绿毛坑真正爆发山火时，王木通也正是借助李幸福介绍的"科学方法"逃生的。这一事实也直接证明了王木通其实并没有简单地彻底否定科学知识和现代文明。不能否认，王木通的思想确实有其保守的一面，他对李幸福的否定在很大程度上意味着对现代文明的否定，绿毛坑最终毁于大火也可以说是他拒斥现代文明、蔑视科学知识所造成的恶果。但同样需要注意的是，他之所以这么坚决地反对李幸福的建议，其出发点主要不在科学知识与现代文明本身，而是怕李幸福威胁到自己在绿毛坑的"统治"地位，他自诩是绿毛坑的"主人"、是这里的"一方诸侯"，他绝不容许李幸福在自己的地盘"胡作非为"。王木通忍受不了李幸福违背自己意愿，也不允许他对绿毛坑做出任何改变。为了遏制住李幸福对家人的影响，他"安内攘外，双管齐下"实行严酷的铁腕政策，他为这种权力的拥有而洋洋自得："王木通在绿毛坑的身份和地位，就像一个勇武的古代森林国王那样强悍稳固，不容置疑。……他仿佛也品尝到了做一个拥有权力的领导者的滋味，把'一把手'管得像个'五类分子'似的服服帖帖。"

毫无疑问的是，妻子盘青青的变化是促使王木通实行这种严酷应对手段的主要原因。与王木通相比，盘青青明显对新鲜事物和现代文明抱有强烈的兴趣与好感。她原本就对绿毛坑外的世界十分向往，只是在王木通的打骂压制下她才压抑了自己的欲望。王木通出于占有和控制欲，不愿让自己的女人离开绿毛坑，他"怕自己的俊俏女人到那种热闹的地方去见了世面，野了心，被场部那些抻抻抖抖、油光水滑的后生子们勾引了去"。可让他没想到的是，妻子不去场部，但场部却发配来了个李幸福。李幸福虽然只剩一条胳膊，但却是"瘦高条子，长相秀气"，而且"嘴巴乖巧"。除了外貌的优势，李幸福所带来的现代文明也让盘青青羡慕并向往："'一把手'用的收音机、香胰子、雪花油，还有天上地下、海内海外的各种奇闻，就像一个崭新的世界在诱惑着她……李幸福，人家的名字都叫'幸福'！"除了这些象征现代文明的生活用品外，李幸福还带来了平等、融洽的相处模式，这无疑也迥然有别于丈夫粗鲁蛮横专制的作风："她觉得只有'一把手'还尊重她，把她当个人看；霸道的男人却像管制坏人一样地对待自己。"李幸福的到来就这样燃起了盘青青的生命之火，激发了盘青青对自我的认知和对新生活的向往："盘青青觉得自己在变。是在变好，还是变坏，她不晓得。今年这个干冷干冻的冬天，她和过去不同的是有点爱打扮，爱戴那块平日压在木箱底舍不得戴的银灰色直贡呢头帕，爱穿那件玫瑰红灯草绒罩衣。一天到晚都是干干净净的，就像随时准备出山去做客一样。她还喜欢用阿妈传给她的那个铜脸盆打满清悠悠的山溪水，照自己投在水里的面影。"在李幸福"圆镜子""刷牙""香胰子""大扫除"等"卫生革命"的影响下，盘青青也格外地注意起自己的卫生来，这使得她重新发现了自己的美，并逐渐建立起自己的主体性。这种情况无疑是王木通所不愿看到的，这一点典型地通过"镜子"这一象征物表现出来："几年前她就曾经要男人在场部替自己买块那种可以挂在屋角的梳头镜子，男人却每趟回来都讲不记得。现在想起来,男人是在耍心计,怕她照见自己的这样一副好容颜。""镜子"的缺失,无疑阻碍了盘青青对自我的认知,也阻碍了其主体人格的形成。

而当盘青青在李幸福的影响之下有了觉醒与改变之后,就直接导致了她对丈夫的厌弃。曾经"被男人搂在发着汗酸味的腋窝里"也"不做声"而且"温顺驯服"的盘青青,如今却"最怕傍黑上床,去闻男人身上的汗酸味。她常常在漆黑的夜里暗自饮泣,渐次滋生出一种反抗。每到傍黑一上床,她就执拗地脸朝墙壁,像被木钉钉在那里,任男人拉和推,也不肯转过身子来"。面对丈夫王木通,她也不再唯命是从、逆来顺受。丈夫的打骂不但已经难以降服她"野"了的心,反而还让她生出更为强烈的反抗的欲望。同时,她对李幸福的爱意的表达也更加直白大胆了。她主动帮李幸福摆洗衣服,并毫无畏畏缩缩之态:"有哪样不好?我又不是做坏事。"这种对丈夫的背叛和挑衅让盘青青有了"复仇"的快感:"她没有哭,反而有点想笑。背着男人替另一个后生子做了件事,这算生平头一回。每个人都有这种使人浑身战栗的头一回。盘青青倒是在心跳过后,高兴了好久。男人傍黑从山里回来也没察觉。她成了胜利者……"进而,盘青青公然违背丈夫的禁令来到李幸福的木屋,并交给李幸福一百块钱,让他帮忙置办东西:"这是一百块钱,你替我们家买回一个你这样的收音匣子,再买块圆镜,香胰子,还有你用的那种打霜天涂脸的香油,再给我和小通、小青各买一支早晨刷牙的刷子……我那木屋边,也要竖根杉木条,接根铁线线……"盘青青的这种大胆举动表明了她对现代新生活极其强烈的渴望,她不甘于停留在羡慕李幸福的地步,她要把自己那个"老"木屋也改造成为李幸福这样充满现代气息的"新"木屋。虽然盘青青并没有见过世面,她仅能够根据李幸福的生活来想象并改造自己的生活,但我们还是能够感受到她不可遏制的对现代文明的渴望。她的勇敢甚至让李幸福也大为惊讶:"'一把手'瞪大了眼睛盯着盘青青,心里十分吃惊。这个大森林的女儿真像尊美神。她胸脯饱满,四肢匀称,身体健壮。她温柔文静,身上透出一股压抑不住的青春活力。"盘青青外貌上的青春、健壮与活力,正也反映了她内在心理的变化。此时的她已经清楚地意识到了自己的美,并也不愿再受王木通的管制:"怕?我都怕了十多年了……我不怕,和他住在这坑里,至多是个死!"而面对瞻前顾后的李幸福,她骂道:"你呀,不像个人,还不如爬在我家木屋上的青藤!"

从被丈夫养在绿毛坑里的"山鸡"到独立大胆的"美神",从任凭丈夫打骂而逆来顺受到勇敢地争取自己想要的生活,盘青青这种惊人的变化,正是启蒙所带来的结果。通过盘青青这样一个女性形象,我们可以看到作家本人对现代文明和启蒙价值的充分肯定,所以小说中的盘青青即便是"蓬头垢面、衣衫褴褛",甚至"手脚并用",也要拼尽全力去争取现代新生活。这样的人物形象当然也反映了当时"辞旧迎新"的社会气氛。作为"被启蒙者",盘青青身上所爆发出来的生命力是惊人的,而相比之下,携带现代文明火种而来的"启蒙者"李幸福却明显要孱弱暗淡得多了。一个旧的"绿毛坑"虽然已毁于大火,但王木通却在他处又建起一个新的"绿毛坑",启蒙的路还远未走完。

三、不灭的精神与启蒙的缺席

张贤亮在 20 世纪 80 年代初期创作的几部小说《灵与肉》(1980)、《绿化树》(1984)和《男人的一半是女人》(1985)等都与知识分子改造有关。由于张贤亮的小说具有极强的自传色彩,所以这几部小说中所塑造的知识分子形象——无论是许灵均还是章永璘——都明显投射有作家本人的人生经验。而从这几个知识分子精神人格的塑造上,我们也发现了文本内外的知识分子的精神发展轨迹。从《灵与肉》中的许灵均到《绿化树》中的章永璘，再到《男人的一半是女人》中的章永璘，我们看到了知识分子对"被改造"的态度由认同到怀疑再到否定批判的变化过程，而这一过程也证明了知识分子主体人格与文化自信的重新建立。但是从"被改造"的"牛鬼蛇神"到"启蒙者"的转变也不可能是一蹴而就的。与上文分析到的《班主任》一样，我们从《绿化树》中的章永璘身上，也明显看到了时代大转型初期，作家在知识分子形象塑造上的犹疑复杂的面影。这样一个人物形象，也成为反映一个时代知识分子精神面貌的最佳注脚。

《灵与肉》中的许灵均可以说从身体到心灵都认同了对自己的改造，以至于当他再次体验到曾经的"资产阶级"生活时，不禁产生了心理乃至生理的厌恶："当他看到在柔和的乳白色的灯光中，像男人一样的女人和像女人一样的男人在他身边像月光中的幽灵似的游荡的时候，却感到不安起来，就像一个观众突然被拉到舞台上去当演员一样，他无法进入要他扮演的角色。刚才在餐厅，他看见有的菜只动了几筷子就端了回去，竟从肠胃里发出一阵痉挛似的反感。"显然，许灵均的改造可以称得上"成功"，他已自认为是劳动阶级的一分子，再也无法认同、更无法融入曾经的生活了，他的肉身与灵魂都已"脱胎换骨"。但《绿化树》中的章永璘却不同，他虽然也因右派的身份而被迫劳动改造，虽然也为能够成为劳动人民中的一员而感到由衷地欣喜，但他身上"小资产阶级"的知识分子品性却始终顽强地存在着。当然，章永璘身上所残存的知识分子的启蒙意识更多的是向内的自省，他努力想要做到的所谓"超越自己"，其本质也就是自己对自己的启蒙，也就是对知识分子意识的唤醒。但从其结果来看，章永璘对自己的启蒙并不彻底，他的思想中存在着的诸多矛盾之处也证明了这一点。比如他既认为拥有知识的自己要比海喜喜、马缨花等粗人高一等，但他又渴望最终能够融入劳动阶级，"置身于'劳动人民'之中"。体力上战胜海喜喜，得到马缨花、谢队长的认同无疑让章永璘由衷欣喜，他甚至还想通过与马缨花结合来改变自己的"资产阶级血统"，希望能"让体力劳动者的新鲜血液输在我的下一代身上"；他一方面享受着知识分子仿如"精神贵族"一般的洋洋自得，并逐渐坦然无愧地接受了马缨花的无私馈赠，另一方面却在阅读《资本论》的过程中不断地自省、并甘愿承受"资产阶级"的原罪。

《资本论》无疑是小说中的一个极为重要的文化意象。这本书是哲学讲师送给章永璘的，哲学讲师认为从这本书里可以知道"我们今天怎么会成了这个样子"。《资本论》既让章永璘超脱了"被改造"的苦难现实，恢复了其知识分子的精神自尊，但同时又让他更清醒地意识到了他所背负的沉重的原罪，这种罪感反而让他认同了改造的合理性，甘愿经受苦难来赎罪。读《资本论》也让章永璘确信："我所出身的这个阶级注定迟早要毁灭的。而我呢，不过是最后一个乌兄格人。"这样的认识让他有了一种"被献在新时代的祭坛上的羔羊的悲壮感"。他觉得："我个人并没有错，但我身负着几代人的罪孽，就像酒精中毒者和梅毒病患者的后代，他要为他前辈人的罪过备受磨难。"于是，他便将毁灭与受难当作他的必然的、不可摆脱的命运。但与其"前辈"许灵均相比，章永璘的"被改造"更多的停留在肉体上——不管是在劳改队瘦得"皮包骨头"，还是走出劳改队后将自己锻造成为"筋肉劳动者"；但在精神上，章永璘却一直保有知识分子的优越感与超脱反省现实的自觉。毫无疑问的是，灵与肉依然是这部小说中一对重要的充满张力的意象，章永璘的犹疑与痛苦很大程度上正是精神与肉体的矛盾冲突所带来的。

章永璘内在知识分子精神的复归有一个重要的外部前提，即其生存状态从"非人"向"人"的转变。小说开篇，章永璘走出劳改队而成为"自食其力的劳动者"，这即是他逐渐恢复为"人"的开始。在这之前，因其右派身份，章永璘被划入政治另册，失去了做"人民"的资格，沦落为政治上的"贱民"与"牛鬼蛇神"。而20世纪50年代末的大饥荒，无疑又是一次雪上加霜的打击。为了在食物极其短缺的日子里存活下来，章永璘在劳改队里艰难求生，将往日所学到的知识、智慧，甚至不光彩的狡黠全都用在了食物的获取上：他处心积虑地研究打饭稀稠的规律，并成功地利用视觉误差而在每次打饭时得以多打100毫升，为多些食物而刮笼屉布吃馍馍渣。章永璘自嘲般地感叹："我的文化知识就用在这上头！"但正因为有了这种卑琐又顽强的求生意志与技巧，才让他最终能够从死人堆里爬了出来。虽然他瘦得皮包骨头，没了人形，成了马缨花眼里的"瘦鸡猴""伊不利斯"（魔鬼），但好歹没有丢了性命。

而就在这样艰难的生存状态之下，章永璘的知识分子气质却并未灭绝，沉睡着的往日记忆随时可能被激发被唤醒。之前听过的卡鲁索、夏里亚宾、吉里和保尔·罗伯逊等人的唱片，威尔第《安魂曲》的宏大旋律，莎士比亚、普希金、笛卡尔、聂鲁达、莱蒙托夫……这些作为知识分子的印记随时都可能不受管制地从记忆中蹦跳而出。而在劳改队与哲学讲师的交往，也使他能够暂时忘却眼下艰难的处境，脱离猥琐，恢复"温文尔雅"的绅士风度。他与这位"病友"大谈黑格尔、《资本论》、家国命运，"在人身最不自由的地方，思想的翅膀却能自由地飞翔"。而当面对处处想压他一头的"营业部主任"时，章永璘也正是凭借着这种精神上的自足而聊以自慰："不自觉地运用这种自由和自觉地意识到自己获得了这种自由，这二者在精神上就处在不同的层次。我觉得我比他高尚，比他有更多的精神上的享受。"但不能否认的是，这种知识分子的品性也给章永璘带来了精神上的痛苦。白天他尽可为了求生而谄媚卑琐、耍尽小聪明，而一到晚上，"那被痛苦的、我不理解的现实所粉碎了的精神碎片，这时都聚集拢来，用如碎玻璃似的锋利的碴子碾磨着我……可怕的不是堕落，而是堕落的时候非常清醒"。虽然内省给他带来了痛苦，但这种痛苦却也不失为一种自我启蒙与救赎,其实也正是这种内省的痛苦才使得章永璘能够区别于只为求生的"禽兽"和"狼孩"。

然而,从章永璘的内省与自责中,我们也发现了他精神世界的纠结矛盾的状态。这其中最为典型的是他欺骗卖萝卜的老乡一事。他为了多吃几个萝卜而欺骗可怜的"受苦人",却在行骗成功之后陷入自责与悔恨之中:"大自然赋予我这样大的耐力,难道就是要我在一种精神堕落的状态下苟且偷生?难道我就不能准备将来干些什么对社会有益的事情?……我开始内疚起来,心里受到自谴自责的折磨。黄萝卜的得而复失,在我看来是冥冥中的惩罚和报应。"而值得注意的是,在这种自责中,章永璘也表现出了对"改造"逻辑的认同:"我怀疑我所费的种种心机都是和出身于资产阶级家庭有关的。……固然,争取生存是人的本能,但争取的方式却由每个人的气质、教养而定;先天的遗传是自然的,而后天的获得性也能够遗传下去。当我意识到我虽然没有资产,血液中却已经融入资产阶级的种种习性时,我大吃一惊。一九五七年对我的批判,我抵制过、怀疑过,虽然以后全盘承认了,可是到了'低标准'时期又完全推翻。而现在,我又认为对我的批判是对的……我虽然不自觉,但确实是个'资产阶级右派分子',其所以不自觉,正是因为这是先天就决定了的。"在这里,所谓"血液中""先天""遗传"等说法,最典型不过地体现了当时的血统论逻辑。章永璘是这血统论的受害者,然而更可悲的是,作为受害者的他却也认同了这套将人划为三六九等的荒唐理论。由此,我们也看到了章永璘内在精神世界的矛盾,甚至混乱,他不得不为生存而耍心机,甚至沦为兽类也在所不惜,但却又难逃自己对自己的审判;作为知识分子的精神世界虽然没有被"改造"所完全摧毁,但同时他却也深受革命逻辑的影响,在很大程度上认同了对他改造的合理性。可以说,这几重相互纠缠、梳理不清的价值观的冲突正是造成他痛苦的根源。

如果说知识分子精神的遗存使得章永璘能够区别于只为求生的

"禽兽"，那么马缨花的出现，无疑进一步促成了章永璘向"人"的转变。无论是初次见面的解围，还是"别累着""你慢着"这些迥异于劳改队的饱含人情味的关心话语，都让章永璘心生感动。而马缨花所谓的"美国饭店"为他提供的实实在在的食物和营养、"家"的温暖和甜蜜的爱情，则一点点地把他从"被改造"的泥淖中拉了出来。变化首先体现在身体上，因为马缨花每天提供的"用真正的粮食做的饱饭"，而使得章永璘"瘦鸡猴"一般的身体逐渐丰润起来："我用手摸就能知道我面颊丰满了起来，两臂、胸前、腹部和大腿开始有了弹性。这表明骨头上已有了肌肉组织。……我分明地觉着我身体里洋溢着充沛的精力，有一种我二十多年来从未体验过的清新感。"而这种身体的力量在他与海喜喜的较量中达到了顶点，得胜的章永璘也因此被接纳为"咱们的人"。随着身体逐渐强健而来的，是作为"人"的尊严、感性柔情，乃至情欲的恢复："肚子吃饱了之后，我发觉又一种非常隐秘的东西在撩动我的心弦，我的心，像雷雨过后沾着水露的光闪闪的蛛网，在檐下微微地颤动。我无缘无故地脸红了。"这种细微的感情的波动，对爱情与性的渴念正是他恢复为"人"的证明。

章永璘一度也认同了在这里"只有体力劳动的成果才是衡量人的尺度"，并想要告别"知识分子"的身份而只做一个踏踏实实的劳动者："过去的是不会再来了，我要和诗神永远地告别了。这里是不需要文化的，知识不会给我现在的生活带来什么益处，只能徒然地不时使我感到忧伤。"但知识分子的人格既非一日而成，也不可能瞬间消失。马缨花的一句"你还是好好地念你的书吧"让他不禁为自己纯然的肉欲而羞愧并也一下子清醒过来。需要注意的是，此时章永璘对自己的反省也还是难脱血统出身的论调："在我逐渐强壮起来的身体里钻出来一个妖魔，和从海滩的瓶子中钻出来的那个魔鬼一样，要把从瓶子里放出他的施恩者吃掉。这原因在哪里呢？这原因就在于我不是'出身于最贫寒的阶级'。公子落难，下层妇女搭救了他,他只要一脱险,马上就想着占有这个妇女,并把这种举动当成一种报答,这不是一种千篇一律的古老的故事吗?"好在这悔恨与觉醒让他决心通过"和人类的智慧联系起来"去"超越自己"。直到这时,章永璘对其知识分子意识的恢复才转向自觉,他也更加慎重地研读起《资本论》来。在对《资本论》的阅读过程中,章永璘逐渐超越了现实、也超脱出当时的政治话语逻辑,他开始独立地思考自己的命运,并重新审视了那些曾经加诸自身的罪名:"这些文章加起来可以塞满一个庞大的书库,却抵不上马克思这段不足三百字的文字。并且,一九五七年对我进行的批判,竟也没有一个人使用这段文字把我从所谓人道主义文学的睡梦中唤醒。我有点愤慨了,我愤慨的不是他们对我的批判,而是对我没有做像样的批判,把批判变成了一场大喊大叫的可笑的闹剧,从而使我莫名其妙,也只好变得可笑地玩世不恭起来。"这种略有些自嘲与自得的审视对章永璘来说,无疑是个巨大的进步。之前每每进行自省时,他都完全臣服于血统出身的论调,也几乎完全认可了对他的批判。但当他自觉地追求智慧、恢复其知识分子的独立人格时,却也更为清醒地看到了问题的症结,他开始真正去思考哲学讲师所留下的问题,即"我们今天怎么会成了这个样子"。

知识分子人格的恢复让章永璘觉得自己的生命有了活力,也让他重新有了"优越感"。这种"优越感"最典型不过地体现在他对马缨花情感的变化上。之前在他眼里马缨花是"迷人""圣洁""崇高""神圣""仁慈"等几乎一切美好的代名词,在马缨花面前,他是矮小的。而当他身体强健、知识分子人格也日益恢复时,却不由得沉浸在一种几近自恋的情绪中:"在灯光下,我抱着头读书。她和尔舍唧唧哝哝地在炕上说话。灯光把我头颅的影子投射到她们身上。尔舍好像也受到一种庄重的气氛的感染,嬉笑的声音也是悄悄的。……她缝纫的时候,也不跟我说话。我偶尔侧过头去,她会抬起美丽的眼睛给我一个会意的、娇媚的微笑。那容光焕发的脸,表明了她在这种气氛里得到了一种精神上的享受;她享受着一个女人的权利。后来,我才渐渐感觉到,她把有一个男人在她旁边正正经经地念书,当作由童年时的印象形成的一个憧憬,一个美丽的梦,也是中国妇女的一个古老的传统的幻想。"这一"古老的传统的幻想"与其说是马缨花的,毋宁说是章永璘或作家自己的。随着章永璘对自己的"超越",他也越来越清楚地意识到了马缨花与他之间的巨大差距:"我既然已经成为正常人,既然已经续接上了过去的回忆,她这种爱情的方式和爱情的语言,就隐隐地令我觉得别扭,觉得可笑。我虽然不愿意她发现我与她之间,有着她不可能拉齐的差距,但我却开始清醒地意识到了这种差距。"原以为自己已被锻造成完全的"筋肉劳动者",但随着知识分子人格的恢复,其精神优越感又极为强势地占据了上风,章永璘清楚地发现自己与真正的劳动者之间还是存在着巨大的差距:"我在精神境界上要比他(她)们优越,属于一个较高的层次。"而在这种浓厚的知识分子视角下,劳动者马缨花也不再完美,她"变得陌生起来。她虽然美丽、善良、纯真,但终究还是一个未脱粗俗的女人"。章永璘曾一度渴望与马缨花结合、成家,但当他意识到与马缨花在精神上难以弥合的差距时,却动摇退缩了。最终,作者通过将章永璘调往另一个场队的情节设置,让他逃离了两难处境,并也让他躲过了"始乱终弃"的骂名,缓释了章永璘的自责与罪恶感。此时的章永璘信心满满:"现在,我健康了,我觉得能够理解马克思的书了,我相信我不论走到哪里,我都有一种新的力量来对付险恶的命运。"

果然,凭借着这种信心,二十年之后,章永璘终于摆脱政治厄运,成为坐着"丰田"轿车、出席"共和国重要会议"的响当当的人物。对于这样一个小说结尾,有研究者为我们提供了一些颇有意味的发现:"《绿化树》20世纪80年代被翻译为外文时,译者(如英文译者杨宪益先生)建议删去这个结尾,这为张贤亮所拒绝。为什么必须有这个结尾,在距小说发表二十年后张贤亮做了解释。

他的理由是，从19世纪50年代开始，中国就编织一套'身份识别系统'和'身份识别制度'，人被分成三六九等，他作为一个'不可接触的贱民'在这样的制度中生活了二十多年。而'文革'后为'右派'，为冤假错案平反，是'身份识别系统'和'身份识别制度'取消、终结的标志，这些举措'超过人类历史上任何一次奴隶解放'。他说，我们这些人'从各自的灰头土脸的世俗生活中走出来，第一次步入壮丽的人民大会堂'参政议政'，怎能不感慨万千？'说20世纪80年代以后'身份识别系统'和'身份识别制度'已经终结，这个幻觉让人讶异，尤其是发生在熟读《资本论》（第一卷）的'唯物主义者'身上，更是难以理解。但是，张贤亮坚持保留这个结尾却值得称道，否则，主动接受苦难，通过炼狱以求闻达的读书人心理轨迹不会表现得这样清晰，李泽厚说的小说的'思想史意义'将受到很大削弱。"①

---

① 洪子诚. 《绿化树》：前辈，强悍然而孱弱［J］. 文艺争鸣，2016（7）.

第九章

边地文化人格与当代文学人物形象

进入 21 世纪之后，尤其是近几年以来，文坛上出现了相当一批颇有影响的、以中国边疆地区原住民族生活为主要表现对象的长篇小说。迟子建的《额尔古纳河右岸》、阿来的《空山》和《格萨尔王》、刘亮程的《凿空》、范稳的《水乳大地》和《悲悯大地》、红柯的《乌尔禾》、张好好的《布尔津光谱》、杨志军的《藏獒》等都是其中较为优秀的作品。这些小说的大量涌现，一方面，当然是因为汉民族文化的强势存在使原住民族文化长期处于弱势地位，在很大程度上遮蔽了原住民文化的表现空间。作为对主流汉文化的一种反拨，着重于从原住民族群体的历史变迁和生存现状出发，探究蕴藏在民族文化内部的精神渊源和人文素质，便成为一些小说家特别是原住民族作家趋于一致的艺术诉求。另一方面，"多元文化主义"在我国思想文化界的迅速蔓延，也是这类小说得以成长壮大的重要推动因素。

现代意义上的"多元文化主义"思想是伴随着后现代文化思潮的兴起而逐步形成的。后现代主义反中心、反理性、反秩序的思维理念，与多元文化主义提倡文化的多元性、差异性以及追求文化差异基础上的平等等核心观念不谋而合。具体到文学观念上，所谓"多元文化主义"，就是指淡化或消解主流文化，突出和强调非主流文化或异质文化的价值呈现。"长期被压抑在边缘地带的非主流意识形态和文化由此被推向'中心'，并开始通过强调自己与主流话语的差异而确立自己的文化身份。"① 以这样一种理论来观照中国文化，则不难发现，长期以来，所谓大汉族主义的文化观念一直占有着主导性的地位。受这样一种大汉族主流文化观念影响遮蔽的缘故，那些长期生活于中国边疆地区的原住民族的文化，实际上也就一直处于某种有意无意被漠视歧视的状态之中。如果说，大汉族主

---

① 王晓路. 文化批评关键词研究 [M]. 北京：北京大学出版社，2007：83.

义的文化观念属于一种主流文化的话，那么，这些边疆地区原住民族的文化自然也就是所谓的非主流文化或异质文化了。二者之间的文化差异是十分明显的。一旦进入现代社会，一旦明确意识到二者之间巨大文化落差与文化差异的存在，以文学创作的形式来承载表现这种文化的发现，自然也就成了一些作家创作时的一种自觉选择。由此看来，在中国当下文坛出现的诸多反映边疆地区原住民族生活的小说作品，都或多或少地受到过这种"多元文化主义"思想的影响，也就是一种客观的现实。在其中，处于边缘地位的原住民族群落明显地表现出对本民族文化的强烈认同感和归属感，他们在发掘本民族文化与汉民族主流文化差异性的基础上，力图建构本民族的文化谱系，以争取自己平等的权利和尊严。从表现边陲自然人文风貌的广度和深度方面来看，这些作品也都明显体现着某种趋同性，那就是对汉文化的隐性拒斥和对作为书写对象的某一特定民族宗教文化的天然亲近。事实上，这种书写方式，多少已经颠覆了我们以往将其顺乎惯性地命名为"少数民族文学"这样一种称谓所带来的某种强制与歧视意味。更何况，由于各民族之间社会文化交流的日益广泛，已经有一部分以原住民族为书写对象的小说作品并非出自本民族作家之手了。鉴于以上原因，将这类作品命名为"边地文学"（这里主要是指边地小说）恐怕要比"少数民族文学"更为妥帖和恰当。与此相对应，将边地文学作品中所体现出来的文化因素称为"原住民文化"也就是一种合乎情理逻辑的现实选择了。

  首先应该注意到这样一种客观事实的存在，那就是，在一般的意义上，当我们津津乐道于博大精深的中华文化时，其实在内心深处无意间已经把汉民族文化置于中华文化的核心位置了。这样一种大一统思维存在着的弊端，就是在一定程度上忽视了中华大地上同样闪耀着熠熠光辉的边地原住民文化。这些产生于边地原住民族历史发展进程中的文化形态，虽然在历史上也因为各民族之间的交流融合而发生着某种嬗变，但却始终没有脱离开其自身母体根系的滋养。然而，在现代物质文明的不断侵袭下，边地原住民文化却面临着行将消亡的尴尬处境，尤其是在当代社会中，汉文化对原住民文化的冲击达到了前所未有的地步。面对这样的一种文化冲突现实，一批敏感的作家透过历史和现实的双重镜像，对于主流汉文化与边地原住民文化之间盘根错节的复杂矛盾冲突进行必要的艺术审视与表达，也就自然拥有着十分重要的意义和价值。事实上，也正是在这一系列边地小说文本中，一种迥然有别于以汉族为主体的中原文化人格的边地文化人格应运而生。对于丰富奇特的原住民文化的自觉体现、对于大自然发自内心的敬畏，一种充满宗教感的生命存在方式，正是边地文化人格的核心内涵所在。

一、小人物书写与自然敬畏

阅读《额尔古纳河右岸》，我们留下极深印象的既有作为游牧民族的鄂温克人对于自己赖以为生的大自然那样一种敬若神明般的敬畏与崇拜，也有鄂温克人面对频繁降临的死亡时那样一种达观而超然的姿态，更有在极其艰难的生存困境中激发出来的鄂温克人那样一种坚韧的生存意志与生存能力。在小说中，作家对于鄂温克人复杂的人性构成同样进行着一种堪称悉心细腻的描摹与展示，作家那样一种格外宽厚广博的悲悯情怀足以打动每一位读者的心灵世界。小说的第一人称叙述者"我"是一位历经世事沧桑的九旬老人，是鄂温克最后一位酋长的女人。叙述者之所以自称是鄂温克最后一位酋长的女人，所暗示说明的正是鄂温克民族与鄂温克文化的一种完全消亡。一个以部落生存为基本特征的民族居然连酋长都不再产生，它所预示着的当然是这样一个有着悠久历史的游牧民族的彻底解体。迟子建是一位擅长于表现底层普通民众生存状态的优秀作家，她在一部被命名为《伪满洲国》的长篇小说中所采取的依然没有将自己的视点更多地投注到政治之上,依然把自己的关注视野主要地投射向了在生活底层挣扎生存着的芸芸众生的这样一种艺术处置方式就鲜明地体现了这一点。作为一位汉族作家,能够如此地贴近并进入鄂温克人的生存状态之中,能够如此富有艺术智慧地将这样一个行将或者说已经消亡了的少数民族的命运历程与文化特质鲜活灵动地呈示于读者面前,的确突出地体现着迟子建超人卓绝的艺术才华。

作为一位擅长于表现底层普通民众生存状态的优秀作家,迟子建始终相信:"真正的历史在民间,编织历史的大都是小人物;因为只有从他们身上,才能体现最日常的生活图景。而历史是由无数的日常生活画面连缀而成的。"① 早在她的另一部反映东北沦陷区普通人生活的长篇小说《伪满洲国》中,便可以看到这一鲜明的特征。然而,与《伪满洲国》不同的是,这一次,迟子建将笔触伸向了一个完全不同的文化群落——鄂温克。尽管作者声称,她非常"熟悉那片山林,也了解鄂温克与鄂伦春的生活习性"②,但她毕竟是一位汉族作家,民族文化之间固有的差异和隔膜不可能因作者的主观意愿而瞬间改变,因此,小说中的鄂温克民族必然带有"他者"的印记,是一个异族人眼中的鄂温克。那么,我们不禁要问,在一个异族人眼中的鄂温克会是怎样的呢?还是真正意义上的鄂温克吗?迟子建似乎也意识到了这一不利因素的客观存在,所以在小说中,她才打破了传统的写作思路,选取第一人称"我"作为叙述者,而"我"又是鄂温克最后一个酋长的女人,九十岁高龄的"我"经历了鄂温克民族近百年的历史沧桑,是鄂温克历史的真实见证人。对于鄂温克族所经历过的百年历史变迁,可以说,"我"应该是最有发言权的,从"我"的口中叙述的历史当然也就具有着

---

①② 迟子建,胡殷红. 人类文明进程的尴尬、悲哀与无奈:与迟子建谈长篇新作《额尔古纳河右岸》[J]. 艺术广角,2006(2).

相当的真实性。这里，作者巧妙地将读者的视线从作者（隐性叙述者）转移到"我"（显性叙述者）的身上，试图打消读者的疑虑，可谓用心良苦。事实证明这种叙述策略的确取得了较为理想的效果。小说中的鄂温克族差不多可以被看作是一个已经消亡了的民族。叙述者之所以自称是鄂温克最后一位酋长的女人，所暗示说明的正是鄂温克民族与鄂温克文化行将消亡或已然不复存在的事实。一个以部落生存为基本特征的民族居然连酋长都不再产生，那么离它彻底解体的日子定然为期不远了。但是，也正是在这个根据所谓的"丛林法则"应该被淘汰的民族身上，我们却看到了一种奇特但同样真实且迸发着无穷魅力的文化存在。

在"额尔古纳河右岸"那片繁茂广阔的原始森林中世代繁衍生息的鄂温克民族，在一次次的迁徙和游猎中同样创造了具有自身特色的文化形态，或者我们可以称之为"鄂温克原住民文化"。从外在表现上来看，它涉及鄂温克人生活的方方面面：他们住在一种叫"希楞柱"的用松木杆搭建的简易帐篷里，以放养驯鹿和狩猎为生，有储藏食物的专门仓库——"靠老宝"；他们高兴了就跳"斡日切"舞（一种"圈舞"或"篝火舞"）来庆祝；部落里的人得重病时，会请萨满（巫师）来"跳神"以祛除病魔，人死了要举行风葬仪式；斯特若衣查节是他们庆祝丰收的传统节日，每到这时，人们就会聚集在一起唱歌跳舞，交换猎品，有的氏族之间还会联姻；他们信奉"玛鲁神"……这些鄂温克人奇特的生活方式和风俗习惯为我们展示了一种完全不同于汉族或草原游牧民族的文化形态，使我们这些习惯于生活在工业文明包围中的"现代人"感受到了边地原住民文化中那种悠远、神秘的远古气息。当然，作者写作的目的不止于此，或者说，这些呈现于读者面前的生存图景仅仅是作者为了表达其思想主旨的道具而已，"借助那片广袤的山林和游猎在山林中的这支以饲养驯鹿为生的部落，写出人类文明进程中所遇到的尴尬、悲哀和无奈"才是作者真正的目的所在。① 这里，有鄂温克人对自然的敬畏、对死亡的超脱和对恶劣环境的顽强抗争，更有鄂温克人在强大的现代文明侵入时奋力挣扎却无可奈何的尴尬悲凉。尤其是在近100年的历史变迁中，无论是外族人的入侵还是瘟疫、饥饿的折磨都没有使他们放弃对本民族文化的坚守和信仰，这个多灾多难的民族始终保持并发展着自己独立的文化特性，直到现代工业文明一步步蚕食着他们赖以栖息的广袤森林时，他们还在试图做最后的抗争。然而，这种抗争毕竟是脆弱而无力的，越来越多的人选择了离开，选择了山下物质产品更为丰富的生活。小说中，鄂温克人向新的猎民定居点的大规模搬迁可能是这个民族的最后一次迁徙了。100年前，他们因俄国人的驱赶从额尔古纳河左岸逃离到右岸的森林中，100年后，即便是这么一块小小的家园也被无情地剥夺了。当激流乡新上任的古书记上山动员"我"搬入定居点时，这位饱经沧桑的老人不无悲愤地表示，"我们和我们的驯鹿，从来都是亲吻着森林的。我们与数以万计的伐木人比起来，就是轻轻掠过水面的几只蜻蜓。如果森林之河遭受了污染，怎么可能是因为几只蜻蜓掠过的缘故呢？"是啊，由汉人造成的人为灾难为什么偏偏要让无辜的鄂温克人来承担呢？要知道，当他们一旦放下猎枪，走出森林，他们也就失去了可以维系民族文化命脉的土壤，也就意味着这个民族无可挽回的消亡。可是，谁又能听到这弥漫着哀怨的声音呢？处于边缘地域的民族连带他们的文化在强大的主流文化面前从来都是弱者，从来都是被同化被吞噬的对象。正因为如此，当迟子建让一个九旬鄂温克老人叙述他们民族的历史时才更多了一份抗争的悲壮，多了一份悠远的悲悯，多了一份彻骨的悲凉。

  小说中，多次出现"火"的意象，对于鄂温克人来说，"火"

---

  ① 迟子建，胡殿红. 人类文明进程的尴尬、悲哀与无奈：与迟子建谈长篇新作《额尔古纳河右岸》[J]. 艺术广角，2006（2）.

既是一种用来烧烤食物和取暖以及获得光明的具体可感的事物,又是深入部族民众内心的一种至高无上的神灵,它同时具有具象和抽象的双重特征。在汉族和其他某些民族的意识中,火和暴力、灾难、革命等概念时常纠结在一起,人们一旦提及它,就会产生莫名的恐惧抑或无端的冲动,所以在许多小说作品中,火要么是革命、暴力的化身,要么被赋予破坏者或毁灭者的角色。像《额尔古纳河右岸》这样直接将"火"作为一种自然状态的生命意象而顶礼膜拜还是非常罕见的,这源于鄂温克民族所独有的"火"文化,小说开头,当"我"发现达吉亚娜他们下山定居没有带去火种时,曾感慨道:"他们告诉我,布苏的每座房子里都有火,再也不需要火种了。可我想布苏的火不是在森林中用火镰对着石头打磨出来的,布苏的火里没有阳光和月光,那样的火又怎么能让人的心和眼睛明亮呢!我守着的这团火,跟我一样老了。无论是遇到狂风、大雪还是暴雨,我都护卫着它,从来没有让它熄灭过。这团火就是我跳动的心。"可见,鄂温克人对火的崇拜已经到了无以复加的地步。他们用火塘烤熟食物、照明取暖,在篝火旁跳舞嬉戏,无论搬迁到哪里都要郑重其事地将火种驮在驯鹿身上一起带走,任何人都不得往火里吐痰、洒水、扔不干净的东西,母亲送"我"的新婚礼物就是一团火,甚至母亲达玛拉和伯父尼都选择死亡的方式也都是跳入火中。火在温暖他们身体的同时,也温暖着他们孤独而顽强的心灵,鄂温克人既然从大自然中获取了神圣的火,那么将心灵连同肉体毫无保留地投入火中,也就成为这个民族至高无上的死亡仪式。在鄂温克人的心目中,这种"森林中用火镰对着石头打磨出来的火"不容许有丝毫的玷污,它已经融入了鄂温克人的生命之中,和"玛鲁神"具有同等的尊严和地位。保存和守护火种成为每个鄂温克成员不可推卸的责任和使命。而异族的"火"不是战火就是山火,它们是生活在异族土壤中并给鄂温克人带来不幸的罪魁祸首,与纯洁神圣的"鄂温克之火"比较起来,它们具有完全相反的品性。因此,当下山的鄂温克人不再需要火种时,也同样意味着这个民族正面临着火文化可能彻底消失的窘境,而"没有火的日子,是寒冷和黑暗的"。小说中,几代鄂温克人对火从膜拜、守护到无意识的放弃的过程,也恰恰喻示了一种古老文化几近衰亡的无奈结局。表达了作者对鄂温克文化与鄂温克民族悲壮旅程的无限同情和惋惜。

我们之所以认定张好好的《布尔津光谱》是一部边地小说,乃因为小说的故事发生在布尔津,而布尔津,则是一个置身于遥远北疆的边陲小镇。人们都说大河向东流,但布尔津所依傍着的这条神采飞扬的额尔齐斯河,却是蜿蜒流向了遥远的北方:"就连额尔齐斯河都有些气馁地说,你们就在这里吧,我终归是要去北冰洋的。""这条河最终向西而去,又一转折向北,流入最北的北冰洋。世界的最北边叫北极,北极上空最亮的星星叫北极星,在月亮最圆满的时候,也是北极星最亮的时候。"或许与边地乃众多特别敬畏大自然的原住民族有关,自小成长在这里的张好好,肯定在有意无意之间接受到了此种敬畏大自然心理的影响。大约也正因为如此,我们才能够在张好好那充溢着温润气息的文字中读到这么多关于自然风景的细致涂抹与悉心描写。"月亮缓缓行,挂在枣树上,又落到井里,最后去到西边苍茫高远的云里。风从远远的地方跑来,总是从东面的隔壁和那块高高的丘陵上来。海生明明躺在家里,却瞬间闻见那个猝然折断生命的孩子小小身体洁净湿润的味道。就像额尔齐斯河落雨时腾起的潮润的味道,许多幼小的鱼旋转着游动,大河浩浩荡荡,在雨的加入和呐喊里,掀起黄色的大浪。这平日里阴郁平静的河,雨来时把深藏的脾性甩出来,更加漠然地向着万里之外的北冰洋匆匆而去。"翻检《布尔津光谱》,类似于摘引文字的段落可谓比比皆是。由此我们即不难判断出,张好好有着很好的语言能力。她的小说语言在充分及物的前提下,洋溢着温润的气息,简直可以称得上是珠圆玉润,其内敛的光泽度殊为迷人。文学,究其实质是语言的艺术。一位作家,其语言能力的高下将从根本上决定他到底能够在文学道路上走多远。对于张好好来说，其他的姑且不考虑，仅只是如此一种突出的语言能力，就理应赢得我们充分的肯定与尊重。语言之外，同样重要的是，张好好对于自然风景的那种饱含情感汁液的悉心描写。一方面因为我们的小说理论过于强调叙述的重要性，另一方面也更因为当下时代的生活过于匆忙过于追求速度，在很多小说作品中，我们的确已经很难读到描写性的文字，尤其是如同张好好这样凝视大自然的诗性描写文字。其实，类似于张好好这样一种凝视大自然的文字，绝不仅仅只是表明着作家对于自然风景的一种态度，潜隐于其后的，更是作家一种如何理解看待世界的方式。或者干脆说，就是作家一种基本的世界观。从根本上说，张好好之所以能够在她的这部《布尔津光谱》中最终呈示出一种达然超然的生命方式，与其基本的世界观有着殊为紧密的内在关联。

正如同边地的其他地方一样，边陲小镇布尔津的人群也主要由两类群体组成，一类是世代居住于此的原住民族，比如哈萨克、维吾尔等，另一类则是从遥远的内地搬迁到这里来的汉族人。大约因为作家张好好自己恰好属于汉族人后代的缘故，所以，她对于布尔津生活的表现重心自然会落脚到那些汉族人的身上。具而言之，占据着作品中心位置的海生与小凤仙的那个家庭，就是这样一个再典型不过的汉族家庭。在海生与小凤仙年轻时所遭逢的那个"革命"时代，大多数汉族人之所以要背井离乡从内地迁移到布尔津这样极其遥远的边陲小镇，都有着迫不得已的社会政治原因。海生与小凤仙的情形，即是如此。尽管小说并未明确交代海生远赴布尔津的原因，但从叙述者字里行间所隐约透露出的信息，我们即不难体会到海生此举的被迫无奈。"然而做父亲的对于自己的过去几乎是缄默不言的，仿佛一说出来必是眼泪止不住地倾泻而下。他从哪里来，一路上历经过多少的磨折，最后又去向哪里，他的心底念念不忘的事情究竟有哪些，他是从不愿与人道的。"那么，海生为什么会对自己的过去讳莫如深不愿触及呢？却原来，他的缄默不言与他的地主后代身份有着格外紧密的联系。正因为是地主后代，所以他才要背井离乡，先去沈阳，后赴布尔津。即使到了布尔津，他的这种另类身份也依然在影响着自己的人生："有年轻的姑娘会多看他几眼，觉得这个人是个好人。然而地主后代的身份让他渐渐荒凉下来。"海生的这种荒凉状况，一直到小凤仙到来后方才有了根本的改观。关键在于，小凤仙自己之所以要到布尔津来，却也同样与自己的社会政治身份有关。按照小凤仙的讲法，他的父亲周寿堂因为出生于地主家庭而命运凄惨："周家的男人全都死去了，只这个遗腹子（指小凤仙的弟弟，笔者注）留了下来。是怎样死的呢？赶到河里去。那一年小凤仙三岁。土改运动刚刚开始。知道大难临头的周寿堂因为看守的好心而得以赶夜路回家与妻子道别。"很显然，四川弱女子小凤仙之千里迢迢来到布尔津，并且不管不顾地和海生结为夫妻，正是受到自身社会政治身份的影响的结果。他们俩的结合，很容易就能够让我们联想到白居易那"同是天涯沦落人"的千古名句。虽然说张好好的《布尔津光谱》并非一部社会小说，海生与小凤仙的悲剧性人生遭际也不是作品的书写重心，但因为海生与小凤仙的人生境遇对孩子们的成长历程会产生的实际影响，所以在一部重点呈示成长故事的小说中对于海生与小凤仙的人生经历有所交代，也还是很有艺术必要的。

虽然小说没有关于故事时间的明确交代，但参照中国当代社会的客观进程，海生与小凤仙被迫远走布尔津，应该是"文化大革命"后期也即20世纪70年代前半期的事情。而这，也就意味着，作为作品主体部分的爽夏、爽秋与爽春她们三姐妹的成长故事的发生时间，主要就是"文化大革命"之后的七八十年代，也即我们习惯上所称的"新时期"这个阶段。到了"新时期"，曾经严重困扰她们父母命运的那些频繁不断的政治运动已然成为过去，从总体上说，中国社会已经趋向于一种平稳的正常化形态。因此，对她们的成长过程产生影响者,实际上也就只能是日常生活,尤其是日常生活中所目睹的那些生死场景。比如爽春的出生:"她们爬到床上去,俯身看紧闭着眼睛歪着脑袋呵呵喘气的小孩子。小凤仙把她抱在怀里,婴孩便紧紧地贴上去,认真地喝奶。""这个春天,她们觉得很不一样的一种生活开始了。床上的这个小孩子一天一天地直起身子来,坐在门槛上独自玩。爽夏她们若从外面回来,进到巷子里,就能看见这个小孩子正坐在家的门前,望着她们,仿佛她才是这个家的真正的主人。"爽春是比爽夏爽秋更幼小的生命,正是在目睹爽春出生乃至于渐渐长大的过程中,爽夏爽秋她们不自觉地有了某种对于生命的理解与启悟。与出生相比较,对她们产生更多影响的,应该是那些充满无常意味的死亡场景。比如她们的玩伴宝年之死:"宝年就是在这个夏天在河里冲没的。大河先知先觉,它说,我并不是需要祭拜的河神,你们人类也不要忒贪玩了。""因为游泳在这河里淹死,是每一年夏天必有的三五起事件。""水鬼,是要找人替的。布尔津的孩子生下来便会遇见这句话。"宝年被意外淹死倒也罢了,诡异之处更在于:"妈妈,死是怎么一回事?这话是宝年在死去前一天的中午坐在门槛上突然发怔问他娘的话。后来钱家大娘逢人便要抹着眼泪说这奇怪而有预言味道的问话。"宝年是打小就在一块玩的同龄人,他的意外死亡,自然会对爽夏她们产生强烈刺激:"爽夏推一推爽秋。窗户黑洞洞,是一个没有月亮的夜晚。""怎么了""……我们再也见不到宝年了……是这样的,对吧。""对啊……""爽夏摸起枕巾擦眼泪。"只要细细品味发生在夜晚的这段对话,你就不难体察到宝年之死对于爽夏姐妹产生的那种深度生命触动。同样影响着她们成长的,还有阿勒泰毛纺厂漂亮女工梅的自杀举动。梅与厂里的工程师相恋并怀有身孕后,工程师另有新欢抛弃了她。梅选择了自杀:"她选择了死亡。在那个年代,失身以及未婚先孕,还有被男人抛弃,都是使人不由自主选择死亡的缘由。""她选择了安眠药,她选择了屋顶,她选择了面向蓝天。她临终前的眼睛里是流动的白云，是蓝的底色，是无边无际的天空。剩下的一切，都是尘埃，已经落下了，落在了她的身后。"梅的自杀，深深地刺痛了小凤仙的精神世界："小凤仙和海生去阿勒泰送梅走。回来后，他们一家五口吃饭的当儿，小凤仙眼圈突然漾起红，啪地放下筷子说，你们三个女娃儿都听好了……""她们三个都知道梅走了，但是不知道她们的母亲火气从何而来，到底要告诉她们什么重要的话语，齐齐抬头看着小凤仙。后面的话她却又没有说出来。"

"因为不知道怎样说。小凤仙在夜里为梅哭泣的时候，仿佛也在为着青木，为着全世界女人的命运。海生说，命这种东西也许就是这么定的……"小凤仙要对三个孩子说什么呢？实际的情形很可能正如海生所说，梅的死亡只能够被归之于诡异命运作祟的缘故。毋庸讳言的一点是，梅的死亡，也如宝年的死亡一样，会构成爽夏姐妹成长历程中一个醒目的界碑。在哲学的层面上，生死乃是相对的事情。一方面是未知死焉知生，另一方面则是未知生焉知死。两种看似对立的说法，实则上都在强调只有把二者充分地联系在一起，我们才能够更好地体悟把握生命存在的奥秘。也正是在这个层面上，张好好《布尔津光谱》中爽夏三姐妹的成长，乃可以被看作是一个不断目睹、接受并思考生死现象的结果。我们之断定作品从根本上说是一部生命小说，个中原因显然在此。

说到张好好小说对于生命的思考与表现，无论如何都不容忽略的，是作家对于亡灵叙述者"我"的特别设定。说到亡灵叙事，在当下时代的小说作品中并不鲜见，不少写作者都对之做出过积极有益的艺术尝试。但依据笔者个人的阅读体验，其中能够如同张好好这样具备一种温婉悲悯情怀者，的确并不多见。"我"是一个孕育中途被打掉了胎的男孩子。在"我"之前，海生与小凤仙夫妇已经有了爽夏爽秋爽春三个女儿。之所以要把腹中的这个孩子打掉，一方面固然由于国家在当时已经开始实行严厉的计划生育政策，另一方面却也与他们家庭生活状况的不够宽裕有关。"你想一想，万一又是个女孩,我不能出去干活,一罚款,家里的锅盖都会揭不开……爽夏的书费现在都要每次去外面借,爽秋眼看着也要上学了。""……其实留下来也是可以养活得起的。海生不止一次在某个深夜在心里说出这句话。到底他还是用自行车驮着小凤仙去了医院。满大街都能看见计划生育的标语。小凤仙说,不能一直这样下去……他竟默默同意了。"但海生与小凤仙夫妇料想不到的是,这个五个月大被打掉了的孩子,居然正是他们渴盼已久的一个男婴。此种意外的发生,对于他们夫妇的巨大打击可想而知。在埋掉男婴之后,海生"原打算这么静静地站一会儿,就回家,给小凤仙和三个女儿做饭。然而他突然跪了下来,两手拍打大地上的沙土,将头紧紧地抵在小小的坟茔上,喉咙发出撕心裂肺的哭号"。需要强调的是,"我"被打胎,固然构成了海生小凤仙夫妇难以平复的精神创伤,但受到伤害最严重的,其实还是作为亡灵的"我"自己。然而,尽管"我"满腹不平的怨气,但到最后还是被父母的悲情深深打动,从内心里原谅了他们的过错:"这哭声打动了我。我在地底轻轻地叹了口气。伸了伸手,缓缓舒展一下身体。我像一道青烟,从地底深处袅袅升腾出来。我看见了长跪坟茔前的我的父亲,他那顿足捶胸的悔恨,和一张悲痛欲绝的脸。"在"我"的悲悯情怀生成的过程中,作为小说叙事视点之一的那只大灰猫的存在和劝慰,曾经发挥过至关重要的作用。"大灰猫咳了咳嗓子,说:咳,咳,怎么说呢?这世上,谁活着都不容易,人们各有各的苦衷。说起来嘛,你爹妈也是迫不得已……""唉!你也不用太难过。从前有一个叫做上帝的老天爷说得好:每一个夭折的孩子都是折翼的天使。现在呢,你就是那个天使……"而且,按照大灰猫的说法,"我"这个天使还负有特殊的使命,那就是"让你看着这儿的众生、大地和天空……"也正因此,"我"作为一个亡灵,成为一位游走于边陲小镇布尔津的富有悲悯情怀的叙述者。"我下桥头,沿着大街走,循着前生的记忆往医院去。这里是我来到世上的第一站,也是我离开人世的终点。每当闻见长长的走廊里药水的味道,听见隐约的脆脆的婴儿啼哭声从很深的病房里传来,我的心底就是锥心泣血一般的痛楚。""我骑坐在高高的树杈上,我的两个姐姐就在我的视线里,她们的发丝几乎能拂到我,万物安静且美,布尔津原是混生在树木群落里的镇子。"究其实质,张好好的这部《布尔津光谱》之所以能够成为一部关注思考生命的小说,端赖"我"这样一位既心有沉痛却又能够达观如斯的亡灵叙述者的巧妙设定。

二、边地精神与悲悯情怀

我们注意到,虽然在《乌尔禾》中出现了诸如"志愿军""连长""指导员""下岗"这样一些政治性的词语,然而,它们的作用其实也只是对故事发生的时代背景做一简单而必要的交代而已。作家真正的用意是在抽空了政治的因素之后,在一个相对封闭的边地草原这样一个现实时空中,在书写现实苦难的过程中强有力地渲染表现出人性的善良与美好。如果我们不能因为只是表现了人性的美好而否定沈从文的价值,那么同样应该承认红柯这部《乌尔禾》所具有的思想艺术价值。需要强调的一点是,虽然活跃于《乌尔禾》中的主要是汉人,但是他们的基本精神状态,却与生活于内地的汉人有着很大的不同。在某种程度上,笔者甚至愿意把他们称之为深受边地草原文化熏染的,已经完全少数民族化了的汉人。可能是由于他们长期生活在边地草原的缘故,他们实际上已经被赋予了少数民族身上才可能具备着的神性品格。事实上,也正是依凭着他们具备了神性的品格,所以当现实苦难降临的时候,他们才能够用一种异常达观博大的胸怀去面对并穿越这现实的苦难。这一点,在王卫疆这一人物身上,有着极鲜明的体现。或许是由于从小受到海力布叔叔精神影响的缘故,王卫疆很小的时候就显示出了一种格外善良的天性,放生羊的故事就极充分地表现出了这一点。然而,王卫疆的放生羊还真就产生了一种奇异的作用,从根本上拯救了小丫头燕子的,的确是这被放生了的大白羊。在这个意义上,说王卫疆与燕子之间存在着某种先定的情缘,还真有一些道理。但是,尽管王卫疆并没有任何的过错,然而,燕子最后却相当绝情地抛弃了王卫疆,给王卫疆带来了一种巨大的精神痛苦。我们完全可以说,燕子的离弃对于王卫疆来说,就是一种直逼眼下的现实苦难。但是,王卫疆最终却以极坚韧的精神意志穿越了现实苦难。在这个时候,真正支撑他的就是我们所谓草原文化中的神性因素。当王卫疆处于极度的痛苦状态的时候,海力布叔叔以自己曾经获得过的只有短短三秒钟的人生幸福,告诉他,不要抱怨生活,而应该以一种感恩的心态去面对生活。毕竟,王卫疆曾经与燕子有过长达五六年之久的美好时光。在通常的意义上,类似事件的发生只会给当事人造成一种难以超越的仇恨感觉。红柯的这种处理方式之所以格外地显得可信,关键的原因就在于存在着一种草原文化的神性背景,就在于曾经承受过巨大苦难磨炼的海力布叔叔的言传身教。实际上,也正是在王卫疆穿越现实苦难的过程中,在海力布叔叔那不无神奇色彩的人生经历中,我们充分地感觉到了人性的善良与美好。在某种意义上说,红柯的诗性笔触是充满魔力的。在这样一种语言魔力的作用之下,甚至于连燕子那样的背叛行为,都唤不起一点读者心目中仇恨的感觉来。相反地,我们在燕子的行为中还异乎寻常地同样感觉到了一种人性美好的存在。之所以会有这样一种奇异感觉的产生,从根本上说,正是得益于作家对于草原文化,对于"乌尔禾"这样一种特定场域的成功描摹与渲染的缘故。

范稳《水乳大地》的文学价值,一方面体现为对一种独特的艺术结构方式的运用,作家分别从 20 世纪初和 20 世纪末写起,自时间的起始点和终结点写起,而最终交汇于作为中间阶段的 20 世纪 50 年代。用孔庆东的话说,这样一种艺术结构的作用在于:"它打破了我们惯用的基督教时间顺序，让故事淹没在无始无终的时空法轮中，从而使读者能够抛开僵死的历史观和刻板的现实境遇去感同身受那澜沧江大峡谷的风云变幻"。① 另一方面则体现为对宗教应该和平共处这样一种文化理想的充分表达，小说主体故事展示的整个20世纪中发生于澜沧江峡谷内藏族纳西族杂居地区三种不同的宗教文化的冲突过程，其中藏传佛教与东巴文化是本地土生土长的宗教文化，而基督教文化则来自于西方。小说中的宗教文化冲突是由于带有扩张性质的基督教文化进入澜沧江峡谷而开始的，但颇具反讽意味的却是，基督教的代表者沙利士神父最后却被西藏文化和东巴文化所打动，甚至成为一位东巴文化专家。沙利士神父的这种变化所传出的其实正是不同宗教应该和平共处这样一种极为高远的文化理想。

相比较而言，《悲悯大地》是由两条基本平行的故事线索结构构成的。一条是达波多杰少爷迷恋于暴力，所以就外出游历，去寻找他自己理解中的"藏三宝"——"快刀、快枪、快马"的故事线索。另一条就是阿拉西一路艰辛地叩长头到拉萨，寻找自己理解中的"藏三宝"——"佛、法、僧"并最终成佛，也即变身为洛桑丹增喇嘛的故事线索。需要指出的一点是，不管是达波多杰少爷，还是阿拉西，他们之所以要离开故土去刻意地追寻各自向往理解中的"藏三宝"，其根本的原因正在于都吉家族与朗萨家族之间难以释解消泯的刻骨仇恨。应该说，这样的一种故事缘起是格外重要的。起于仇恨，而终于悲悯，作者为小说所设定的"悲悯"这样一种基本的思想艺术主旨，也正是在这样的一种叙事进程中得以凸显完成的。我们之所以在这里特别强调达波多杰这一人物与故事线索的重要性，乃是因为这一线索与阿拉西成佛的那条线索之间形成了一种异常强烈的对比意味。从某种意义上来说，正是依凭着达波

---

① 孔庆东. 我爱这土地：读《水乳大地》[J]. 中关村，2004（5）.

多杰少爷这条线索的存在，所以才格外强烈有力地烘托出了阿拉西那样一种精神悲悯情怀的重要性。应该说，阿拉西这一形象确实体现象征着某种远大的精神性追求。阿拉西战胜并克服种种现实的羁绊刻意成佛的历程，在藏地的文化传统中，当然有着真实的依凭，也可以得到普遍的认同与理解。然而，由于我们缺乏这样一种文化背景的强力支撑，所以在并非藏人的我们看来，阿拉西——洛桑丹增喇嘛的行为却又的确具有一种神秘的奇迹色彩。最起码，从笔者的阅读直感来看，这一人物形象的理想化色彩还是极为突出的。从当下中国的现实文化语境来看，如阿拉西这样的人物形象的确具有不容否认的针砭现实的意义。只要我们把这一形象与当下正被物欲严重困扰着的中国社会联系起来，那么，这一人物身上所强烈表现出来的那样一种牺牲自我以普度众生的悲悯情怀，那样一种高贵的精神选择，就显得极其难能可贵了。其对于当下现实的批判性价值当然也就显而易见了。

然而，我们对于《悲悯大地》所凸显出的精神高贵的充分肯定，却并不意味着这部作品就是完美无缺的。笔者注意到，对于《悲悯大地》，批评界在总体肯定的前提下出现了两种稍有相左的观点。一种认为实现了对于《水乳大地》的超越，另一种则认为从文学性的意义上说还是要稍逊于《水乳大地》一筹。贺绍俊所持有的便是第一种看法。"相对于他的第一部长篇《水乳大地》，我以为这一部更好，说它更好，是从文学角度说的，就是说这是一部更具文学性的作品，……但《水乳大地》多少还留下学者文本的痕迹。《悲悯大地》同样是追求精神性的，但完全去掉了学者文本的痕迹。更富有文学形象，叙述也更加文学化。"① 笔者的看法有所不同，虽然笔者也承认《水乳大地》与《悲悯大地》都是时下中国文坛并不多见的精神性文本，但从文学性上来看，《悲悯大地》还是要

---

① 贺绍俊. 悲悯与精神容量 [J]. 小说评论，2006（6）.

略微逊色一些。笔者不知道贺绍俊所理解的文学性具有怎样的内涵。在笔者的理解中，所谓的文学性，如果只是着眼于人物形象的塑造的话，那么就意味着对人物人性深处某种矛盾冲突的艺术展示与表达。具体来说，《悲悯大地》人物形象塑造上一个明显的败笔，就是对阿拉西——洛桑丹增喇嘛成佛过程的后半段过程的描写缺乏足够令人信服的艺术说服力。虽然藏人有着极虔诚的宗教信仰，但是由人而成佛毕竟不是一件简单容易的事情。范稳很显然也意识到了这一点，从他为阿拉西成佛所设置的多重障碍中，我们即可有充分的感受。然而，令人遗憾的是，在阿拉西由人成佛的后半段，作者并未能潜入人物的内心深处，将人物内心中那种足以惊心动魄称之的深层矛盾冲突细致充分地表现出来，以至于使得这一人物在文学意义上的真实性受到了明显的伤害。在某种程度上，笔者甚至认为，如果只是从人物形象塑造的角度来看，小说对于达波多杰少爷的塑造无疑要真实得多，当然也就具备了更高的艺术价值。假若我们承认，从人性的饱满程度来看，达波多杰少爷能够给读者留下更深的印象的话，那么阿拉西——洛桑丹增喇嘛这一形象就多少显得有些单薄与苍白了。虽然，这一主要人物的存在，对于小说"悲悯"主题的传达有着足够重要的作用和价值。

如果说《空山》中的《随风飘散》主要讲述的是私生子格拉遭冤屈而死亡的故事，《天火》讲述的是"文化大革命"之初一场大火对机村的吞噬和神湖消失的故事，那么在《达瑟与达戈》这一部分，阿来的笔触就对准了两个有着深厚友情的年轻人。小说的故事背景依然是"文化大革命"这个疯狂时代中的机村，只不过从时间上看，主体故事的发生已经是在那场突如其来的天火之后了。在某种程度上，也可以说达瑟与达戈是小说两条不同的故事线索，只不过两条故事线索在演进的过程中最后合成了一条共同的线索而已。村里的达瑟应城里叔叔的召唤而走出了机村，到州里的民族干部学校去读书。结果却因为"文化大革命"的发生、叔叔被打倒而返回了机村。然而,本来就显得很怪异的喜欢在树上睡觉的达瑟,在带回了十几箱子图书之后,他的言行显得更为令村里人费解了。其具体的表现形式,就是他总是会讲一些村里人根本听不懂的话语。实际上,曾经外出求学并读过大量图书的达瑟在机村出演的乃是一种乡村哲学家的角色,他那令村里人费解的话题中所包含着的大多是由现实的问题而生发出来的生存疑难。与达瑟曾经走出机村形成对照的是,村外的达戈却是在爱情力量的召唤之下而走进了机村。达戈的原名为惹觉·华尔丹,他本来可能在军人生涯中有更好的人生前途,但对机村的乡村美嗓子色嫫的爱情还是让他脱下了军装,来到了机村,来到了色嫫姑娘的身边,因此而被村里人称之为"达戈"(即傻瓜)。虽然达戈如此狂热地追求色嫫,但色嫫却并没有回应以相应的热情。她只是一门心思地想着如何离开机村,成为一名舞台上的歌唱家。男女双方情感上的这种错位,就自然使达戈的行为显得更为"达戈"了。或许正是由于达瑟与达戈在当时的机村都被看作怪异之人的缘故,惺惺相惜的他们之间形成一种精神深层的理解与沟通也就顺理成章了。

然而,那样一个疯狂的时代是注定不会允许这样一种美好的朋友情谊存在下去的。首先便是杀猴事件的发生。因为达戈迫切地希望得到色嫫姑娘的爱情,所以当他得知色嫫希望得到一部电唱机的时候,便不惜以破坏机村人与猴群之间的千年盟约的方式而率先向猴群开枪射击。这样的行为一方面显示了达戈人性中潜藏的恶,另一方面则自然也无法得到达瑟的理解与认可。小说中此时的达瑟讲了这么一段话:"算了,不想了,其实我这脑袋也想不清楚什么。反正人都可以杀人,为什么就不能杀像人的猴子呢?猴子是什么?很远很远的亲戚罢了。"这段话当然可以让我们联想到鲁迅《狂人日记》中狂人与大哥的对话,其中强烈批判意味的存在是相当明显的。阿来的小说因此也就凸显出了一种现代的生态保护主题。然而,真正的悲剧其实还没有到来,达戈之死方才真正算得上是悲剧的高潮。因为他家的成分不好,所以在村里一直受欺负。"文化大革命"的发生使这种欺负变本加厉了,忍无可忍的猎人达戈终于动手反抗,一下子就杀死了故乡惹觉村中的三个掌权人。阿来的小说因此而触及了一种尖锐异常的社会矛盾,而表现出了畸形的政治与正常的人性之间的激烈冲突。达戈的杀人行为自然无法逃脱政权的法网,束手就擒与杀人偿命注定了是达戈无法逃脱的命运结果。但让人稍觉安慰的是,达戈最终选择了与格桑旺堆的熊同归于尽,这是一种体面的英雄般的死亡方式。这时候,阿来不无悲悯与敬畏地写道:"他对着天空笑了,自己总算没有死得过于难看。"如果说,阿来的前两部作品都是在书写着整个藏区乡村在强大的政治与文化外力下一种不可挽回的悲剧性命运,那么,到了这部《达瑟与达戈》中,阿来就不仅仅是在表现本土弱势文化与外来强势文化之间的对抗,他更进一步地深入到了藏民的内在精神世界之中,对于藏民内在精神世界中人性之善与恶的矛盾冲突,也在进行着堪称入木三分的艺术表现。达戈这样别具人性深度的人物形象的出现就是一个强有力的证明。

三、现代性与文化冲突

与《空山》凝视表现当下时代的社会现实有所不同,阿来的另一部长篇小说《格萨尔王》则把艺术视野聚焦到了遥远的历史年代。我们注意到,到了《格萨尔王》中,虽然作家同样很清晰地把格萨尔王如何四处征战,怎样扫尽人间妖魔,最后终于成功地建立了伟大岭国的整个过程都纳入到了自己的小说文本之中。从歌咏者把天降神子崔巴噶瓦分别比作雪山雄狮、林中老虎、深海金鱼这样一种比喻式表达的话语方式中,我们便不难感受到确实有一种豪迈浪漫的英雄主义精神的强烈存在。然而,笔者从阿来笔下的格萨尔王身上感受到的,居然是一种特别突出的对于生存莫名的厌倦感与无聊感。

小说共有三大部分,分别是"神子降生""赛马称王""雄狮归天"。照理说,最起码出现在前两个部分中的格萨尔王,应该是充满英雄气概与创造激情的。但在实际上,就连出现在这两个部分中的格萨尔王,也都是十分被动的。比如说,既然神子崔巴噶瓦是自愿请缨要到人间去替岭地的人们消除灾厄与苦难的,那么他就应该想方设法早日成为岭地的王,应该积极主动地致力于自己人生目标的实现才对。但在阿来的小说中,我们所看到的,却是一个无论是思想还是行为都相当消极的觉如(格萨尔王)形象。与觉如的倦怠慵懒形成鲜明对照的,乃是一直以觉如的对立面形象而存在的达绒部长官晁通。尽管说,小说中的晁通是一个统治欲特别强烈的负面人物形象,但他为了成为岭地的王所付出的心血计谋,却与看起来无所作为、只是坐等王冠落到自己头上的觉如,形成了极大的反差。说实在话,在觉如称王最终变成格萨尔王的整个过程中,觉如自己的主动努力是远远不够的。他之所以称王,只是被动地服从了某种宿命的安排而已。一个人,既然连占地称王这样惊天动地的大事都引不起他的强烈兴趣,都无法成为其强大的生命动力,那你也就甭再指望还会有别的什么事物能够打动他的心灵世界。一般情况下,对于青年男子而言,如同珠牡这样岭地最漂亮出色的十二个姑娘全都变成了自己的妃子,再冷血的人恐怕也都会激动一阵子的。但事实上,你又何曾发现过格萨尔王因此而激动呢?!这样看来,说阿来小说中的格萨尔王是一个英雄气概已经被消解殆尽了的英雄形象,这个观点无论如何也都是能够成立的。很显然,与英雄气概处于极度膨胀状态的史诗《格萨尔王传》相比较,阿来的《格萨尔王》就绝对应该被看作是一部"去英雄化"的特征特别明显的现代长篇小说。

具体来说,失去英雄气概之后,格萨尔王对于生存的厌倦与无聊感主要通过以下几个层次渐次地显示出来。最早是在格萨尔王还是觉如、还没有称王的时候。那个时候，岭地的人们围绕着觉如称王之后，到底是该让老总管继续当总管，还是应该让达绒部长官晁通当总管而吵得不可开交。这个时候，觉如试图阻止这种无谓的争吵："觉如说：'你们不要吵了。'但这声音显得很单薄，他们的声音却愈发兴奋，愈加高涨，让觉如想起大群的候鸟刚刚降落在吃食丰富的湖上那震耳的聒噪。他走出了城堡。看到他那落寞的神情，梅朵娜泽妈妈感到心痛难忍。"正因为对这些争吵着的人们感到了很大的失望，所以，觉如才会追问自己的母亲，为什么要把自己生在这些人中间。后来，他非常失望地说："我不知道，没有人告诉我这样的消息。我只知道这样的争吵让人深感厌倦。"

然后，就是在第三部"雄狮归天"的开头处，叙述者劈头就是这么一句："格萨尔在岭国又有好长时间无事可干了。"从这句话便不难推断出，在格萨尔称王之后的许多日子里，格萨尔其实经常处于无事可干的休闲状态。正因为如此，所以"闲了太长时间的国王问众妃：'作为一国之君，我还该干点什么？'"天上的大神在察觉到格萨尔的无所事事之后，就派他天上的母亲下到他的梦里，给他安排了新的征战使命。有了新的征战使命之后，格萨尔就显得很兴奋。"格萨尔有些兴奋，告诉首席大臣，看来马上又要有战事发生了。"首席大臣马上反语相讥："你这么高兴，是因为有事可干了。""格萨尔当然听出了首席大臣语中的讥讽，人希望平安，而下界的神却想建功立业"。于是，格萨尔便回应道，自己的意思是把敌国消灭干净之后，"岭国的人就可以安享太平了"。首席大臣却说这是不可能的。那么，为什么会不可能呢？当格萨尔笑着对首席大臣说："我已经把人心之外的魔鬼消灭了许多，而且会在回归天界之前全部消灭干净，你们何时会把人心里的魔鬼消灭干净呢？"首席大臣却回答说，"人是生生不灭的"。格萨尔马上反应了过来，"天哪，这么说来，人心里的魔鬼是要没完没了啊"。

如果说经常闲得无聊的格萨尔还可以由于获得新的征战使命而一时兴奋起来的话，那么，面对着将会永远伴随着人类而生生不灭的人心里的魔鬼的时候，他就真的只有束手无策徒唤奈何一途了。正如他在面对虽然身为自己叔父、但却总是在不停地跟自己捣乱的达绒部长官晁通时一样，他虽然十分清楚是这位晁通叔叔总是在与自己作对，但上天所赋予自己的使命却只是要让他消灭人心之外的魔鬼。对于作为自己对立面的叔父晁通，神通广大的格萨尔实际上也是无可奈何的。一方面，他非常了解晁通，另一方面上天所赋予的使命又一直在束缚着自己的手脚。这就是格萨尔总是难以摆脱的一种两难困境。尽管后来借助于晁通本人的诈死，格萨尔最终利用大火烧死了自己这位一生的敌人，但在他的内心世界中，却一直因为自己逾越了职责范围而自责不已。除了晁通，让格萨尔倍感烦恼的还有所谓社会的贫富不均问题。小说中写格萨尔王带着自己的部属在领地上巡行，发现了路边有向人乞讨的老弱病残存在："格萨尔让人从马背上向这些人抛撒食物，兴起的时候，还让仆人们拌上珊瑚、松耳石、绿宝石之类的宝石。"然后，格萨尔就看到了这些得到宝石的人们会显得异常兴奋。于是，他就不由自主地想到了自己在征服别的国家之后得到的那许多个宝贝。所以，他就向妃子梅萨发问："我分赏给他们那么多宝贝，为什么不给百姓一些？"对格萨尔的疑问，梅萨的回答是"赏赐了一些给随军出征的将士""我们从战争中得到的财宝又用于了新的战争""等到不再有战争的那一天，我们就可以帮助他们了。至少我会帮助他们"。然而，格萨尔对这些回答却并不满意，他发自内心地哀叹"但是，我的战士们还是会死去，他们的母亲和儿子会野狗一样四处流浪"。因为自己实在无法改变这种现实状况，无助的格萨尔再一次体会到了内心的无奈与悲凉。

但对格萨尔构成更为致命打击的，却是格萨尔闯入到了千年之后的说唱人晋美的梦境之中，所耳闻目睹的千年时间内岭国发生的那些沧桑巨变。在这个奇异的梦境之中，格萨尔与千年之后的晋美发生了一段对话。格萨尔说："不要总是你你你的，我是国王！首席大臣在，会让人掌你的嘴！"晋美说："你是岭国的王，不是我的王！"格萨尔说："你不是岭国土地上的子民吗？"晋美说："土地还在，但没有什么岭国了。"于是，格萨尔便感到很惊讶："怎么，没有岭国了？"接下来，就是这样的一段叙事话语："'没有了。'见国王脸上的神情失望之极，说唱人想，所有国王都相信自己创下的基业会维持千秋万世呢。他也不想再告诉他，研究格萨尔故事的学者们甚至在争论，在这片名叫康巴的高原大地上是不是真的建立过一个叫做'岭'的国家。这也等于是说，历史上不一定有过一个叫格萨尔的英明的半人半神的国王。想到这里，晋美心里不禁涌起一点那种叫做同情的心绪，正由于这心绪的支配，晋美才没把这些他不知道的事情说出来。他只躬了躬身，就从他梦里退了出来，最后听见国王在梦中说：'难怪你到我梦里来，连帽子也不脱。'"我们完全能够想象得到，作为岭国的伟大开创者，在得知千年之后已无岭国的消息之后，他的内心世界究竟会遭受怎样一种巨大的打击。于是，就有了这样的一幕："国王却怅然若失，他声音低沉，精神不振，他说：'这一切能维持多久？'下面的回应整齐之极：'千秋万世！'国王没有宣布散朝就离开了黄金宝座，独自一人走到宫外去了。……他想，下次再到那样的梦里去时，该来看看这座王宫成了什么模样，看看这里的江水是不是还在向着西南方流淌，汇入另一条大江后再与更多的水一起折向东南，把那些大山劈开，在自己劈出的深深峡谷中发出轰响，人们听见他喃喃自语：'如果一切都要消失，那现在又有什么意义呢？'"是啊，辛辛苦苦地忙乎着四处征讨，好不容易费尽九牛二虎之力才建立了岭国，没想到最后不仅岭国不存在了，而且，就连自己是否在历史上真实地存在过，也都成了很大的问题，你说，这格萨尔王能不感到失落与厌倦吗？这可真应了《红楼梦》中所说的，一开始是，乱纷纷你方唱罢我登场，到头来却是，白茫茫一片大地真干净。到了这个地步，格萨尔所突出感觉到的，就不仅仅是一种厌倦和无聊，甚至于，干脆就是一种非常强烈的存在的荒谬感。一种生存的失重感，当然也就油然而生了。

通过以上对格萨尔王基本心理状态的分析，我们就完全可以确认，阿来的这一部"重述神话"的长篇小说《格萨尔王》确实是一部现代性意味体现得十分突出的现代作品。如果说，古老的藏族史诗《格萨尔王传》是一部带有突出建构色彩的张扬、表现主人公英雄气概的优秀作品的话，那么，阿来的《格萨尔王》就很显然是一部意在凸显格萨尔一种现代生存意义上的厌倦与无聊感、一种生存荒谬感的带有突出结构色彩的长篇小说作品。笔者觉得，在重述格萨尔王这一古老的英雄传说的过程中，阿来最根本的创造性就表现在这个地方。能够将一部古老的英雄史诗成功地"去英雄化"，成功地将其改造为一部强有力地表达着现代人一种生存荒谬感与虚无感的现代长篇小说，从其中所充分体现出来的，实际上也正是阿来一种超乎寻常的思想艺术才能。在一部表现边地生活的长篇小说中，能够传达出现代意义上的生存倦怠感，无论如何都可以被看作是阿来在边地文化人格书写上的一种艺术突破。

与那些同样以边地生活为主要表现对象的同类长篇小说相比较，刘亮程《凿空》值得肯定之处就在于，小说一方面固然也带有强烈的文化意味，但在另一方面却又明显地突破了文化层面，更多地把自己的笔触探入到边地的现实社会政治层面。当下时代的边地具体到刘亮程这里，也就是对新疆的社会政治状况进行了一种堪称是刻骨真实的思想艺术表现。或许正因为其他同类作品更多地着眼于文化层面的关注展示的缘故，在阅读的过程中，便总是感觉到有一种不无浪漫色彩的诗性弥漫于其间。然而，尽管说刘亮程早期那部曾经使他一下子暴得大名的散文集《一个人的村庄》，确实也是以充溢其中的浪漫诗性而著称于世的，但是，到了他的这一部《凿空》中,那样一种多少带有一点刘亮程标志性色彩的浪漫诗性的确已经了然无踪了。取而代之的,笔者以为,实际上正是长期生活于新疆地区的刘亮程对于新疆现实生活一种简直可以称得上冷峻而又内在深刻的观察与书写。笔者注意到,对于《凿空》,实际上仍然有一些批评家,比如雷达先生,所强调的依然是小说的诗性色彩:"《凿空》在恢复小说的诗性建构上做了有成效的努力。好的小说有一个很高境界就是诗性,很多作家的成功都证明了他们的作品因诗性而赏心悦目。""《凿空》也是如此,我们能感到他在表现人的一种精神向度,一种下意识的渴望,一种向未知世界索取和刨根问底的固执。"[1] 从雷达先生的行文过程来判断,就不难看出,他如此一种结论的得出,很显然在很大程度上是顺延着对于刘亮程散文、小说一贯的评价发展而来的。虽然从广义的角度来说,任何一部优秀的文学作品都可以被称作是一种诗性的建构,但是,具体到刘亮程的这一部《凿空》,笔者以为,除了语言层面上的诗性存在之外,作家曾经的浪漫诗性,实际上确实已经荡然无存了。雷达先生的看法之所以没有能够抓住《凿空》的要害,一个很重要的原因,就是没有能够及时地注意到刘亮程小说写作其实已经发生了某种耐人寻味的变化。

就笔者个人的阅读感觉来说,相对于中国的小说家们普遍缺少思想力度的这样一种文学现实,刘亮程《凿空》的重要价值,突出地表现在深刻思想内涵的具备上。具体说来,《凿空》的思想内涵主要体现在如下几个方面。首先,刘亮程以一种一般作家所不具备的非凡勇气和识力对于当下时代新疆地区的社会政治现实状况进行了足称深入的思索和表达。在这一方面,需要引起我们高度关注的是,小说中关于张旺才一家与阿不旦村之间明显的不和谐关系的描写上。张旺才一家是阿不旦村唯一的汉人,他本来是河南人,因为

---

[1] 雷达. 实力派作家的新探索 [J]. 小说评论,2010(5).

遭遇黄河水灾而被迫以盲流的身份最后流落到了新疆:"张旺才就这样被拉到南疆,安置在龟兹河边的阿不旦村。村里就他一个汉族人,他听不懂当地人的话。老村长额什丁只会半生不熟地说几句汉语。那时旁边的阿依村还住有两户汉人,过了几年都迁走了。"那么,这两户汉人为什么要迁走呢?或者我们也还可以这样追问,这张旺才一家,明明在阿不旦村里有自己的房子,住得好好的,为什么偏偏要从村里跑出来,一家人孤零零地住在村子边呢?请看小说中这样的一种叙述:"张旺才最后一次来村里的房子是在六年前的秋天,院子里葡萄熟了,他去摘葡萄,打开院门,发现满地掉落的葡萄粒。这是村里的巴郎子翻院墙进来,在里面摘葡萄吃。张旺才在院墙上看见好几处有人翻越的痕迹,还有一个被人挖开的豁口。"虽然张旺才什么都没有说,但是,等他从院子里走出来之后,"几个村里人站在路中间,都是二十来岁的大巴郎子,张旺才不太认识,他们都是他搬到村外后出生的,比张金还小。张旺才从路边走过去,有人把他挡住,指着骂:'汉人。盲流。滚。'""他没反应过来,后脑勺上就挨了狠狠一拳,紧接着又是一脚踏在腰上,张旺才踉跄几步,扑倒在地,只感到身上被人一顿乱脚踢,葡萄烂了一地,筐子也被踢飞。张旺才爬起来跑,背后有人追过来,一棒把他打趴下,又上来一群人拳脚棍棒一阵乱打,张旺才抱着头喊救命,喊声被他们的大骂声淹没。"

其实,张旺才一家被排斥并不是现在才开始的,"以前张旺才在村里也时常被人欺负,他身体矮小,又是村里唯一的汉人。张旺才知道自己作为一个汉人的特殊角色,他一直小心谨慎地生活,当初村里人帮他盖房子,他也把种菜的技术传授给村里人,刚到阿不旦村那些年,他确实觉得他和村里人只是语言的不同,他能在这个村庄好好生活下去。"然而,谁知道这样一种美好的愿望,实际上是根本无法实现的。时间长了,张旺才就慢慢地感觉到了来自于阿不旦村民们的某种敌意:"后来就渐渐地不一样了。怎么不一样的,张旺才看在眼里。村民开始怨上面干部。他们对汉族干部不满就骂张旺才,对汉人不满也怪张旺才,张旺才成了他们的出气筒。村里就他一家汉人,汉人的事他一家都得担着。他从来不和村里人争什么。凡事让着别人,在村里受了气挨了骂回到家也不说。……张旺才从来不敢跟村里人吵架,别人骂他他装作听不懂听不见。有时他明知别人在骂他,但他还傻乎乎对着人家笑一下。"很显然,汉人张旺才之受到新疆原住民族的强烈排斥与挤压,实在是一种无法被否认的客观事实。他之所以坚持要一家人孤零零地住到阿不旦村外,其根本原因正在于此。从某种意义上说,张旺才之执意于挖地洞的行为,在这里也可以得到一种相当有力的合理阐释。正因为张旺才在地面上的生活中根本就没有什么安全感可言,所以,他才不无固执地要坚持在地下挖洞的。

然而,真正的问题在于,肉兹的儿子(带头攻击张旺才的主谋)和张旺才之间,到底存在着什么样的恩怨情仇呢?阿不旦村人究竟为什么要采取这样一种不友好的态度来对待实际上对他们毫无恶意的张旺才呢?对于这一点,刘亮程在小说中也有着不失尖锐的揭示:"张旺才不经常去村子,不知道村里人怎么说他。搜查'东突'头子那几天,有几个武警和县上干部住在他家,住了好几天。警车'呜呜'叫着从他河岸的房子开到村里。事后就有人说张旺才报了信。武警多半是汉族,张旺才也是汉族。肉兹抓走后,肉兹的儿子把对武警的恨发泄到张旺才身上。张旺才挨打了,这是他在阿不旦挨得最重的一次打。"很显然,张旺才在阿不旦村的长期挨打与被排斥,与其个人的人品人格没有任何关系,而只是和他的汉人身份密切相关。需要注意的是,由张旺才的挨打,刘亮程事实上已经十分明确地提及了"东突"问题。必须承认,对于"东突"问题的正视、思索与描写,正是刘亮程这部小说值得肯定的一大亮点所在。说到这里,我们就应该注意到小说中占有很大篇幅的关于玉素甫凿空挖地洞的描写。玉素甫很显然是活跃于阿不旦村的一大能人，关于他的凿空挖地洞，按照小说里并不没有很明确的交代，大约有两个方面的原因。第一，玉素甫希望能够从地下埋没已久的那个古老村庄里挖掘出有价值的文物来。第二，玉素甫与"东突"之间存在着某种隐秘的联系。在这个层面上，他的挖地洞行为，或许就是"东突"行动计划的一个有机组成部分。如果不是这样的话，那么，我们也就很难解释最后武警抓捕时，玉素甫的逃窜行为了。

"东突"的存在，是一种客观不易的社会政治事实。要想全面真实地以长篇小说的艺术形式表现当下时代的新疆生活，肯定不能够忽略"东突"问题的存在。刘亮程的令人敬佩之处，正在于他以一种不无象征隐喻意味的表现方式，对这一点进行了特别真实地描写与展示。无论如何，"东突"这一社会现象的出现，乃在很大程度上表征着新疆地区不同民族之间尖锐矛盾的客观存在。脱离开这一层面的新疆书写，当然就是一种极不真实的艺术书写。应该注意到，在写到张旺才与阿不旦村民之间的隔膜时，刘亮程曾经一再强调他们之间语言的无法沟通。这样的一种发现与描写背后所潜藏着的睿智，是显而易见的。原因在于，"洪堡认为，语言是一个民族生存所必须的'呼吸'，是它的灵魂之所在。通过一种语言，一个人类群体才得以凝聚成民族，一个民族的特性只有在其语言中才完整地铸刻下来。洪堡在这里所说的语言，不是作为人类表达手段的语法意义上的语言，他从根本上把语言看作是精神的创造活动，或者说，是'精神的不由自主的流射'。因此他强调说：'民族的语言即民族的精神，民族的精神即民族的语言，二者的同一程度超过人们的任何想象。'"[①] 既然语言对于一个民族的存在拥有如此重要的意义，那么，刘亮程能够抓住语言的层面来表现新疆不同的民族文化之间的矛盾冲突，所凸显出的就是作家一种特别的艺术智慧。

---

① 李永平. 文学的民族语境与世界文学 [N]. 中国社会科学院院报，2016 – 10 – 26（3）.

也正是在这样的一种意义上,刘亮程的《凿空》促使笔者情不自禁地联想到曾经荣获2006年度诺贝尔文学奖的土耳其作家帕慕克来。或许正是因为帕慕克所置身于其中的土耳其地处欧亚两大洲交界之处,切身感受到了穆斯林文化与基督教文明之间不乏尖锐的矛盾冲突的缘故,帕慕克小说创作一贯的主题,就是对于不同文明之间文化碰撞的审视与表现。换言之,帕慕克小说所一贯关注表现的,乃是一种对于现代人而言十分重要的"文化认同"或者说是"身份认同"问题。诺贝尔文学奖评委会之所以在授奖词中特别强调帕慕克的文学创作"在追求他故乡忧郁的灵魂时发现了文明之间的冲突和交错的新象征",其根本原因正在于此。只要认真地阅读帕慕克业已被译为中文的那些作品,就不难发现,贯穿于其中的一条基本思想线索,正是关于东西方文化关系深入的思考与表达。我们注意到,有论者在谈到帕慕克的小说《新人生》时,曾经指出:"把这本充满神秘奇异和嘲讽的书读到底,才明白这本幽默的书其实很沉重:主人公兼叙述者'我',是首先被挪揄的对象,帕慕克也在嘲弄自己,嘲弄土耳其。这个夹在东西方之间的国家,既是欧盟成员,又是伊斯兰国家,年轻人东倒西歪,无所适从;帕慕克是伊斯坦布尔的良心,这个落在欧洲的亚洲城市,恐怕是世界上精神分裂之都;帕慕克的祖父是铁路投资者,父亲是西化不成功的商人,他的家庭东不成,西不就。把《我的名字叫红》读成歌颂西化,恐怕没有明白帕慕克作为土耳其作家心中的痛苦。"① 笔者认为,论者的这一段话,差不多可以成为阅读并深入理解帕慕克作品一个最基本的出发点,可以用来诠释帕慕克的全部作品。事实上,正是因为置身于土耳其这样一个东西方文化直接激烈碰撞着的国度,所以,帕慕克才会对于"文化认同"或者"身份认同"的问

---

① 赵毅衡. 因为一本书,"一生从此改变"[N]. 文汇报,2007-08-11(7).

题有着如此感同身受的真切体验,并把这所有的体验都有机地融入了自己所有虚构或非虚构的文学作品之中。对于这一点,同样有着丰富小说创作经验的作家莫言的看法是极为精到的。莫言说:"在天空中冷空气跟热空气交融会合的地方,必然会降下雨露;海洋里寒流和暖流交汇的地方会繁衍鱼类;人类社会多种文化碰撞,总是能产生出优秀的作家和优秀的作品。因此可以说,先有了伊斯坦布尔这座城市,然后才有了帕慕克的小说。"这一点,在对帕慕克作品尤其是那部为作家自己所特别钟爱的长篇政治小说《雪》的阅读过程中,可以得到有力的证实。在其中,我们所强烈感受到的,正是作家内心世界中一种突出的精神撕裂感。说到底,如此一种精神撕裂感的产生,很显然只能是拜帕慕克所置身于其中的伊斯坦布尔这座城市的文化地理位置所赐的结果。说实在话,作为一位长期生活于新疆地区的汉族作家,刘亮程肯定也如同帕慕克一样,感同身受地充分体会到了不同民族文化之间尖锐矛盾冲突的存在。在我看来,作家虽然很难简单地在不同的民族文化之间做出优劣与否的判断,但是,能够如实地把新疆地区所客观存在着的不同民族文化之间某种严重的分裂状态呈示出来,所充分体现出的,就是刘亮程一种难得的文化良知与写作勇气。

终篇

小说创作对理想文化人格的塑造

文学之于读者的姿态粗略地看，大约有三种：俯视式、平视式与仰视式。与易于过分迎合读者的仰视式写作稍不注意就会陷入商业写作的泥沼相比，俯视的姿态往往会导致作者以读者的人生导师自居，作品因之带上过重的说教意味，在阅读过程中，作者与读者的关系远不如仰视式与平视式融洽，近年来人们对之也多有批评。尽管如此，我们始终认为，优秀的文学作品总应该包含某些高于现实生活的东西，总应蕴蓄一些对于读者在精神、修养、情操方面有所提升的资源，作家在叙述时居高临下一副教师爷的神态固然令人生厌，但是把自己放低到普通读者的层次，或是跟着普通读者的兴趣跑，成为读者的尾巴却也不能不说是一种更严重的缺憾。优秀的文学作品，尤其是小说这样的偏于再现现实生活的文学样式，当然首先需要直面现实，敢于呈现"惨淡的人生"，但其中同样需要一定的理想性，有一种对于"应然"的生存状态的指向，召唤着艰难跋涉在坎坷的人生途中人们奋力向上攀登。因之，优秀的文学作品应该也必然包含着作者对于这样一种社会与生命个体的"应然"状态的理解与设计，表现在人物形象上即是理想人格的塑造。

在人格理论中，人格被视为一种对于人整体性的多重因素塑造与整合，而文化则正是人类所生存的时空中历史的与当下的、传统的与现代的多重社会因素甚至自然因素的整合。因之，文化无疑是人格塑造中最为重要最为关键的因素。正因为这样，有的学者甚至提出："从大文化的视角，人格就是文化的产物，人格的形成就是文化熏陶的过程。文化人格，也就是文化所塑造的人格；以及人格所表现出来的文化品质。"① 文化在人格塑造中如此重要，因而，把理想人格的塑造简约为理想文化人格的塑造虽不准确，却也是直逼问题的关键，有很多合理的地方。在我们这本以文化人格与小说

---

① 毛克强，袁平. 开创当代小说人物塑造的新阶段：《九型人格》对人物塑造的启示［J］. 西南民族大学学报（人文社会科学版），2011（3）.

人物塑造关系为中心话题的小书中,在我们对九类文化人格与当代文学中小说人物形象塑造做了分析之后,对理想文化人格与小说人物形象的塑造似乎顺理成章地成为不可或缺的需要探讨的一个环节。而在本书终篇之际,谈论这样一个指向未来满含期待意义的话题,似乎隐约有一种终而未止的意味,似乎也是适得其所。

其实,在前面我们分析九类文化人格所列小说文本中,作者都直接或间接地表达出自己对理想文化人格的理解与设计。在《白鹿原》中,朱先生与白嘉轩无疑是儒家理想人格的体现者,朱先生是儒家文化的"精魂",其身上体现的是儒家理想的观念性的一面,或者说就是这种文化观念的象征,而白嘉轩则是这种文化理想在世俗世界的践行者。在这部小说中,儒家理想人格应该是朱先生与白嘉轩的合体。在《小鲍庄》中的少年捞渣则是儒家"仁义"人格的化身。"棋王"王一生身上也有着道家文化式的理想色彩,朴拙呆痴的王一生有着保持独立自我、于思想狂乱的时代超然物外的智慧。《迷城》中的杜华章以道家的阴柔之道为政处事,避免了如鲁乐山因过于刚性而导致身败名裂,一定程度上实现了自己的政治抱负、政治理想,从事功的层面体现出道家文化人格的理想性。《笑傲江湖》中有着道家风范纵横江湖、无拘无束、自在逍遥的令狐冲之于久居狭窄逼仄的弹丸之地的香港局限于现代都市文明中的金庸先生,怕也是一种心向往之的理想文化人格。《圣天门口》中的梅外婆与雪柠始终以博大的人道主义悲悯情怀来对待一切人和事,是闪现着耀眼的人性光辉、体现着作家人性理想的人物形象,她们普泛式的人道主义悲悯情怀带着明显的基督教文化色彩,是作家依托基督教文化塑造出的基督教文化理想人格者。《劳燕》中的阿燕这一遭受惨痛伤害的不幸女子,在苦难中完成了精神蜕变,成为拥有博大悲悯情怀的拯救者,其身上体现的也是基督教文化理想人格。而在中国传统社会中(尤其是民间社会)有着极深影响的清官文化,则更明显地具有理想色彩,或者说理想性是其本质的特征,《乔厂长上任记》的乔光朴、《新星》的李向南、《抉择》的李高成、《人间正道》的吴明雄、《苍天在上》的黄江北、《龙年档案》的罗成、《人民的名义》的李达康等改革英雄与反腐英雄,俱是理想型的人物,尽管他们生存的时空各异,面对不同的矛盾冲突,人物个性也不同,但无一例外都是回应了普通民众内心深处的对于清官的渴望而引起人们的共鸣,其底色皆是在中国社会中有着深远传统的清官文化人格。即使在《张居正》中的张居正、《雍正皇帝》中的雍正等偏于权谋文化人格的形象身上,仍有着浓厚的"英雄"色彩,是极具中国传统文化色彩的有着雄才大略的"能臣"与"明君"人格形象。激情理想型文化人格本也不乏理想色彩,虽然在有的作者那里,有着对这种理想激情型人格冷静地反思与审视,如阎连科之于《坚硬如水》中的高爱军、夏红梅,叶兆言之于《很久以来》中的竺欣慰,然而更多的却是作者自我理想与激情的投射,如王蒙之于《组织部新来的青年人》中的林震,梁斌之于《创业史》中的梁生宝,浩然之于《艳阳天》之中的肖长春,梁晓声之于《今夜有暴风雪》中的曹铁强、裴晓芸。《班主任》中的张俊石寄寓的是知识界在启蒙文化重启之时的启蒙理想;《红高粱》中戴凤莲们生命力极度挥洒、个性极度张扬的畅快淋漓人生也包含着拘谨委顿的现代人对这样一种隐藏于民间的草莽文化中的狂野生存状态的向往。《群山之巅》中可与天地万物相通、不会长大、处于童年纯真状态的安雪儿,一定程度上也可看做,同中原文化、西方文化相比,仍处于人类文明发展童年阶段的、充满理想色彩的人格化鄂温克边地文化。

尽管陈忠实与王安忆对这样的理想人格与其背后的文化理想满含崇敬,对它的逐渐消逝充满惋惜,但也不能不直面其在历史与时代变迁中的困境:美好的东西未必都是适时的,未必都有生命力。

无论是朱先生、白嘉轩还是捞渣在践行这种文化理想时都是形单影只的孤独者：朱先生尽管是神仙一样的人物，可以预知后事，但对其死去多年之后坟墓被掘无能为力，显示出他在应对时代风云变化时的无力与无奈。捞渣虽在少年，却似乎缺少一种勃发的朝气，始终是一副老气横秋的样子，给人一种未老先衰的感觉。"棋王"王一生身上也有道家文化式的理想色彩，朴拙呆痴的王一生有着保持独立自我超越于思想狂乱的时代之外的智慧。但这样的文化人格面对如此迷狂的时代时只能是仅以身免的消极应对，其实于事无补。乔光朴尽管在厂内改革大刀阔斧、所向披靡，但是厂外"搞外交"，面对复杂的人际关系却一筹莫展，稍许给人一种"窝里横"的感觉。李高成最终发现自己据以反腐的市长位置是其部下通过贿赂买来，其实是腐败的产物，这其中喻含着一种釜底抽薪式的失败，清官人格的虚幻性可见一斑。张居正在改革之初，权谋是不得已而为之的手段，当他尝试到权力所带来好处时，不知不觉中，在逐渐向权臣转变。戴凤莲余占鳌们不受拘束、敢爱敢恨的狂野人格其破坏性与血腥色彩也显而易见。如果说儒道等中国本土文化及其理想文化人格的困境来自于时间的变迁，基督教理想文化人格的困境来自空间的移易，阿燕终其一生都没有摆脱贞节（这种观念极具中国文化特点）问题的困扰，即使在她的被拯救者那儿，也因之很难形成其圣洁的形象。而安雪儿也不可能永远保持童年状态，她终究是要长大的，其身上的纯净与神秘色彩终将随之而消散，这其实也即是边地文化的命运。这些理想文化人格塑造，几乎都或隐或现地有着或多或少的美被损毁的悲剧底色。

因之，作家在依托某种文化塑造理想的人格时，也需直面这种文化与其理想人格在当代中国所面临的困境以及其本身的悖谬之处。这在上文提到的优秀小说中也多有体现。这样一种缠绕纠结的复杂状态，既是作品反映现实的深度体现，也体现着作者思考的深度，恰是优秀的文学作品魅力之所在。任何无视既有文化在当下的困境与其本身的悖谬而把其夸大到一种十全十美的理想状态的做法都是不足取的。所有的既有文化样态都有可供建构理想文化与塑造理想文化人格的资源，但理想的文化及其文化人格应是种"应该如此"的存在，不应是回到过去，而应是指向未来。

后 记

这部著作的写作缘起，与现任教于暨南大学的贺仲明兄有关。在2017年夏日的某一天，我忽然接到贺仲明兄的电话，约我加盟这一套"文化自信与中国现当代文学"丛书的写作，并提供了若干题目供我选择。当时，我以写作任务过于繁忙为由拒绝，但贺仲明兄却坚决不允，而且建议我可以和朋友合作一起完成这部著作。

所以，在选择"文化人格与当代文学人物形象"作为著作选题的同时，我邀请了太原师范学院文学院副教授王晓瑜，现就读于南京大学文学院的中国现当代文学专业博士生李佳贤共同完成本书的写作任务。其中，二、四、七部分由王晓瑜撰稿，一、六、八部分由李佳贤撰稿，三、五、九部分由王春林撰稿。此外，王春林加写第一部分，主要探讨文化人格与小说创作之间的关系问题，王晓瑜加写最后一部分，主要探讨创作对理想文化人格的塑造问题。没想到，由于王晓瑜在写作过程中身体出现了一些状况，只好临时邀请山西财经大学文化传播系的金春平副教授加盟，由他完成了第四部分的撰稿任务。

在本书行将付梓之际，我代表本书的所有参与者，共同感谢贺仲明兄的盛情邀约，感谢丛书主编陈剑晖先生，感谢广东高等教育出版社黄红丽总编，感谢责编黄冬萍女士，感谢他们为本书的顺利出版所付出的辛勤劳动。

是为后记。

王春林
2018年10月22日晚
定于山西大学书斋